◎刘省平/著

MENG HUI XIANG GUAN

梦回乡关

陕西出版传媒集团
太白文艺出版社

图书在版编目（CIP）数据

梦回乡关 / 刘省平著. —— 2版. —— 西安：太白文艺出版社，2017.9（2022.3重印）
ISBN 978-7-5513-1271-4

Ⅰ.①梦… Ⅱ.①刘… Ⅲ.①散文集—中国—当代 Ⅳ.①I267

中国版本图书馆CIP数据核字（2017）第186892号

梦回乡关
MENGHUI XIANGGUAN

作　　者	刘省平
责任编辑	曹　彦　史　婷
封面题字	于鹏玉
整体设计	任军钢
出版发行	陕西新华出版传媒集团 太白文艺出版社
经　　销	新华书店
印　　刷	三河市腾飞印务有限公司
开　　本	787mm×1092mm　1/16
字　　数	280千字
印　　张	19.5
版　　次	2013年12月第1版 2017年9月第2版
印　　次	2022年3月第2次印刷
书　　号	ISBN 978-7-5513-1271-4
定　　价	59.00元

版权所有　翻印必究
如有印装质量问题，可寄出版社印制部调换
联系电话：029-81206800
出版社地址：西安市曲江新区登高路1388号（邮编：710061）
营销中心电话：029-87277748

谨以此书献给我的故乡及亲人

序言

至淡臻于至醇

●张浩文

今年暑假回陕西老家,结识了一位年轻的作家朋友——我的小老乡刘省平先生,这是让我很高兴的事情。

高兴的原因之一是,我终于见到了真人版的刘省平,平慰了我的渴慕之情。其实我认识刘省平已经很久了,不过那都是在网上的临屏想象。我是一个乡情很重的人,大半生在外奔波,经常禁不住思念家乡。一旦有空,我就在网上搜索有关家乡的消息。这些年因为写作《绝秦书》的缘故,必须掌握更多的家乡史料,这种网上回家的频率就更高了。就在我频繁出入"扶风贴吧""扶风百姓网""绛帐贴吧"的过程中,有一个名叫"刘省平"的人引起了我的注意,他发的帖子不像别人那样随意草率,而是一篇篇优美的散文。这些散文都是描写家乡的人事风物、历史现实的,让我有一头扎进家乡怀抱的亲切感。刘省平发在网上的每一篇文章我差不多都读过,他就这样渐渐走进了我的生活,以至于我经常想象这个舞文弄墨的家乡秀才到底长啥样?年轻还是年长?胖子还是瘦子?直到今年暑假在西安见到刘省平,我才发现我原先的想象严重失实:以文字的老道而论,这人应该年长了,可面前的刘省平却是一个很年轻的青年人;以他在网上发稿的频率之高而言,此人应该有一副壮硕的身板,否则怎能吃得消长年累月的笔耕之苦,可站在我跟前的刘省平清瘦单薄,完全一个文弱书生的模样。见到刘省平,我真想对这个年轻人说一声:谢谢,你的文章排解了我的乡愁。

高兴的原因之二是,刘省平是一个热情诚恳而有侠义心肠的人。我在家乡的那段时间里,他竭尽全力帮助我,引荐朋友,联系媒体,策划宣传……由于他以及其他朋友的竭诚相助,《绝秦书》的发行和宣传做得有声有色,引起了社会的广泛注意。中国人讲究"人文合一",看到刘省平的为人,我就明白了他的散文为什么写得那么情真意切,人与文当然是表里如一的事情。

在和刘省平聊天的过程中,我们多次谈到了他的散文。他很惊讶我竟然能记住他许多文章中的细节，我告诉他凡是好文章我都记忆深刻，小时候读过鲁迅的文章，我现在依然能大段大段地背诵出来。

刘省平的散文当然属于好文章之列。

其好处之一是真实诚挚。散文以抒情见长，但我这些年见过太多的矫情、滥情之作，特别某些怀乡忆旧散文。对故乡故人大而无当空洞之味的赞美已经成了一种既定套路，在刘亮程之后，一种对乡村审美乌托邦式的描绘更是甚嚣尘上。这种虚幻的美化遮掩了乡村真实的现实，有意无意扮演了某种意识形态帮闲的角色。刘省平的散文没有这种虚美的俗举，在他的笔下，家乡数十年来的沧桑巨变历历在目，无论是物质的增减还是人心的益损，都让人感同身受，如同观看一部乡村变迁的纪录片。建筑越来越好而人口越来越少的村庄，曾经盛满少年快乐而今已被废弃的小学，从前清澈现在污水横流的渭河……这一切都真实地呈现了剧烈变动中的乡土现状，让关注"三农"问题的有识之士隐忧在心。在真实之上才能有真情，因为真情是真实现实触发的，读刘省平的散文经常会让我心酸眼热，为作者笔下的人物事物所感动。无论是伯父困窘艰难的一生，还是堂妹遽然消失的生命，抑或作者为了安慰父母不得不编造善意的谎言……我相信这种真挚的情感不只会感动我，还会感动阅读这本书的所有读者。

好处之二是质朴简淡。大概是因为年龄的缘故吧，我现在越来越喜欢平淡简朴的文字，并且固执地认为这才是文学语言的上品。一般而言，越是空洞才越需要装饰，越是浅薄才越故意花哨，而臻于化境的文字是简朴平淡却余味无穷的，正所谓"清水出芙蓉，天然去雕饰"。刘省平的散文虽然不能说达到化境，但其文字的质朴凝练是很值得称道的。这里随便摘引几句，便可见作者的文字功力："入了冬，渭河就逐渐瘦下来，分出好多岔流，水流细得好像能用手握住一样。""这些年过去了，那山、那水我再没见，它们离我既远又近，似在梦里，犹在心中。""柿子开花虽迟，但挂果很快，几乎是一夜之间，从那层层绿叶间就会钻出许许多多的小小的圆圆的青果，它们像婴儿一样伸出好奇的脑袋探测襁褓之外的这个陌生的大千世界。"这些文字简洁但有韵味，很有中国古典诗词炼字的意味。简洁有意味是淡远，简洁而蓄满情感力度就是凝练，这样的例子也不少。在《父母进城来看我》中，作者已经失业，为了不让父母担心，谎称自己要去上班，"走到院子里，我抬头望了一眼天空，灰蒙蒙的，似乎还要下雨。出了大门，我却不知该去往何方。"这简单的两句话承载着千钧之力，让人不堪其重。在《麦黄时节》中，作者写每年到麦黄时节他都回老家帮父母收割麦子，可今年回家却碰上了儿子患病住院治疗，夫妻两个完全被拴在儿子病床前，等小孩好不容易出院了，作者的假期也到了，他本来还想续假留在家里帮忙，可父母为了不耽误他们的工作，坚决把他们送到了车站，"公交车很快出了村子。在村路两边的金黄色的麦田里,几台大型收割机在忙碌着,炙热的空气里弥散着淡淡的麦香味。经过我家地头时,我朝车窗外看了一眼,只见一颗颗金黄的麦穗在灿烂的阳光下轻轻摇曳着,正等待着我去收割。然而,我却要走了。"文字几乎是白描,可最后的"然而"却让我们陡然体会到一种沉重如山的愧疚和无奈。

刘省平的散文当然还有更多的妙处,我只是一个大而化之的导游,导游只起路标的作用,有兴味的读者自然会深入美景胜境,去发现其中的万千气象。

刘省平还很年轻,艺术之路还很漫长,以他的灵性和才气,如果眼界能再开阔一些、思考能再深入一些、学养和知识的储备能再丰厚一些,其艺术前景和成就都值得期待。

我祝福他。

2013年孟秋于听涛轩

【张浩文:男,1958年出生,原籍陕西扶风,海南师范大学中文系教授、硕士研究生导师,海南省作家协会副主席。出版小说集《狼祸》《三天谋杀一个乡村作家》、长篇小说《绝秦书》等著作;曾在《天涯》《钟山》《花城》《中国作家》《小说界》《山花》《上海文学》《大家》等刊物上发表中、短篇小说及散文随笔六十多篇近百万字,作品多次被《小说选刊》《中华文学选刊》《北京文学中篇小说月报》等转载,并有多篇被选入各种年度小说选本。1993年获"海南省优秀精神产品奖",1998年获海南省"美兰杯"第三届青年文学奖,2000年入选海南解放以来文学创作三十强。】

○自序○

安妥游子的灵魂

● 刘省平

我出生于陕西省扶风县渭河北岸的绛帐镇,这个小镇因东汉大儒马融曾在此挂帐讲学而闻名于关中。我在这里度过了童年和青少年时代,直到二十岁那年的秋天,才离开这里,背上铺盖外出游学。后来,我在西安工作,由此开始了一个"都市边缘人"的生活。

光阴如箭,时光好快。不知不觉,我已经在外面闯荡十五年了。但这十五年,我与故乡一直没有疏远和隔断过关系。故乡距离西安不到一百公里路程,走西宝高速公路或陇海铁路线仅用一个多小时。这十五年,我的身影经常往返穿梭于故乡与西安之间。之所以频繁回家,并非仅是因为路近,而是在故乡那块黄土地上,还有我的父母姊兄、妻子、儿女以及亲戚朋友,他们是我内心永远的牵挂。可以说,这十五年来,我虽然生活在西安,却一直心系着故乡,因为我的根深扎于故乡的那块黄土地上。

我从小就酷爱文学,喜欢在纸上信手涂鸦。上高中以后,我疯狂迷恋诗歌,读过很多名家诗歌,还在繁重枯燥的学习之余写诗。直到大学毕业,我总共写了五本诗集,有些曾在报刊上发表,有些还在一些全国性诗歌大赛中获奖。参加工作之后,我感觉到现实生活不是当初在"象牙塔"中想象的那样浪漫,心中就少了些许诗情画意。为了生活,我忙于日常的工作和应酬,就再也没有闲情逸致去读诗和写诗了,只是偶尔写几篇散文。一两年之后,我的生活状态基本上稳定下来,心中的文学梦便死灰复燃了,想再次拾起笔写点东西。但这时我发现自己对诗歌实在是提不起兴趣了,即便有了创作的冲动,写出来的东西怎么看都缺乏诗歌的意韵。于是,我放弃诗歌,准备好好写散文和小说。刚开始,我感觉散文很好写,也间或写点小说。其实,我早在上中学时就写过几个短篇小说,但发表的不多。后来,我读了一些名家的小说作品以及理论,才知道小说是文学的最高形式,要把小说写好是一件很不容易的事情,这不但需要作家具有极强的文字功力,更需要具有丰富的人生阅历和大量的生命体验。而我当时才二十岁出头,人生阅历很浅薄,生活经验和生命体验也不多,根本不可能写出一部好小说。在听取了一些作家朋友的建议后,我决定从散文写作上入手,先好好练练笔,等写作能力和生活阅历积累到一定程度再写小说。

前几年，我写过不少城市题材的散文，也陆续发表过一些，但自己满意的并不多。有一段时间，我感到十分迷茫和困惑，开始怀疑自己是否具备作家的潜质。写不出好文章的时候，就很苦恼，以至于经常为此而郁郁寡欢。一度也有过放弃文学的念头，但我发现，离开了文学，我的生活变得毫无乐趣可言。文学之根已经深扎在我心里，文学已经融入我的血液，成为我生命中不可或缺的组成部分。于是，我开始大量阅读名家的经典散文，当读到自己喜欢的文章时候，手就有些痒痒，时常萌发强烈的写作冲动。可是写什么呢？

一个作家只有写自己熟悉的东西才能写好。我是农民的儿子，有着二十年的乡村生活经历，对乡村生活最熟悉、记忆最深，也最有感情，为什么不去写乡土散文呢？可是写乡土题材的作家实在太多了，鲁迅、沈从文、汪曾祺、孙犁、莫言、贾平凹、迟子建、吴克敬、刘亮程等等。但是我最熟悉的就是乡村生活了，除了这些还能写什么？

经过一段时间思考，我便把目光投向了我的故乡，试图站在城市去回望乡村，打捞关于乡村的生活记忆，然后尝试用自己的方式去写故乡，写故乡的人和事，写自己在故乡的二十年生活。

于是，我陆续写了很多篇乡土散文，越写越顺手，越写越有感觉。尤其2010年以后，在一帮朋友的鼓励下，我的乡土散文写作一发而不可收！这些乡土散文写出来之后，也大都在省市级报纸杂志上发表了；有一些作品还被选入多种文学读本；另外，还有很多扶风老乡在网络上看到了我的很多关于故乡的散文后，对我的才华大加赞赏，我的名声也在故乡渐渐传播开来……于是，我对自己的散文创作越来越有信心，希望能坚持下去，写出更多优秀作品。

我很庆幸自己终于找到了写作方向，找到了属于自己的写作根据地。我的写作方向就是乡土散文，而我的写作根据地就是故乡。我感谢我的故乡，是这里的渭河水滋养了我，是这里的周原风熏陶了我，给我提供了丰富的素材和资源，给了我写作的动力。我把故乡写进自己的文章，希望更多的人认识它，了解它；我把自己的乡村生活写成文章，好让自己永远铭记那段远去了的青春时光。

如今，我把自己创作的乡土散文结成一本集子，约有二十余万字，取名《梦回乡关》，算是对我这十几年文学创作生涯的一个阶段性总结，也是对故乡及亲人、朋友的一份微薄的献礼吧！

在这个物欲膨胀、文学日趋边缘化的时代，我不敢奢望自己的散文能获得什么重大反响，只是希望它可以安妥我和更多的漂泊于异乡游子的灵魂，仅此而已！

是为序。

2013年12月15日于西安

目录 Contents

001 序言：至淡臻于至醇
004 自序：安妥游子的灵魂

卷一·故园守望

002 乡关何处
004 故乡的渭河
007 老屋
010 我的小学
016 那山·那水·那人
018 风流旷代绛帐镇
022 古水沟探源
024 雪落故乡
026 梦回乡关
028 远去的时光
032 柿子红了
034 落寞的老戏楼

卷二·人间冷暖

038 我的伯父
043 父亲的生日
046 父母进城来看我
048 堂妹慧霞
051 亲情琐记
056 一个人的中秋
058 家园荒芜
060 夹缝中的挣扎
062 麦黄时节
065 荒寂的宅院

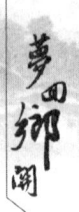

068　伤逝
072　儿子的心愿

卷三·乡土抒情

076　秦人·秦面
079　西府醋香
082　陕西的辣子
085　依稀红薯情
089　苞谷糁
092　关中搅团
094　温暖的柴火
096　美丽的窗花
098　火炕情结
101　煤油灯
103　乡村上空的炊烟
105　西府年俗

卷四·红尘漫笔

110　天窗
112　以树为鉴
114　三十岁说
116　以书为友终未悔
120　关于喝酒
125　俗人说茶
128　我与香烟
131　乡间的道路
133　守望乡村的家园
136　放飞梦想
139　婚姻与房子

目录 Contents

卷五·大地行吟
144　春游法门寺
147　叩访张载祠
151　话说杨凌
155　寒窑随想
158　商洛印象
163　向往陕北
165　舌尖上的同州
168　走进柳池村
172　阿姑泉边牡丹香

卷六·青春恋歌
176　青春·暗恋
179　梧桐雨
181　等待
183　纸上情缘
187　那年冬天
192　相思赋
193　伤别

卷七·秦川人物
198　黄土文化的播种者和耕耘者
204　宝剑锋从磨砺出
212　雪夜岐山访林祥
215　悬壶济尘世　挥笔抒情怀
223　汪战仓的"亮剑"精神
227　多面手田建国
230　追念张敏洁
235　亦师亦友是张军

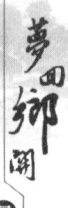

卷八·艺苑墨香

238　致贾平凹先生的一封信
240　也说杨争光
243　生命的轨迹　心灵的歌哭
247　青春永不老　独保赤子心
249　寻梦旅途上的行吟
252　漳川岸边的壮丽行吟
256　源于尘世的温暖和智慧
259　西府文脉盛　大风满秦川
261　树立马融雕像　弘扬大儒精神

附录

266　"文字游侠"刘省平
269　刘省平其人其文
272　大地的呼吸　灵魂的呼唤
276　寻根黄土地
279　故乡记忆的背影
282　不忘初心　方得始终
285　魂牵梦萦乡土情
288　从绛帐古镇走来的文士
291　故乡：回归与超越
295　纸上的乡土风情博物馆

397　后记

卷一·故园守望

乡关何处

昔人已乘黄鹤去,此地空余黄鹤楼。
黄鹤一去不复返,白云千载空悠悠。
晴川历历汉阳树,芳草萋萋鹦鹉洲。
日暮乡关何处是?烟波江上使人愁。

——崔颢《黄鹤楼》

唐代诗人崔颢的七律《黄鹤楼》我在中学时代就读过。据说,李白当年登临黄鹤楼时想在楼壁上题诗,可当他发现了这首题诗后,只能望楼兴叹,竟连一个字也没能写出来。当时听了这个故事,对于这种文化现象还不甚理解,想不到一代"诗仙"竟会折服于区区一个崔颢。现在想来,那时的想法实在可笑,并非诗仙才尽,而是他当时的登楼望远而不知故乡何在的迷茫心态已被崔颢表达得淋漓尽致,所以感觉没有必要再多此一举。

自古至今,离乡之人对"思乡"这个词语十分敏感,不光是李白,我相信凡是所有读过《黄鹤楼》的人都会与崔颢产生情感上的共鸣。从前我还没有过那种登高望远而不知故乡何在的迷茫心态,自从背了行囊走在杨柳依依的咸阳古道时,我才深深体会到那是一种怎样的思乡之苦啊。而今的我亦如当年的崔颢和李白一样远离故乡和亲人,常倍感寂寞无聊,甚至会独怆然而涕下。无奈,我便登高远眺,沉吟"日暮乡关何处是"。

黄昏,凭窗独伫,抬眼西望,只见斜晖脉脉,炊烟袅袅,我知道故乡就在古都咸阳的西边,可每次总连故乡的一隅也不曾望到。毕竟天遥地远,山高水长,故乡断然是望不到的。当夕阳坠入山沟时,晚风徐徐,暮霭沉沉,天地间一片混沌状态,什么也看不清了,但我依然凝眸天际,久久不肯归去。因为我心中自然会浮现出一幅美丽的图画:残阳如血,晚霞似锦,渭水潋滟,蒹葭萋萋。渭水北岸不远处坐落着一片村庄,在通往村庄的土路上走着一群荷锄晚归的农人,他们说说笑笑,带着劳作一天之后的疲惫和喜悦向家中走去,而婆姨们已烧好了晚饭,在村口翘望……

正如余秋雨先生所说:"真正的游子是不太愿意回乡的,即使偶尔回去一下也会很快出走的……"其实这种微妙的心里早已在晚唐大诗人韦庄的诗里就反映了出来——"未老莫还乡，还乡须断肠"，一句诗便道出了游子的衷肠。尽管我热恋故乡，但却不大愿意还乡。因为我所思念的故乡是抽象化的，是唯美的，而我生活过的故乡是具象化的，是平凡的，当两个"故乡"撞击在一处时，我的心就不免痛楚起来。故乡怎么是这样的呢？

我清楚地记得自离乡后这段日子只回过两次家，其实也并非路途远如十万八千里，而是每次回乡之后总是失望多于希望，令人徒生物是人非之感。故乡的一切不再如从前那样亲切生动，渭水因严重污染而不似从前那样清冽，村落也不再如从前那样宁静，村民也不比从前那样热情，老的更老了，死去的再也见不到了，儿时的伙伴有的已去南方打工，有的已成家立业，我还能和谁一起推心置腹地畅谈人生呢？许是他们观念仍显老旧，许是我真的自命清高，在故乡能坐下来与人畅谈已渐成奢望。正缘诸般原因，每次还乡后我又希望能赶快离开这个熟悉而又陌生的地方。

在人生的诸般况味中，流浪与回归是深刻交揉在一起的。流浪已久的游子盼往回归，回归已久的人又渴望再度流浪，许多人的一生大概就是在流浪与回归之间度过的。我注定是要回归故乡的，那里是生我养我的地方，那里有我的家园，有我的亲人。我一定要回去，为故乡的建设事业尽一份自己的绵薄之力。

"日暮乡关何处是？"蓦然回首，斜阳已落，云烟漫漫，天地茫茫。我的故乡呢？

2000年3月17日于咸阳

故乡的渭河

我见过很多地方的河，但从不曾忘记故乡的河。这条河发源于甘肃省渭源县鸟鼠山，东至陕西省潼关县汇入黄河，中间不知流经多少地方，但我一直固执地认它作故乡的河，因为在我记忆里它只和我的故乡有关，它就是黄河最大的支流——渭河。

我的故乡绛帐是一个坐落在关中平原西部渭河北岸上的古镇，全镇共有十七个村子，我们村是处在最上游且靠河岸最近的一个。俗话说："靠山吃山，靠水吃水。"因为靠渭河近，村子里世世代代的父老乡亲便与之结下了不解的生死之缘。

在我的记忆中，渭河是一条美丽的河，河堤曲折蜿蜒，河床辽阔宽广，河水随着四季的交替更迭总有不同的风貌呈现。

春天，站在高高的沙堤上向南眺望，渭河滩里芳草萋萋，野花烂漫。温柔清浅的河水顺着弯弯曲曲的河床轻轻滑过河底的细沙和鹅卵石，最后慢慢隐入遥远的天际。成群的牛羊在沙堤的斜坡和河中的沙梁上悠闲地甩动着尾巴吃草，偶尔抬起头望望头顶像棉花一样飘动的白云哞叫几声。小燕子一会儿贴着河面轻盈飞翔，一会又猛地蹿入空中消失了踪影。蝴蝶和蜜蜂争着在花草间蹁跹起舞，小蝌蚪在水底轻松地游弋……渭河对岸是一大片槐树林，大概在五月初，洋槐花就全开了，远远望去如雪如云一样洁白清新。每年这时候，我就和小伙伴们就手拉手□过河去，争先恐后地爬上树去大把大把地采摘那些新鲜的洋槐花吃。回家后，我把采摘来的洋槐花交给母亲，她把杨槐花和面粉和在一起放进锅里蒸，蒸熟后加入盐、醋和辣椒油，就成了一顿香喷喷的"槐花饭"了……后来，听说是联合国要在渭河南岸修建近千亩的鱼池，槐树林被大面积砍伐了；再后来，剩下的槐树断断续续被人砍伐，开垦出一些承包地，槐树就越发少了，慢慢地也就不复见当年孩子们成群过河采摘洋槐花的盛况了。

到了炎炎夏日，渭河就是我们孩子们的欢乐园了。尽管大人怕出事，不让孩子去河里游泳，但孩子们常常耐不住暑热，利用中午家人午睡的当儿偷偷地结伙跑到渭河里去游泳。游完泳，累了就在沙梁上找一个小树荫睡一觉，渴了就溜到沙洲上人家的地里偷瓜果吃，还有人会在河边的草丛里逮青蛙……回家后，撒谎说是去渭河滩打猪草，结果大人用手指轻轻地在我们背上一抓，就露出了五道白白的划痕，自然是少不了挨一顿骂的；假若运气不好偷瓜被人逮着，让大人知道了也很少能躲过一顿打的。即便是年年听说有小孩游泳被淹死，但大多数孩子还是不理会那一套，夏天里必然要去渭河里戏耍的。

秋天，雨水多，渭河水位就会陡然增高。有些年头，上游若下了连绵大雨，渭河里水位就涨得特别高，有时甚至会差点都翻过沙堤来。靠河岸的几个村子的人都会跑到堤岸上观看洪潮，黑压压一片，大家的心都提在了嗓子眼上——满河滩里尽是浩浩荡荡混混沌沌的洪水啊，河中那些高高低低的沙梁和沙洲里大片的庄稼地全被淹没了，木桥也被冲垮了，只剩下细细高高的芦苇在湍急奔涌的古铜色的洪流中左右摇摆。有时候上游发下洪水，渭河里总会漂些木材、瓜果甚至一些家用的东西，有些好水性的村民就会禁不住意外之财的诱惑下河打捞。在我的印象里，那年头几乎每年都听说有人因发"涝财"而被洪水夺去生命。有一个人我印象特别深，他那时大概就是四十多岁，一脸的胡茬，但肚子里有些文墨，每次从我家门口经过，都要用土坷垃在我家的黑漆木门上写些生僻的字教我认，有时也会给我讲几个故事或唱几句秦腔。他应该是我们村里公认的水性最好的，因为家里穷，每年这个季节都下水去捞东西，有一年秋洪特别大，他为了捞一根粗壮木材而奋不顾身地跳下河去，结果再也没回来。他们家人顺着河岸去下游寻找了几天几夜，也没找见尸首，从此，家里就剩下他婆娘和五个儿女艰难地过着日月。

入了冬，渭河就逐渐"瘦"下来，分出好多岔流，水流细得好像能用手握住一样。曲曲折折坑坑洼洼的河床里大面积露出白花花大大小小的鹅卵石，三两只不知名的水鸟经常在河滩上空盘旋，或是立在缓缓流淌的浅水中央仰头望着蛋黄儿似的夕阳。河滩上的野草都枯黄了，弥望的是无垠的苍凉的沙尘，西北风一吹，满河滩都是呜呜哇哇的风声，好似狼嚎鬼哭。到了三九天，河面上就结了厚厚一层冰，渭河滩上就显得更加荒寂了。若是下了大雪，渭河滩里整个就是一片白茫茫静悄悄的世界了。

渭河的面貌一直在变化着，它的变化不仅是随着四季的更迭，也随着时代变迁。我上小学时，渭河上只有一座水泥桥，在下游七八里外的罗家村附近，因来人或车辆过往都要交费，而且距离我们村有点远，我们村人一般很少打那里过。那年头，我们村里家家户户都在渭河对岸的河滩上有承包地，每到夏收或秋忙时节，少不了要在两岸之间往返。河水浅时，我们就拉着架子车直接蹚过去；河里涨水时，就坐着一只大木船渡河——那船长约五十米，宽约十米，一次能容纳近百人，南北两岸上空横架着一根手腕粗细的钢丝绳，另有一条带滑轮的钢丝绳一头牵着横架着的钢丝绳，一头拉着船头，这样渡船就十分稳当了，不会漂移到下游去。到了我上中学时，政府为了发展太白山和法门寺的旅游事业，修建了汤法高速公路，公路正好从我们村旁边经过，于是渭河上就有了一座新桥——前进渭河大桥，从那以后，我们就彻底告别了□水或者摆渡的历史。

在我的印象里，小时候渭河除了秋汛期非常浑浊之外，平时还算是较为清澈的，里面还经常能看到鱼儿；到了八九十年代，乡镇企业一夜之间兴起，渭河两岸便建起了好多造纸厂、化工厂，渭河水就变得污浊不堪，老远就能闻见刺鼻的气味。到了2007年，省政府制订了渭河流域综合治理规划，提出用十年时间使渭河水质和流域生态环境得到明显改善的目标要求，经过这几年治理，现已初显成效，相信不久的将来，渭河定能重现往昔的风采……

离开家乡已有十年，这十年来我回家的次数不算太多，且每次回去都很匆忙，难得有时间去渭河里尽情游览，但渭河一直牵系着我的心，经常能听到一些与之有关的事情：那一年，我九爸年仅十五六岁的女儿慧霞在端午节那天过河时被上游突然下来的洪水浪头卷走；那一年，《新封神榜》剧组在渭河滩上驻扎了个把月，村里好多人应征了群众演员并亲睹了刘德凯、吕良伟等大牌明星的风采；最近，又听说村里某人在渭河滩筛沙石时挖出了一把宝剑，送到文物部门鉴定，说是唐朝古剑，价值三百万……关于渭河的传闻很多，让我有时欢喜有时忧。

故乡的河，从漫长的远古流到今天，曾历经多少次潮起潮落、沧桑变幻？故乡的河，勾勒的不仅仅是故乡儿女孩提时的梦想；故乡的河，承载的不仅仅是异乡游子沉重的乡愁。我想，无论岁月如何流逝，无论我漂泊在何方，故乡的渭河永远在我的心头流淌，如同那绵绵不断的来自童年的回忆。

其实，每个人的心中都有一条河，那是永远在内心深处流淌不息的故乡的河。

2010年6月26日于山东章丘

老 屋

掐指算来，迁入新居已经十二年了，可我总是不能忘记那座童年时居住过的老屋。说来也怪，在新居生活或者在外漂泊的这些年里，凡我梦到回家的场景，所回的总是那座简陋而温馨的老屋。

记忆中，我家的老屋外观上并没什么特别之处。它是七八十年代关中平原常见的那种土木结构的"人"字型屋脊大瓦房。老屋面北背南，占地面积不大，但它是我们一家七口人避风躲雨的港湾。

推开两扇黑漆斑驳的木门，首先映入眼帘的便是一个二十多平米的大院，院子终年干净平整，没有一丝苔痕。院子西边靠墙根处长着一棵桶口粗的梧桐树，树冠繁茂，有如一把撑开着的大绿伞，几乎笼罩了整个院落。仲夏之夜，这梧桐树下便是我们一家人乘凉的好所在。那时，我总会躺在母亲的怀里，听她给我讲她小时候的故事或者让她陪我数天上的星星。院子东边是一座偏厦，这就是灶房。说是灶房，却连带了一间小房，小房间里有个土炕和灶膛相接，好似一个连通器，只要一做饭炕就会热起来，若在冬天，一整天炕都是热烘烘的。记得，就是在这间连带着锅灶的小房间里，父亲给我做入学前的启蒙教育——他教我认识一些简单的汉字，领我跟他背诵唐诗，让我认哥哥姐姐们历史课本上英雄人物的画像。

院落的正南面是三间大瓦房，中间是过道，两边是卧室，这就是正房，是老屋的主体建筑。听父亲说，当年盖房子时，他还是三十出头的小伙子，年轻力壮。为了节约开销，他在生产队上工之余一个人用架子车从村北的土壕里拉土，一个人夯墙；为了弄到既便宜又结实的木料，他和我表哥忙省到秦岭走了一遭。那天，他们选好木料要下山时天色已经黑实，就只得在深山老林里露宿，结果半夜里父亲突然受了风寒，肢体僵硬不能动弹，山林里风声呼呼，乌鸦乱啼，我忙省哥吓得不知所措哭了一晚上。到了第二天早上，正巧有一个姓雷的乡党开着一辆拉着砖头的拖拉机从山下经过，才把我父亲、忙省哥以及那些木料捎带了回来。

正房过道右边的那间房是上房，是父母的卧室。上房里面的摆设很简单：一个土炕，一个卧式衣柜，一个缝纫机，一个立式药柜，其中最引人注目也最令我怀念的还是那台十二英寸的"海燕牌"黑白电视机。在我看来，那台电视机当年是我们家最贵重最有趣的一件家当了。因为，在那个年代电视机的普及率很低，我们村里只有两台：一台是村委办公室的，另一台是私人家里的。为了看电视，我和哥哥每天晚上连饭也顾不上吃，没等太阳落窝就赤着脚丫，光着膀子，和村里的孩子们早早守候在村委会的办公室门口了。只要门一开，我们哥俩就连颠带跑冲进去抢地盘，双腿席地而坐，极力瞪大双眼，看得极认真、极执着，连广告也不放过。反正不看到电视没图像是绝对不会回家的，而每次回家来都是满身尘土，脏不兮兮的，手也不洗便遛到厨房里，掀锅盖、开橱柜，到处搜摸吃食。为了满足我们看电视的强烈欲望，父亲便买下了那台电视机。至今我还记得那天傍晚，我和哥哥从学校刚回家，还没进门三姐就说今天父亲买电视去了估计差不多快回来了，我哥俩一听连书包也没放就争先恐后，撒腿向村口跑去……

过道左边的那间房子是我和哥哥的卧室。这个房间的布置很是简单，除了一个土炕和一张四兜桌之外好像再没有别的东西了。在这个房间里曾发生过好多事情，但记忆最深刻的是那年冬季，有一个晚上我和哥哥闹着玩，不知是因为什么事，我像骑马一样骑在了他的脊背上，正在我得意的时候被父亲瞅见了，父亲十分恼火，叫我立即滚下来，我没听话，父亲就把我拉下来收拾了一顿。我是家里最小的孩子，一直很受父母宠爱，结果被父亲破天荒地揍了一顿，心里感觉很不是滋味，想不开就在半夜三更偷偷跑出了家门，害得全家人半夜里拿着手电筒端着煤油灯满村里找。最后，将近天明时分，父亲在一个玉米秆柴垛里找见了早已冻得瑟瑟发抖的我……现在，每每想起这件事，心里仍然感觉很是惭愧，当初真不该错上加错，害得自己受冻不说，连累一家人都不得安生。

正房的南边是后院。后院一半是猪圈，一半是牛棚。记忆较深的是那间牛棚，这个牛棚里曾喂养过一只奶牛。那只奶牛刚到我家时还是个小牛犊子，为了养它，夏天，我们姊妹五人经常去渭河滩上割草；冬天没有草，我们便给它铡麦秸秆吃。经过细心的照料，奶牛也一天天长大了，但脾性却愈来愈烈，经常会挣脱缰绳满村子里疯跑，赶又赶不上，挡又挡不住，可把家里人给折腾惨了，父亲一气之下便把它卖了，辛辛苦苦喂养了一番，到头来却连一滴牛奶也没喝上，为此我伤心得一连几天吃不下饭。

……

到了90年代初那会儿，农民的经济收入和生活水平好了起来，对住房的要求也开始讲究了。于是，村里的几个"万元户"就拆掉了土木结构的老屋，盖起了红砖小洋楼。接着全村就掀起了盖新房的热潮。在我们村，我家也算是最早扒掉老屋，盖起新楼的那一部分"万元户"中的一户吧。

拆掉老屋的那一年，我十二岁，小学毕业。

1999年12月于咸阳

我的小学

每次回老家都会从一座废弃了的门楼旁经过。说是门楼，其实不过是一个青砖砌就的轮廓残损的框架而已，门框和门扇早已不见踪迹，但能看见门楣上浮雕的四个红字：前进小学。其中那个"小"字被蹭去了一角。校名的上方是一个红色的五角星，两边各有三道红杠子。门楼的右后方一米之外是一座庙，庙旁是一片被汤法高速公路切成的二三亩面积的三角形庄稼地。这里就是我们前进小学的老校址。

前进村隶属绛帐镇管辖，下设五个村民小组，分别是种家村、油张村、刘家村、于家村和南张村，全村的孩子都在村上的小学念书。前进小学的老校址设在于家村西口，什么时候建立的，我不清楚，反正在我入学的时候这所学校已经存在好多年了，我的姐姐、哥哥也都是在这里上的学。

我家在刘家村，在于家村西边一公里开外，路不远，所以上学还算方便。

我上学前班是在1985年，当时刚六岁。刚入学没几天我就不想去了。父亲问我为什么不去了，我说班上好多娃伙欺负我。父亲就带我到学校见了一回班主任于科平老师，希望他能教训一下那些同学，别再欺负我。可时间不长，我又不想去了。父亲急了，骂了我一通，说你不是说过你长大了开飞机呀么，不上学，没知识，以后可咋办呀！我说，班上娃伙都比我大，我打不过他们。父亲说，你不用怕，我再给老师说一下，谁再欺负你，爸爸就收拾他。第二天，父亲因给好几家牲口看病，没时间送我上学，就让三姐送我去学校。正是深秋时节，刚下过好长时间连阴雨，去学校的道路泥泞不堪。我身体瘦小，穿着泥鞋走不动，好几次将鞋陷在泥坑里拔不出来。三姐见我走不动，就背上我走，走到泥少处才把我放下来。那时，三姐才上四年级，身体单薄得跟芦柴棒一样，老背着我走吃不消。就这样，三姐把我送了大概一周时间，最后我还是不想去了。父亲一看是这样，也没办法，就说你还小，在家再耍一年，明年再上吧。听完这话，我像一只刚被放出笼的小鸟一样，飞到村口找伙伴耍去了。这一年，我虽没上学，但父亲常在农闲和工作之余对我进行启蒙教育。他教我认课本上的拼音字母、生字，唱儿歌、念古诗，还自己写一些顺口溜式的诗歌让我背诵，甚至有时还把姐姐、哥哥们的历史课本拿过来叫我认一些古代名人的画像。

第二年，我重新上了一年学前班。让我意想不到的是，这一届学前班的学生大部分还是上一拨的那些同学，其中三五个过去欺负过我的几个调皮男生竟然都还在。真是冤家路窄啊！但这回直到学前班念完，再没有一个人欺负过我。

学前班在学校门口东边，紧靠教师灶房。它是一间独立的大瓦房，是由以前于家村的旧庙改造而成的。房顶上的瓦片变成了黑青色，上面长满了松塔；房梁、柱子上有龙盘绕，墙壁上还有好多奇模怪样的神仙鬼怪的画像，给人一种阴森恐怖的感觉。教室里面能容纳三十多个人，砖砌的讲台上放着一张古旧木桌，学生趴的课桌是在胡基砌成的两个墩子上铺了一张石灰板。学生可以用粉笔在石灰板上写字，然后用抹布或袖子直接一擦就可以了，时间长了，石灰板就被磨得油光平滑。夏天，石灰板很凉，趴在上面午睡很舒服；但到了冬天，石灰板就像一块冰，手在上面就搁不住。因此，同学们的手背全都冻得红肿红肿，有些还裂开了好多道口子，像鳖盖一样。那一年所发生的事情，我现在基本上都忘记了。但印象最深的是我的老师于科平，他是民办教师，于家村人，因为离家特别近，所以从不在教师灶上吃饭。他那时大概十七八岁，好像是个高中毕业生，脸颊黝黑，身材削瘦，留着偏分头，常年穿着一身黄色的没有肩章的军装，看起来很精神。于老师虽然年轻，但很和气，很少打学生，对我也特别照顾，每学期结束时都把我评为"三好学生"。

念完学前班，我们从此彻底告别了那座破旧阴森的庙宇，进入宽敞明亮的大瓦房里去读书了。我的小学生活正式拉开了帷幕。

上一年级时，班主任叫侯虎平，个子挺高，身材魁梧，白白净净的脸上有一对很深的酒窝儿。他当时很年轻，二十岁出头，脾气挺大，谁上课说话或完不成作业就扇耳光，有时气躁了就用教杆抽，一年下来打断了好几根教杆，学生都很怕他。他虽然非常严厉，但是教书很有一套，当时在班上实行了一套"师父带徒弟"的教学方法：一个桌上有两个学生，学习成绩好的当"师父"，差一点的就是"徒弟"；"师父"在保证自己学习好的基础上，必须尽全力去帮助和带动"徒弟"；假如经过一段时间，"徒弟"考试成绩排列名次没上去，那就要追究"师父"的责任并给予惩罚。如此一来，大家都争先恐后地学习，班上学习氛围很好。第一次月考，同桌张燕歌的成绩比我高一点，因此她就成了我的"师傅"。张燕歌开始很傲气，对我也十分严苛甚至有些虐待，经常会突然考我的默写和背诵，只要我稍微打一下磕绊，她就在我后背上狠狠地捶一拳，有几次把我捶得都差点快咽了气。我虽然大为恼火，但又不能和她顶嘴，更不敢还手，因为有老师在背后撑腰。我默默地忍受着煎熬，心里暗暗发誓一定要尽快在学习上超过她，有一天去当她的"师父"。因此，我在学习上特别用劲使狠。第二次月考，我的成绩在班上名列前茅，远远超过了我的同桌。于是，我便顺理成章地成为张燕歌的"师父"，而且一直保持到学年终了。当然，我也曾用同样的手段回报过她，但是我捶她的时候，没有使狠劲儿，所以从她脸上一般看不到多少痛苦的表情。就这样，每学期终了，我都被老师评为"三好学生"。

上了二年级，我在学习上没怎么上过心，尽管学习成绩一直还不错，但班主任一直不怎么重视我，因此我也不太喜欢他，连他的姓名都忘记了，只记得他很瘦，戴着一副圆形的石头眼镜。那一年下来，也几乎没有什么值得回忆的故事。平时除了学习，我就疯狂地玩耍，滚铁环、打纸包、摔泥炮，甚至还经常和同学打架，争做"帮派"老大。

三年级是我上小学印象最深、收获最大的一个学年。因为我碰到了一个好的班主任，他对我曾产生过很大的影响。他叫李耀文，绛帐镇古水村人。他当年大概四十岁出头吧，个子不高，脸颊清瘦，梳一个大背头，额头宽阔，常年穿着一身深蓝色中山装，风纪扣扣得很严实，显出一副老气横秋的样子。

李老师带我们语文课，书教得很好，讲课时面部表情很丰富，手势也很多，学生都爱听。他经常在自习课上给学生讲一些寓言故事、幽默笑话，让大家开心的同时也长了不少知识。他是一个很有个性的人，喜欢抽烟，经常嘴上叼着一个烟锅；偶尔也会在教案本或者报纸上随即撕下一绺纸，自个儿卷纸烟抽。他有一个习惯：每次上课老喜欢从后门进来，而且每次进门之前都会用烟锅在门上敲几下，所以上课之前大家都把手背在后边，没人敢乱说话。他一般情况下不打学生，但是骂起人来很厉害，常会把女生骂哭。他在教学管理上也很有自己的一套办法，这说起来实际上就是体罚，现在不让老师体罚学生了，但那时候体罚是普遍现象。有一次，上自习课有同学说话，结果引起全班同学都说话，教室里乱成了一锅粥。校长一脚把门踹开，把大家狠批了一顿，还让一个学生把班主任叫来了。李老师觉得很没面子，就在当天下午最后一节自由活动时间，把全班学生集合到院子里让扎一个小时的马步，并且规定未经他的允许不能上厕所。结果有一个姓张的男生没憋住，尿到了裤裆里，当时好像是冬天，把娃冻得打冷战，但他一直没敢吭声。直到后来被李老师发现了，才把那个男娃支回家去了。

李老师一直很喜欢我，不仅是因为我学习成绩好，还因为我字儿写得漂亮。所以，他经常在同学和其他老师跟前夸奖我，期末给我评"三好"也是理所当然的事情。记忆深刻的是，他每次讲完课，都会叫我到黑板上给大家抄写解词、造句；还让我在自习课上，到黑板上给大家抄习题；另外，他还指定由我包办教室后面的黑板报。经过一年的锻炼，我的字写得越发好了，作业本经常在全校传阅。有时，其他年级的老师也会找我给他们班学生刻写油印的试题。如果说爱好文字和书法是父亲的启蒙的话，那么让我能一直把这种爱好坚持下来的人就是李老师了。因此说，李老师是对我少年时期影响重大的人，我忘不了他对我的教诲和栽培。

我们四年级的班主任姓赵。那一年，他刚从外校调过来，结婚没几年，年纪轻轻的，却是一个窝脸胡，不过刮得很勤，脸皮一直看起来是青色的。赵老师话少，看起来蔫头耷脑的，神情很严肃。但不知何故，他一见了女生神情一下子就大变了，变得热情而友善，好似邻家大哥。有同学私下说，赵老师是个流氓，经常把漂亮女生叫到他房间动手动脚。这话不知是同学们瞎编的，还是有谁亲眼看见过，或者是哪个被骚扰的女生事后给人说的，不得而知。正是因了这个缘故，我对赵老师的印象一直不好。不过，他算是一个文艺青年，喜欢唱歌，给好几个班带音乐课。他还会拉二胡，经常吃罢饭后坐在自己房子或者门口拉，满校园都能听见呜啦呜啦的弦声。赵老师不管是私下里还是在音乐课上，总是带着他那把二胡，边拉边唱。说句心里话，我一直觉得他的歌唱水平一般，带着秦腔的味道。赵老师曾教给我们好多歌曲，但我只记得一首《老师应带光荣花》，这首歌他不但要我们平时课前唱，而且在好几次文艺活动中组织让我们大合唱。

五年级，我也算风光了一年。班主任是一个姓罗的五十多岁的老头子，戴着一副方框黑边眼镜，一头花白的头发。我对这位老师除了相貌上的印象比较深刻，其他的事情大都忘却了。他是一个很平庸、古板的老师，除了爱训人，好像也没啥优点。倒是我们的数学老师给我留下了很深的印象。他姓李，是我们的校长。李老师三十岁左右，瘦而高，鼻梁直，留着一头时髦卷发，穿着也很新潮。李老师的数学课讲得非常好，就是脾气大了点，经常打学生，大家都非常怕他。不过，他私下里对我格外关照，经常叫我到黑板上抄题，有时还让我给大家刻写试卷，填写通知书。李老师平时喜欢哼唱流行歌曲。他的房子就在我们教室斜对面，靠近马路旁边。每次从他房子旁边经过，都能听见双卡录音机里传出来的美妙的流行歌曲。有时，他还会在自习课上把他的录音机提过来放在讲桌上，让大家跟着磁带学唱一些流行歌曲。记忆最深的是，他给我们曾播放过当时正在热播的大型室内电视连续剧《渴望》的主题曲和片尾曲。我对流行音乐的爱好也正是从那时候开始的。

有一个女同学叫于列红，她给我留下了极其深刻的印象。她第一次出现在我面前，是在第一学期开学报名那天。那天下午，像往年一样，新班主任给学生办完报名手续后，就点花名册、排座位。座位刚排定，罗老师就给我们训话，教室门突然被推开了，进来的是李校长。他说，咱们学校新来了一个学生，插在你们班上。于是，大家的目光齐刷刷地转移到了那位新同学身上：一个身穿粉红色连衣裙的女生，一张白净的瓜子脸上戴着一副金丝眼镜，两条细小的麻花辫搭在胸前，瘦削的肩膀上斜挎着一个红色的皮制书包。罗老师说，欢迎你到我们班，你给大伙儿自我介绍一下吧。她脸上映出淡淡的红霞，朝前走了几步随便说了几句话。本来座位已经排好，可因为于列红的到来，原先与我同桌的那个女生被班主任调到别的座位上去了，于列红成了我的新同桌。她的出现，仿佛神仙姐姐从天而降，让我眼前突然一亮，也让我暗自高兴和激动了好些日子。她浑身就像一团谜，让我充满好奇。看她的相貌气质和穿着打扮像是城里人，怎么会到我们这样贫困落后的农村小学来上学呢？经过多处打听，我终于得到一些关于她的信息：她的父亲就是我们于家村人，年轻时因为家里穷，兄弟多，就到外乡给人当了上门女婿，现在不知什么原因就想到了归宗认祖，带着妻小搬回了老家。经过一段时间的相处，我发现她是一个性格活泼的女生，特别爱笑，她一笑，那眼镜片下面就浮出一对活泼的新月，嘴角上露出两个浅浅的酒窝。和她同桌了一学期，第二学期她和别人成了同桌。但那段同桌时光是我小学里最快乐的一段时光，期间发生过好多趣事，我曾在《青春·暗恋》一文里详细地写到过。

上完五年级，我以为快毕业了，没想到从我们这一届开始突然又加了一个六年级出来。小学的最后一年，总体上来说是比较平淡的。当时，我们的班主任叫刘增强，他身材高大健硕，脸盘很大，脸色很红，给人感觉血气很旺盛。刘老师平时穿着一件深蓝色西装，留着一个油光可鉴的大背头，看起来很气派，像极了一个大老板。他是一个脾气暴躁的人，动辄打人骂人。他的手掌宽大肥厚，很有力量，一把扇过去能把人打一个趔趄，所以同学都很惧怕。我也曾因犯了一次错误，体验过他那一巴掌的威力。刘老师虽然严厉，但也算是有才华的人。那时，他还担任着教导主任的职务，写得一手漂亮的毛笔字。学校墙上的标语、通知、告示，以及开会用的横幅大都出自他的手笔。

六年级那一年过得非常快，感觉一眨眼就过去了，没有给我留下太多记忆。考完试之后，我们这一拨学生都升入了初中，生活进入了一个新的阶段。也就在我们毕业那一年的暑假，学校被拆迁了，新校址设在了于家村东边二里路之外的南张村的北口——但这已经与我本人没有什么关系了。

十八个年头转瞬即逝。旧小学的门楼依然默默地矗立在老地方，像一个被人遗弃的毫无用处的风烛残年的老妇人。没有人再去关注它、理会它，也没有人去拆毁它，一任它在那里独自承受着日晒雨淋，风吹雪打。每次我从它旁边经过，都不禁要停下步子或车子，抬头望一眼，然后脑海里泛起小学校园里曾经发生的些许往事，心里都会泛起一丝丝淡淡的伤感。想起十八年前，不知有多少孩子在这里上过学，而如今除了这座残损不堪的门楼之外，再也看不到其他痕迹，也听不到当年孩子们琅琅的读书声了。

2011年11月16日于西安北郊

那山·那水·那人

我曾在绛帐高中度过了三年学习生活，在那里度过了一段如诗的青春岁月。好几年不曾回母校了，我常在梦里梦见它，梦见那里的山，那里的水，那里的人。

绛帐高中坐落在因东汉鸿儒马融曾设帐讲学而闻名遐迩的绛帐镇的正北约三四里的古水村，南临渭水，北依土山。渭水的潺湲，土山的苍莽，为这个本来占地面积不大，条件设施也不好的学校平添了几多生趣，也为学生们带来了几多欢乐。

学校大门朝南敞开，出门就是一条小河，因它只是渭河的一个分支，水势较小，当地人便把它叫"高干渠""引渭渠"。平时，河中水浅，虽不清澈，但能见底；倘在汛期，河床里满满的，浩浩荡荡，颇具气势。河上有小桥一座，宽约五米许，两边有铁栏杆。小桥两头各植有两棵法国梧桐，粗细相当。这几棵法国梧桐不知是何年何月何人所植，树干老粗，两人也合抱不住。树冠颇大，整个树如巨伞一般将小桥全罩在了下面。最好看的是树枝，树枝繁茂，纵横交错，有的枝柯如虬龙飞舞，有的枝梢似凤爪伸空，有的枝节像猿臂探水……真可谓千姿百态，穷形尽相。

小桥是学校的交通枢纽，当然也就是最热闹的地方了。周内，小桥上常有小商贩摆摊卖货，有卖书刊的，有卖吃食的，有修皮鞋的，偶尔也有卖石膏像、卖笛、箫、二胡等管弦乐器的等等。只有这卖石膏像和乐器的地摊上人最多了。那些石膏像全是用橡胶模具灌了石膏汁倒出来的，惟妙惟肖、活泼逼真、形式多样，有维纳斯、思想者、孙悟空、观音菩萨及各种动物的造型等。我光顾的最多的要算书摊了。书摊上有旧书，也有新书，大体分为两类：学习资料和文学书籍。我是文学类书籍的忠实顾客。每见桥上有卖书的摊点，我必定要去光顾。倘若挑到好书，身上只要装了钱，就会毫不犹豫地将它买下；倘若是一时囊中羞涩，就是问人借钱也非要将它弄到手上不可。高中三年，我的零用钱甚至伙食费大都花在买文学读物上了，尽管我的家境并不宽裕。也就是从那时起，文学之梦在我心中开始萌生，为了实现我的文学梦，我饕餮古今中外名著，并开始学着写诗、写散文、写小说，一直到现在。

在晚上，尤其是夏天的晚上，桥上的景色最是迷人。晚自习后，天气闷热，无心睡眠，同学们便三三两两地来到桥上纳凉。天外，明月皎皎、凉风习习。桥下，水声哗哗、波光粼粼。树荫里的知了吹奏着醉人的夜曲，桥栏旁的同学漫无边际地闲聊。那些羞涩的女孩们穿出平日里不敢穿的花裙三三两两地在桥上或河畔散步。毕业班的情侣们会趁此良夜，在这样的晚上常常互牵了手，在河畔散步，说悄悄话，诉别离情。

学校后边是一座土山。学校一半儿建在山下，一半儿建在山腰。

这座土山可是同学们的好去处，春秋两季，去的最是频繁了。常逢着假日或自由活动期间，同学们三五成群相邀登山畅游，好不快活！

春时一到，惠风和畅，草木泛青，山花烂漫。这时节，同学们便去山上踏青。或是赏景散心，或是登高望远，或是采花扑蝶，或是拍照留影，或是放喉高歌，想怎么玩就怎么玩，想怎么疯就怎么疯，这里是属于青春少年的一片自由天地。到了秋天，山崖上的野枣就熟了。那些馋嘴的女孩，一个个穿戴得花花绿绿，不怕山高路陡，也不嫌枣刺扎手，爬上山坡摘野枣子，将衣兜里装得鼓鼓的。有的一边摘一边吃，有的一边摘一边说笑，有的一边摘一边唱歌……她们如快乐的青春小鸟，歌笑婉转入云霞。我们男孩子才没有那份耐心去一颗颗地摘那小小的野枣子，我们虽然不摘，却也想一饱口福，于是，便厚着脸皮向女生讨要，倘若不给，便将手直接伸向女生的口袋里去掏。枣子吃够之后，野枣大战便开始上演，男孩用枣子打女孩，女孩以枣子还击男孩，结果扔得满地都是，走路不小心能将人滑倒。

土山是我的常去之处，心里高兴时去，情绪低落时也去，不分四季；一个人去，友人邀请也去，一切随我。我去山上除了游玩之外，主要是采风，寻找创作的灵感。每次从山上归来，我总会写好些东西。土山呀，它曾留下了我的脚印、欢笑、歌声、泪水……

这些年过去了，那山、那水我再没见，它们离我既远又近，似在梦里，犹在心中。

2000年2月2日于绛帐

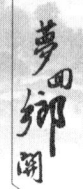

风流旷代绛帐镇

我的家乡绛帐镇，是关中西府的一座历史悠久的古镇，古属邰，是周人祖先后稷的诞生和教民稼穑之地；今属陕西省宝鸡市扶风县辖区。它地处陇海铁路沿线，东邻著名的中国现代农科城——杨凌，南临黄河最大的支流——渭河，北依莽莽苍苍的古周原，总面积约五十六平方公里，近七万人，辖十七个行政村。

绛帐镇因东汉马融设帐讲学而得名。马融（公元79年—166年），字季长，东汉时右扶风茂陵人，是东汉名将马援从孙，东汉儒家学者，著名经学家、文学家，曾历任校书郎中、河间王府长史、郎中、许昌令、议郎、武都太守、南郡太守等职。马融幼时天资聪颖，敏而好学，曾师从京兆儒生挚恂、班昭学习儒家学说；青年时，在距长安不远的仙游寺筑室苦读；中年时，入东观，遍注群经，《论语》《诗经》《孝经》《周易》《三礼》《尚书》《老子》《离骚》《淮南子》《列女传》等；另外，他还著有赋、颂、碑、诔、书、记、表、七言、琴歌、对策、遗令等二十一篇。因著述甚丰，从而奠定了其"通籍大儒"的地位。马融先生几次出仕不顺，最终以病免官，后来在我的家乡筑高台持起绛红色帐幕，前授生徒，后列女乐，学生多达四百余人，升堂入室者有五十余人，其中郑玄、卢植是佼佼者，再传弟子刘备、崔琰、公孙瓒也是赫赫有名的历史巨星。因马融先生当年坐在绛帐里授徒讲学，故后人用"绛帐"一词做师长或讲座的尊称。据传有一次，某学生违反制度，马融执草秸怒打，鲜血染遍秸秆，掷之于地，秸秆复活，开花结果，人皆以为奇，便将此草称为"传薪草"，故"绛帐传薪"的典故至今仍广为流传。清代扶风知县刘瀚芳曾作绛帐诗一首，歌咏此事："风流旷代夜传经，坐拥红装隔夜屏。歌吹弥今遗韵在，黄鹂啼罢酒初醒。"马融绛帐传薪，为儒家文化的传承和发展做出了巨大贡献，从而留下旷世传奇和千年佳话。可惜历经两千多年的天灾人祸，马融先生的煌煌著作大多散佚，当年设帐讲学的那座土筑的直径三四米的圆形"讲经台"，现在已然寻不着一丝痕迹。

据《扶风县志》和《扶风乡土志》记载，绛帐镇曾有一个别名叫"齐家埠"。历史上的绛帐镇，原本是一座很规则的古镇，虽然没有城墙，但四周有又宽又深的可以防御匪寇侵扰的护城壕，还有东西南北四座高大雄伟的城门楼，东门的大觉寺和西门的西林寺遥相呼应。绛帐镇曾是明清以来关中西府著名的四大古镇之一，是方圆几十里最大的集贸市场和物资集散地。南到秦岭太白，北至麟游、永寿，东到武功、兴平，西至岐山、凤翔的人们在每年的二月二庙会或集市交易日云集于此。街道里店铺林立、商贾云集、熙来攘往，热闹非凡。

1949年西府解放后，绛帐儿女迎来新的生活，他们以极大的热情和干劲使这个历史悠久的古镇发生了翻天覆地的变化。但由于历史的原因，古老的绛帐镇在得以重新改造的同时也遭到了人为破坏：护城壕被填了，绛帐台被拆了，东西南北四座城门楼也被毁了。绛帐镇的道街也一度失去了昔日的繁华。

改革开放以后，老百姓的腰包慢慢鼓了起来，绛帐街道成为这座古镇的政治中心、商业中心，再度繁华起来。每逢古历的"二、五、八"日或"三、六、九"日是古镇逢集的日子，从十里八乡络绎不绝赶来的父老乡亲在街道上汇成了人的海洋。集市上显出一片繁荣景象：街道上摊点密布，人群接踵，瓜果琳琅，小吃溢香，更有杂耍绝技尽显风流，吹拉弹唱各尽其能；父老乡亲随着嘈杂拥挤的人流在小摊前走走停停，好奇地看看这个问问那个，男人们自然是大量置办家具和农具，妇女们总是三五成群在一起，不是购买日常家用，就是为即将出嫁的女儿筹备嫁妆……

绛帐街道长约五里，分东西两段，东头的村子叫春光村，西边的村子叫西街村。东西两街各有一个戏园子，每年逢古历"二月二"和"九月十八"古会的时候，东西两街就同时唱起大戏，一唱就是三天三夜，请的都是西安、咸阳、宝鸡一带的著名秦腔剧团，如易俗社、五一剧团、陕西省戏曲研究院等。两台大戏同时开场，争相吸引乡党观看，谁也不愿输了人气，家乡人称此为"斗台"，这可让全镇方圆几里的父老乡亲们过足了戏瘾。

到了上个世纪90年代，绛帐镇兴起了一股盖房的热潮。绛帐街道被两旁新盖的宅房挤得越来越窄，甚至还没有某些村子里的街道宽敞，造成街道里天天堵车。街道两旁新盖的平房和楼房高低不齐、前后不等，住户和商户装上了亮闪闪的铝合金窗子，砌着五颜六色的瓷砖，像一个没见过世面的村姑，为了刻意打扮自己，便东施效颦，涂上厚厚的脂粉，穿上花红柳绿的衣服，以为这样才最美。绛帐人在这种低俗的效仿中失去了自我，也使得这座古镇失去了本色。

2000年，绛帐镇政府迁到火车站附近西宝高速公路旁边的迎宾路上，绛帐街道的居民虽然也呼吁过、挽留过，但无可奈何花落去。如今，尽管绛帐镇那条老街原来的坑坑洼洼的石灰板路面变成了宽阔平整的水泥路面，镇东头那座地标性建筑——毛主席语录塔，也由土木建筑变成了水泥结构，但老街道已沦落成一个极其普通的乡村集市，没有了昔日的繁华。现在外边的人一提到绛帐镇，都知道是绛帐火车站，而不知道还有个绛帐老街。

绛帐火车站是陇海铁路线上西安至宝鸡路段中间的一个很小的老火车站，始建于1936年，新中国成立后重新修建过，2004年被国家铁道部撤掉，现已停止办理客运业务，但遗址还在，算是车站现今留存下来的唯一老建筑了。可以说，火车站是绛帐镇的经济中心和商业中心，自镇政府迁到西宝高速公路旁边以后，这里也成了绛帐镇绝对的政治中心。除了绛帐人，周边的上宋乡，揉谷乡，以及塬上的段家镇的人也都经常来这里赶会跟集，几乎每日里都是人潮涌动，好不热闹。

绛帐镇，历史悠久、人文荟萃、经济繁荣，自古以来即为关中西府重镇。昔日，西周的先民曾在这片肥沃的平原上耕织繁衍、生息蓄锐，周武王顺天意挥师东伐，直捣朝歌，奠都沣镐；彭德怀率领的西北解放大军曾在这片土地上浴血奋战，取得"扶眉战役"的大胜利，奏响了踏步西进的雄壮凯歌。近十几年来，绛帐镇在各级政府的大力支持下，充分发挥地理、交通、人力资源等优势，走工业强镇之路，通过招商引资，改善基础设施，优化投资环境，现有企业四十多户，初步形成了以食品、化工、纺织、机电为主的产业集群。进入新时期，绛帐镇利用地域气候条件良好，土地平整肥沃且毗邻杨凌农业高新科技开发区，依托杨凌的人才、技术、信息、资金等发展现代化特色农业，走畜牧名镇、苗木大镇之路，渭河沿岸的经济苗木基地已初具规模。绛帐镇还依靠临近西宝高速公路和法汤高速公路的交通便利条件，初步建成了一个绛帐工业园——这是宝鸡市确定的一个市级重点工业园区。目前，该工业园区以齐全的基础设施、优惠的投资政策、优良的投资环境，以及每引进一个重大项目、成立一套援建机构、承诺实现一套优惠政策、建立健全一套封闭运行机制的"四个一"项目援建制度，使得建忠集团、华龙日清面业、今麦郎食品、泰荣瓷业等一批国内著名企业纷纷落户，极大地带动了绛帐镇的经济发展，也在一定程度上解决了家乡人民的就业问题。

2008年，中共中央提出了"建设社会主义新农村，缩小城乡差距"的宏伟战略，陕西省适时地提出"打造关中百镇"的战略思想，即以关中地区具有历史文化的名镇为基础，进一步结合文化特色，树立明星镇，带动陕西关中地区农村的发展。绛帐镇经过短短不到十年的发展，已通过国家有关部门的审查，入围"关中百镇"行列，被确定为"关中百镇"重点建设镇。

如今，国家规划的西宝高速铁路项目已经启动实施，该项工程正在紧锣密鼓地进行着，正好从绛帐镇穿过，要不了几年将会顺利通车。相信这条高速铁路顺利通车之后，绛帐镇势必会进入一个新的高速发展时期。

不管绛帐镇未来发生怎样的变化，作为土生土长的绛帐儿女中的一员，我衷心祝愿这座古老的小镇能抓住机遇迅速发展起来，在这个美好的新时代焕发出新的更大的青春活力！

2010年9月26日于西安高新六路

古水沟探源

扶风县绛帐镇古水村北边的莽原下有一个天然大水沟，不知道是什么时候形成的，却闻名遐迩。它离我们高中只有七八里路程，景致还算不错，就成了学生们常去的游玩地方。我记不清上高中时去过多少次，但独独对最后一次记忆犹新。因为那次，我不仅欣赏了水沟的全貌，而且探得了它的源头。

同桌李保平是从外校转来的，没去过水沟，他听说那里的风景不错，一直很想过去领略一下，只是不知具体所在，好几次叫我带他去。马上快要毕业了，课业越来越紧，再不去也许就没机会了，就在那年春天的一个下午，与他相约去了。

我们沿着学校门前的高干渠，一路说笑着逆流行了不到半小时，再向北走约二百米，眼前出现一个大峡谷，将东西绵延起伏的高原给切断了。峡谷的入口处是两方池塘：一方池塘是养鱼的，水满满的、蓝悠悠的，看不见鱼儿的出没，只是池面鳞波闪闪，远处看去，仿佛撒满银片；另外一方池塘早已干涸，有些地方露出大片的黑色淤泥，有些地方纵横交织许多裂口。记得以前来时，这个鱼塘里的水还是满的，还有大片的莲叶与荷花在水中摇曳呢。保平说这就是水沟吗？他显然是有些失望，我说不是，再往前走。

过了池塘，向北爬一个小土坡，有一道三四米高的长满野花野草的大土坝横亘在眼前。登上大坝，脚下就是一片汪汪洋洋的湖泊了，一阵清风吹来，湖面荡起了不尽的涟漪。放眼北望，只能看到左右两个岸，却不见水的来头，只见一条弯弯曲曲的绿色的带子向峡谷深处钻去——这便是全镇里有名的古水水沟了。

"这水是哪里来的呢？"保平这么一问，就勾起了我要去探寻水源的兴趣。

我们沿着水沟西岸的山腰向北前行。脚下的羊肠小道曲曲折折、盘盘旋旋，忽上忽下，似有似无。路的左边是断崖峭壁，右边就是好几米深的水沟了，稍不留神，就有跌入水沟的危险，幸好路边生长了密密麻麻的树木、藤萝及野草，才不至于让我们寸步难行。走着走着，忽然就到了另一番天地：眼前出现了一大块平地，是一大片苹果树，地头坐落着一个简陋的土屋。我想这大概是谁家的苹果园吧。立马感到了口渴，想去讨碗水喝，走上前去，见门上挂了锁，就只好继续行路了。虽然，没能喝到水，我却由此想到了诗人陶渊明，想到了他笔下的桃花源,心想:既然这个地方名叫"古水沟",历史肯定很早了,不知这里是否也住过隐士,如果有,会是谁呢?

穿过了苹果园,一个斜坡引我们钻到峡沟里去了。想不到本来还是很宽阔很平静的水沟陡然就变成了一条窄窄的水流淙淙的小溪,更想不到还有几个女人在这里搓洗着衣服,说着闲话。问了才知道,她们是前面沟老头村的。峡谷越来越狭窄,我们就顺着溪流的来向往前走。不觉就到了东岸的山坡。没走上几步,半山坡上有一座庙,庙前有个凉亭。我们想在凉亭下歇会脚,走上前去就看见了亭里的一口井,井口上没有辘轳。没有辘轳怎么打水?掀开井盖一看,不禁吃了一惊,想不到这半山腰上的井,水位离井口还不到半米,手轻轻一探,就摸到了那温润清澈的水。这回我们俩都以为这口水井就是水沟的真正源头了。欣喜之际,一个农民伯伯从这里经过,说这只是一口吃水井,并非水沟的源头。于是,我想起了一个谚语:"井水不犯河水"。

我有些气馁,想要返程,保平却来了劲儿,说好不容易走到这一步,放弃的话就可惜了,不如再往前走着看吧。继续前行,才没一会儿,我们就听见了水流的响声。下到一个小沟渠里,就看到了一个拳头大小的泉眼,"咕咚咕咚"地向外冒着水。走上前去,又看见草窝里又有几个这样的泉眼在冒水。我想这肯定是古水水沟的源头了。不远处正好有个十岁左右的小孩在放羊,经他证实确实就是了。"功夫不负有心人",我们为能找到水沟源头而高兴,就跪在那里,先用双手掬了泉水喝了一气,接着用泉水洗了手脸,然后就把水往对方的身上泼洒了起来……

找到水源后,我们感到了从未有过的欢乐,忘却了时间正从我们手边流逝,忘却了长途跋涉的艰辛。

1999年4月22日于绛帐

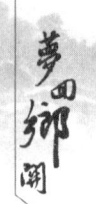

雪落故乡

北方的冬天是应该下点雪的。但这个漫长的冬天快要过去了，西安还看不到一丝要下雪的迹象，气候异常干燥寒冷。

那天早上，我像往常一样去上班，刚从地铁站口出来，看到天上飘起了星星点点的雪花，尽管雪花很小、很小，心情却忽然激动起来。我希望雪再下得大一些，时间再长一些。到了办公室的时候，我迫不及待地推窗向外望去，空中再也看不到一片雪花的身影，地面上也没有一丝雪花的痕迹。直到单位放春节假的那一天，西安再也没有下过一场雪，我心里不免失望起来，看来这个冬天在西安是看不到雪了。

我带着一丝遗憾回到了故乡。回到故乡的当天是腊月廿六日，我在镇上新买的房子里住了一个晚上。

翌日清晨，我睡醒后拉开窗帘，一道刺眼的白光瞬间照进了房子。定睛朝窗外望去，只见对面的房顶上落了一层厚厚的白雪；再向半空里望去，只见那大片大片晶莹的雪花正在寒风中肆意飘扬着……呀，下雪了，终于下雪了！我一时无法抑制内心的激动和喜悦，立即披上衣服，要去欣赏窗外美丽的雪景。

刚推开玻璃窗，一股寒风就裹挟着一片片雪花向我扑面而来。尽管天气挺冷，但是空气却异常的清新，一些雪花轻盈地、俏皮地散落在我的头发上，扑沾在我的面额和眉毛上，瞬间就融化尽净了，渗入了我的肌肤，那种感觉真是清爽无比！一片片雪花自遥远的天国而来，密密匝匝、纷纷扬扬地在半空里飘洒，坠落，它们不断变幻着身姿，改变着路线，最后轻轻地落在了故乡的大地上。

我住在六楼，站在窗口向外边眺望，眼界是相当开阔的。

雪花还在不停地飘洒着。故乡小镇远远近近的工厂、农舍、田野、道路上一夜之间全都落上了一层厚厚的白雪。昨天，小镇附近的田野上还可以看见地垄和麦苗的，而此时除了雪什么也看不见了，整个成了一片白茫茫、静悄悄的雪的世界。道路两旁的树上也都落上了白雪，行人的步履有些艰难，但他们都走得很从容。有的行人不时会停下脚步，抬头去仔细欣赏那些路边的玉树琼枝，我想他们一定是在赞美大自然的神奇造化；有的行人走着走着，忽然跑到树下用脚猛然蹬树干，树枝上的积雪簌簌跌落下来，然后轻轻地打在他们的头上，他们的脸上露出了孩子一般的笑容。树木在开花长叶的时候是最有生命力，也是最招人喜欢的，而落了雪的树木却有一种别样的美丽：它们静静地站在路旁，像一个个亭亭玉立的冰肌雪肤的美人，虽然都是统一的银装素裹，但姿态万千，风情无限，令人心醉神迷。

放眼望去，不管是宽阔平坦的水泥路，还是窄小曲折的乡间土路，此时都变成了一条条玉带，在故乡的大地上纵横交错着，它们连接着村庄和村庄，连接着村庄和小镇。离过年就剩下几天了，忽然落下了这场大雪，但路上的车辆和行人依然很多。大人们急匆匆地赶往集市，忙着去置办年货。孩子们在雪路上追逐，嬉戏，打着雪仗。道路上留下了许多大大小小的脚印。

下了雪的故乡格外静谧，但年味正在这场大雪中生发并渐次弥漫开来……

雪还在下着。这样的大雪已经下了一个晚上了，只是不知是从什么时候开始下的，一点也看不出要停住的意思。我希望这雪能继续下着，下得再大一些，这样故乡的风景才会更加美丽，年味也会更浓郁起来。虽然大雪暂时给人们的行路带来一些不便，但天晴之后，积雪会渐渐雪融化，空气会更加清新，田野会更加湿润，麦苗也会更加青翠茂盛，来年必将又是一个丰收之年。

2012年1月19日于绛帐

梦回乡关

周末早晨,正沉醉在睡梦中,却被楼下胡同里传来的脚步声、说话声,还有商贩的叫卖声给吵醒了。睁开惺忪的睡眼,一道强烈的光线透过窗帘照射进来,才知道天色早已大亮,一看表都八点多了。

上了一趟卫生间之后,想躺回去再睡个回笼觉,可是窗外的噪音越来越大,睡意很快就消失得杳无踪影了。于是,泡上一杯清茶,斜靠在床头回想起昨夜的梦来了。

记得,昨晚做了一夜悠长的梦,梦里回到了故乡,走进了家园,见到了双鬓斑白的父母,还畅游了悠悠流淌的渭河……可惜,梦醒后再去回想,脑海里只剩下一些支离残破的碎片,心里不免有些遗憾和失落。心想,假如梦境能复制下来该多好啊,这样,我就可以像电影一样反复完整地回放了。

记得曾在报纸上看到一篇解梦的文章,说是故乡往往给人一种舒适放松、温暖贴心的感觉,如果一个人反复梦到回故乡或者回到小时候,说明他可能处在紧张的生活节奏下,承受较大的压力,内心向往过去,渴望休息一下。仔细想想,这种说法实在是不无道理的。

我的故乡绛帐镇位于关中平原西部的渭河北岸。我出生于一个普通的百姓家庭,父母都是老实本分的农民,家里共姐弟五人,我排行最小。小时候,我们家经济状况还算不错,加之有父母和姊妹们的爱护,我的童年生活过得单纯而快乐。少年时代,读了很多书,知道在我生活的村庄之外还有更为广阔精彩的世界,于是终日便梦想着能有朝一日离开故乡,彻底摆脱那种面朝黄土背朝青天的生活,去繁华的城市里闯荡一番。后来,上了大学,便在省城找到了工作,终于过上了城里人的生活。

从此,我与故乡渐行渐远,回去一次,于我似乎成了一次旅行,每次在老家待不了几天又不得不再次出走。

岁月如流,时光荏苒。转眼,我已在这座喧闹的城市里学习、工作和生活了十多个年头了,故乡被我藏于心之一角,柔软得不可碰触。在这座城市里,我犹如一棵无根的浮萍,没有亲人,没有属于自己的房子,找不到一个可以安放灵魂的地方;而对于这座城市而言,我不过是一个"外来客",一个"栖居者"而已。每天下班后,当我拖着疲惫不堪的身体回到租住房里的时候,一点也找不到家的感觉,情绪常常躁动不已,一种孤独、凄凉的感觉便袭上心头。因此,每当夜深人静时,我常喜欢独自伫立在窗前,向着故乡的方向久久凝望,希望能看到故乡的影子。可是,漆黑的夜色和摩天的高楼挡住了我的视线,什么也望不见,只好把乡愁寄托在夜晚的睡梦里。

斯维特兰娜·博伊姆曾说过:"怀乡是对于某个不再存在或者从来没有存在过的家园的向往。"我深知,随着时光的流逝,故乡与我的距离越来越远,它已经不再是我儿时记忆中的样子。但故乡毕竟是生我养我的地方,我在那里生活过整整二十年时光,那里有我的家园、亲人,不管它变成什么样子,它是我内心深处永远的牵挂。

不知多少次,故乡的小镇、村庄、家园、莽原、河流,还有那些活着的和已经逝去的亲人,都一一浮现在我的梦里。我想,人生正是因为有了梦才变得温暖。今夜,我依然希望能再次梦回乡关,让一颗游子的心随着徐徐的风儿,翻过高山,越过河流,飞回我的家园,与亲人团聚,重温那段远逝的童年生活……

2012年6月18日于西安北郊

远去的时光

我二十岁之前的那段时光是在农村度过的，但要说记忆最深刻、感觉最快乐的大概要算是童年了。

我的家乡绛帐镇，是扶风县最南边的一个乡镇。这里是西周文明发源地的一部分，因东汉大儒马融曾在此地设"绛帐"讲学而闻名。绛帐镇，南临渭河，北依周原，地势平阔，物产丰饶，自古以来就是扶风县的一个农业大镇；东西走向的陇海铁路和西宝高速公路从这里经过，南北走向的汤法高速公路从中贯穿，交通便利、物流发达，近年成为关中西府的工业重地。

我出生的村庄是前进村三组，亦叫刘家村。村庄坐落在绛帐镇西南角，与西边上宋乡接壤，据说原先曾归上宋乡龙渠寺村管辖，后来划给了绛帐镇。小时候，我们家共七口人。我的父亲是一个老实本分的农民，虽然只有小学文化程度，但肚子里颇有些文墨，字儿写得漂亮，年轻时曾在大队做过会计、棉花技术员，还给大队书记写过材料；后来，他被大队推荐到杨凌农校学了几年兽医，回乡之后继续种地，兼做兽医工作。我的母亲是四川省乐山市金口河区人氏，家中兄妹五人，她排行老三，仅上过几天夜校，就被外婆叫回家劳动了，因而几乎没有什么文化；当年，因为四川饥荒闹得很凶，好多人都没啥吃，外婆家又极其贫困，为了谋一条生路，母亲就在十七岁那一年，跟着一个陌生的女贩子扒上火车来到了关中平原，后来与我的父亲结婚并相继生下了三女两子——我是其中排行最小的儿子。

对于我们这个七口之家来说，经济负担是相当重的，这全靠我的父亲一人来承担。我的父亲虽然是农民，但好歹有一门手艺，来钱还算比较容易。我的母亲是一个颇能吃苦耐劳的女人，除了料理日常家务、下地干活之外，还养猪、喂鸡，所以家里的经济状况还算过得去。我们姐弟五人中，姐姐和哥哥都没能在学业上有什么出息——大姐上了两年小学，二姐初中毕业，三姐小学毕业，哥哥初中肄业；父母把希望全寄托在我身上，一心要把我供出个名堂，为此他们鼓了很大的气力，忍受了外人难以想象的熬煎，直到我上完大学在省城工作之后，他们的脸上才有了一丝笑颜。

我出生于1979年，那时刚开始实行计划生育政策，我们家不可避免地受到了经济处罚。因为我是计划之外生育的,所以在父母和外人眼里的我一直是一个"多余的孩子"。

上个世纪70年代末,经历十年"文革"浩劫的国家开始慢慢恢复元气。农村经济依然很贫困,加上我们家孩子又多,所以我这个"多余的孩子"并没有得到过多少宠爱。听母亲说,生我的那一天,她还在地里劳动,忽然感觉肚子疼得厉害,匆忙赶回家里,很快就在老家那个只铺了芦席的土炕上生下了一个既黑又小的崽娃。生我的时候,祖母已经下世好些年了,母亲身边没有接生婆,父亲也不在身边,只有我那个只会说些简单的半语的脑子有些不好使的伯母在一边帮忙照看着。

生我的那一年,母亲已经三十四岁了。她的身体本来就很单薄,加之怀孕期间营养跟不上,坐月子的时候又吃的是粗茶淡饭,奶水自然很少,也没钱买奶粉,所以我在褴褓中的那些日子大多是吃着糖水泡馍,喝着苞谷糁、白米粥度过的,所以到底没能长个大个儿。

母亲没出月就下地干活了。她白天下地干活,常把我用小被子一裹,绑在她的后背上;有时候,她干活不方便背我,就把我交给姐姐们去照看,可是当姐姐们都去上学之后,就只好把我用绳子拴在窗子上。我学会走路了之后,大人去地里干活,总会把我带在身边。大人们都忙着干活,我就在地里抓土块、石子玩,坐在地头的树下听鸟儿的叫唤……

在还没有念书之前,我的聪明才智已经初步显现。有一年冬天,父亲从镇上买回来一个铁炉子,这个铁炉子是零散配件,需要重新进行组装。父亲在装炉盖的时候,很费了些工夫,可总是装不上去。我当时在旁边玩耍,见父亲因为装不好炉子而着急得满头冒汗,就蹲在旁边看了一会儿,说,爸,盖子好像扣反了,你倒过来试试吧。父亲就照我说的装,结果盖子立马就装上了。父亲摸着我的后脑勺,惊奇地说,你没见过火炉子,咋知道这么装呢?你真聪明……

还有一次,我家一个铁锨的木把儿断了,是从与铁锨背面的结合部断掉的,父亲找来一个榔头和一根尖头的钢钎,想把那段残留木棍儿剔出来,可是费了半天工夫也没弄彻底。我上前看了一下,说,爸,你把铁锨的那个部位放在火上烧一阵子,等夹在里面的木头烧成灰不就好了吗?父亲就把铁锨放进了母亲做饭的灶膛里烧了一会,很快就解决了问题。父亲从厨房里出来后,对我又是一番夸奖。我听了心里头美滋滋的。

我开始上小学是六岁那一年。刚报了名没几天,就不想去了。父亲问我为什么不去了,我说班上好多娃伙欺负我。父亲带着我到学校见了一回老师,告诉老师不许同学再欺负我。可没过多久,我又不想去了。我说,班上好多同学都比我大,我打不过他们。父亲说,你不用怕,我再给老师说一下,谁再欺负你,爸就过去收拾他。第二天,父亲因给好几家牲口看病,没时间送我上学,就让三姐送我去了学校。记得那时正是深秋季节,刚下过好长时间的连阴雨,通往学校的道路泥泞不堪。我身体瘦小,穿着泥鞋走不动。三姐见我走不动,就背上我走,走到泥少处才把我放下来。那时三姐好像上四年级,身体单薄得跟芦柴棒一样,老背着我走也吃不消。就这样,三姐把我送了大概一周时间,最后我还是不想去了。父亲一看也没有办法,就让我在家里再玩一年。这一年,我虽然没有上学,但父亲常在农闲和工作之余对我进行启蒙教育——他教我认课本上的拼音字母、生字,唱儿歌,念古诗,还自己写一些顺口溜式的诗歌让我背诵;他还把姐姐、哥哥们的历史课本拿过来叫我认识一些古代名人的画像,给我讲古代英雄人物的故事。

  第二年,我重新上了学前班。让我意想不到的是,这一届学前班的学生大部分还是上一拨的那些同学,其中三五个过去欺负过我的几个男生竟然都还在呢——真可谓是冤家路窄啊!但这回直到学前班念完,再没有一个人欺负过我。在学前班里,我很听话,学习成绩也很好,两学期都获得了"三好学生"的奖状。

  上小学期间,我一直很调皮捣蛋,在学习上没怎么用过功,但考试成绩一直在班上名列前茅。我的字儿受了父亲的影响,写得很漂亮,经常受到老师们的表扬,班上好多同学对我羡慕不已。在我的小学老师里面,学前班的班主任于科平、三年级的班主任李耀文两位老师对我甚好,对我曾产生过很大的影响。和我一拨的同学有二十多个,我至今还清楚地记得他们每一个人的姓名以及那时的模样。

  其实,于我而言,童年时光的乐趣,大多数是在校园之外的。那时候,我在村子北街道里是"孩子王",没有哪个孩子不服从我。在我的带领下,我和同伴们干过不少坏事:用麦草堵过别人家的烟囱,用石头砸过别人家老黄牛的鼻子,用弹弓打碎过电线杆上的"瓷猴",还偷过别人家地里的桃子、西红柿和西瓜……

  出了我们村子,往南走二里路就是渭河。童年的时候,我最爱去的地方就是渭河了,那里是我们的"欢乐园"。特别是一到夏天,我们经常爱往渭河跑。渭河滩上的草儿丰茂肥美,我们去的时候经常要带着竹笼和镰刀,割满满一笼提回来喂猪。到了渭河滩之后,我们先是在那里疯狂地玩耍,凫水、逮青蛙、捉知了、偷西瓜、刨红薯……玩够了之后才去割草，有时候玩到天快黑了，才想起还没割草，提着空笼子回家怕挨骂，就随便在谁家的红薯地里割一些叶蔓，再给上面盖一些青草敷衍了事。

　　渭河对岸是一片面积广阔的林场，站在河堤上远远就能看见。每年春天，学校每年都会布置一项"勤工俭学"任务——每个学生剜十几斤白蒿，晒干后交到学校，学校再卖给药铺。据说白蒿有药用价值，晒干了可以入药。渭河北岸的白蒿不多，大都被同伴们剜光了。听说渭河南岸的林场里白蒿很多，我约几个要好的同伴去那里看，果然又大又好。我们一连要去好几天，很快就剜够了白蒿，然后就在林场里疯狂地玩耍。林场里大部分是洋槐树，每年一到五月，树上就结满了洋槐花，我们常去那里采摘，然后带回家做麦饭吃，味道鲜美极了。除了洋槐树，林场里还有很多花草、虫儿、鸟儿……对我们这些孩子来说，那里是一个自由而美丽的天堂。可是，后来那里的树木不断被砍伐，有好多地方被开垦成田地，我们慢慢就去的少了……

　　童年的时光很美好，但它一眨眼间就过去了，一去而不复返。然而，那段远去的时光却是我一生永远的怀恋。

2012年9月21日于醉墨堂

柿子红了

快下班时，同事小石不知从哪里搞来一箱柿子，挨个儿给大家发，每人两个。那是"火罐"柿子，小小的、圆圆的、红彤彤、亮晶晶，煞是可爱。我将柿子捧在掌心，欣赏了半天，终于还是禁不住那薄皮儿中裹着的一团红的诱惑，用手轻轻揭了皮儿，噘了嘴唇，轻轻一吸，只听见"滋溜儿"一声，嘴里就满是那种甜蜜蜜软滑滑凉丝丝的东西了。两个柿子很快就被我干掉了，虽然惬意舒心，但总觉得不够过瘾，于是忽然想起了老家的柿子。

我的老家在关中平原，那里几乎家家门前或院里都栽柿子树。我家院子里有三棵柿子树，是新宅院刚建成时父母栽下的。那三棵柿子树刚落户我家时只有锨把儿那么细，个头儿高低和我差不多；但转眼十七八个年头过去，它们现已长成比碗口还要粗，跟二层洋楼差不多高的大树了，树冠繁茂如盖，树枝纵横参差，树皮黢黑粗糙，身上满是疤痕。

我是看着它们长大的，它们也见证了我的那段远去的少年时光。这些年我一直在西安打工，一年难得见它们几面，但我却深深记得它们的样子，记得它们给我们一家人带来的甜蜜回忆。

春天刚到时，那三棵柿子树挺立着光秃秃的树干，默默地守着本真，迟迟不肯发芽；直到百花开放，众草返青之后，枝丫上才慢慢吐出许多毛茸茸的嫩芽；这些嫩芽随着天气转暖开始泛青，逐渐长大成肥厚油亮的叶片。春天快结束时，柿子树才不紧不慢地开起花儿来。柿子花是鹅黄色的，星星点点的，只有指甲盖一样大小，它不像梨花那样清纯可爱，也不似桃花那样艳丽动人，羞羞答答地藏在浓密绿叶之中。当一场狂风暴雨突然来袭，无数柿子花就纷纷零落。柿子开花虽迟，但挂果很快，几乎是一夜之间，从那层层绿叶间就会钻出许许多多的小小的圆圆的青果，它们像婴儿一样伸出好奇的脑袋探测襁褓之外的这个陌生的大千世界。

夏日来临后，在蝉鸣蛙啼声中柿子树上这些青果转眼就变成鸡蛋般大小，挂满了树梢枝头，沉甸甸的。在孩子们的欢声笑语里，青果一天天默默地长着，不慌不忙地度过了炎炎夏日，然后就长成拳头般大小了，但还是生涩的，并不能吃的。小时候尝过青果的味道，那种涩苦直让人龇牙咧嘴，难受半天。

入了秋，凉爽的西风一吹，柿子就开始渐渐地变化颜色：先是绿中带黄，继而是满身的黄，直到中秋节前后就是通体的红彤彤了。那一簇簇一丛丛的柿子，远远望去好像是树上挂满了小小的红灯笼，整个院落里呈现出一派喜庆祥和的景象。这个时候，家人总爱站在树下，一边咽着口水，一边争论着哪个柿子颜色最红，哪个柿子个儿最大……

十月初，苞谷上了架，麦子种上地之后，柿子就全红了。个别熟透的柿子被风吹落或被鸟儿啄破，掉在地上就成散了黄儿的"鸡蛋"，让人看了感觉可惜。每年这时候，我就会爬上院墙，站在柿子树的大杈上，用手采摘下那些个儿大、颜色红的柿子，母亲则笑眯眯地站在树下一个一个用手接了过去，再轻轻放入竹笼里。用手够不着时，我就想再往高爬一些，母亲在树下不停地呐喊，让我赶紧下来，说是柿子树枝条硬而脆，很容易折断，万一摔下来就麻烦大了。

我骑在树杈上剥吃熟透了的柿子的当儿，母亲就跑到后院拿出撸竿——一头接着用铁丝箍着布口袋的长竹竿，她看准了柿子的位置，把撸竿伸过去，用布口袋上面的小铁钩钩住柿子的根蒂，稍微用力转一下竹竿，柿子就乖乖地落入口袋。我们忙活一晌，脖子仰得酸疼，但看着满满几笼子鲜红柿子，心里甭提有多美了。

柿子摘下来后，我们都是专拣那些捏上去软软的红透了的大柿子吃。小心翼翼地掰开一个，那红艳艳的薄皮儿里面裹着的一团晶莹剔透水汪汪的红色果肉就显露出来，顿时舌下生了口水。轻轻地捧起来，凑到嘴边，舔一口，淡淡的香，吃一口，醇醇的甜，真是别有一番滋味在心头！有些柿子虽然红了，但捏起来还是硬梆梆的，要放一阵日子，等它红得晶莹透亮，软如婴儿肌肤一样才好享用。红了的硬柿子也可以吃的，但必须是暖熟之后脱了涩味儿才行。

母亲暖柿子通常是在晚上，吃罢饭后，她在大锅中盛多半锅凉水，然后将生硬柿子放进去，用麦草火慢慢加热到温度不烫手为止，半夜起来，估摸锅凉了就再添几把温火。如果火候把握得好，经过一个晚上，等到天亮的时候，硬柿子就暖好了，吃起来特别香脆可口，不但完全脱了涩味，还多出一股淡淡的酒香……

在关中地区大部分村庄，柿子树就像田间地头的小草野花一样到处可见。家乡的柿子树虽多，却很少成片成林，东一株，西一棵，若不被栽于门前院里，就是长在坡坎、河滩、地头。平日里没有人去管它，甚至没有人多看它一眼，只有到了深秋时节，当苞谷入了仓，苹果上了市，肥大厚实的柿子树叶由深绿渐渐变黄、变红，直至枯黄飘落，柿子树才羞涩地显亮出了它的红色果实，沉甸甸地压弯了枝条。柿子红了，红了八百里秦川，红了农家小院，红了咱老百姓的日子啊！

2010年10月22日于北山门

落寞的老戏楼

除了临时搭建的之外，戏台大多设在戏楼里。有了戏楼，戏台被保护起来，少了日晒雨淋，也就有了持久性。戏剧一直是国人喜闻乐见的一种大众化艺术形式，戏楼也是过去人们常去的一个娱乐场所。

古代的戏楼种类繁多，在不同历史时期，有着不同的样式、特点、建造规模。从最原始的演出场所到庙宇乐楼、瓦市勾栏、宅第府邸舞台、会馆戏楼、酒楼茶楼、戏园及近代改良剧场和众多的流动戏台，不一而足，蔚为大观。

戏楼都是三面敞开，戏台的台面空间简单，但外延空间较大。戏楼的空间具有空灵通透的特点，戏台、厢房、回廊等都可以融入观演空间。戏楼在建筑上还有一个重要特色就是细部装饰，且不说戏台前立柱上的对联，单是建筑屋脊、壁柱、梁枋、门窗、屏风及其他细小构件上运用的雕刻、彩绘、装饰都有无穷的魅力。戏楼的装饰往往比较讲究，多用青绿色彩绘，土朱单彩，雕刻则有浮雕、透雕等，而且和彩绘结合，甚至贴金洒银，整体上显得金碧辉煌、灿烂夺目。

在广袤的中国大地上，不管是南方还是北方，不管是山区还是平原，不管是城市还是乡村，几乎都能见到老戏楼的身影。尤其是在关中乡村，几乎每个村、镇都有一个或大或小、或今或古、或繁或简的戏楼。

在陕西乃至整个西北五省境内，普遍流行的剧种是秦腔。秦腔的唱腔既有浑厚深沉、悲壮高昂、慷慨激越的风格，又有缠绵悱恻、细腻柔和、轻快活泼的特点，是中国最具地域特色、受众范围最广的一个古老剧种。过去，西北地区的经济相对落后，文化生活单调，唱秦腔、看秦腔是人民大众最主要的娱乐方式，因而戏楼便成了乡村里唯一的文化活动中心，它在人们的心目中有着不可替代的地位。

我出生于关中农村，受了父亲的影响，从小就喜欢看戏，曾见过很多戏楼。小时候，戏楼在我眼里一直是乡村里最为宏伟高大的建筑。

我的故乡绛帐镇一带的戏楼，大部分建在村子的中心位置，建筑风格都差不多，砖木材料，墙体较厚。戏楼的主体高十来米，进深五六十米，跨度一百来米，屋脊呈"人"字造型，楼顶架有横梁、木椽，上面覆以红色琉璃瓦。戏楼的外观是一个"凸"字造型，戏台上面和侧面的墙上有二龙戏珠、双狮雄踞的雕塑，还有祥云、江海、松树、青竹、仙鹤、梅花鹿等寓意吉祥的彩绘图案和花纹，整体设计显得华美典雅，但又不失庄严大方，远处看去犹如一座雄伟高大的旧宫殿。

绛帐镇最知名的戏楼要属绛帐街道的两座戏楼了。这两座戏楼，一个在东街，一个在西街，二者相距约二里路。每年逢农历二月二和九月十八，绛帐镇过古会，这两座戏楼都会唱起大戏，全镇以及周边的上宋、揉谷、段家等乡镇的乡党如潮水一样蜂拥而至。这两个戏楼，请的都是省市级剧团，其中不乏秦腔界的名角。这两个戏楼，往往是同时开演。边鼓一敲，板胡一拉，好戏开场，一唱就是五天五夜。两座戏楼的戏台上，生、旦、净、末、丑悉数登台亮相，个个都铆足了劲儿，拉开架势表演，扯开嗓门吼唱，大有一比高下的气势。这两座戏楼上都架着高音喇叭，大戏一开场，两座戏楼里的秦腔经过喇叭传播出去，在半空中互相交织、冲撞，绛帐镇方圆七八里之外都能听见。两座戏楼前的广场上满是人，黑压压一片，人群中不时传来阵阵掌声和喝彩声。有些戏迷图热闹，经常在两座戏楼之间来回穿梭。两台大戏开演之前，他们先看戏园子门口的戏报，喜欢哪出戏就去哪座戏楼前看，或者哪边演员名气大就去哪边看。有了这两台大戏，绛帐镇的古会就热闹了很多，街道上人山人海，接踵摩肩，有卖小吃的，有卖山货的，有卖日用品的，还有搞杂耍魔术的、卖药算卦的、耍猴套圈的……

我们前进村也有一座戏楼。在我的记忆中，这个戏楼仅在我们前进小学新校区建成的那一年春季唱过一回大戏，但那一年我刚上了绛帐镇初中，学校没放假，所以没有看上戏。因此，对于这座戏楼，我的印象始终是模糊的。只记得戏台两边有几间房子，是村委会的办公室。另外，还有一间房是村上的卫生室，小时候父亲常带着我去那里看病。每次站在这座戏楼下面，看着空阔的戏台，我都会有些害怕，觉得偌大的戏楼，像极了一只凶猛高大、饥饿已久的怪兽，正张着一张血盆大口，似乎要一口吞掉我。

我们邻村——龙渠寺的戏楼，我去的次数最多。每年清明时节，龙渠寺村有一个庙会，村委会请来秦腔剧团来这里唱三天三夜的大戏。那几天，龙渠寺的家家户户都像过年一样，割肉买菜，以招待前来跟会的亲戚朋友，村上的街道两旁摆满了做生意的小摊，很是热闹。但最热闹的要算是戏园子里面了。戏台上上演着慷慨激昂的秦腔，戏台前的广场上拥挤着观众，还有卖各种吃货玩具的小商贩。看戏的大多是中老年人。老汉们大都戴着草帽，鼻梁上架着茶色石头眼镜；老婆们大都头顶一方蓝色印格手帕，手里轻摇着蒲扇。这些人是秦腔的忠实"粉丝"，看戏是他们最受活的事情，尽管正在上演的剧目，他们都不知看了多少遍，情节和唱词都烂熟于心，但每次看戏都是饶有兴致，不到戏演完，一般很少有人半道离场。

　　20世纪80年代以前，戏楼绝对是广大农民心中的文化圣殿。但自从电视机普及以后，唱戏、看戏不再是农村人唯一的娱乐活动了；还有，电视上设有戏剧栏目，戏迷们足不出户就能看戏，无须再跑到戏楼跟前了。后来，碟机、手机、互联网也开始普及，农村人的文化娱乐形式更加多元化，戏剧很快衰落，专业剧团不景气了，民间的戏班子也越来越少，那些老戏楼便遭到了冷落，被闲置了起来，时间一长，也就淡出了人们的视野。戏楼的数量越来越少，剩下的为数不多的老戏楼，寂寞地蹲守在乡村的角落里，无人问津。

　　由于长时间不演戏，乡村里的戏楼就很少有人再光顾了。戏楼的木梁上挂满了蜘蛛网，空阔的戏台上落满了灰尘，到处是丢弃的棍棒砖头、烟头纸屑之类的玩意儿。

　　每次经过故乡的那些老戏楼前，望着无人的戏台和长满荒草的广场，我常常感慨万千。如果说人生如一场戏的话，那么社会就是大戏台，人人都是演员，再红火热闹的戏场总有落幕的时候。落幕之后，谁还记得戏台上昔日的繁华呢？

2013年11月2日于大荔

卷二·人间冷暖

我的伯父

我所见过的我们家族里年纪最长的人是伯父。伯父很疼爱他的所有子侄，尤其疼爱我这个最小的侄儿，常把我当自己的亲儿子一样看待。伯父去世已经十六年了，我常常想起他。关于伯父的一生，我零零碎碎听说和目睹的事情很多，他可以说是我最尊敬的一个长辈，也是我见过的最苦命的一个好人。

我的伯父，小名刘车有，官名建斌，生于1930年农历十一月十一日。我的爷爷、奶奶都是农民，生育了三个孩子，伯父排行老大，姑姑是老二，父亲是老幺。

19世纪30年代，中国面临内忧外患，广大人民生活在水深火热之中。因此，伯父的童年自然也是没有多少幸福可言。那时候，由于家境贫寒，爷爷没有钱供伯父上学，伯父一生与书本无缘，斗大的字不识一个。伯父十岁的时候就参加了生产劳动，曾跟着爷爷给地主家打过短工。他当时还是个未成年的毛孩子，身板单薄，拿不起重活，曾多次挨过我们村上地主刘录的皮鞭毒打。等他年纪稍长一些的时候，爷爷却抽上了大烟。每当看到爷爷烟瘾发作的情形，伯父心里非常难受，就借钱买了一匹白马，经常去渭河南岸的眉县境内驮脚，用挣来的辛苦钱给爷爷买大烟泡儿。爷爷因为吸食大烟，严重损害了健康，四十多岁的时候就离开了人世。

爷爷去世的那一年，伯父十七岁，父亲刚刚三岁。据说爷爷年轻时，家里经济状况还算过得去，可自他染上大烟之后，家道迅速衰落下去。爷爷去世时，家里已经到了一贫如洗的地步。奶奶正值中年，却没有改嫁，而是与伯父一起挑起了家庭重担。奶奶是一个裹脚女人，地里的农活干不了，就在家操持内务，经常纺线织布，以补贴家用。伯父是长子，也是家里唯一能够担当的劳力，不但要忙自家地里活，还经常出去打短工。伯父虽然没有上过一天学，但他很明理，知道念些书是有好处的，于是就咬着牙供我父亲上完了小学。

1949年，毛泽东在天安门城楼向全世界宣布一个崭新的中国从此站起来了！一个旧时代结束了，一个新时代诞生了，亿万神州百姓为此欢呼！数千年的封建社会，土地集中在地主手上，农民只能在地主的摧残之下，过着牛马不如的生活。1951年，社会主义祖国迎来了"土改运动"，农民真正要当家做主了，随后又在全国农村实行农业生产合作社。那时，伯父才二十岁出头，深受旧社会迫害的他看到了希望，看到了光明，就积极申请加入了中国共产党，并被选为刘家村的队长，这一干就是二十多年。伯父是一个老实本分的农民，虽然当上了队长，却从不摆架子，实心为群众办实事、办好事。他干活勤快，在农业社里的集体劳动中身先士卒，从来不曾躲奸溜滑。他为人诚实，心肠很好，从不得罪人。在他当队长的那二十多年，村里有一些人不服气，不服从他的领导，经常跟他对着干。但他对这些人总是嘻嘻哈哈，从不与他们计较，也从不曾利用自己的职权去整人害人。1966年，"文革"爆发，他被打成"走资派"，经常遭到"小将"们的批斗。有一次，伯父又被拉出来批斗，他实在忍受不下去，一头扎进村饲养室对面的那个大涝池，幸好被人及时救了上来。"文革"结束后，伯父被平反了，又当了十几年队长，带领群众大搞农业生产，多次被评为"优秀共产党员"和"全镇劳动模范"。

  由于家境贫寒，伯父年轻的时候，只知道挣钱养家，把自己的婚事一直没放在心上。直到伯父三十岁的时候，奶奶才着了急，四处托人给他说媒，最后经媒人介绍，说下了一门亲事。那天，媒人带他去西街村一户人家相亲，有三四个女子坐在客厅过道里织布，媒人指着其中一个女子说："就是那个。"伯父远远地瞅了一眼，没有上前搭话，转过身只说了两个字："能成。"于是，这门亲事就算这么确定了下来，很快给丈人家缴了财礼。到年底，伯父就把那女子领回家拜堂成了亲。可是拜了堂之后，伯父才知道他的媳妇是一个说话口齿不清，脑子也不好使的女人。伯父心里懊悔不已，但是木已成舟，没有任何办法可以挽回，只好认命了。

  结婚后的第二年，伯母为他生下了一个可爱的大胖小子，伯父的脸上才开始有了笑颜。伯父不识字，就请我父亲为娃起名。我父亲给这娃起名为刘宽余，寓意是希望生活越来越宽余。我宽余哥小时候特别聪明，念书很好，一直上到了初中。但因家庭穷困，伯父已经无力再供他继续上学，宽余哥很懂事，初中一毕业就回家帮伯父干活了。宽余哥从学校回来的第二年的那个冬天，镇上在渭河滩搞防洪工程，大队安排各小队出人去眉县汤峪拉石头。宽余哥跟着我父亲在汤峪干了几天活，没想到突然发起了高烧，我父亲赶紧把他带回家。当时农村医疗条件很差，要去县城里的大医院看病还得走上几十里路，就在村上的诊所看了一下，大夫给打了几针，吃了些药，可是一连两天他的高烧就是不退，急得家人团团转。万般无奈之下，伯父赶天黑前从邻村请来一个叫菊香的赤脚医生。宽余哥躺在床上迷迷糊糊，一会儿冷得浑身打战，要盖被子，一会儿又大汗淋漓，用脚将被子蹬开。菊香过来瞧了一下，也诊断不出啥病，就给宽余哥吃了几片止痛药，但没起到什么作用。为了让宽余哥安静下来,菊香又让给他吃几片安眠药!安眠片吃下去之后,没过几分钟,宽余哥脸色大变,医生一看情况不妙,就说家里还有事情,急忙告辞了。结果菊香还没走出刘家村,宽余哥就翻开了白眼,很快就断了气。伯父趴在床边撕心裂肺地不停地喊叫宽余哥的名字,但得不到一丝回应。只听见家里的那只狗不停地嚎叫,声音凄厉古怪。那晚,天上下了一夜鹅毛大雪,伯父在院子里也哭天喊地了一个晚上。第二天早上,天还没亮,宽余哥就被埋在了村子北边一个土壕里。

宽余哥夭折之后,伯父有一年的时间总是没有精神。家里没了孩子,一下子冷清了许多,伯父就从前进一队种家村抱养了一个女婴,我父亲给这娃起名叫桂霞。过了几年,伯母又生下一个女儿,起名叫红霞,全家人将其视为掌上明珠。后来,伯母又相继生下两个儿子,大的叫宽省,小的叫宽劳。家里四个孩子,多了几张吃饭的嘴,伯父肩上的负担也越压越重。

父亲是二十岁结的婚,这是我奶奶和伯父一手操办的。我母亲当年才十八九岁,被人贩子从四川乐山拐骗到了陕西,几经辗转最后嫁给了我的父亲。我父亲和母亲结婚之后,与我伯父、伯母等人在一个院子里一起生活了十四年。这十四年里,他们兄弟二人相处和睦,我母亲和我伯母相处得也很融洽,几乎没有为家庭琐事拌过嘴。那时候,伯父当队长,带领群众搞农业生产;父亲在大队当出纳,计工分、管灶,还给大队书记写材料。他们兄弟俩在生活和工作上互相帮助,共同赡养我奶奶,让村里很多人羡慕不已。直到后来有了我哥哥以后,家里人口达到了十三人,生活负担实在太重,我奶奶便给他们兄弟俩分了家,伯父一家住在上房,父亲一家住在后院。1977年农历五月,奶奶因突发脑溢血去世,伯父和父亲两人妥善安排了后事。第二年,父亲带着我们一家六口人从村北边的那座老宅院搬了出来,在村东边盖了一座三间大瓦房。从此,一个大家庭正式分成了两个小家庭,但两家之间来往十分紧密。

搬进新居后的第二年,我就来到了这个世上,家里又添了一个新成员。直到1980年代中期,刘家村重新规划庄基,伯父一家也从老宅院里搬了出来,住进了村南边的一座新盖的大瓦房里。伯父盖房的时候,我刚上小学一二年级,对此事记忆非常深刻。为了盖新房,伯父那一阵忙里忙外,操碎了心,我们全家人也给帮了不少忙。新房盖好后,伯父一家人很快就住了进去,但伯父明显苍老了许多。为了盖新房,伯父还在外面借了不少账,为了尽快还清借账,接下来的几年里,伯父特别辛苦,不仅在渭河滩上承包了好几亩地,种植辣椒、花生、西瓜等经济作物,还经常到建筑工地干小工。

搬进新房没几年，伯父的大儿子也到了说媳妇的年纪。大哥小学毕业就参加劳动了，农闲时节也在工地干活。在大哥的婚事上，伯父费了不少周折。好不容易给大哥娶了媳妇，但是大儿子和媳妇对他不好，经常惹他生气。二哥初中毕业没考上高中，也回家务农了。过了没几年，伯父又张罗着给我二哥娶媳妇，一下子把他多年的积蓄花了个一干二净。但是二哥结婚后，也和大哥一样对待他。

我堂哥结婚后都住在一个大瓦房里，兄弟俩各占一间房子。伯父和伯母只能住在大瓦房前的那座楼板平房里。平房里有两间房子，一个是厨房，一个是卧室。厨房和卧室中间有一个小墙洞，厨房的灶间和卧室的炕洞是相通的，厨房做饭的时候，卧室里的土炕就被烧热了，炊烟和蒸气也就通过那个小墙洞流通过来，卧室里常年又热又烟。冬天还罢了，一到夏天，那间小卧室如同蒸笼一般。我不知道伯父和伯母那些年是怎样熬过来的。

1992年，我家又一次盖了新房，搬到伯父家的斜对面。我经常有事没事就跑到伯父家里去玩。在我童年的记忆中，伯父白天干完活回来，老喜欢蹲在门口抽旱烟；晚上，他经常睡得很晚，一个人坐在土炕上一边抽旱烟，一边听着收音机里的秦腔。每年正月初一，我都去伯父家拜年。伯父总是双腿盘坐在没有毛毡和褥子的芦席上抽烟、听戏。见我来了，总是很热情地嘘寒问暖，给我倒他熬的苦茶，还从被窝里摸出一把核桃、毛栗及糖果给我吃。等我要走的时候，他还会从衣兜里摸出几张票子，笑呵呵地说："娃，这是伯给你的压岁钱，你别嫌少，装上吧。"我知道伯父的日子艰难，不好意思要，但他总会从炕上撑下来，硬把压岁钱塞进我手心里。

1995年春夏之交，伯父感觉身体不适，去县医院检查，检查不出来是啥病。后来，在父亲的陪同之下去了一趟西安的第四军医大学，确诊是得了肝包虫病。医生告诉我父亲，说是幸亏发现得早，花四千元做一个手术就能治好。但是，我宽省哥和宽劳哥说是手上没钱，等回去之后想办法把钱凑齐了再做手术。伯父从医院回来之后，我两位堂哥却不再提说给伯父看病一事。就这样硬是在家里耽搁了两三个月，伯父的病情日益严重起来，半夜里经常会疼得大声呻唤。在此期间，父亲经常隔三岔五地去看望伯父。父亲看着伯父被病痛折磨得痛苦不堪，实在看不下去了，多次给他的两个侄子做思想工作，希望尽快筹钱给老人看病。刚开始，父亲给我两位堂哥说话时，他们还总是沉默，后来父亲说的次数多了，他们都恨起了我父亲，在大路上看见他就远远地躲开了。

那时候，四千元对一般家庭来说也不算小数目。此前，我家刚盖了新房，父亲手头也没有多少积蓄，可是父亲不愿看到他的哥哥病情继续恶化下去，于是就拿出了一千元，并鼓动我的三个已经出嫁的姐姐也每人拿出了几百元给伯父看病。这样七拼八凑下来，做手术的钱还差多一半呢。父亲再次去劝说我的这两位堂哥，但是他们根本就不予理睬，死活不肯往出拿钱。无奈，父亲又把他的两个外甥叫过来，大家一起给我两位堂哥做动员工作。我的两位堂哥口口声声说自己没钱，也借不来钱，气得我父亲的大外甥抽了宽省哥一记耳光。过了一段时间，我的两位堂哥才同意去西安给我伯父做手术。可是，第二次去医院检查之后，医生说伯父的病情已经到了晚期，手术做不成了，回家慢慢调养，或许还有一线生机。从西安回来之后，伯父的病情很快恶化，刚开始他还能下床走动走动，没过几天就不能正常进食，连大小便也无法自理了。就这样，伯父的身体日渐消瘦下去……

当年的十月初，正值秋播季节。那天下午，我和二哥正在渭河堤岸附近用手扶拖拉机犁地，有人在地头大喊："赶紧往回走，你爹不行了！"二哥听罢，赶紧撒腿往家里跑……等我回去的时候，屋子的过道里站了好多人，大哥将伯父的头抱在怀里号啕大哭，二哥也扑过去跪伏在床边大哭，接着全屋子里的人也都跪在地上大哭起来……

伯父去世后的第二年，二哥在我家后面新批的庄基地上盖起了一座二层半洋楼。当年，盖这样一座房子至少也得七八万元，当初给伯父看病时二哥老说自己没钱，没想到伯父才去世一年他就有钱盖新房了，但我想我会用一生的时间去记住我两位堂哥是如何对待他们的父亲，我那老实本分的苦了一辈子的伯父！

伯父活了六十四岁，一生命运多舛，生活艰辛。作为一个普通的农民，他尽完了自己作为儿子、兄长、丈夫及父亲的一切责任和义务，却连一天好日子都没过上，一天清福也没享上，带着一身的病痛匆匆地离开了这个人世。多年之后，村里人提起他来，总会说：这实在是一个苦命的老好人啊！

其实，像伯父这样苦命的老好人在中国农村还有很多很多，但他只是我所见过的那些人中最普通的一个，也是最值得我用一生去尊敬和怀念的一个。我愿他的英灵在九泉之下得以安息，假若人真的有来世的话，希望他下辈子的命运不再那么悲苦，也祝愿天下如我伯父般的"苦命的老好人"来世幸福。

2012年2月5日于醉墨堂

父亲的生日

刚回过一次老家，按惯例这个周末是不会再回去的，但我毅然决定再回去一趟，因为这个周日是父亲的生日——农历十月十六日。

过了这个生日父亲就是六十八岁了，眼看要奔七十岁去。父亲是农民出身，辛劳了一辈子，拉扯我们五个孩子长大成人，却从来没享过几天清福。大姐为人忠厚老实，很有孝心，虽然距离我家较近，但家庭拖累太大，既要照顾瘫在炕上的公公和患了糖尿病的婆婆，还要忙家里地里的活计，只能隔三岔五来看看父亲；二姐和三姐也是农民，不满意在我们当地的方便面厂临时工的微薄收入，携家带口跑到广东打工去了，三四年间就回来过一两次；哥哥业已成家，承接了父亲的衣钵，做了一名乡村兽医，但念书少，不明理，对父亲不太好，常惹他生气——提起桩桩往事好不令人气愤……

我是老幺，父亲最疼我，在我身上也付出了最多的心血。我一直感念着父亲，感念他老人家的养育之恩，感念他鼓了心力供我上大学，感念他这么大年纪还与母亲给我看管小孩。我大学毕业后一直在西安工作，结婚前的几年，境况不是太好，一年中也难得回去几次看望父亲；结婚生子之后，我也是两三周才回家一次，所以也很少在父亲膝下尽孝心、行孝道，心里一直感觉十分愧疚。所以，这次父亲生日来临之前，我早早就谋划着要好好为他过一回生日，弥补一下自己内心的遗憾。

父亲生日的前一天，我在西安给他买了一身新衣，然后就急匆匆往老家赶了。我在回去之前并没有给父亲打电话说我要回去，等坐车到了绛帐镇火车站后才给他打了一个电话，说我在绛帐车站附近，准备给家里买些东西，给他过一个生日。父亲说，我已经给你大姐说了，今年不想过生日了，大家都忙得跟啥一样，就不要过来了。我说，这怎么行呢，二姐、三姐虽然没在，我给你过嘛，咱不大弄小过一下总可以吧，况且这也花不了几个钱的。父亲说，我已经提前买了一些大米和粉丝，你就不用再买啥了。我说，那我就割几斤肉，再买几样菜吧，晚上给我大姐、二姐夫打电话，通知他们明天都过来，大家坐喝一下。父亲想了一下说，那好吧。等我采购完东西，坐三轮车到绛帐街道时，天已经黑瓷实了。从镇上到家里还有四五里路程，父亲知道我提着那么多东西徒步走回家太艰难，早早就骑着摩托车在镇街道十字口等我了。乡下冬日的晚风格外寒冷,摩托车在前灯的照引下疾速行进,我坐在后座上,父亲的宽大身躯替我遮挡着寒风,但我还是冷得打哆嗦,想着父亲一定比我还冷的时候,不争气的泪水从眼镜片下涌泻出来……

第二天真是个好天气,虽然有风,但太阳的光芒像金子一样亮堂,照在人身上很暖和。早上,我和妻子、女儿收拾完毕去厨房的时候,母亲已经把面条压好了,父亲像往常一样又骑着车子给邻村人家的牲口看病去了。妻子洗漱完毕系上围裙,和母亲一起在锅灶上忙活开了。我在灶房根本插不上手,只好去打扫房间院落。尽管平时哥哥对父母不好,但吃早饭时,父亲还是把哥哥他们一家人叫过来一起吃饭。哥哥过来吃饭时什么礼物也没拿,我心里很不高兴,但父亲依然是那样的和蔼可亲,和哥哥说着闲话。对于哥哥,我一直是反感的,但那天是父亲的生日,我没有当面发作。父亲对这一切似乎并不在意,精神头很好,胃口也不错,早上一连吃了好几碗臊子面。直到八九点的时候,大姐和她的儿子亮亮、广广才提着礼物过来了,大家又开始忙活,烧锅、调汤、下面、捞面,端饭……忙得不亦乐乎。

上午,妻子、母亲和大姐在厨房里忙活。我拿出新买的衣服让父亲换上,还把他身上的脏衣服和家里其他待洗的衣服全拿出去用洗衣机洗了。穿上新衣的父亲,显得格外精神,他笑呵呵地用自行车推着孙子在院里门外到处转圈圈儿,开心得简直像个孩子。我想,当年父亲肯定也总是像今天这样用自行车带着我到处转吧。可是他从来没有机会享受过这样的待遇,因为在他两三岁的时候,我的爷爷就因病早逝了,可怜他一生中没有真正体验过什么是父爱……想到这个,我心里忽然感觉堵得慌。

快到中午的时候,父亲让我打电话给二姐夫,只叫他过来吃饭,不要提他过生日的事情。二姐夫在午饭前赶过来了,提着几件礼当,他显然知道今天是父亲的生日,但因为在附近的一个村子帮人家盖房,只能抽空过来为父亲祝寿。嫂子和二姐夫在同一个工地干活,中午也从工地上回来了,但没好意思直接过来吃饭,父亲授意母亲把她叫了过来。该叫的人基本都叫了,能来的也都来了,院子里就支了一张桌子,亲人们都围坐在一起。妻子取出她为父亲定做的生日蛋糕放在桌子中间,亮亮点上蜡烛,大家一起吹灭,广广给大家分切了蛋糕。父亲最先分到一块最大的蛋糕,上面写着一个红红的"寿"字,还有一个大大的用奶油做成的寿桃。父亲看着香喷喷的生日蛋糕,脸上露出从未有过的笑容,笑呵呵地说:"是不是吃了这个寿桃就能活得岁数大一些?"大家就都笑了。一场简单的生日聚会就这样开始了，一个普通的农家小院里立刻充满了欢乐的笑声……

下午，我和妻子、女儿走的时候，父亲正躺在炕上休息，他的鼾声正浓，嘴角依然挂着一丝淡淡的笑容。我猜想父亲或许正在做着一个好梦吧，就不忍心打搅他，只是给掖了一下被子，悄悄走出了房间。

父亲的生日过得很顺利，但我心里却有着一个小小的遗憾：这次回家没有带相机，没能拍下生日聚会的场景。我想，人生到处都有着遗憾吧，凡事只要尽心尽力就好，最重要的是人心里感觉开心和幸福。

2010年11月22日于西安北山门

父母进城来看我

在西安工作的这几年,父亲曾多次过来看我,但最难忘的是他第四次进城看我,我清楚地记得那天是2005年春天。

那时,我刚从一家干了两年多的著名乳品企业辞职。父亲在电话里说,他去年在西安买的那台"华圣"治疗仪出了毛病,想拿过来修理一下,顺便过来看看我。我很热情爽快地答应了下来。

我知道父亲要过来,一大早对好久没有收拾的房子进行了一次大扫除,还特意到等驾坡村口附近的建工路综合市场转了一下,看有没有适合父亲穿的衣服。当时看了几件,觉得还不错,但不知道父亲平时穿多大尺码,就决定等他来了再买。我正在市场里转悠,父亲打电话说他已经到站了。我急忙跑到等驾坡站牌那里去接他。让我惊喜的是,这次父亲和母亲竟然是一块儿来的。

我领二老到我住的这个等驾坡村里最好的一家饭馆吃了一顿午餐。我给父亲点了一大碗油泼扯面,给母亲要了一小碗西红柿鸡蛋面。父亲吃完大呼过瘾,母亲也说城里的饭就是好吃。吃罢饭,父亲抢先付了饭钱,说是为了把整钱花开,这让我很是尴尬。我知道,父亲是不想让我破费。离开餐桌时,我抢先拎起了所有行李:一个破旧的黑帆布背包,拉链没有拉上,里面装得鼓鼓的;一个变了形的装着治疗仪的纸箱和一个旧的塑料手提袋。进了街巷,我走在二老的前面,步伐很快,我想尽快甩掉那些"钉"在我身上的那些城里人的眼睛。

一进房间,我让二老先坐下来喝水,然后开始动手收拾他们的行李,将东西分类之后分别装进了一个新帆布背包和新手提袋里了。我给父亲说:"东西不多就没有必要装得那么零散,大包小包的不好拿,还让城里人看了笑话咱跟旧社会逃难的一样。"父亲笑了笑说:"咱是农村人,出门不太讲究,麻烦你了啊。"我本来还想再说些什么,可是听了这句话,只好把溜到嘴边的话咽了下去。稍事休息后,我就带着二老去建工路综合市场转悠。我想给二老各买一件短袖,他们却说家里衣服多得穿不完,买那么多也是浪费,说着扭头就往市场出口走去。

我租住的房子不到十五平方米,只有一张双人床,三个人根本睡不下。我想把二老安排到等驾坡村口的宾馆里去歇息,可是父亲说宾馆太贵了,咱们三人挤一下算了,好好说说话。就这样,我们一家三口坐到床上一直闲聊到了半夜十一点多。父亲给我讲了好多近来村里发生的事情,让我心里好多感慨。母亲没有什么文化,说的都是一些很琐碎的事情,什么最近村里谁又去世了,家里猪崽卖了多钱等等。我也向二老汇报了年后的工作和生活状况,但始终没敢提我最近辞职的事情,我怕他们为我担心。

翌日是星期天。二老已经年老体迈,进一次城挺不容易,我决定陪他们在城里好好转一转。

我的住处离大雁塔不远,我便带着二老去了那里。刚到北广场时,音乐喷泉还没有开放,我就带他们到西苑看民俗展览,到南广场看玄奘铜像。到了大慈恩寺门口,我请二老进去登临大雁塔,可他们坚决不进去,说是门票太贵,就在门口看看算了,村里有些人一辈子都没来过西安,更别说看大雁塔了,他们能站在大雁塔脚下已经很高兴了。说完扭头朝别处走去。接着,我们转到了东苑,转累了就坐在树下看人家练太极剑、拉二胡。过了一会儿,北广场传来震撼人心的音乐。我说:"赶紧走,咱们一起去看喷泉,这可是亚洲最大的音乐喷泉呀!"二老随即起身,跟在我后边急匆匆向那边赶去。当我快到北广场时,回头一看,二老还远在我后面,他们走得很急,但步履有些蹒跚。我突然觉得父母真的老了,眼睛忽然湿润了起来。

二十分钟的音乐喷泉表演很快结束了。我问二老感觉咋样,他们异口同声地连连说好。我看了一下表,已经十二点半了。我说,咱们去吃饭吧。父亲却说,早上吃得太饱,这会儿还不饿。我又想提议一块儿去钟楼看看,可是转念一想,从这里到钟楼的公交车上人太多,站都站不下,更别说有座位了,恐怕二老身体吃不消。我说:"估计你们也累了,要不咱先回房子休息一下,吃顿饭再出来转吧。"

当天晚上,父亲给我说他们明天要回家了。我说:"你们明天再玩一天吧,来一次不容易,急着回去也没什么事。"父亲说:"明天是星期一,你还要上班呢,我们不能再打扰你了,再说家里还有猪呢……"我知道二老总是放心不下家里的事情,就没有再挽留。睡到半夜,突然下起了瓢泼大雨。我们都没有睡着,说了一夜闲话。

翌日清晨,窗外很安静,雨好像停了。我起床很早,叮嘱二老再多睡会儿,不用着急,下午坐火车回去就可以了。我拎起提包假装要去上班,父亲特意叮嘱道:"你赶紧去上班,不要迟到了。我和你妈今天就回去了,你不用操心,好好

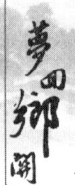

工作，和领导同事把关系处好。"我没说什么，轻轻拉上了房门。

　　走到院子里，我抬头望了一眼天空，灰濛濛的，似乎还要下雨。出了大门，我却不知该去往何方。

2005年6月于西安等驾坡

堂妹慧霞

她曾经是一个鲜活的生命，是一个美丽的少女，但如今只是一个灵魂，一团虚飘无依的影子。我原以为她已死去多年，再也不会干扰我的记忆，谁知不经意间她常会浮现在我的眼前，萦绕在我的梦里。

慧霞是我九爸的女儿，我的堂妹。她和我虽是同族，但见面的时候并不多，对于她的事情我知道的也并不多，而且大多数是听说来的。因为我们两家虽是宗亲，但已隔了两三代人，血缘已经疏淡了许多，所以平时来往并不多；还有，就是她家是全村最穷的一户，所以族人和村人都不大喜欢和她家亲近。

慧霞家有四口人。九爸是一个老实巴交的农民，个头不高，面黄肌瘦，头发胡子稀稀拉拉如渭河滩上的茅草，上身常年穿着一件洗得泛白的黄军衣，蹬着没有鞋带的黄胶鞋，四十多岁的时候就看起来像个五六十岁的小老头；他斗大的字不识几个，少言寡语，就知道务庄稼，但一辈子也没务出个啥名堂，让人一辈子瞧不起。九娘是个"甘谷客"，脸膛黑红，身体胖大，说话带着甘肃口音，老是一副嘻嘻哈哈的样子。听说九娘以前在老家跟过人，因家里穷，没啥吃穿，男人又没本事，动不动就打她，挨不住就跑了出来，被人贩子拐到了关中平原，连婚礼都没办就直接做了九爸的女人，没过几年就相继生下了两个孩子，大的就是慧霞，小的叫宝余。虽然九爸和九娘人长得不咋样，但生下个慧霞长得倒挺好看，也很聪明乖巧，村人开玩笑说，这娃竟不像是她爸她妈的娃。但宝余就不同了，虽和"宝玉"谐音，却长着一副蠢相，脑子也不够用，据说是上了几年学，和他第一拨的同学都小学毕业了，他还在二年级溜达。

慧霞家的穷在我们刘家村是出了名的。她在世的时候，家里只有一个二十平米大小的厨房，举家四口人吃住全在里面。厨房是过去关中地区那种土木结构的被称作"半边盖"的偏厦，整体外观看起来很老旧，从一个很低很窄的黑木门进去，里面是又黑又脏又乱，眼睛睁不开，脚也无处落。厨房里常年光线黯淡，进去之后过上好一大会儿才能看见里面的东西：脚地凹凸不平，锅灶黑乎乎的，案板裂开好几个口子，房梁上挂着好多蜘蛛网，椽子、檩子也被油烟熏得黑不溜秋，到了夏天，屋里苍蝇到处嗡嗡乱撞。灶房后面有一个没有门的门，从那儿进去就是里间，这就是她们一家人的卧室，大概有十平方米，被一个土炕占去了大半空间，脚地里也没有什么像样的家具，家中没拉电灯，点的是煤油灯。土炕和锅灶相连，只要一做饭炕就总是热的。土炕上经年铺着一套灰不塌塌的被子，手伸进被窝也只能摸到一张光不溜溜的芦席。炕头堆着好几袋粮食，炕上剩余的空间并不多，难以想象她们一家四口当年是怎么挤在一起睡了那么多年的。

慧霞就出生于这样一个贫穷落后的家庭。族人和村人都曾为这个孩子的出身感到同情，但最令人同情的是她的苦难经历和不幸结局。

慧霞家穷，她从来没好吃过。上小学时，家中的饭老是白花花的没什么油水，但她从来没弹嫌过，每次吃完饭还用舌尖把碗里舔得不剩一颗饭粒。别人家的孩子经常在学校门口的商店买瓜子、冰棍和糖果等吃货，她想吃但我九爸不给钱，只好远远地站在一处看着人家吃，自己咽唾沫星儿。直到念初中，她都是很少在灶堂上吃饭，每周日下午去学校时背一褡褡干粮。学校的宿舍里老鼠多，馍馍常被老鼠偷偷地咬去芯儿，她把没被老鼠咬去的地方处理一下泡在饭汤里吃。有老师和同学见她可怜，给她赞助钱和饭票，她也常常婉言谢绝。

慧霞家穷，她从来没好穿过。上小学时，她经常穿的是亲戚邻人们女娃娃们穿过的旧衣服。印象里，她小时候穿的衣服不是胳膊弯有个洞，就是屁股上有个大大的圆坨坨补丁。到了中学，人渐渐长大了，知道了羞丑，也知道拾掇自己，才不再穿那些带补丁的衣服，但一年四季也就那一两身衣服，颜色不艳丽但看起来还算干净。好几次见她从我家门口经过，我看她的衣服总觉得有些小，我想那是她正在发育的身体在和衣服在进行着对抗吧。大年初一，孩子们都穿着新衣服在村口玩耍，却总不见她活蹦乱跳的身影儿。

慧霞家穷，但她从来都很要强。她脑子很灵醒，也特别肯用功，所以念书特别好。从小学到初中，几乎年年都是班里的"三好"，家里的土墙都让奖状给糊了。上中学后，她老受富家子弟欺负，但很少听说她跟谁打架吵嘴，也没有在人前抱怨过自己的出身贫寒。我还听村子里和她同一拨的孩子讲，慧霞性格有些孤僻，不太合群，也不喜欢玩耍，总是一个人静静地在那里看书写字。我想她骨子里肯定是有些自卑情结的，但她没办法改变自己的生活现状，只能通过学习来证明自己的存在吧。对于她的要强，我一直是打心眼里尊敬和佩服的，想着她将来肯定会有大出息。

我上大一时，慧霞正好念初三。那一年端午节的前一个月，我回了一次家，在闲聊时母亲再次给我说到了慧霞。母亲说："慧霞马上初中毕业，听说学习成绩挺好，以后考上师范或高中，她家的日子就好过了，可是你九爸意思家里太穷不想再供娃念书了。"我说："那你知道慧霞是啥想法？"母亲叹了一口气，说:"慧霞倒挺懂事的,知道家里供不起她了,就说,她初中念完去南方打工去呀,也好早点改变一下家里的经济状况。"我一听就瓷在了那里,为慧霞的前途感到担忧,也为她的决定感到惋惜。我很想找个机会去和我九爸谈一谈,做做他的思想工作,但我因为时间紧,第二天就又到学校去了。其实,我知道,即便我找了九爸,说一大堆道理,他也未必听得进去,再说即便他愿意供慧霞继续念书,可钱从哪里来呢?

也许是造化弄人吧,两个月后我再次回家,却从母亲那里得到了一则噩耗。事情是这样的:端午节那天,天气晴好,慧霞跟家人到渭河对岸的地里干活,到中午时活还没干完,九爸让她回家去做饭,然后把饭送到地里来,她为了节省时间,没有从大桥上过,挽起裤腿□河,不料走到河中心时,从上游突然发下来一股洪水……九爸发动族人沿着河岸往下游找了好几天,跑了十几里路,也没有找见慧霞尸体。后来,有人说看见下游某处河岸的铁丝网上挂了一具尸体,已经腐烂不能辨认,九爸跑过去二话没说用草席收敛了一下随便葬在了渭河滩上,没有举行任何殡葬仪式。在我们家乡,三十岁以下的年轻人死了是不能埋进村里集体坟园的。

慧霞就这样走了,走得很匆忙。她在这人世上只活了短短十五六个年头,如一枝含苞待放的花骨朵,还没来得及绽放就骤然凋零了,给亲人留下深深的悲痛和无尽的叹惜。我想,她生前一定有很多梦想和心愿的,可惜没有来得及实现就撒手人寰。慧霞离开这个世上已近十年光阴,随着时光不断流逝,她的形象和故事已渐渐在大家的印象中模糊,现在村里人已经很少有人再提到她了。但在我的心目中,她的形象,她的故事却永远鲜活生动,让我一辈子也难以忘怀。

写完此文,我的双眼已经模糊了,且以此文作为永恒的纪念吧,愿慧霞的灵魂在天堂得到安息。

2010年9月11日于山东章丘

亲情琐记

医院体检

这天是星期一，上午快下班时，手机忽然响了，是妻子打来的。我知道她手机是长途加漫游，费用很高，就想用办公室电话给她回拨，可她老给我手机上打，我根本打不过去。在连续挂了几次电话之后，我只好按下了接听键。

电话接通后，那头传来妻子略带沙哑的声音："我要回老家去！"我说："咋了？昨天下午刚来，现在就要回去呀？"她沉默了一会儿，说："早晨起来见红了，我有点害怕。"我说："这是怎么回事？"她说："刚才给咱妈打电话说了情况，咱妈说可能是快要生产了吧，让别在西安待了，赶快回去。"我急忙说："是不是因为昨天下午来西安坐车一路上颠簸造成的？如果感觉不要紧的话等我晚上回来再说吧？"一听这话，她忽然变得有些生气，说："我不管，我现在就要回家！"我一听，心里就十分着急，因为她怀有身孕已经九个月了，一个人回老家半路上万一出个什么意外那可咋办呀！我赶紧说："那你在房子等我，马上回来！"

接完电话，我找公司领导请了半天假，坐车往住处赶。一进门，我就看见她斜躺在床上，脸上带着惊慌而凄楚的神色。我轻手轻脚地走近床边坐了下来，用手摸着她的脸说："没事吧？"她看都不看我一眼，脸别向一边，噘着嘴巴一声不吭。我用一种温柔的语气说："你早上吃东西了没？"其实，我已看见昨晚买的面包、牛奶已经少了一半，还故意问她。我知道，她是在赌气。我想，从恋爱到结婚，这两年多来虽然也有不少欢乐幸福，但我俩一直是两地分居，聚少离多，尤其是她怀孕后，我仍然未能长期陪伴在她左右照顾她的起居，不管是作为她的丈夫还是作为即将出生孩子的父亲，我都是极不称职的……想到这里，我内心感觉惭愧极了。我说："是这吧，这会儿天气太热，咱们先休息一会儿，接着去吃顿饭，下午带你去附近的博爱医院检查一下，如果没什么问题就在西安待几天，如果有情况再另作打算。"说完，我就躺在她身边，用手轻轻地钩住她的脖子。她看着我，眼角红红的、湿湿的，一副楚楚可怜的表情。我把一只手垫在她脖子下面，一手轻轻地抚摸着她高高隆起的肚皮。她将头深埋进了我温热的胸膛……

　　吃罢午饭，我打的带她去了距我住处仅两站路程的陕西省博爱医院。我楼上楼下跑个不停，挂号、检查、划价、拍片子、诊断……等她最后从B超室里走出来时，我看见她脸上的神色很平静，估计应该没什么大事情。但心里还是有些放心不下，急忙从她手里拿过诊断单，一时也没看出什么名堂，就赶紧问她结果怎样。她却不急不慢地说："一切正常，不过医生说第一次见红后，可能在这几天内就要分娩了，让赶紧回家准备一下，来医院办理住院手续呢。"这下，我心里的石头才完全落在了地面上，用手在额头上抹了一下，一把汗水，这才意识到上身的衣服也早已紧贴在身上。我看了看表，已经四点多了。我说："没什么大事就好，今天下午就送你回老家吧，这里住院花费太大，再说家里什么都准备好了。"

　　我搀着她轻轻地下了楼梯，慢慢地出了大门，小心地领她穿过马路，一起坐上了开往城西客运站的210路公交车。到站后，我为她买好车票，把她送上车，给她找了前面的一个靠窗户的座位。车将要行驶时，我心里真是舍不得，也不放心她就这么一个人回家，告诉她我第二天还要上班，还要为她筹备住院分娩的费用，只能让她暂时先回去，等我这边尽快安排好后回马上回来……

　　离别时，我心里的确有好多话要对她说，但时间不允许。最后，千言万语汇总成了一句话："祝你一路平安！"

一朝分娩

　　5月29日，扶风县人民医院。早上六点多时，妻子的下腹还疼得紧，侧卧在床上，无进食之欲。岳母料想我妻子今日迟早临盆，让赶紧去打饭，说吃饱了才有气力生产。我打来一份豆腐脑、一份稀粥和一包牛奶，妻子勉强吃下一些。

　　饭后，妻子腹疼加重，实在难忍，几欲哭出声来。请医生检查，说宫口才张开二指，便打下一管针剂，估计是催产素，妻子疼得更厉害。捱至半小时后，医生再来检视，说宫口已经张开三指，但尚未到分娩时刻。我心里甚急，虽满头大汗，却束手无策。不忍看见妻子痛苦模样，只好去水房洗涮碗筷，打发时光。

　　回病房时，床榻空空。问同室产妇，才知妻子已进待产室。我在床边呆坐顷刻，内心忐忑，便去待产室探望。未及门口，已闻妻子大喊大叫，有撕心裂肺之感。在门口窥探，只见岳母坐在床上从后面将妻子搂抱在怀里，而妻子一脸剧痛表情，眉头紧锁、眼角濡湿……我不忍卒睹，退却在门外楼道。徘徊复徘徊。

11:30许,妻子进入产房。岳母、母亲和我在门外等候。三人都很紧张,唯盼她顺利平安。临12时,同室临床孕妇李氏进入产房,里面传来妻子努责之声。彼时,岳母让我去为妻子购买内裤,只好只身离开医院,打的去县城老区。

半小时后,赶回医院。听说隔床李氏已经顺产一女婴,却不知妻子消息。我心头愈发紧张,大汗淋漓。心想,若不能顺产就进行剖腹产手术。再往产房,只见岳母、母亲仍在门外苦等。

13:05时,我在楼道踱步,忽听产房传来一阵响亮的婴儿啼哭之声。心头旋即轻松下来,仿若石头落地。几分钟后,产房门被打开,医生走出来,报出妻子姓名,我急忙应答。母亲立即上前接过婴儿抱在怀里,脸上露出开心的微笑。

母亲把孩子抱回病房,小心翼翼地放在床上,惹来同室的人前来观望。打开襁褓,只见一件小红袄里裹着一个小可人儿:一张红里透白巴掌脸,用手摸上去光溜溜的;一张小巧的嘴唇一张一合,像樱桃一样鲜嫩欲滴;一双小黑眼珠子向两边不停转动,似乎对这个陌生的世界充满了好奇;一头黑亮黑亮的头发,有四五厘米左右长,让人感觉像是出月的孩子;一双白嫩细长的小手在胸前不安分的划动着,似乎想极力抓住什么……

岳母向孩子两腿中间摸了一把,然后笑着说:"是个女娃!"我一听,高兴极了,说:"男娃女娃都一样,都是我的娃嘛。"众人皆笑。母亲问我给孩子取什么名字,我说:"早就取好了,叫'刘婉静'吧,取'温柔婉约、宁静美丽'之意。"大家都说好。我一高兴,就俯下身子在孩子的小脸蛋上亲了一口。那一刻,有一种从未有过的幸福感觉涌上了我的心头——我终于当爸爸啦!我们家添了一个宝贝女儿啦!为了女儿,为了妻子,为了这个家,我一定要好好奋斗啦……

转哭为笑

以前,我是一个并不怎么喜欢小孩的人。但结婚后,我发现自己越来越喜欢小孩了,走在大街上随便碰上一个小孩,都感觉非常可爱,禁不住想去逗着玩一下。或许,男人身上都有一种与生俱来的父性,迟早有一天会从内心深处迸发出来吧。

女儿出生都快两个月了,放在农村老家由妻子照管着,而我却在城里为了生计而奔波,不能和她们在一起。前两天,听妻子说小家伙最近不乖,我这心里就慌慌的,做什么事情都没了心思。都半个月没见她们娘俩了,终于熬煎不住,回家了一趟。可是,这从老家返回西安才不过两天,心里仍是那种慌慌的感觉,我知道我是更加惦念她们娘俩了。

为了女儿,妻子可是费尽了心思:给小家伙喂奶、吃药、洗尿布、换衣服、洗澡……这两个月来,一切都是围着孩子转,她是吃饭睡觉没个准点,常常累得腰都直不起来。女儿呢,刚出生一天就因"缺血缺氧性脑病"在扶风县人民医院住过一周;过了满月,"黄疸"没退,又带到扶风县中医院住了一周;前些日子听妻子说,小家伙一到晚上哭闹不止,去看了医生,说可能是肚子疼,给开了一大堆药……唉,这小家伙真是没少折腾人……可是,不管怎样,女儿是我的心头肉,一看到她那漂亮可爱的小模样,心里头就满是爱怜之情。

三天前回了一趟家,有一个情景深深地印在了我的脑海中:那天傍晚,我刚跨进岳母家的大门,妻子趴在饭桌上吃饭,岳母在院子里抱着小家伙转悠。我对她们说:"我回来了!"立即听见小家伙"哇哇"的哭声。刚进门我还没说话的时候,小家伙还是挺乖的,怎么我一说话就哭啦?我想,我是不是吓着小家伙了。我走上前去说:"臭女子,你哭啥呢,爸爸抱抱呀——"刚把小家伙接过手,哭声就止住了。岳母笑了笑说:"这娃不得了呀,有灵性呢,听是她爸回来了,给答声呢,给她爸告状呢,嫌我们把她没管好,哈哈……"我小心地把小家伙搂在怀里,低下头认真地端详了半天。那一双小小的眸子里含着一颗颗晶莹剔透的泪珠,也怔怔地看了我半天,一副可怜委屈的模样。我轻声说:"臭蛋娃,你望啥呢?不认识爸爸了吗?"小家伙虽然不会说话,但好像认出了我,也好像听懂了我的话,嘴角微微上翘了一下,露出了笑的意思,那乖乖的模样让人心生无限爱怜……

那一刻,我又深深感受到了作为人父的幸福;那一刻,让我今生今世刻骨铭心。

睹照思亲

晚上,回到北山门那间租赁的单元房时,里面一片黑漆漆空荡荡。与我合租的两个朋友还没回来,我把客厅的灯打开,将皮包扔在沙发上,坐了下来,仰望着天花板上的吸顶灯发呆。尽管灯光很亮堂,但我心里却冷清极了。

卧室里面还是那一派乱糟糟的样子,我的心情也如这房间一样好久没有收拾了。一看时间才九点多,尚没有什么睡意,也不知道该干些什么。像往常一样,我又蹲在书架前瞅了半天,却不知道看哪一本书。忽然想起那部《红楼梦》电视剧本还没看完，就抽了出来。

我用被子裹住身体，蜷卧在床上，翻到"探春理家"那一集继续看起来。可没看几页就心烦意乱，怎么也进入不了状态，脑子里烦乱如麻，眼前虽然是大观园里的人物，但脑际总浮现出妻子和女儿的面貌来。于是，我把书本扔在一边，顺手从床头的小书架上拿过来几本相册。相册有好久没翻看了，用手一摸一层灰尘，心里不免有些凄惶。

首先看的是我和妻子结婚那天的照片。那一幕幕热闹的场景，那一张张熟悉的笑脸，让我仿佛又回到了那一天。妻子在新婚那天，打扮得真如天仙一般：发髻高绾，蛾眉横扫，脂粉淡施，最是那一低头的温柔笑脸，让人心生出无限爱意……想当时，凡所有参加过我们婚礼的朋友，都说她那天的笑容特别灿烂，从她的笑容里看到了一种真正的难得的幸福。我想自己再苦再累也要让妻子过上幸福的生活，可是结婚这多半年来，从她怀孕到分娩，我没有给她买过一件漂亮的衣服，没有给她送过一份像样的礼物，没有带她去好玩的地方游逛，我让她一个人荒睡了多少个夜晚……对于目前的状况，我却没有一点办法改变。谁让我们是两地分居，聚少离多呢？

我还看到了女儿二十天的留念照，那小模样真让人心疼：她躺在襁褓里睡着了，眼睛闭成了两道下弦月，红红的小嘴巴微微翘起来，露出一丝笑意，真想知道她是在做着怎样的一场美梦……女儿呀，你没有经过我和你妈妈的批准就突然来到这世上，这么快就打破了我们的宁静日子，增加了我们的经济负担，让我们无所适从——但咱家里人，还有你舅家人，他们都很疼爱你照顾你；爸爸也很爱你，但爸爸因为在外地工作，对你的照顾很少，就回家看过你几次，抱过你几次，洗过你的几张尿片……我真是一个不合格的爸爸。孩子，请原谅爸爸，爸爸不想回到乡下老家去发展，现在还没有能力接你娘俩到城里安居，但你要相信爸爸一定会努力让咱家的日子好过起来，尽快让一家人团聚在一起！

夜深了，合上相册后，抬头望了望天花板，一想，都半个月多没回家，好几天没通电话了，不知道最近家里怎么样了。

2007年10月11日于西安

一个人的中秋

中秋节是中华民族的传统节日。这一天，人们常常在家中团聚，一起吃月饼、赏明月，共享天伦之乐。而我是越来越怕过这个节日，因为近三十年来大概近十个中秋节都是我一个人在异地他乡度过的，那种孤单、寂寞、凄凉的感觉真是比以往任何时候都要来得强烈。

虽然年年都过中秋节，但我个人关于中秋节的记忆并不多，零零碎碎，似乎无从说起。

小时候，一到秋天，与大多数孩子一样，我总盼望着中秋节能快些到来，目的当然不是为了欣赏一年中最圆最美的月亮。好不容易盼到了中秋节，晚上，当那圆如笸篮、色如蛋黄的月亮刚从东山上爬上来时，我们这些孩子就催促着大人们把藏在柜子里的吃货全拿出来。父亲搬一张桌子在院子里，母亲变戏法似地从"百宝箱"中拿出一大堆糕点、水果，全部盛装在一个圆盘里，再将盘子放在桌子上。然后，母亲对着桌子上的果盘焚香、烧纸、磕头、作揖，嘴里念念有词。母亲叮嘱我们这些孩子，这叫"献月亮"，等月神享用之后咱们才能吃的，这样月神才能保佑咱们一家人才能团团圆圆、平平安安。

大概半个小时过后，我们一家人端了凳子坐在院中的梧桐树下，一起吃着果盘里的东西，仰头看天上那轮圆乎乎、明晃晃的月亮。

这时候，我常会问好多莫名其妙的问题。

"爸爸，你到月亮上去过吗，月亮上到底有啥呢？"

"月亮上有好多神仙，什么嫦娥呀、孙悟空呀、玉皇大帝呀就住在上面。"

"咱们一家人要是能搬到月亮上住多好，能见到那么多神仙……"

上高中时，学校离家十几里路，中秋节又不放假，我自然不能和家人团聚了。中秋节晚上，我会站在校门前的石桥上向我们村庄所在的方向呆望半天，或者站在宿舍前的土崖畔上独赏明月；夜里翻来覆去不能入梦，就偷偷点燃蜡烛摸出纸笔趴在被窝里写诗。那时，我是一个激情澎湃的文学青年，对于诗词特别着迷，几乎每天都要写上好几篇分行的长短句。与中秋节有关的诗词我倒是写了不少，但印象深刻的要算这首调寄《秦楼月》的小令："月微露，万里乾坤明如昼。月下思乡，一夜白头。人生最苦是离愁。不如意十之八九，又何如？独在天涯，邀月同宿。"今天看来，这首词不论是格律、措辞，还是意境上其实都算一般，但是它最能表达我当时的心境。

在外地上大学的那几年，因为学业繁重，思想压力大，精神长期处于郁闷状态。中秋节的晚上，人家都是三五成群到校外溜达游逛或在宿舍里打牌闲聊，而我不知该往哪里去，于是就到商店里买一两块月饼独自咀嚼，然后一个人像孤魂野鬼一样在空旷的操场游荡，嘴里朗诵着历代经典的中秋诗词，算是一种情感的宣泄吧。夜里，当然是迟迟不能入睡，想念家乡，想念亲人。次日醒来，发现枕头有些潮湿，不知道那究竟是泪水还是汗水。

参加工作以后，我一直待在省城西安，中秋节也基本上是一个人度过的。印象最深的是2002年中秋节，晚上，好友刘军科来找我玩，我们两个上到三楼顶，铺开竹席，披着被单，两相对坐，在月光下一起吃水果、喝酒、唱歌，将所有烦恼忧愁都抛向了九霄云外，那感觉真是一时痛快。但是，到了夜深人静的时候，酒醒了，只见轻薄的月光透过纱窗照在被子上，独自躺在被窝里，心里忽然就平添了几多寂寞、苍凉的感觉……

这些年，我一直漂泊在异乡，每逢中秋节总是一个人过，实在没有多少快乐可言。于是，我常常怀念过去在乡下和家人一起度过的那些中秋节。

2004年9月22日于西安互助路

家园荒芜

外甥维亮暑假期间来西安打工,在工地里干了一个月土工,回家前一天,他来看我了。那晚,吃罢饭,时间尚早,天气又热,我们便到村外散步。

出了北山门,就来到一条宽阔大街上——电子正街,这是西安南郊一条南北走向的街道。夜幕下,一排排路灯齐刷刷亮着,昏黄的灯光下,车辆奔驰穿梭,人群川流不息,远远近近的店铺馆舍外的霓虹灯闪烁着,充满了种种诱惑。

我们沿街向北徐行,一路闲话。我虽然看不清维亮的表情,但从话里听出了他对这都市生活的好奇和向往。我问他感觉西安比起咱们宝鸡如何。他笑了笑说,那自然是差多了,西安毕竟是省会么。走着走着,不觉就到了一个十字路口。我说,咱们走得远啦,你看是继续往前走呢,还是回房子休息?他犹豫了一阵儿,说,舅你看吧。我望了他一眼,看出来他还是一副饶有兴致的样子,便说,咱们再去前边走走吧。

马路对面是紫薇花园大广场。中心有个圆形人工湖,水从湖底哗哗地向外喷着,湖边的水泥台子上坐满了人;不远处的一个商店门前支放着好几张桌椅,年轻人围坐在一起,吃烤肉喝啤酒;广场上有老人在练拳、跳舞,有小孩子追跑、嬉闹;鹅卵石铺就的羊肠小道上,有情侣牵手散步……走到广场东边的回廊附近时,看到不少人躺在那片草坪上休憩,我忽然也感觉到了困乏,便提议到草坪上歇脚。在路灯的照耀下,草坪泛着暗绿色的油光,厚厚一层,摸上去软绵绵的。我坐下才没一会儿,又将整个身子平躺了下去,忽然有了一种久违了的回归大自然怀抱的感觉:轻松,舒服,自在,畅快。恍惚间,我不知今夕何夕,此处何处?

好一阵沉默之后,我忽然问维亮:"你这次来西安打工最大的收获是什么?"他说:"我这次出来到建筑队干活,虽然很辛苦劳累,没挣下多少钱,但是收获真的不少呢。一是让身体和意志得到了很大的锻炼;二是真正体会到了生活的艰辛,也认识到了社会的复杂,人活在世上确实是一件很不容易的事情……我现在挺后悔的,上初中时没好好念书,现在宝鸡那个技校里面也没怎么用功,把好多时间和精力都荒废了呀……"他说得很诚恳。

在我的印象里,维亮一直是个小孩子,比较贪玩,不太懂事,但他这些简单平实的话语感动了我，让我觉得他一下子长大了许多，也成熟了许多——他开始独立思考问题了，他开始反省自己了，这挺不容易的，我心里暗自高兴。

我说："你爸去年冬季骑摩托出了事故，做了脾脏切割手术，现在身体状况没有以前好了，医生让他别再干重活，可他还到建筑队包工；你妈也快四十岁的人了，还去广东那么远的地方打工，他们还不都是为了家，为了你们兄妹俩，你要记得家人对你的好，你在技校的日子也不多了，抓紧时间好好念，一定要学好技术，走出农村，待在农村没啥出息……"

草坪上渐渐有些潮气了，我起身环视周围，广场上的人慢慢散去。我说："咱们也回房子休息吧，明天一大早你还要坐车回家，我也要上班去呢。"

回去的路上，我又给他讲了一些大道理，目的无非是想激励他发奋读书，学好技术，将来到城里来发展。没想到他说了这样一句话，让我内心大受震动："咱们农村人来到城市里，把城市建设得越来越好，却把自己的家园给荒芜了，唉……"

我一时语塞，不知该说些什么。真没想到自己多年来无从表达的一种心境竟然被一个尚未成年的孩子随口说了出来。这句话虽然简单，却反映出一个复杂而沉重的社会现实问题。多年来，我看到太多的农村人离开家园，撇下亲人，潮水般涌到城里打工，城市因为他们的到来，因为他们的智慧，因为他们的劳动而变得越发繁华热闹，可他们自己的家园却渐次荒芜——庄稼没人务弄，长荒了；家园没人收拾，破败了；整个村庄空空荡荡的看不到几个人影……我也是从农村来的一分子，这些年匆忙奔波着，艰苦奋斗着，努力挣扎着，总想着有朝一日能在城里扎根落户，却也把生于斯长于斯的家园给荒芜了——门楼上的石棉瓦被风雨打破，庭院子里长了厚厚一层绿苔，檐角挂满蜘蛛网，书架上落满灰尘，父母鬓角上爬满银丝……每当我回家看到这些荒芜景象，鼻子里一阵阵发酸，眼前一片模糊。我为了实现某些愿望付出了多么大的代价呀！

夜深了，路上的行人车辆依然很多，而我感到了无边的孤独。

2007年8月于西安体育场

夹缝中的挣扎

那年秋天，我背着行囊离开了那个坐落在关中西府渭河边上的曾经生活了二十年的刘家村，上了几年大学，毕业后去了长春参加工作，但干了不到一个月最后又因故辗转回到省城西安。从那次离开家乡到今天我坐在电脑跟前敲下这段文字，中间相隔的是八年的时光。

这八年期间，我当然回过家乡，但回去的次数屈指可数，且每次回去待不了多长时间又再次匆忙出行了。每回一次家乡，我都会发现家乡有一些小小的变化，当我现在静下心来回顾这八年时，就感觉到家乡的变化真可谓巨大了。八年里，有多少曾经看着我一天天长大的老人已安眠于九泉之下，而我没能见上他们最后一面，也没能为他们的新坟铲一锨土；八年里，有多少当年穿开裆裤的小孩已长大成人，而我现在却不认识他们，也唤不出他们的名字；八年里，爹娘的白发一天天增多，皱纹一天天加深，脊背一天天变弯，而我却未能长年侍奉在他们的身边；八年里……人生能有几个八年呢？

八年来，我回家乡的次数很少，可家乡的变化却不小。我想，如果家乡再这样变化下去，迟早有一天会变得连自己也不认识了。我真的很担心这一天到来，因为时间的力量太强大，而我太柔弱，太渺小，不能阻止它的前行，也不能阻止它改变什么——我真拿时间没办法！

在异乡漂泊了这么多年，为了生计而四处奔波，从事过多种工作，身心已疲惫不堪，到头来却仍然是个默默无闻、一无所有的游子。也曾想着干脆回到家乡去，再也不出来了，守着老婆娃娃热炕头直到老死，这样家乡天天都在我眼里，对它的变化就不会感到陌生甚至不可接受了。可转念一想：假若我真的回到家乡又能有什么作为呢？我会务弄庄稼吗？我会喂养牲畜吗？我能习惯那种清苦的生活吗？我能干得了那些粗重的农活吗？我能摆脱贫穷家境过上富裕日子吗？我能面对村民的讥笑而心平气静吗？……即便这些我都能做到，那当初花费那么多时间、精力和金钱上学又到底是为了什么呢？

当年心存远大理想走出了乡村，但如今面对这繁华喧闹的城市的现实生活，忽然发现理想距离我竟然是那样那样的遥远——当初刚来这座城市的时候，我虽是一穷二白却怀了好大的抱负，我想我终于可以脱离了农村，剥了农民的皮……

可混了这么些年头却并没有混出个什么名堂。在这座城市里，我没有亲人，没有存款，没有房子，没有车子，没有事业……这里的一切不属于我，这里的一切依然让我感觉陌生。我想我是无法真正融入到这个城市的生活中去的，我也永远不会成为一个真正意义上的城里人。我是一个农民的儿子，我的身上流淌着农民的血液，我的身上散发着农民的气息，我永远也脱离不了农民对我的深入骨髓的影响。

在现实与理想的夹缝中生存，我感觉到了一种无形的巨大的压力。在乡村与城市之间穿梭，我感觉到了生活的无奈。我想回到从前，但时光不可能逆转。人生路有千万条，而我只能选择其中的一条。假如……我知道人生没有假如，所以也就不再去设想。这一生的命运也许上天早给我作好安排，但我无法知道结果好歹，只有认定方向挺起胸膛继续朝前闯了！

2007年9月10日于西安体育场

麦黄时节

阳历六月初,关中平原的麦子黄了。每年这个时节,我都会回老家去参加"龙口夺食"的夏收劳动。

那天是星期五,我打算第二天回老家去。下班后,我刚回到北山门的住所,忽然接到爱人的手机短信,说是儿子突然发起高烧,手和脚上出了好多丘疹,嘴里也起了疱疹,母亲带到村上诊所去看,大夫说可能得了手足口病,须上县医院治疗。

看完短信,我内心如猫抓,赶紧给妻子打电话,让她立即回家带儿子上县医院看病。电话里传来妻子嘶哑低沉的声音,说她今天主持学校的文艺演出,声带发炎了,正在绛帐车站的诊所看病,下午回不去。一听这话,我心里很躁气,说:"你赶紧回家看儿子现在是啥情况,不行的话赶紧叫车直接拉到县医院去……"

打完电话,日头已经落山了。我恨不得立即回老家带儿子看病,可是我住的地方距离城西客运站太远,最后一班高速汽车是赶不上了。因为操心儿子的病情,我心情极为烦躁不安,那晚连饭都没心思吃下去,胡乱扒拉了几口就离开了饭馆。

回房子后,我心神不宁,坐卧难安,就到外面散步去了。走到电子正街,我给父亲打电话,询问儿子的情况。父亲说,下午带孩子到村上诊所,医生给开了一些退烧药,明天再去县医院治疗,让我不用回来了。我让他有啥情况随时通知我,不行的话,我明天一大早就赶回去。

那晚,我躺在床上,辗转反侧,难以入眠。这阵子,真是祸不单行啊!眼看到了麦黄时节,父亲却因为缺钾而引起的周期性麻痹症再次复发,刚在县中医院住了一周时间,没想到才出院一天,儿子又感染了手足口病……

第二天一大早,我匆忙洗漱了一下,带了一些行李,连早饭都没顾得上吃,直接乘车赶赴扶风县城。我在县人民医院感染科一楼楼道见到了父亲、爱人、女儿,还有正在挂着吊瓶的哭闹不停的儿子。父亲告诉我,儿子的确得了手足口病,需要住院治疗。父亲本来想留在医院照顾儿子,但我考虑到父亲也是刚出院,身体还很虚弱,再说地里的麦子已经黄了须尽快收割,就让他先带上女儿回

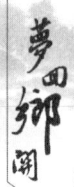

家去了。

儿子在医院一住就是五天，那几天可把我和妻子折腾坏了。每天上午，儿子都要打三瓶吊针。儿子挂吊针的时候特别唠叨，一刻也不愿在病房待，老喊着要回家。无奈之下，我只好举着吊瓶，让妻子抱上儿子，三个人在医院的楼道和院子里来回走动。儿子要喝奶，我就赶紧去冲奶粉；儿子要吃零食，我就急忙跑去超市买；儿子要撒尿，我就赶紧拿瓶子接……那几天，父母每天都打来电话询问儿子的病情，还多次提议要来医院照看。但我考虑到他们的身体状况，家里还有麦子要收割，就没让他过来。直到第五天，儿子治愈了，我们才办了出院手续。

那天，天气特别燥热，我和妻子把儿子接回家时已经是下午四点多了。

我们从公交车上下来的时候，母亲正好在家门口站着，她似乎已在那里等待了好久。看见我们回来了，母亲显得挺高兴，说：“你们终于回来了。”我说：“是的，娃出院了。”

母亲拍了拍手，喊了一声孙子的乳名，然后将孩子抱在怀中，一声声猫娃狗娃地唤着。

我提着行李进了大门。院子里空荡荡的，一些金灿灿的麦穗子散乱地摊晒在房台上。

"爸——"我喊了一声，但没有人回应，就放下行李，来到院子里。

我问母亲："我爸呢？"母亲说："他知道你们今天回来，一直在家里等着，给你打电话你没接，就到地里看麦子去了。"我说："哦，可能是刚才车上太吵了，没听到手机响——对了，咱家麦子割完没有？"母亲说："前天把渭河滩边的那亩麦子割了，已经晒干了，现在剩下村子东边的那一亩还没割呢……"

我站在院子里，从口袋里摸出一支香烟，抽了起来。忽然看见父亲回来了。他没有戴草帽，右肩上扛着一把铁锨，左手拎着一把镰刀，正步履蹒跚地从大门外走了进来。

"爸，你到地里去了？麦子能割了吧？"

"娃出院了？村子东边地里的麦子大部分倒了，还有些绿，再过一两天就能割了。"

父亲忽然看见他的孙子，便从地上抱起来，逗他玩了起来。

看着爷孙俩玩得开心的样子，我心里忽然有一种非常幸福的感觉。但忽然发现，才几天时间没见，父亲明显苍老了许多，尤其那一头银发在夏日的阳光下特别刺眼。

"爸，旭涛出院了，你和我妈就不用再操心了。可是家里的麦子还没割完，你和我妈年纪都大了,身体又不好,我实在有些放心不下,要不我再请几天假,等夏收结束再回西安上班吧。"

"这咋能成?你们都请了好几天假了,耽搁了不少工作,不能再请假了,赶紧回单位上班,家里的农活你们不用操心,娃也不用你们担心,我和你妈会照顾好的……"父亲一边说着一边向往村口走去。

父亲在村口挡了一辆去绛帐车站的公交车,然后催促我们赶快上车。我和妻子、女儿上了车。父亲、母亲站在村口向我们不断挥手,儿子站在那里撕心裂肺般地哭喊了起来……

公交车很快出了村子。村路两边金黄色的麦田里,几台大型收割机在忙碌着,炙热的空气里弥散着淡淡的麦香味。经过我家地头时,我特意朝车窗外看了一眼,只见一颗颗金黄的麦穗在灿烂的阳光下轻轻摇曳着,正等待着我去收割。然而,我却要走了。

2012年6月7日于西安北郊

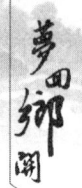

荒寂的宅院

走到刘家村东边十字口，一眼就能看见那座荒寂的宅院。

因为没有大门和院墙，这座宅院里的情形就被一览无余了。宅院坐南朝北，占了两个庄基地，东边那座是平房，西边那座是二层楼。门窗关闭着，门框两边的墙上残留着被风雨剥蚀的白纸丧联，屋檐下胡乱堆放着一些玉米秆和劈柴。院子很大，西半边长了很多野草，东半边长着十几棵碗口粗的白杨树，树下的甬道常年无人行走，生了一厚层墨绿的苔藓。整个院落显得荒败、清寂，了无生趣，似乎好多年都没有人住了。

这座宅院与我家并列在一排街巷上，中间只有一户人家和一条大路间隔。对于这座宅院，我一直是不愿多看一眼，更不想多说什么，可是每次回家，走到村口时，我的眼睛都无法避开它，于是便有一种触目惊心的感觉。多年来，这种感觉像梦魇一样纠缠着我，让我一点也不得轻松。

这应该是刘家村自1980年代实行庄基规划之后最早修建的宅院中的一座，至今大概至少有二十五六年历史了。记得我上小学三四年级那一年，刘家村开始进行新庄基规划，新庄基地在老庄子的南边，这里以前是一片平整的庄稼地。在这片庄稼地的东南角曾有几座老坟，村里好多人对此心有忌讳，都不希望自家的新庄基地分在这里。村上一户信奉天主教的人家却把那几座老坟平掉，在那里盖上了新房。后来，其他村民才陆陆续续往新规划的庄基地上搬迁，大概十年之后，刘家村才形成了如今的格局。

这座宅院的男主人名叫刘×，他年轻时候的事情，我知道的不多，只是听说他在农业社的时候不好好参加劳动，老躲在家里装病，因此村里好多人瞧他不起。在我的印象里，他一直是一个干瘦低矮的老头儿，脸上没有胡须，腰弯得像一只大马虾，老挂着一根细木棍，走起路来颤颤巍巍，似乎一股风过来就能把他刮走。那时候，他年纪似乎并不很大，但因为身体不好，在家里基本上啥活都不干，所以经常遭到婆娘的辱骂甚至殴打。听说，他后来是被活活饿死在炕上的，入殓的时候，有人看见老汉的身体瘦得只剩下了一副皮包骨头。他的婆娘我见得次数多一些，那是一个白白胖胖，满头银发，看起来面貌慈祥和善的老婆子。

刘×和他的婆娘育有两个儿子和一个女儿。

大儿子是个哑巴，村上人都叫他"瓜子"（在西府，这是哑巴的别称）。瓜子应该也有过一个官名的，但从来没听人叫过。瓜子和我的父亲大概是同一年出生的。据说他以前不是瓜子，小时候发过一次高烧，由于医疗条件太差，没有及时治疗，脑子被烧坏了，后来就变成了哑巴。

我对瓜子的印象极坏。记得上小学六年级之前，我家还没有搬到他们家附近。那时候，村里的孩子上学是必须从他们家旁边的那条路上经过的，瓜子经常站在他家平房上呜里哇啦大喊大叫一阵，用两只干瘦得如同鹰爪一般的手在半空里胡乱比画着，意思不让我们从他家旁边经过。只要瓜子往他家平房或大路上一站，我们这些小孩子就有些害怕，不敢直接从他家旁边的路上经过，而是走到接近他家平房的时候，拐进路边庄稼地里，直到过了瓜子家的房子以后才敢从庄稼地里走到大路上来。时间一长，村上的孩子就都恨死了瓜子。有几次，我和几个同学从瓜子家旁边经过，瓜子正好站在平房上大喊大叫，我们就从路上捡起土坷垃向他扔过去，趁他躲闪的时候撒腿跑了过去。瓜子凶巴巴地瞪着我们，嘴里仍然在胡乱喊骂着。我们就给瓜子做一个鬼脸，然后齐声骂道："瓜子瓜子，吃馍蘸辣子。"别看瓜子不会说话，但耳朵尖得很，他听懂了我们是在骂他，气得吱哇乱叫着从平房上飞快地冲下来撵我们。我们一看阵势不对，撒腿跑开了。跑了一阵之后，回头一看瓜子被甩远了，就一满站在路上哈哈大笑起来。

瓜子长得五大三粗，从来没听人说他害病吃药。他一生没娶过老婆，一直跟着父母过活。他很能吃苦耐劳，干活麻利，家里和地里的活儿基本上都是一人包揽。他看起来有些痴傻，但有时候却显得很"精明"，从来不愿在任何事情上吃亏。他和村里很多人发生过冲突，也没少挨过村里人的白眼和打骂。有一年，他家地里种的杨树苗木晚上被人用镰刀全剁掉了，把这个一辈子很要强的人可气得不轻。但村里没有人同情他，都说瓜子是活该倒霉！我上高中的那一年暑假，瓜子突然死掉了。那天他从辣椒地打完药回来，大概是肚子太饿了，忘了洗手，端直去厨房拿馒头吃，结果中了毒，等拉到医院之后已经断了气，没抢救下来。他这一死，村里有人说这样的人活在世上也没啥意思，早点死了也好，村子里能清静一些。

瓜子的弟弟当年在我们刘家村算是个人物。他一直在外面工作，平时很少回家，我就见过一两次，人长得白白净净、仪表堂堂，用西府话说："长得像一面官。"但是他并没有当什么官，听说是在宝鸡的建筑工地包工，娶了一个城里女人做老婆，生了两个女儿。那个大女儿一直和他的父母住在宝鸡城里，平时很少回村里来。这个大女儿，小时候长得挺漂亮，说着一口普通话，俨然是一个城里娃。二女儿长得也很漂亮，比我小一两岁，据说小时候因为患了小儿麻痹，一条腿有问题，走起路来一颠一簸，所以一直跟着爷爷、奶奶在乡下生活，直到她的爷爷、哑巴伯父及奶奶相继下世以后，才被父亲接到宝鸡去了。前几年，听说这个二女儿在宝鸡一家私人医院做护士……关于瓜子弟弟及其家庭的情况，我都是听村上人说的，零零星星、模模糊糊。自从他的母亲去世之后，他回过一次老家，这十多年来村里很少有人再见他回来过。

　　刘×还有一个女儿，排行老二。听说她嫁给了绛帐街道一户人家，经常和自己的老汉、儿子及儿媳闹矛盾，在家里不受待见，就一个人跑回娘家住了。她住在娘家已经有好几个年头了，但平时很少出门，也不大和村上的人来往。她虽然住在刘家村，但对于村里人而言，她好像一个可有可无的人，没有人去关注她。对于这个女人，我并不了解，见面次数也不多。有几次，我在村口听到这个女人站在她娘家院子里骂人，谁也听不懂她在骂谁，也听不来她因什么骂人。好多人都说她脑子有问题，不愿瞅睬他。起初，我对她有些同情，但是后来发生的一件事让我对她有些讨厌了。几年前的一个秋天，她给我们家端了一碗柿子，当时母亲还挺感动的，结果把柿子倒出来一看，全是带了伤疤的坏柿子，根本就吃不成。我十分气愤，就给母亲说，你要她的坏柿子干什么，为啥不把那碗柿子给她退回去呢？母亲说，那样做显得不近人情，吃不成倒了不就对了嘛。这个女人住在娘家业已荒寂的宅院打发晚年的时光，日子过得怪恓惶的。想到这个，我也就不再计较什么。

　　不知怎的，我每次走到村口远远地看见这座荒寂得没有人气的宅院的时候，心里总是有一种阴森恐怖的感觉。记得在乡下生活的那二十年时间里，我就到这座宅院里去过一次。那年我上初三，因为刘×的二孙女借了我几本书，好长时间没还，我就跑过去要。走进那座那间平房里，看见屋子里面非常简陋、寒碜，我喊了半天也没人答应，走进一间房子，只见刘×的婆娘穿着一件白色的褂子，敞开着胸脯坐在脚地上，手里拿着一把蒲扇轻轻地闪动着，张着没牙的嘴巴望着我笑。老人倒是显得挺和蔼慈祥的，但我一想到这间房子里曾经住过那个被饿死的老头子和因农药中毒而死的瓜子的时候，忽然感觉头顶好像冒着一股阴森的凉气，没说上几句话就匆匆告辞了……

　　这座宅院如今已是荒寂不堪了，虽然现在还住着一个年暮的女人，但它并没有因为这个女人的存在而不再荒寂，它似乎成了一个虚无的存在。多年之后，不知道这座宅院是否还会存在，是否还有人记得在这里曾经住过的人和发生的那些事情呢？

2012年8月26日于西安北山门

伤 逝

——悼念李保平

这是一个深秋的下午,天色阴沉,空气清冷。我正在看莫言先生的中篇小说《透明的红萝卜》,忽然接到了一条手机短信:"刘兄,今日偶尔在网上看到你的文章《古水沟探源》,文中和你一起去水沟的李保平是不是午井镇九家村的?"看完短信,我心里有一种意外的欣喜,猜想这肯定是一个认识李保平的老乡发来的。

我立即拨了一个电话过去,接电话的是一个男子。他告诉我,他叫李栓良,和李保平是一个村的,从小一起上学,还一起在绛帐高中复读过。原来是李保平的发小啊,我激动极了,立即向他打问李保平的音讯。然而,这位老乡用一种很平静的口气告诉我:"保平死了。"什么?我如遭了蒙头一棍,愣了半天。多年来,我一直在打听李保平的下落,却一直没有音讯,今天好不容易找到了可以打听消息的渠道,得到的却是这样一则噩耗。

我很快恢复了常态,急切地追问了下去,才知道了事情是这样的:

1999年7月,李保平高考再次落榜,他本想去西安上自考,但是父亲没同意,大学梦就此完全破灭。之后,为了生活,他常去家乡附近的建筑工地上当小工,还在眉县的一个啤酒厂当过两年工人,后来又到西安干过零工。2003年,经过媒人介绍,他与邻村一个姑娘结了婚,后来相继生下一个女儿和一个儿子。2006年,他的妻子突然患了脑瘤,听说这个病要花好几万元才能看好,他拿不出那么多钱,他的父亲也不愿意拿出钱来给儿媳妇看病。后来,李保平的妻姐拿出几万元,把他妻子的病看好了。最后,他的妻子对这个家庭失去了希望,一气之下跑到广东打工去了。2007年底,李保平去东莞找到在那里打工的妻子,妻子不但不愿跟他回去,还找人把他打了一顿,掏光了他身上的钱。无奈,他就联系上一个在东莞打工的同学,借了一些川资,狼狈不堪地回到了家乡。过完年,家人一连几天找不见他。几天后,他的母亲在自家二楼的麦囤旁边发现了儿子已经僵硬冰冷的尸体,旁边有一个打开了盖子的农药瓶……

听完这位老乡的讲述,我心里非常震惊。天哪,想不到李保平,这个我当年的高三同桌、好友，竟然以这样的方式结束了自己年轻的生命！而我知道这个消息竟然是在五年之后！

通完电话，我的心绪久久无法平静，连续抽了好几根香烟，烟雾弥漫了整个房间。透过那层层缭绕的烟雾，我仿佛看见了李保平的音容笑貌……

我和李保平是在绛帐高中上文科班时认识的。

那时，他是一个复读生，听说之前在扶风高中复读过一年，没考上大学。也许是因为有过两次高考落榜的历史，他性格很内向，平时不爱说话，所以在我们那个有着六十多名学生的文科班里并不引人注目。刚开始，我也没有注意过他，也叫不上他的名字，直到我们成为同桌之后，才对他熟悉起来。

他也是1970年代末期生人，比我长两岁，家住扶风县午井镇九家村。在我的印象里，他个头有一米七左右，身材看起来挺魁梧，短短的头发、浓浓的眉毛、大大的眼睛，脸色白而泛青。他常年穿着一件灰色西装，看起来很朴素。他走起路来，膀子老是一甩一甩的，看起来很虎势，但是身体并不好，患有严重的神经衰弱症，经常吃各种药物进行调理。

刚开始坐同桌的时候，我们彼此都不太了解，所以说话不多。那时，我是一个文学青年，经常写点诗歌、小说，在班上浪得了一个"才子"的虚名。他学习很刻苦，下课后也很少出去活动，放学后还经常坐在那里静静地看书写字。当他知道我喜欢文学时，就经常和我谈论文学。通过交流，我才知道他也是一个文学爱好者，喜欢写点东西。于是，我就经常把我的作品拿给他看，听取他的意见。在那段时间里，他几乎是我的第一读者。他把我的作品读得很仔细，还专门为我的一本名为《旧梦萍踪》的手抄本诗集写过一篇序言，对我的诗作进行了一番点评。

成为同桌之后，受了我的影响，李保平的性格很快就有了大的改变，不再把自己封闭起来，也喜欢在下课之后与同学们胡说浪谝了。他读的课外书挺多，经常会给我，还有和我关系很好的同学分享自己的一些阅读上的收获。当大家谈到他感兴趣的话题时，他总时不时地插话，而且嗓门很大，两只眼睛里放射着逼人的光芒，用手在半空里比画，身子一摇一摇的，很像一个"五四"青年。

到了周末补课的日子，放学后，我和李保平喜欢结伴去学校后边的塬上游玩。我们一起在塬上的小路上散步，还一起站在高高的土堆上唱歌。那时，我们都喜欢看路遥的小说，都喜欢《平凡的世界》里金波所喜欢唱的那首《在那遥远的地方》。每当我扯起嗓子唱这首歌的时候，他也总会和我一起唱。我们的歌声在半空中交汇，在塬坡上回荡：

>　　在那遥远的地方
>
>　　有位好姑娘
>
>　　人们走过了她的帐房
>
>　　都要回头留恋地张望
>
>　　她那粉红的笑脸
>
>　　好像红太阳
>
>　　她那活泼动人的眼睛
>
>　　好像晚上明媚的月光
>
>　　……

　　至今，我仍然清晰地记得那些在塬上唱歌的日子，记得我们唱歌的情景。他唱歌时显得很快乐，表情自然，手势优美，歌声深沉浑厚，让我印象很深。

　　有一次，我们学校旁边的古水村死了一个老人，主人请了歌舞团来演出。当天晚上下自习后，我和李保平一起过去观看演出，美美地过了一回瘾，可是等我们回去的时候，学校门已经关了，我们只好翻墙而过……

　　为了备战高考，大家在学习上都很玩命，很多人除了学习还是学习，生活非常单调、枯燥、乏味。认识了李保平，和他成为同桌之后，我感觉自己找到了知己，找到了生活的乐趣。但是，这种乐趣很快就随着"黑色七月"的到来而化为烟尘。高考结束后，我们就从此各奔了东西……

　　大概是一年之后的那个冬天，我忽然想起李保平，很想知道他的境况，但那时不知道他家的电话，就贸然给他家里寄了一封信。他很快就给我回了信，说是打算抽时间来我家探望我。于是，我怀着激动的心情等待他的来访。直到正月中旬的一天，我正在家门口的空场上晒农家肥，一个小伙子推着自行车走到了我面前，我一看正是李保平，赶紧把他领到家里，和他坐在热炕上，一边吃着花生瓜子，一边海阔天空地闲聊起来。那天晚上，我们邻村有歌舞演出，我们一起去观看，回来的路上还一起唱歌。晚上，我们睡在一张炕上，抵足而眠，但实际上我们俩丝毫没有睡意，叽里咕噜说了一夜闲话。第二天早上，吃罢早饭，他说家里还有事，要回去了，我没有拦住他。临走，他还问我借了一本《唐诗三百首》，说是看完之后会尽快还给我。但从此之后，我们就失去了联系。

　　一晃十几年过去了，我和李保平再也没有见过面。我时常会想起他，也曾想方设法去打听他的下落，却没有任何音讯。今天，当我很意外地从这位老乡这里得知李保平的情况后，我先是感到十分震惊，继而感到无比沉痛——想不到这位当年的同桌、知己早已在五年前的正月三十日就踏上了黄泉路，去了另一个世

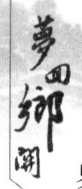

界。

　　保平啊,你为什么这么傻?!你在生活绝望的时候为什么不给我写一封信?!想起当年我们读路遥的小说时,都很佩服他笔下的孙少平和高加林,佩服他们两个的坚强,跌倒了还能再爬起来,为什么你却没爬起来呢?!

　　写到这里时,我朝窗外望了一眼,天色已经如墨一般深了。我在想,难道现实的生活真如黑夜一样令人感到迷茫吗?

2012年10月23日于醉墨堂

儿子的心愿

"我到西安没去过！"这是儿子这多半年来常在我二老跟前说起的一句话。

儿子第一次说这话是在去年冬天。那天，我从西安回到老家，向二老道安之后，便问起儿子的情况。父亲说："娃乖着呢，我和你妈用心经管着，你甭操心，好好干工作……"又说，"你儿子很有意思，前几天说了一句话，把我和你妈都逗乐了。"接下来，父亲就给我讲述了事情的经过。

那天，刚吃罢晚饭，二老躺在炕上看电视，我儿子在旁边玩耍。忽然，儿子说了一句话，当时把他的爷爷奶奶给愣住了。儿子才两岁多，发音咬字还不准，他的爷爷奶奶没听清楚，就问："得是你婆没洗锅？"儿子摇了一下头，把那句话重复了一遍。结果，他的爷爷奶奶还是没听明白，又问："得是你婆没洗脚？"儿子这下着急了，头摇得跟拨浪鼓一样，跺了一下脚，又大声说了一遍。这回，他的爷爷奶奶终于听清楚了，儿子说的是："我到西安没去过！"

听到二老第一次学说这句话时，我哈哈大笑，然后把儿子揽到怀里，和他开起了玩笑。

我说："涛儿，你最近听爷爷婆婆话了吗？"儿子说："爸，我听我爷和婆的话很。"我摸着儿子的头说："你前几天对你爷和婆说啥来着？"儿子把那句话说了一遍。我故意装着没听懂，笑着问："得是你婆没洗锅？"儿子使劲摇了一下头，说："不是的。"我又笑了笑说："得是你婆没洗脚？"儿子从我怀里挣脱出来，跺了一下脚，大声把那句话重复了一遍。我假装才听明白，说："哦，你是不是说你到西安没去过？"儿子向我点了点头，笑了起来。

儿子肯定知道我是故意和他开玩笑，但还是像第一次在他爷爷和奶奶跟前那次一样，很认真地给我现场表演了一回。儿子的可爱令我感到高兴，但他那句话像一根芒刺一样扎在了我心上。

这些年，我一直在西安工作，但自儿子出生以来，我还真地一次也没有带他到西安去过呢！他年纪虽小，却有了自己的心思。他的那句话绝不是空穴来风。记得，女儿曾多次在儿子跟前说过我带她去西安玩的事情。还有，好几次我也给儿子说过："你好好听爷爷婆婆话，爸爸放假了带你去西安玩，去动物园看老虎、狮子、大象、猴子，去海洋馆看海豚、海豹……"还有，好几次我从老家走时，儿子哭闹不止，非要跟我去西安。我说："你要听话呢，爸爸最近工作很忙，等啥时候有空了，一定和妈妈带你去西安玩，不带你姐姐……"儿子听了这句话立即住声了，我赶紧夺门而出，跑到村口搭车。

"我到西安没去过！"这句话里潜藏着儿子的一个小小心愿：渴望爸爸和妈妈带他去西安玩。可是眼看着大半年过去了，至今我却没有带儿子去过一次西安！与往常一样，这大半年来，我每月都要回老家一次，二老说孩子经常在他们跟前提起那句话。

暑假快结束时，我又回了一次老家，因为儿子要上幼儿园中班了，得回去给他报名。晚上，我问二老，孩子有没有再说过那句话。父亲说："经常说呢，咋能不说呢？你在西安上班，她住在镇上新房也不回来，你俩现在闹矛盾，娃想去西安都去不成……"听了这些话，我内心深感愧疚，感觉很对不起儿子，一直没能实现他的心愿。晚上，我和儿子在炕上玩了很长时间，他给我跳舞、唱歌，在我怀里撒娇，显得格外开心。等他玩累了睡着了之后，我悄悄地回了我的房间。

夜深了，我躺在凉席上翻来覆去不能入梦。我侧身向着窗外凝望，夜色深黑如墨，什么也看不见，只听见院墙外梧桐树的枝叶在秋风里瑟瑟作响，田野间传来蟋蟀凄切的叫声……

2013年9月5日于大荔

卷三·乡土抒情

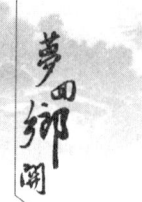

秦人·秦面

南方人爱吃米饭，北方人爱吃面食。

米饭的做法简单，无非蒸和炒，且品种单调。而面食花样就很多了，就烹饪方式言，有蒸、炒、煮、烙等；就呈现方式言，有干面和汤面；就品类而言，五花八门，名目繁多。若以地域分的话，著名的就有陕西油泼面、兰州拉面、新疆拉条子拌面、山西刀削面、河南烩面片、河北炸酱面等等；若以形状、做法、口味去分的话，那就更多了。

北方人爱吃面，但要说最爱吃面的，非陕西人莫属了。就连面食的品类，陕西也是北方乃至全国花样最多的了。陕西的面食文化，历史也很悠久，至少可以追溯到西周。在首届中国面食文化节上，八十四岁的中国饮食专家王明德说："世界面条故乡在中国，中国面条故乡在陕西。"

在陕西，除了几种全省通吃的面食之外，各地也都有各自特色面：岐山臊子面、户县摆汤面、蓝田旗花面、大荔炉齿面、韩城大刀面、永寿长寿面、汉中梆梆面、安康窝窝面、定边荞剁面、耀州咸汤面、麟游血条面、富县鸡血面、礼泉羊肉合面、乾州酸汤挂面、潼关一窝丝扯面、三原疙瘩面、陕北的杂面等等。由于花样繁多，且一直不断推陈出新，有好多我还不曾吃过，这里也就不具体罗列和详细介绍了。

陕西人爱吃面，但并不见得全国各地所有面陕西人都爱吃。陕西人偏爱的是自己做的陕西面。陕西人吃面，对原料、做法、调料都特别讲究，所以也就很挑剔。兰州拉面、新疆拉条子，因为这两个地方和陕西同属于大西北，口味上比较接近，陕西人还能吃；河北的炸酱面、河南的烩面片、山东的清汤面等，多数陕西人吃不惯，因为他们那里的面粉没有陕西的品质好，做法也没有陕西人细致，调料配比也不适合陕西人口味。

我是一个正宗的陕西人，以前在老家的时候经常吃面，在西安这十几年也是以面食为主。这些年，由于工作的关系，我经常去外省出差，也吃过不少其他地方的面：在成都，我吃过铺盖面、勾魂面、担担面，虽然口味有些偏麻，但挺喜欢；在郑州，听说当地的烩面片全国闻名，我曾打车在全市找最好的烩面馆，但是吃过之后觉得很遗憾，打死再也不吃了；在山东的章丘、寿光，我吃过清汤面，碗很小，面很嫩，菜很少，汤里只有很重的盐味，看着不香，吃着难受。印象最深的一次是在寿光，有一天晚上，我打车到处找面吃，好不容易找着一家面馆，我问老板会不会做油泼面，老板说会啊，我用怀疑的目光看了他半天。老板看我不相信他，就说，我知道你们"陕西人是中国面食的鼻祖"，我曾经在西安待过几年，跟一个大师傅学过面工，做油泼面绝对没问题。我说那好，你就给我做一大碗油泼面。结果等了半天，老板端上来的竟然还是一碗他们当地的清汤面。我一下子就躁气了，问他到底会不会做油泼面。他义正词严地说，这就是陕西的油泼面啊！我本想和他理论一番，教他到底如何做油泼面，但老板气咻咻地扭头走了。我无话可说，也无可奈何，坐下来硬着头皮吃了几口，实在难以下咽，就把钱放在桌子上，快步走出了面馆……

虽然其他地方的面食在陕西都有，但做法上都有些改良，以尽量适应陕西人的口味。西安是陕西省会，这里基本上包括了全国各地的面食品类，更是荟萃了陕西各县的特色面食——当然，要吃陕西各县正宗的特色面食还是要去它的发源地。比如，岐山臊子面和擀面皮，在西安也卖得很火，有个"永丰岐山面"在陕西开了数十家连锁店，已形成一个餐饮品牌。但正宗的西府人都知道，西安的岐山臊子面的做法和口味实际上已经变了样，远没有岐山当地的好吃。因此说，再好的饮食，离开了本土之后，都会失了原汁原味。这也是陕西面食在全国不能普及推广的根本原因。

陕西人不但自己爱吃面，而且常在外地人跟前夸耀陕西的面食文化。外地人来陕西作客，陕西人带他们吃的最多的当然是面食，而且会在饭桌上大讲而特讲陕西的面食文化。陕西有个著名的"八大怪"，其中一怪就是"面条像裤带"。之所以说"面条像裤带"，是说明其形状的厚、宽、长，事实也就是这样的，一点儿都没有夸张。其实，这说的也只是陕西面食的两三个品种，像杨凌蘸水面、扯面。陕西的面有条状的，也有非条状的，无论条状或非条状，也是有细有粗，有长有短，有厚有薄，有宽有窄；而非条状的，也是有方有圆有三角形有不规则形等等，绝不雷同。比如，岐山臊子面很细，像牙签一样；棍棍面是圆楞的，像竹筷一样；蒜蘸面是不规则的圆片儿……

只有陕西人才真正爱吃面、会吃面，对面的理解最深，对面的感情最深。陕西人能够切实感受面的魅力，且善于从面食的食用过程中得到美的享受。不少陕西人外出，若是三天吃不上面，就觉得不舒服，浑身没力气，心情很糟糕；若是外出十天半月乃至更长时间，回到家里的第一餐必定是面，而且会连吃几碗，不解馋、不尽兴，绝不肯罢休。因此，陕西人出不了远门，想"老婆娃娃热炕头"

是一方面原因，更主要的是因为舍不下那一碗面啊！陕西人当然也吃米饭，但是那也只是偶尔，且每次吃完米饭，必然还要再吃上一些馍或饼来补充一下，不然会感觉肚子空、心里慌。陕西人觉得，只有吃面肠胃才舒服，只有吃面心里才实在，只有吃面才觉得生活有滋味。这是陕西人的秉性和习性，几千年来都是这样，谁也无法改变，他们自己也从来没想着去改变。难怪外地人常说陕西人固执、倔强，是"一根筋"。

也是因为爱吃面，不爱出远门，所以有些外地人说陕西人没出息。这个就大错而特错了！爱吃面的陕西人里，从古至今，各个行业、领域都有杰出人物。古代的距离我们太远，也就不说了，光当代就有很多：习近平是党和国家的重要领导人，张艺谋是国际著名导演，贾平凹是全国著名作家，刘文西是全国著名画家，赵季平是全国著名作曲家，郑钧是中国当代摇滚乐坛中坚力量……以上列举的几位代表，哪一个不是"腕儿"呢？至于其他的重量级人物就更是多如牛毛。爱吃面的陕西名人，真可谓数不胜数。当然，这些年，随着社会的进步，陕西人的思想观念也在不断改变。如今，越来越多的陕西人走出了陕西，遍布全国各地甚至世界各地，他们常年在外奔波，经过一番拼搏，好多最终都干成了大事，为社会做出了巨大贡献。谁还敢再说我们陕西人没出息？

陕西人爱吃面，陕西面也好吃。如果外地的朋友想吃、爱吃陕西面，请你到西安来，我若有空的话，陪你专门吃面，每天一顿面，一个月不重样，保你百吃不厌，越吃越想吃，越吃越爱吃！

2011年11月24日凌晨于渭南

西府醋香

　　人活着就要吃饭,吃饭离不开调味品。世间有五味:酸、甜、苦、辣、咸。其中"酸"居首位,由此可见人们对酸味的看重。酸味的来源挺多,比如蔬菜、水果等等,但饭食调味品之酸则来自于食用醋。醋,又称为食醋、醯、苦酒等,是以麦、米、高粱或酒、酒糟等酿成的含乙酸的液体。它是烹饪中常用的一种调味品,是人们生活的必需品。

　　古代人类在世界各地从很早起就开始食用醋了。在中国,百人百性,当然各人的口味偏重也就有所不同。有爱吃醋的,也有不爱吃醋的。爱吃醋的人,顿顿饭离不了醋,在饭菜中放的醋多,以至于让醋盖住了其他味道;再不爱吃醋的人,多少也都会在饭菜里点几滴。这是几千年来国人的饮食习惯。

　　爱吃醋的人是比较多的,但具体有多少,以前好像没有人做过这样的普查,醋厂的人或许做过,但那肯定也只是局部范围的调查。有好多地方的人是普遍爱吃醋的,但山西人以爱吃醋而全国闻名,民间有"缴枪不缴醋"的笑谈。

　　醋作为一种烹饪调味品、生活必需品,在全国各地均有酿造。由于原料、工艺、饮食习惯的不同,各地醋的口味相差很大。在北方,最著名的醋种当属明朝时发明的山西老陈醋;在南方,影响最大的有镇江香醋等。此外,较为有名的还有四川保宁醋、锦竹双头,浙江米醋等。

　　一般而言,东方国家以谷酿醋,西方国家则以水果和葡萄酒酿醋。在中国,通常认为醋在西周时开始被酿造。在西方,古埃及时期就已出现了醋。由于都是通过发酵酿造而成,在一定程度上,人们认为酒醋同源,凡是能酿酒的古文明,一般都具有酿醋的能力。

　　这个在"醋"字身上就能找到答案。"醋"字是一个会意字,从酉,从昔;"昔"意为"往日的""陈旧的";"酉"为"酒"的简省;"酉"与"昔"组合起来表示"往日的酒""陈旧的酒"。

　　中国是酒的故乡,酒文化源远流长。因为酒醋同源,所以中国的醋文化也是相当厚重的,只是不为一般大众所知而已。相传,醋是由古代酿酒大师杜康之子黑塔发明的,因黑塔学会酿酒技术后,觉得酒糟扔掉可惜,由此不经意就酿成了"醋"。杜康发明了酒,被国人尊称为"酒圣",那么按此推理的话,黑塔也应该被尊称为"醋圣"。但是好像从未听人这么叫过。

"酒圣"杜康和其子黑塔是陕西白水人。故而,身为醋的发源地上的陕西人应该算是中国最早爱吃醋的一个群体了。但陕西人的爱吃醋,在国内并不闻名,让山西人给抢了风头,这就让人有些匪夷所思了。

陕西人真的是爱吃醋的,但陕西人中最爱吃醋的要属关中西府人了。你去看看,西府人最爱吃的臊子面、擀面皮、豆腐脑儿,哪一样不是醋出头呢?按西府人的说法,"吃饭没醋,吃着不香"。我是一个正宗的西府人,从小就受了我们当地饮食习惯的影响,偏爱吃醋,但我吃醋可能比我们当地好多人还要凶一些。来省城西安生活十几年了,从来也没见过谁的醋量大过我。平时吃炒菜、米饭,因为菜不是自己炒的,所以不能太挑剔。但吃面食的时候,我会尽量自己来调味,醋自然是要多浇一些了。每次与朋友下馆子,当服务员把已经调好的大碗面摆在我面前的时候,我首先会提起醋壶在面上浇一阵子,然后迫不及待地操起筷子"呼噜——呼噜"一口气就将老碗吃个底儿朝天。

朋友常为我的醋量咂舌,笑话我太爱吃醋呢。我说,醋是粮食精,吃了可以消食、开胃、美容,还能解毒、减肥;从小就爱它,没办法啊。朋友就笑了,说怪不得你的脸上不长痘痘,身材那么"魔鬼"。我常会一笑了之。

虽然爱吃醋,但并非什么醋我都爱吃。前几年经常去全国各地出差,吃过好多地方的醋,什么山西老陈醋、镇江香醋、浙江米醋,但是我最爱吃的要算我们西府的醋了。西府的醋虽然在全国没多大名气,也没有几个响亮的品牌,但我始终认为关中西府的醋是全国最好的醋。西府的醋,多为农家以纯粮食手工酿造,供自家食用或赠亲戚邻居,一般很少有人大批量酿造对外销售。前些年,农村家庭人口多,买醋吃太费钱,所以都是自家酿造,一次酿造一年的量,然后用瓷缸封存起来,供平时一日三餐的调味。

酒的酿造过程我从未见过,但酿醋过程我可是亲眼见过好几回的,工艺说起来也挺复杂。以前,我家的醋都是由母亲一个人亲自酿造的。小时候,母亲通常是在暑期做醋。她先是把小麦、玉米用清水淘洗干净,在芦席上晒干了之后,倒入一个直径约为两米的竹管篮里,加上酵曲和切碎的桃叶,拌上水,一遍又一遍地搅拌和匀;之后,把它们全部捞出来,找一个干净的地方靠墙堆放起来,蒙上塑料纸,给塑料纸外面撒上厚厚几层糠秕,最后再弄一些臭蒿蒿盖在上面。如此窝上大概一个月左右时间,母亲就把窝藏好的原料用面盆打成圆饼子,放在窗台上晒干,或者放在取掉席子和被褥的热炕上焙干。然后,再把干料饼打成碎末,装进一个个黑瓦缸里。这些黑瓦缸被搁在一排排高凳子上,给里面加上适量的水。经过大概两三周之后，我晚上起夜时常发现母亲不在炕上，半睁着迷糊的眼睛瞅了半天，才发现她正披着衣服挨个查看那些黑瓦缸。有时候，她会猛然拔掉一些缸子靠近底部的一个小圆眼上的细长木塞，于是就看见一股淡黄色的汁液从那个小圆孔里汩汩地流淌出来，跌入地上放着的一个大瓷盆里。等盆子接满后了，母亲再把它们全部倒回大瓦缸里，如此反复数十次，直到那些流出的汁液变成黑红色，喝起来酸而不涩，醇而不烈，才算是最终酿成了好醋。在我看来，醋尽管好喝，但是酿造过程却是如此的复杂和艰难，正应了老一辈人说的那句话："好事多磨"。

我大概是小时候在母亲酿醋的时候经常喝醋，所以后来才养成了喜欢吃醋的习惯。没想到我的好吃醋，竟然也影响了身边的几个朋友。记得一个汉中的和我同姓的老同事，以前不怎么吃醋，和我在一起久了，慢慢也喜欢了吃醋。我曾经从老家带来一壶醋给他，他吃完之后还老问我要，而且声明必须是我老家的醋。还有一个五六年前的老同事，家是渭南的，他前段时间来西安看我，闲聊时说起了西府的醋，说是我曾经给他送过一壶醋，她媳妇一直舍不得给锅里放，常常一个人用杯子倒一点出来慢慢喝，像品尝美酒一样。我听了之后，大为感动，很想回家给他再多拿些醋过来。但是母亲现在上了年纪，身体大不如从前，已经好几年不做醋了，我家现在吃的醋是我大姐供应的。我大姐从母亲那里得到了真传，好歹这门酿醋的工艺没有失传，我心里倒也挺欣慰。

据说，醋这东西和酒的酿造工艺差不多，但是它不像酒那样好储存。醋储存得好了，颜色越发黑红，有红酒一样的颜色，白酒一样的香味，吃起来香醇柔和；如果储藏不好，超不过半年就坏了，颜色变成淡黄色，甚至还会生出白花和蛆虫，味道苦涩不堪，难以入饭。

其他地方的酿醋工艺和过程，我从未亲眼看见过，想必应该也差不多，但是我吃遍了天下的醋，却感觉只有我们关中西府农家醋的味道最纯、最正、最香！

2011年11月18日于西安北郊

陕西的辣子

"江西人不怕辣，湖南人辣不怕，四川人怕不辣。"四川和湖南人爱吃辣椒是全国有名的，实际上江西人吃辣椒似乎不太被人们提说。其实，还有一个地方的人特别爱吃辣，那就是陕西人。

陕西人通常把辣椒叫作"辣子"，往往"没有辣子吃不下饭"。陕西著名作家贾平凹说过一句很著名的话："八百里秦川尘土飞扬，三千万人民齐吼秦腔，捞一碗长面喜气洋洋，没调辣子嘟嘟囔囔。"爱吃辣子到如此地步，那就是一种嗜好了。因嗜辣如命，陕西人多数脾性甚大，其暴似火，其烈如辣。

陕西人，尤其是关中地区人素以面食为主，吃面食往往离不开辣子。但陕西人吃辣子不同其他地方人。四川、湖南、江西等地方的人爱吃炒菜、米饭，他们往往是把辣角干放在菜里去炒，当作一种佐料，实际上很少直接食用。而陕西人就不同了，他们把红红的干辣子磨成面儿，用煎油泼了之后抄在面食里吃；还有一种吃法，就是把馍切成两张薄片儿，蘸上油泼辣子，撒上一层盐巴，两张馍片扣在一起，这叫"辣子夹馍"。油泼辣子看着红、闻着香、吃着辣。陕西有"八大怪"，其中一怪就是"油泼辣子一道菜"。由此可见陕西人吃辣子的厉害程度，这也是陕西人的实在之处。

陕西盛产辣子，以关中地区最为集中。宝鸡、咸阳、渭南都种植辣子，但要论品质、产量和名气，那算是西府宝鸡的辣子了。前一段时间在报纸上看到一则最新消息，说是宝鸡辣子最近获得国家地理标志品牌。宝鸡辣子在陕西乃至全国的知名度和影响力可见一斑。

我的家乡扶风县，隶属宝鸡市管辖，那里大面积种植辣子。辣子喜水但不喜阴，因此它最适宜在沙土地里生长。因此，地处我们扶风县最南边渭河沿岸的绛帐镇、上宋乡一带是盛产辣子的好地方。

在我们家乡，辣子从育苗、栽培、管理到采摘，历时八九个月。每年正月十五一过，天气转暖，乡亲们就开始春忙了。他们在自家门前的空场开辟一片地作为辣子苗床。育苗是第一道程序，相当麻烦：先是用镢头把地深翻一遍，施上晒干的农家肥，把土块敲碎打匀，用刨耙刨成一个个一米宽的地垄；然后把提前培育的辣籽芽撒在地垄里，再用钉耙耧匀，在两边的塄上插上树枝条，用细布条绑紧,再在这一绺弓形枝条上横向固定一根长竹竿,最后盖上塑料纸,这就成了一个大棚辣子苗床。苗床弄好后,把水引到里面浇一下,几天后辣子苗破土而出,细细的嫩苗齐刷刷的,很好看,颜色先是淡绿,再过几天就渐渐变成了深绿。

春夏之交,辣子苗就长到一拃多高了。这时候,人们就把它们从苗床里拔出来栽到地里去了。那时节,渭河南北两岸的田地上,到处可见家家户户在地里栽植辣子苗,一垄连一垄,一片连一片,好不壮观!辣子苗栽好,沟施了化肥,再浇上一遍水,暂时就不用管了。辣子苗吸收了充足的阳光、水气和养料,要不了一周就换样了,再过三四周生出好多枝丫,叶子郁郁青青,长势煞是喜人。

七月份,辣子苗秆长大了,主干虽然不粗壮,但枝杈纵横。辣子秆伸展着枝条,一片片椭圆的叶子挨挨挤挤的。辣子树上开出朴素细碎的白花,星星点点,甚是可爱。等花儿谢了以后,枝头就开始冒出嫩嫩的辣子尖儿。再经过一段时间,小辣子就长大了,头圆圆的,身子长长的,尾巴尖尖的,身上散发着油光。那段日子,你不时会看到农家妇女置身其间,或除草灭虫,或浇灌施肥,工作甚为精心细致。

辣子新长出来时是淡绿色的,慢慢变成深绿色,再慢慢变成橘黄色、酱红色,最后才会变成那种通体发亮的大红色。在新鲜辣子还是绿色的时候,乡亲们会摘下一些来,清洗干净,在锅里稍微煮一下,去掉其中的涩味,然后切成小段儿,放上一些其他佐料凉拌或用煎油泼过之后,就着苞谷糁子和馒头吃,味道鲜美馋人。连四五岁的小孩,也常经不住它的诱惑,尽管吃了之后会哭,但哭了之后还要再吃。

到了八月份,绿辣子便相继红起来。有的又弯又尖,身段儿不长,好像一把小镰刀,这种叫作"朝天椒"。这种辣椒虽然可爱,但是不好卖,所以乡亲们并不喜欢。大部分的鲜红辣子又长又直,密密匝匝地集结在一起,采摘时可以一把把地捋,很是方便,我们当地人称之为"线线辣子"。其实,我们家乡的辣子,品种特别繁多,好多名字我都叫不上来。

辣子一红,乡亲们就开始一批一批地采摘了。暑期,几乎每天都能见到男女老少弓着腰在辣子地里说说笑笑忙活着。每年这个时候,外地的商贩常常赶到我们这里,大批量收购鲜红辣椒。有时候,收辣子的商贩太多,有些人为了能抢收到更多的好辣子,会把车直接开到人家的地头去,连里面的绿叶都不拣,直接扛出地头去过秤、装车,然后销往全国各地,家乡的辣子由此而声名远扬。

也有一些乡亲为了卖上好价钱,把辣子拉到绛帐街道或火车站零售,再不好的辣子一天下来也能全部卖完。尤其是逢着赶集的日子,天刚麻麻亮,就可以看到很多农民伯伯、年轻的小伙、姑娘骑着自行车驮着大筐小筐的辣椒，从四面八方汇集到集市上去。一时间，街道上、农贸市场里几乎成了一片红辣子的世界。

除了销售之外，我们还会给自家留一些上好的鲜红辣椒。妇女们常用细线把鲜红辣子串联起来，然后挂在房前檐下晒干。晒干了的辣子就会变得干瘦、拧巴，颜色成了暗红。等平时吃用的时候，把辣子串串拆解下来，摘去蒂把，用剪刀剪成小段儿，在铁锅里用文火炒一下，最后放在僵石窝里砸成面儿，封存在瓶瓶罐罐里，供以后做油泼辣子用。其实，除了干辣面之外，辣子制品花样还有很多，如腌青椒、辣椒酱、辣子油等等。

辣子虽辣，但辣得有味，辣得过瘾。因此，陕西人常禁不住那火红火红辣椒的诱惑，以至于将它视作"宝贝"了。陕西人不管是外出旅游、公差、求学还是务工，若无辣椒，则食欲不振、茶饭不思，于是就想方设法弄些辣椒来佐饭，或高价购买，或家中邮寄，或出门自带。陕西人去外地，吃不上好面条，上餐馆也都少不了点上几道带辣子的菜。这也是川菜、湘菜在陕西得以普遍流行的原因。90年代末期，我外出求学，吃不惯学校食堂的大锅菜。每次回家，都会带一些油泼辣子或辣子酱。每次带过来，本想独自偷偷享用，但总是要不了几天就被宿友们瓜分完了，自己实际上吃不上几口，心里那个恨呀……

辣子虽辣，但营养丰富。辣子里的维生素C含量非常高，在蔬菜中可是首屈一指；它的氨基酸含量也非常丰富。难怪有人称它为"营养炸弹"呢！据说，辣子不仅是大家喜欢的蔬菜、调味品，还算是一种药材呢，因为它有健骨、祛风、行气、散血等作用。适量地食用辣子，还可以增进食欲、促进消化。

作为一个地道的陕西人，我从小对辣子情有独钟。我吃辣子时只感觉到它的香，从来没觉得它的辣；至于其营养价值，我是从来就没考虑过。我吃辣子的量，身边的好多陕西朋友也都觉得惊讶，外地的朋友则是瞠目结舌了。我小时候在家里吃汤面，碗里的汤水常是一片血红，母亲常常会说我太浪费，我就把它们全喝下去。这些年在省城上班，常会和一些外地的朋友同桌吃饭，点菜的时候也会点带辣子的，有些不能吃辣子的人就苦不堪言了。我亲眼见过江苏、浙江、广东一带的朋友在我的怂恿之下学吃辣子，结果被辣得吐舌头、流眼泪，不停地喝水。于是，我就说："毛主席他老人家说过，'吃不了辣子就干不成革命'，我们年轻人吃不了辣子就干不好工作，干不成事业……"他们常被弄得哭笑不得。

2011年11月21日于北山门

依稀红薯情

那晚,一位朋友来看我,顺便带来两个刚蒸熟的红薯。看见温热的红薯,我心里忽然温暖了许多。我拿起一个红薯啃了起来,但吃了两口就不想再吃了。这红薯质地太硬且没有沙甜的口感,我在嘴里嚼了半天硬是咽不下去,于是就放下红薯,喝了一口水,然后和他闲聊起来。我们聊了很多,不知不觉就到了凌晨一点半。他走后,那两个红薯还在我桌子上放着,已经凉了。我肚子有些饿了,再次拿起那个啃过的红薯又啃了一口,依然是那样得难以下咽,索性就扔在了一边。躺在床上,我忽然想起老家的红薯,一些儿时的记忆也瞬间如潮水一样漫上心头。

我的老家在关中平原,我们村庄在渭河北岸,那里大部分是沙土地,特别适合种红薯。1990年代前后,我们那里的人均土地在一亩以上,红薯种植面积挺广。但近二十年来,我们那里的土地越来越少,红薯又卖不上价,种的人也就越来越少了。这些年,红薯在我心中的印象渐次有些模糊了。

在我们老家一带,红薯经常被叫作"红芋"或"红苕",但"红芋"更普遍一些。小时候,我们家连续种过好几年红薯,我曾多次参与过红薯的栽植、浇灌及收获过程,所以对红薯比较了解,也特别有感情。

那些年,每年一到农历的五六月间,乡亲们就开始栽红薯秧了。大概是红薯秧的培育过程太麻烦了,我们村庄的红薯秧都是在集市上买来的,很少有人去专门育秧。

父亲从绛帐镇买回红薯秧,然后就交给母亲。母亲先是在院子里的阴凉处用沙土弄一个小苗床,然后把红薯秧摊开来,一行行密密地斜偎在沙土里,最后给苗床上浇上水。三五天之后,母亲会去看红薯秧有没有换过气色。如果气色很好的话,就会喊叫我们全家人去地里栽秧。

在我们那里,红薯不是大田作物,也谈不上是经济作物。因为,大多数人家种红薯纯粹是为了供给自家的食用,而不是靠它卖钱。红薯适合在沙土地里生长,所以我们村的人就经常把红薯秧苗栽在渭河滩附近的地里。

红薯秧从苗床里拔出来之后,母亲总要先在根系蘸上黄泥,然后装在竹笼里,上面还要再盖上一层湿布,以免秧苗被太阳晒蔫。到了地里,家人各自占一行地垄，一人拿一些红薯秧去栽。栽秧的过程很简单：人蹲在地里，把红薯秧放在前面，一手拿两根秧苗，一手操着小铁铲，挖一个小坑，然后把秧苗往里面一放，再用小铁铲拨点土，用拳头一擩，这样依次从地头往后倒退着进行。这个过程看起来复杂，实际上对于我们农家人来说，就只用不到两三秒时间。我那时候太小，不喜欢干栽秧的事情，主要是速度太慢，老落在人后。于是，我就主动给大家发秧苗，看谁没有了就赶紧给拿一把过去。有时候，我嫌这样太麻烦，就先大概测算一下一把秧苗能栽多远的距离，然后就在每个目测的节点上预先放上一把秧苗，然后再去给刚栽好的秧苗浇水。红薯是一种可种可不种的作物，所以一般很少有人给秧苗施肥。栽完之后，给每窝秧苗浇上一勺水，然后就不用再管了。

栽完红薯秧，太阳还高挂在头顶，回头再看，那些秧苗大都无力地耷拉着脑袋，一副奄奄一息的样子，让人怜惜。第二天，我跑到地里去看，只见那些秧苗还是那样缺乏生机，有些叶片的周边呈现出将要枯去的黄来。我回家给父母说了，他们只是各自忙活，头也不抬地说，不必担心。我一连几日去看，似乎没什么大的变化，也就失去了耐心，就忙顾自己玩耍了。过一段时间，下了一场雨，我便提着竹笼到渭河岸上给猪娃割草，顺便去红薯地看了一下，结果让我很是惊奇：一大片可爱惹眼的翠绿遮盖了田地，每一支红薯秧的茎干都蓬勃有力地向上延伸……

一个月之后，我再去看，红薯地里又是另一番景象：红薯苗伸出长长的滕茎，墨绿的叶片笼盖了凹陷的地沟，爬上了凸起的地垄。等到我们放暑假的时候，红薯的叶蔓已经长得很茂盛了。母亲怕红薯蔓长荒了，就经常带着我们姐弟几人去掐多余的茎蔓，将其拿回家喂猪。那些蔓尖儿用手掐断时，会冒出一些纯白色的汁液，好像奶汁一样。有时，母亲会挑一些细嫩蔓尖淘洗干净，在锅里煮熟之后，再用凉水一拔，去掉其中涩味，然后放上调料凉拌了让我们就苞谷糁子吃，那滋味相当可口。

暑假期间，我们村的孩子经常提着竹笼到渭河滩割猪草，有时候贪耍，赶天黑还没割满一笼草，就随便跑到别人家红薯地里胡乱割上一些红薯蔓填进笼子里，然后再给上面盖上草。有时候，我们也会偷刨别人家地里的红薯。七八月间，红薯已经结下了，但还不是很大。顺着薯蔓找到薯根，随便一刨，拔出来就是一串子红薯。有时，我们会挑一些大个儿的，用镰刃削了皮吃。那时候的红薯，水分大，吃起来嘎嘣响，但甜度不够，有一股奶腥味。

阳历的十月之后，红薯就成熟了。那段时间，我会天天在村口看到乡亲们拉着架子车，满脸的喜悦之情，车厢里装着好几袋子红薯，车顶上还盖一些已经有些蔫了的边缘带着黑色的红薯藤蔓。挖红薯也是个窍道活，我的父母挖红薯可是行家里手。红薯埋在地下看不见，但他们往往一镢头下去就能挖出一大串红薯，不但没有遗留，而且不会挖破。而我没有经验，几镢头下去才能挖出红薯，而且动辄就把红薯挖烂了，父母看见了总会心疼。挖烂了的红薯拿回去是要尽快吃的，不能过冬，因为有伤口，容易变坏。

红薯挖回来之后，要放到院子或房台上晾几日。母亲总会先把挖破或磕破了皮的红薯挑出来给我们做熟了吃。红薯的做法挺多：第一种，把红薯洗净了之后放在锅里蒸熟了吃；第二种，把红薯切成小方块下到苞谷糁或面条里吃；第三种，把红薯丢到灶坑里煨熟了吃；第四种，把红薯切成薄片儿用煎油炸过之后撒上白糖，这种做法一般是在正月待客时才用，当作一种上桌的菜肴。母亲还有一种独特的做法：把红薯切成条，在锅里蒸个七八成熟，拿到平房上晒干，然后找个塑料袋密封起来，等到冬天拿出来让我们当零食吃。上小学时，我冬天去学校，总会给衣兜里装上几把薯条，在课余时间吃。这种薯条颜色纯黄，咬起来很硬，但嚼起来很香甜，越嚼越有味。除过我们家之外，我没有见到过别人家吃这种薯条。好多同学见我吃，感觉很好奇，也经常问我要着吃。参加工作以后，我在肯德基店里吃过炸薯条，实在没什么感觉，远没有母亲做的那种薯条好吃。

新鲜红薯吃起来只有甜味，没有沙瓤。我们通常是把红薯存放起来，等到冬季才吃。红薯的储存方法有两种：一是在房子的角落里堆放一些大堆沙子，把红薯埋进去；二是把红薯藏在地窖里，用沙子盖起来。经过一段时间储藏之后的红薯做熟了是最好吃的，沙瓤，干如板栗，甜如梨子，吃得多了，会噎得人直打嗝。

红薯的品种很多，大部分我都叫不上名字。我一般只按个头、形状、口感来分。有一种红薯呈圆形、有人头那么大，虽然产量挺高，但是做起来麻烦，得用刀子切成厚片才能做熟，吃起来水分大，甜度却不高，还经常黏牙；这种红薯早些年我们家也种过，但都觉得不好吃，也没人愿意买。有一种红薯是不规则的长条形，虽然个头不大，弄熟掰开之后，里面是白色沙瓤，吃起来甘甜爽口。还有一种红薯，是那种特别细长的形状，弄熟之后吃起来有很多丝儿，很难嚼断，经常塞牙缝。

在我们关中西府一带，1990年代以前红薯算是农村人的一种主要农副产品，家家户户都离不了。但近二十年来，农村人的生活条件越来越好，红薯慢慢就成了可有可无的东西，也很少有人再去种了，实在想吃了就去集市上称几斤回来解个馋。

  1999年，我上了大学。从此就很少再吃到红薯，只有每年寒假回家之后才能偶尔吃上几次。上班之后，这十几年来，家里就不再种红薯，我就吃不到老家的红薯了。有时候，我很想念红薯，偶尔在大街上碰到买烤红薯的摊点，就会称上一两个来吃。当拨开那有些焦黄且发皱的皮儿时，黄灿灿的冒着丝丝热气的红薯瓤就呈现在面前，咬上几口，满嘴里都是香甜甘面的味道，儿时的有关记忆依稀在脑际浮现……

2012年1月15日于醉墨堂

苞谷糁

关中平原上自古盛产小麦，这里的人也就以面食为主。但还有一种粮食，虽然不如小麦那么受人重视，但关中农村人几乎每天都吃，这就是玉米，也叫"苞谷"。玉米在关中农村的做法有两种：一种是把玉米粒晒干以后打成碎粒，然后加上碱面煮着吃，这叫"苞谷糁"；一种是把玉米粒晒干以后磨成面儿，在锅里熬成黏稠的面糊，叫"搅团"。苞谷糁深受关中农村人的喜爱，一般每天早晚都在吃。搅团则是隔三岔五地吃，过去是一个月才吃那么一两次，现在则很少有人吃了。

苞谷糁，城里人把它叫作"玉米粥"，在我们关中西府的农村简称"糁子"，这是家乡人民的家常饭。

苞谷糁是将玉米粒晒干以后在专门的机器上打碎以后的不规则的小碎粒，色泽纯黄如金。苞谷糁的做法很简单：舀上一碗生苞谷糁，在里面放少许面碱；等水烧开之后，一手端着碗往锅里慢慢地倾泻，一手用铁勺在锅里慢慢转圈搅动；然后盖上锅盖，用中火烧上两煎，每次锅烧煎后，加少许凉水，再搅动几下；等两煎之后，苞谷糁就熟了。做苞谷糁，碱面不宜放得太多，否则味道太苦，难以入口；放得太少，苞谷糁不黏络，口感太涩。生的苞谷糁下锅之后，火候不宜太大，否则容易烧糊。另外，做苞谷糁要用大铁锅，用麦草火慢慢熬；炉子或电饭锅里熬的苞谷糁不好吃。

苞谷糁可稠可稀。夏天一般吃稀的，平时吃稠的。稀的苞谷糁可照见人影儿，喝着爽滑顺口；稠的苞谷糁在碗里结成一个整体的团块，吃着香甜绵软。等稀苞谷糁放温一点的时候，可以直接端起来喝，也可把馍馍掰碎了泡在里面吃。吃稠苞谷糁，会吃的人就用筷子顺着半个碗边刮着吃，直到吃完后碗里很干净；不会吃的人，就用筷子在碗里这儿挑一下，那里刨一下，碗里一团糟糕。吃苞谷糁当然是要就菜的。关中西府的农村，一般都是就黄瓜片、笋瓜丝、西葫芦丝、白菜丝、萝卜丝、绿椒段等生鲜蔬菜；冬天没有生鲜蔬菜的时候，就吃用萝卜、芥疙瘩等腌制的咸菜或辣子酱。

我是从小吃着苞谷糁长大的。

上小学时，天天在家吃苞谷糁，早上吃，晚上也吃，这也成了一种饮食习惯。我的母亲有时候做苞谷糁，还会给里面下一些红豆或红薯，吃起来别有一种滋味。也就是那时候，我跟着母亲学会了做苞谷糁，当家人去地里干活时，我就在家里给他们做苞谷糁吃。我第一次做苞谷糁的时候，碱面放多了，火烧得大了，结果做出的苞谷糁是那种焦苦的味道，难以入口，但父母没有骂我，都不吭声吃完了。

上初中后，学生灶上也基本上是早晚两顿苞谷糁。当然学生灶上的苞谷糁一般都做得稀一些，菜也给得很少，同学们大多数是自己从家里用罐头瓶子装了菜带过来吃。那时候，我正是长身体的阶段，老感觉一碗稀苞谷糁吃不饱，上午第三节课还没上完肚子就咕咕叫了。记得上初二的时候，我二伯在学生灶上帮灶，我每次到打饭的窗口跟前，都会把洋瓷碗底子在窗台上敲一下，二伯就知道是我，常会给我打上满满一碗。二伯私下给我说，有时候吃饭的人太多，打饭来不及，你在碗底绑上一个红丝带，我就知道是你了。我就按二伯说的做了，刚开始还比较奏效，可是后来好多同学也效仿起来，二伯有时候分不来，也会给他们打满满一碗。和我关系要好的同学，有时候一碗饭吃不饱，我就帮他们排队打饭，二伯照样会给我打满。所以，每当我想起初中生活时，就会想到我二伯。可是，二伯已经去世了十多年了，我一直没有机会报答他老人家。二伯下葬那天，我因为学习任务紧，没有回老家去，所以至今心怀愧疚。

进入高中，我吃的还是学生灶。当时高中学生有上千人，学校里有很多小灶，但大部分学生都在大灶上吃饭。大灶上的饭早晚也基本上是苞谷糁，大多数时候做得稀一些，所以正在长个头的我们，尤其是男生，一碗是吃不饱的。上高二时，我们班上有一位同学叫柳东辉，与我关系甚好，他二哥在灶上做了一年饭，对我也照顾了一年，我至今感恩不已。印象深刻的是，每次吃苞谷糁的时候，同学们蹲在食堂前的院子里，四五个人围一个小圈，十几个人围一个大圈，各自面前放着一瓶菜，大家都端着洋瓷碗，一边吃，一边谝，那场面很是热闹和壮观。

上了大学，我就很少吃到苞谷糁了。学校灶上早晚一般吃的是大米粥和馒头，吃不上苞谷糁的时候，我心里挺难受的，于是常常想念老家的苞谷糁。只有在寒暑假期间，我才能在老家美美地吃上一段时间苞谷糁。

参加工作以后，前四五年还没结婚，我一年才回两三次家，吃苞谷糁的机会很少。结了婚有了孩子之后，孩子在老家由父母照看，我所工作的城市距离老家不到一百公里，几乎每个月都要回家待上几天，所以吃苞谷糁的次数相对以前多一些。从今年开始，我发现我所居住的这个叫作北山门的城中村有一个卖稀粥的摊点，里面就有苞谷糁。这种苞谷糁是装在一个密封的塑料杯里的，插上一根吸管就可以直接喝。我每天早上去上班，路过那个摊点的时候会顺便买上一杯，但是这种苞谷糁太稀，也没有菜可就，一点也吃不出老家的那种黏络爽甜的味道。

  这三十多年来，我一直与苞谷糁有着牵扯不断的联系。也许是我从小就吃惯了苞谷糁，所以很喜欢吃，从来也没有觉得腻味过。可以说，苞谷糁是除了面条之外我最喜欢的一种家常饭了，我与它有着极为深厚的特殊感情。

2011年12月29日凌晨于醉墨堂

关中搅团

在关中地区，提起搅团人们是不会感到陌生的。它曾经是关中农村人的一种家常饭，尤其在上个世纪六七十年代，它可以说是穷苦人家的"救命饭"，因为一碗面能做一大锅搅团，够一家人美美吃上两三顿呢。后来，随着人们生活水平的普遍提高，搅团就很少在关中农家的饭桌上出现了。

搅团是用面粉在开水锅里搅混熬制成的糨糊。搅团的品类很多，有荞面搅团、高粱搅团、玉米搅团、麦面搅团等等，但在关中地区，过去最常见、最常吃的要算是玉米搅团了。

关中人常把做搅团叫"打搅团"。搅团的做法虽然简单，但实在是个体力活，一般至少得两个人密切配合着才能做得好。搅团要想打得好，最好用大铁锅，这样才能打得开转身；还有就是最好烧麦草，麦草火的焰长、面宽，火势均匀，不至于把搅团烧糊。打搅团并不难，但过程却极为泼烦：先烧开一大锅清水，一个人继续在锅间烧火，另一个人往锅里散干玉米面。干玉米面里要搭少许碱面，下锅的时候不可一猛全倒进去，须是从碗口沿上慢慢地一点点地往下倾散；同时，另一只手还要握着长把木勺顺着锅边缓缓搅动，直到玉米面和水完全融合，不能结疙瘩。玉米面下锅之后，火就要烧得稳一些、细一些，不可忽大忽小，不然玉米面就容易被烧糊，影响口感；长木勺要在锅里不停地用力搅动，顺时针搅一会，再逆时针搅一会；等锅里"咕咚——咕咚"冒起了水泡，再往锅面添些凉水，继续烧火，继续搅动，如此反复几次，直到锅里的面水熬成黏稠均匀的糨糊为止。

打搅团最关键的环节其实就在一个"搅"字上。俗话说："搅团要得好，三百六十搅。"小时候，我曾多次看见过打搅团的情形，那的确是相当费力气的，一个人根本吃不消，往往要几个人轮番上阵才行。

刚打好的搅团太烫，不能直接食用，须凉下来才行。搅团做法单一，但吃法很多。最常见的吃法有三种：一种叫"水围城"，先将热搅团舀一点到碗里，让它粘在碗底和碗边上，等凉下来之后再浇上事先调好的汤水，放上一些下锅的青菜，用筷子顺着碗边划起一块在汤水里撩一下，再往口里送，搅团块儿就一下子溜进肚子，那感觉嫽扎了；第二种吃法叫"漏鱼儿"，先盛上一盆凉水，在盆上架一个铁漏勺，热搅团通过漏勺眼，很快就变成一条条金黄透亮的"小蝌蚪"游进水中——这就是人们常说的"粉鱼儿"，关中西府人管它叫"粉咕嘟"——粉鱼儿凉调或浇汤吃均可，加一些酸菜、蒜泥拌着吃，味道更好；第三种吃法叫"凉片片"，先把热搅团舀出来盛放在一个大圆铁盘里，或者直接摊晾到案板上，待彻底冷却定型成团块之后，再用刀子划出一片，细切成一个个麻将一样的小方块，搅在碗里凉调着吃。

这三种吃法的感觉是不一样的。第一种吃法一般适合在冬天，吃完搅团，再喝上几口煎烫的酸汤水，胃里舒坦，头上冒汗。第二、三种吃法一般适合在春夏秋三季，这样吃着爽口、凉快。不管采取什么吃法，搅团一旦入了口，直接囫囵往下咽就对了，千万不要咀嚼，否则满嘴都会是黏糊糊、甜兮兮的浆子味道。吃搅团，一定要辣子红、醋水多，再拌上野菜，吃起来最好不过了。

搅团一般是用粗粮磨成的面粉熬制而成，含水量很大，可以说是一种无筋无骨的水货食物，所以很容易吃撑，但又很不耐饱，往往是刚吃完两碗搅团，几个响屁或一两泡尿下来，肚子很快就又空瘪了。关中人一般在农忙时节很少吃搅团，一来嫌它做起来太泼烦，时间太长，等得人心发慌；二是搅团吃了不顶饱，浑身不得力，下地去干不了多长时间活儿，浑身就软塌困乏了。

在关中农村，爱吃搅团的人常视之如命，其中以妇女为绝大多数，隔几天不吃就心里发慌；男人爱吃搅团的似乎不多，有些人看见家里打搅团，气得恨不能搬起石头砸了锅。但女人们可不管那一套，想吃搅团了就自己打，男人们没办法，只好以馍馍充饥，实在扛不过去就硬着头皮吃几口，时间一长也就慢慢习惯了。小孩子大都不爱吃搅团，但对搅团锅底焙干了的锅巴（俗称"呱呱"）却很有好感，喜欢拿在手掰着吃，咬起来嘎嘣作响，嚼烂后满嘴香甜。

如今，关中地区连农村人都很少吃玉米面搅团了，即便吃也都是改吃麦面搅团了。说句实话，我在关中西府农村曾生活过二十年，那时对搅团没有过多少好感，吃的次数当然很少。在城市待久了，吃惯了山珍海味、油腻荤腥，有时候倒挺想吃几口正宗的搅团，图的就是个稀欠。城里饭店很少有卖搅团的，在一些旅游景点附近的农家乐里偶尔会看到，被称作"农家特色美食"，但那大多是用麦面做成的"酸菜粉鱼"，辣子不汪，醋也不香，已经吃不出农家搅团的风味了。

2012年5月18日于西安北郊

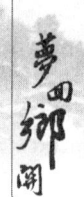

温暖的柴火

在北方寒冷的冬季,一想起柴火,我的心头瞬间会温暖许多。

"柴米油盐酱醋茶"是人们日常生活所必需的七样东西,俗称"开门七件事"。柴排在第一位,显然是非常重要的。人们常把柴亦叫"柴火"。对城里人而言,柴火与他们几乎没什么关系,平时也很少被提起。但对于农村人来说,柴火一直是他们用来烧火的主要燃料,解决了烧柴的问题,家庭生活就解决很大一部分开支。

我的老家在关中平原上。这里的农村人,一年四季都与柴火打着交道,平时做饭离不开柴火;尤其到了寒冬季节,更是少不了要用柴火来烧炕取暖。如今,虽然有了煤、气、油、电等能源,但柴火依然是农村人的主要燃料。

过去,关中农村人最不缺的就是柴火。柴火来源于树木的枝干、枝条,来源于地里的麦秸秆、苞谷秆、棒子苞、玉米芯、棉花秆、辣椒秆、红薯蔓,来源于路旁的落叶、杂草,来源于河滩上的芦苇、藤蔓……烧柴火不花钱,用起来也很方便。

关中农村人把这些来自大自然的能用来烧火的燃料统称"柴火",它分为"硬柴"与"软柴"。

硬柴,指的是木柴,也就是树木的枝干和枝条。木柴在平原地区比较稀缺,可谓来之不易,加之它比较耐烧、火旺,所以人们平时舍不得烧。人们常是在伐了树之后,把枝干和枝条剁下来,劈膈成约一尺长的短节,在房前屋后檐下靠墙码堆起来,等家里蒸馍、煮肉或逢年过节、过红白喜事的时候才取下来烧。软柴,它来源于地里庄稼的秸秆,点烧之后的火焰是飘忽、细碎的,不经烧,且产生缓慢蠕动的浓烟。农忙时节,人们在收获粮食的同时也收获了秸秆,用架子车从地里拉回来,晒干后堆放到门前的场院里,供日常做饭、烧炕之用。

在我的记忆里,柴火与我的家乡有关,更与我的母亲密切相关。

小时候,在我们那个七口之家里,平时做饭,冬季烧炕,柴火从来都是唯一的燃料。没有柴火,日子根本就没法过。因此,柴火的多与少、干与湿,无不关乎母亲的情绪,关乎我们家的生活质量。年年夏收和秋收,母亲总要把地里的柴火全拉回来晒干摞起来。每逢下雨或飘雪的日子,母亲也总会急忙跑过去用塑料纸把门前的柴火苫盖起来。

过去，我们关中西府渭河滩一带的村子，地多，柴火从来都不缺，母亲也从不为之发愁。近十年，我们那里人均土地越来越少了，地里拉回来的烂柴火一般都不够烧。尤其这两年，农村劳动人口越来越少，留守在家里的基本上是老人、妇女和小孩，所以，种植收获的机械化程度越来越高。小麦秸秆大多被收割机打碎在田间，玉米秆被苞谷机打烂在地里，柴火也就越来越少了。好多人家把打碎的麦秸秆点燃，把打烂的苞谷秆还田作业，说是这样可以增加地力。但是母亲怕缺柴烧，总要喊着我们用架子车把散落在田间的碎柴火拉回来。

这几年，我和妻子都在外工作，家里只剩下父亲、母亲及他们的孙子，但柴火还是挺紧巴的。每年秋收结束以后，母亲就一个人拉着架子车去路边拉别人家不要的玉米秆。冬天，她拿着扫帚和铁叉去拾掇村路两旁树下的落叶；有时还一个人跑到渭河滩上割干黄了的蒿草、芦苇，用架子车拉回来。为此，父亲多次数说过她，我也好几次埋怨过她，但是母亲从来没有听进去过。于是，父亲就买了一个电磁炉，让母亲用来做饭。母亲一辈子节俭惯了，嫌电磁炉太费电，依然在大锅灶上做饭。直到后来，我有了孩子之后，放在家里让母亲管，孩子太调皮，瞬间也离不得她，为了方便起见，她才开始慢慢习惯了用电磁炉做饭。

岁月如歌，流年似水。如今，时代发展了，农民富裕了，新农村好多家庭也都烧起了液化气，用上了电磁炉和太阳能。当我还沉浸在昔日遥远而美好的回忆中时，现代的大多数人却很快淡化了柴火这个概念，也很少再使用柴火。

至今我仍然喜欢闻柴火燃烧的气息，但是在现代化大都市里我闻不到这种气息，只有每次回到老家才能闻得到。柴火在老家的灶膛和炕洞里熊熊地燃烧，散发出炽烈的光芒，温暖着我的身体，温暖着我的心……

温暖的柴火里有我对农村生活的记忆，有母亲的一片深情啊！

2011年12月12日于醉墨堂

美丽的窗花

一把普通的剪刀，一张普通的彩纸，在一些乡村妇女手里翻来折去，人物、动物、植物、器物等各种各样的吉祥图案和花纹很快就一一活灵活现地呈现在人们面前。这些图案和花纹大多是以现实生活中的见闻事物作题材，对物象经过观察之后全凭纯朴的感情与直觉的印象加工创造而成，具有单纯、简洁、明快、浑厚的特殊风格。这就是中国的民间剪纸艺术。

剪纸是中国世代流传下来的普及范围最广的一种民间手工艺术，明清时期走向成熟并达到鼎盛。它来源于民间，也在民间的运用最为广泛：灯彩上的花饰，扇面上的纹饰，以及刺绣上的花样等，通常是利用剪纸作为装饰或经过再加工而形成的。但在中国民间，剪纸更多的是被作为一种美化家居的饰物，而最集中的表现形式莫过于窗花了。或者可以说，无论题材、表现手法、剪刻技艺，窗花都是中国民间剪纸艺术中最具有代表性的一种表现形式。

窗花是贴在窗户的白纸或玻璃上的剪纸，故称"窗花"。它是随着剪纸艺术兴起并流传下来的一种古老的民间艺术品，由各种颜色、图案、花纹组合而成。窗花在中国已有上千年的历史，宋朝、元朝逐渐流传且成形，是民间剪纸中分布最广、数量最大、最为普及的品种。窗花的样式，一般除了贴在四角的"角花"和折剪的"团花"之外，其外部轮廓基本上没有什么限制。窗花的题材内容非常广泛，以戏曲故事人物较多。宋、元以后，剪贴窗花迎春的时间由"立春"改为"春节"，人们用剪纸来表达自己庆贺春来人间的欢乐心情，来表达对美好生活的向往。窗花有相当多的内容是表现农民生活的，如耕种、纺织、牧羊、养鸡等等；除此，窗花还有神话传说、戏曲故事等题材；另外，花鸟虫鱼及十二生肖等形象亦十分常见。过去，我国南北各地的农村春节前都要贴窗花，以此达到装点家居、渲染气氛的目的，并寄托着辞旧迎新、接福纳祥的美好愿望。南方的窗花以精致细腻为美，其特点是玲珑剔透；北方以朴实生动为美，其特点是天真浑厚。

窗花在我国民间剪纸手工艺的最基本的队伍是那些农村妇女。剪纸作为女红的必修技巧之一，是过去农村女孩从小就乐意学习的手工技艺。她们从前辈或姐妹那里要来剪纸的花样，通过临剪、重剪、画剪，描绘自己熟悉和热爱的自然景物,鱼虫鸟兽、花草树木、亭桥风景,以至最后达到随心所欲的境界,信手剪出新花样来,然后贴在木窗上。近二十年来,农村已经很少有人会剪窗花了,但剪纸艺术还存在着;会剪纸技艺的人也越来越少,这些人如今被称为"民间艺人",他们的作品被称为"中国非物质文化遗产"。

1990年代之前,西府一带的农村,人们住的都是那种土木结构的大瓦房,房子都安的是"田字格"木窗。到了腊月底,全村的婆娘、姑娘们就开始忙活着剪窗花了。妇女们双腿盘坐在热腾腾的火炕上,一边大声地说唱嬉笑,一边忙着剪窗花,那场面是相当的热闹。一般在正式做窗花之前,先由一个精通剪纸的妇女先要对窗子做一番总体的设计和规划:哪个格子贴什么图案,哪个格子贴什么角花,用什么颜色的纸,如何搭配颜色等等。接着,妇女们各自分工忙活了。一张张彩纸在她们手里来回翻转、挪移,经过折叠、裁切、剪刻等多道工序之后,很快就变成了一张张精巧美丽的剪纸艺术品。剪纸弄好以后,还不能直接往窗子上贴。必须先在整个木窗上平展地贴上一层白纸,等白纸背面的糨糊稍干一些之后,才能按照事先的布局往一个个小方格里去贴剪纸。等剪纸都贴上去之后,呈现在人们眼前的是一道崭新的、靓丽的、丰富的、多彩的风景线。春节还没到呢,年气儿已经在窗花上盛开并弥漫开来……

1990年代初期,关中西府农村兴起了一股盖新房的热潮。人们纷纷扒掉了以前那种老式的土木结构的厦房,盖起了一种水泥钢筋结构的平房或二层小洋楼。房子的窗户也由以前的那种"田字格"小木窗,换成了安装了玻璃的钢筋条的大木窗或铝合金玻璃窗。于是,窗花从此基本上退出了人们的视线,远离了日常的生活。后来,人们只有在结婚时,才会给新房的窗户上贴一个红红的"囍"字,除此之外再没什么了。虽然这也算是窗花,但形式已经变得单调,充其量只能说是一种简单的剪纸。

在我童年的记忆里,每到年底,我们家里所有的窗户上都要换上新窗花。新的一年要到了,家里要创造出一种新风景、新气象、新感觉。最早是我的三个姐姐一起剪窗花,随着大姐、二姐的相继出嫁,最后只剩下三姐一个人能剪窗花了。那时候,我很小,对于剪纸艺术不懂,就一边玩耍一边看看姐姐们剪纸。有时,我也帮助她们做些零碎的辅助工作,如裁纸、糊纸、贴花等。到了1992年,也就是我上小学六年级的那年冬天,我们家也盖起了新房,安上了玻璃窗。也就在那一年的夏天,三姐嫁人了,由于课业繁重,我没有参加她的婚礼,只记得那天下了一天的大雨。从那一年开始,我们家再也没有做过窗花,一是没有必要再做窗花,二来也是没有人会做了,窗花就此在我生活里消失了。

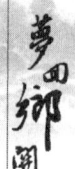

如今，在关中农村已经很少能再看到窗花了。但上一辈乃至上几十辈人的记忆里总少不了窗花。美丽的窗花，曾经装饰过好多人的家，装饰过好多人的梦，也装饰过好多人的生活。

每年春节将至时，我常常怀念那些美丽的窗花。

2011年12月17日于醉墨堂

火炕情结

进入冬季，天气愈来愈冷。西安城中村的民房里都没有暖气，对于像我这样的蚁族，晚上只能睡电褥床御寒。说实话，我一直不喜欢睡床，更不喜欢睡电褥床。一睡，我就浑身不舒服，眼涩、口干、喉痒……这不，还没睡几天，唇上就起了泡，几天都没下去。其实，在城里这十几年的冬天，我都是这么过来的。

我出生于关中农村，从小睡惯了家里的火炕，所以对火炕有着非常深厚的感情。在我们老家，家家户户都有火炕。那种火炕，长约三米，宽约两米，很宽展，不管你怎么睡，都不必担心睡着后从炕上滚下去。北方的冬天是寒冷而漫长的。关中农村，冬天没有火炕是熬不过去的。冬天的傍晚，婆娘们就给火炕煨上麦草秸或苞谷秆，点燃之后用扇子把火扇旺，再用炕耙来回捅几下；等炕洞里的柴火充分燃烧之后，再攉进去几锨麦草衣子，关上炕眼门，然后就再也不用管了。晚上喝毕汤，睡在烧热的火炕上，一家人把身子裹在宽厚松软的被窝里，浑身都是暖和的，连骨头都觉得松泛。睡在热炕上，能闻到柴火燃烧之后的气息、褥子下面的芦席被炕板烤热的气息，还有被子里的棉花受热蓬松之后所散发的气息。伴着这样的气息入睡，会觉得黑夜是漫长的，日子是温暖的，也就睡得踏实而酣畅。到了第二天早上，人都还赖在热被窝里不想起来。婆娘们都很勤谨，早早起来洗漱、扫院、做饭。等男人和娃娃们起来以后，一碗热腾腾的苞谷糁已用盘子端到了炕边，一家人就围坐在火炕上吃饭，老几辈人都是这么过来的。这是火炕给我留下的美好印象和奇特感受。

过去，陕西农村人不爱出远门，一是舍不下那一口黏面，再就是离不开"老婆娃娃热炕头"。可见火炕对陕西农村人是多么重要啊！正因如此，所以庄户人家对盘炕很讲究。盖了新房，粉刷了墙面之后，第一件大事就是盘炕。盘炕是一门手艺，不是谁都能盘的。关中农村，几乎每个村都有一两个盘炕盘得好的人。如果本村没有，主人就会在方圆几里打听，请行家过来盘炕。把人请过来之后，好烟好茶好饭招呼着，临走还要再给塞上纸烟和酒；关系不熟的，还要给人家工钱。

盘炕的过程挺复杂，一般得一两天才能盘好。在1990年代之前，关中地区大多是土瓦房，火炕也都是用胡基炕坯、麦草节和黄泥砌成的一种建筑。后来，关中农村都兴盖砖瓦房，土炕也就变成了用砖块、楼板和水泥砌就的了。不管用什么材料，火炕的基本构造和原理是永远不变的。火炕一般都在卧室里盘着，三面靠墙。火炕内部建有炕间墙，炕间墙中有烟道，上面覆盖着一层平整的胡基或楼板炕坯，然后再覆盖上一厚层黄泥或水泥抹平，等炕面干透之后，上面铺上一层麦秸秆，再铺上芦席和被褥就可以使用了。火炕的外面有炕眼和烟囱。炕眼是用来煨柴的入口，炕洞里塞满柴火，点燃之后产生的浓烟和热气通过炕间墙时烘热炕面，使炕体产生热量。柴火燃烧之后的浓烟最后从火炕的烟口通过烟囱排出室外。

  火炕常会占去卧室的四分之一或三分之一的面积。虽然面积挺大，但一般情况下塞上一笼麦草秸或一捆苞谷秆，火炕就会热乎一晚上，房间里也会暖和许多。其实，过去关中农村的厨房里还常会带一个套间，这个套间里有一个火炕。这个火炕是和灶房的锅灶连通的。做饭的时候，烟火就会蹿通到炕间里去，炕体也就发热了。如此一来，既实惠又方便。小时候，我家老屋的厨房就有这样一个带火炕的套间。套间和灶房之间的隔墙上还开了一个很小的方洞，母亲把饭做好，通过这个洞口就能递给坐在炕上的家人。炕洞里的空间毕竟是有限的，因此里面的草木灰搁一段时间是要掏一回。草木灰是一种含钾极高的肥料，人们常会把它撒混到农家肥里去。所以，火炕也算是一种比较节能、环保的取暖设施。

  "南人习床，北人尚炕。"对于关中乃至整个北方的农村人而言，家家户户都离不了火炕。火炕供人们日常室内起居坐卧，可以说，庄户人家一年四季的室内生活主要是在火炕上。平时没事了，不管白天黑日都在火炕上坐卧；家里来了客，主人问候毕了以后，就会说："上炕！上炕！"平日吃饭、睡觉，就连婆娘、姑娘们纳鞋底、扎鞋垫，娃娃们读书、写字、玩游戏也大都是在火炕上。好多农村人生在炕上，也死在炕上，火炕上有他们的喜怒哀乐，有他们的酸甜苦辣，有他们说不完的故事……

  火炕的使用在我国北方有着非常悠久的历史。2006年，河北省文物研究所为配合南水北调工程，对河北省徐水县东黑山遗址进行发掘，发掘出一处西汉时期的火炕。因此说，火炕在我国的历史至少应该追溯到两千多年前。如今，尽管各种取暖设施普及了，但北方的农村还保留并使用着火炕。上了年纪的老人是离不了火炕的，到了冬天，老人不睡火炕浑身都是病，一晚上都熬不过去。年轻人现在都慢慢喜欢睡床了，嫌火炕麻烦，温度无法调控。这几年，有些年轻人结婚时说死都不肯盘一个新火炕，兴起买"席梦思"床；可是到媳妇坐月子奶娃的时候，在老人的劝说下又不得不盘起了火炕。

现在很多人在研究健康长寿之道时都去想办法寻找宫廷秘方。据说,沈阳故宫清宁宫里的火炕,那是努尔哈赤和皇太极睡觉和宠幸妃子的温床,还有北京的紫禁城内皇帝、皇后成婚的坤宁宫就有三个彼此衔接的超级火炕。原来不只是平民百姓睡火炕,皇亲贵族也睡啊!

皇亲贵族睡不睡火炕其实与我没有太大的关系,我也没有兴趣研究它。对于我来说,有着太多的关于火炕的私人记忆。这些记忆,深藏在我的内心深处,常会在这北方寒冷的冬日里不经意间就忽然浮现在我的脑际,让我浑身充满温暖。这是我永远也无法割舍的火炕情结。

有些日子没回老家了,我想念家里的火炕,好想再次睡在母亲烧热的火炕上做一个甜美的梦。

2011年12月14日于醉墨堂

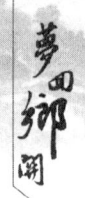

煤油灯

有一件东西,虽然已经早已退出历史的舞台,退出人们的生活,但是它总会在不经意之间在我们的脑际闪现,让人觉得以往的那段远去的岁月的美好。

煤油灯是二十多年前在农村常见的一件东西,70年代生人应该是最后一批见过它的一代人。现在的农村,家家户户都拉上了电线,装上了电灯,已经没有人再使用煤油灯了,而且这个东西已近乎绝迹,再也找不见了。

煤油灯是一件很普通的东西,制作过程也非常简单。通常是找一个药瓶或墨水瓶,去掉塑料瓶盖,找一块薄铁皮裁成比瓶口稍大一点的圆片儿,在圆铁片上打一个筷子头那么粗细的眼儿,用薄铁皮卷一根管子塞进眼儿里,再往管子里穿一根棉花捻的芯子,最后再往瓶子里灌上煤油。如此,一个煤油灯就制成了。

过去,农村的夜晚突然停了电,人们就一下子陷入了迷茫之中,感到无所适从了。于是,煤油灯就派上了用场。但在我的记忆中,小时候,老家的人很少使用蜡烛,嫌它价格高,用起来太费;因此,煤油灯的使用相对来说要更普遍一些。而在平时,煤油灯是不会被人们瞧上一眼的,它总被塞在桌子的下面或放在窗台的角落里;只有在停电的时候,人们才会想起它,把它端到桌子上或炕墙上点燃。当煤油灯的棉芯头被点燃,那如豆的火苗在黑暗中跳跃起来的时候,屋子里忽然就有了光明;虽然那光明并不耀眼夺目,但人们心里总算有了一丝寄托。

记得1980年代那会儿,我们村子里晚上老停电,母亲就不得不端出煤油灯点上。煤油灯的火光虽然微弱、暗淡,但是却让人倍感温馨。没有电就看不成电视,一家人就在煤油灯下忙活自己的事情。父亲常常是斜靠在炕上记录着家里的流水账,母亲坐在炕头上纳鞋底儿,姐姐坐在炕上扎鞋垫,我就趴在炕边写作业。大家很少说话,屋子里显得特别安静,只是偶尔听见煤油灯的火苗呼呼上蹿的声音。在煤油灯的照耀下,一家人的身影在斑驳的灯光下交错重叠着,似乎要渐渐融为一体了。这样的情景在当时并不觉得什么,可是现在我猛然间回想起来,感觉特别美好。如果我是一个画家,我会把这幅场景画出来,那一定也是非常感人的。

那时候,我们不光在家里使用煤油灯,在学校里早读的时候也经常使用煤油灯。冬天,天亮得比较晚,五点多的时候,我们这些小学生们就早早起床,披着晨月、踏着晨霜去学校了。来得太早或者没电的时候，大家就从抽屉里拿出煤油灯点上，然后大声地朗读课文。课桌上的煤油灯渐次点燃，一个个小火苗在寒冷的空气里闪动，一片片灯光在教室里交相辉映，琅琅的读书声在灯影里回旋激荡，飘出了窗外，回荡在校园里……我们就在这读书声中慢慢长大了。

小学毕业后，我再没有使用过煤油灯。家里的煤油灯和我在学校使用过的煤油灯也不知被弄到了哪里，再也找不见了。和煤油灯一起消失远去的还有我那段短暂而美好的童年时光。

如今，人们的生活日益富足起来，电灯已经普遍使用，好多人家里的灯具也越来越讲究。于是，煤油灯便远离了我们的生活、退出了我们的视线，也正在快速地消隐在我们的记忆中。当我每次回到农村的老家，为再也寻不见儿时的煤油灯而发出一声叹息的时候，那些曾经在煤油灯的斑驳的光影中的些许往事就会在午夜梦回时幽幽地一一浮现在我的脑海。

2011年12月28日于醉墨堂

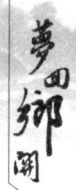

乡村上空的炊烟

在城里是见不到炊烟的。城里人做饭烧天然气或用电饭锅，而乡下人做饭烧的是柴火。因此，炊烟只属于宁静广阔的乡村，它是乡村上空一道独特而美丽的风景线。在乡村生活过的城里人或在城里打工的农家子弟，谁不怀念那乡村上空升起的一道道炊烟呢？

每日，天刚麻麻亮，乡村的女人们已经扫完了院子，洗完了手脸，开始做饭了，厨房里奏响了锅碗瓢盆的交响曲。这时候，炊烟就从千家万户的烟囱里缓缓蠕动着探出脑袋，继而扯出长长的一缕缕轻淡的身影，袅袅地升起在半空里。男人们洗漱完毕，慢慢腾腾地收拾农具或者行李准备出门，孩子们也都在整理书包准备去上学。乡村的一天就这样轻轻拉开了序幕。

当太阳照在头顶的时候，炊烟再次从农家的烟囱上升起。男人们从地里出来，拖着疲惫的身子零零散散地走在回家的路上。外出的人也都骑着自行车或摩托车急匆匆往家里赶。他们一进家门，泼一杯浓茶，然后就圪蹴在大门口或房檐下，打开收音机听戏，嘴里吧嗒起旱烟，等待着自家女人那一声急切的呼唤："吃——饭——来"。这时候，孩子们也放学了，他们刚开始还排着整齐的长队，可走着走着就散乱了，在通向村口的路上追逐着、嬉闹着，心里都猜想着今天母亲会做什么饭。

夕阳坠入山沟的时候，家家户户的烟囱里又开始冒出了一道道炊烟。一道道炊烟在乡村的上空袅袅升起，有些笔直，有些弯曲；有些浓重，有些轻淡；有些粗犷，有些细腻……不管什么样的炊烟，很快就交织在一起，弥漫在天空中，和晚霞、暮霭汇合在一起，天地之间渐渐混沌、暗淡起来。劳顿了一天的乡亲们吃罢晚饭，洗完手脚，关上门户，上了土炕，整个乡村忽然就陷入一片静谧的黑暗之中。

晴朗的日子，乡村的炊烟是缓慢、温柔的，像一棵树一样慢慢地在房顶上生长，由低到高，最后直直地插入高远湛蓝的天空。有风的时候，炊烟慢慢地探出眼睛在烟囱口张望半天，在烟囱顶上盘旋一阵，然后就迅速被风胡乱吹散，不见了踪影。飘雨的天气，炊烟像病了一样，挣扎着沉重的身子向上升腾，但出了烟囱口没多久很快就消融在了无边的雨幕之中。

乡村人家烧火做饭的燃料是丰富的，秸秆、树枝、枯叶、柴草等等，因此每一道炊烟都有各自的味道。炊烟里掺杂着柴火的芳香、泥土的清新、阳光的温暖，再混合上各种饭菜的味道，合成了一股股温暖、朴实、浓郁的农家生活的气息。

乡村女人是炊烟的制造者。每一道炊烟里都隐藏着一个乡村女人的故事。从嫁入夫家之日起，三尺灶台便成了她们的工作岗位。一日三餐，日复一日，月复一月，年复一年，青丝渐渐熏成了白发，小媳妇也慢慢熬成了老太婆。乡村女人的青春和美丽就这样随着乡村上空炊烟的飘散而渐行渐远……

炊烟里有乡村男人的辛劳和幸福。乡村里的男人往往是家里的"顶梁柱"，他们是炊烟真正的主人。农忙时节，他们到田间辛苦地劳作，农闲时节还要去外面打工挣钱，为的就是让自家的烟囱上每日里能冒出那一道道炊烟。他们的辛劳换来了炊烟，换来了一日三餐，他们也在炊烟里感受到了生活的幸福和人间的温暖……

炊烟里也有着乡村孩子的欢笑和喜悦。当乡村上空的炊烟袅袅升起的时候，孩子们经常没等饭菜做好就三番五次地往厨房里跑，问母亲做什么饭菜，什么时候才能做好。他们玩耍得正起劲，一听到母亲的呼唤，就知道饭菜做好了，然后就放下一切，撒腿往家里跑。他们在炊烟里慢慢长大，然后走出家门，走出乡村，去外面闯荡世界……

炊烟是乡村上空一幅生动优美的水墨画，是乡村母亲胸间一颗无法回报的慈心，是乡村男人胃里一个不能打消的记挂，是异乡游子心中一缕牵扯不断的乡愁。

乡村上空的炊烟啊，婀娜多姿、美丽温暖；乡村上空的炊烟啊，像一个五线谱，不断变换着音符，谱写的是盘中丰盛的饭菜；乡村上空的炊烟啊，像一支动人的歌谣，质朴、清新，歌唱的是四季丰收的礼赞。

2012年1月18日于西安北山门

西府年俗

一担上腊月,天气愈发冷起来,但人心却渐渐热乎起来,因为快要过年了。过一个年,人就会添一岁,也离死更近一步,但我依然如小时候一样喜欢过年。中国人一直有过年的老传统,但各地的年俗往往有所差异。对于外地的年俗我了解不多,但对于西府的年俗却再熟悉不过,因为我从小就生长在这里,每个年也都在这里度过。

西府,指的是陕西关中的西安以西、宝鸡以东的泾河和渭河之间的地区。这是一块古老而神奇的土地,山川秀美、人杰地灵、民风淳朴,传统文化积淀相当深厚,年俗尤其讲究。

腊月八日这一天,早上要吃"腊八粥"。西府腊八粥的主要食材是玉米脱皮以后打碎的比苞谷糁子要大一些的颗粒,然后加入红豆、花生仁等辅料煮成。吃了腊八粥,算是进了年关。

到了腊月二十三日,祭灶,也叫"扫舍",就是妇女打扫屋子,扫去一年的灰尘,把房檐屋角的蜘蛛网划掉,再把厨房里的坛坛罐罐搬到院子清洗一番,再整齐摆放回去。在1990年代以前,西府人大多住的是土坯房,往往还要和一些泥水把屋子的土墙里里外外粉刷一遍。舍扫完之后,开始祭灶:把灶房里供奉了一年的灶王爷画像和两边的对联取下来烧掉,把香炉里的积灰倒掉。

从腊月二十四日起,男人们就去乡镇的集市上置办年货:要割上几十斤猪肉,买回成捆的大葱、木耳、黄花,以及各种蔬菜、鞭炮,再称上几斤花生、瓜子和水果糖,最后还要请几张家宅诸神的画像,这样年货就算是备齐了。家庭主妇们开始拆洗炕上的被褥床单,这是个麻烦活儿,往往要用好几天时间,一个人忙不过来,街坊邻居的妯娌、媳妇就相互帮忙。过去,西府人的屋里安装的是小木格子窗,到了年底要糊上窗花,这是女孩们干的事情。她们用彩色纸帖剪成各种寓意吉祥喜庆的字样、图案和花边,然后抹上糨子,一点点贴到窗格子上,屋里的年气一下子就浓了起来。

腊月二十八日,蒸馍。西府人平时就爱吃馍,但这一天蒸的馍不是平时吃的那种碗大的馍,而是"羔羔馍"。羔羔馍,其实就是把搋好的面团用手搓成棍子一样粗细的圆柱,用刀子切成一个个半拃长的段儿,然后放到锅里蒸。有时也会蒸一些包子，糖包、菜包、肉包都有。过去，西府人到年跟前要蒸好几锅，倒在一个直径近两米的笸篮里，正月里待客用。现在，待客大多是在外面买那种很白的馍，很少有人再自己蒸了。

腊月二十九日，煮肉，燣臊子。煮肉很简单，但燣臊子却很讲究。臊子要切成指头蛋儿大小的肉丁，清洗干净之后，加上各种调料，放几根干辣角和大葱，倒在煎油锅里慢慢燣，直到七八成熟的时候才往里倒醋，不然肉不容易烂。醋要好，而且要出头，这样燣出来的臊子才会香。燣好的臊子装在瓷罐里，等到正月里吃臊子面时用，也可夹在热馍里吃，这就是"肉夹馍"，香得很！

除夕这一天，吃罢中午饭，大家就开始忙活了。男人们在村上找毛笔字好的人写对联，女人们要把屋子、院子洒扫一遍，孩子们开始贴对联、门神以及家宅诸神的画像。小时候，我们家里的对联全是父亲写的，他的书法很好，也经常给乡邻们写，我则在一旁帮下手。上了初中后，我的字儿也写得很好，有时候父亲忙不过来了，我也会提起毛笔写上几幅。对联写完后，父亲和村里其他男人一样，在腋下夹一沓烧纸，手拿一把香烛，去坟地里请先人。我则开始忙着贴门上的对联、门神以及家宅诸神的画像。过去集市上卖的家宅诸神的画像两边没有小对联，要自己用红纸帖去写。我从小就跟着父亲写对联，对于家宅六神两边的小对联记得非常清楚，从来没有贴错过一回。具体内容如下：

  灶王爷：上天言好事，下凡降吉祥。
  土地爷：进门一老仙，四季保平安。
      天高悬日月，地厚载山川。
      土中生白玉，地内产黄金。
  井王爷：龙泉供百口，福水养万家。
  仓神爷：年年取不尽，月月用有余。
  天王爷：太平原有象，造物本无私。
  财神爷：天上财源主，人间福禄神。

一切就绪后，就等着除夕之夜的到来。往往是太阳还没落山，孩子们就迫不及待地叫嚷着从炕褥底下取出了暖好的炮仗。西府说法：村里谁家的炮仗放得最早，谁家的日子就过得最红火。放炮太危险，大人一般不让小孩子放。大人放炮手上夹一根点燃的香烟，先点"二踢脚"，再放长鞭炮。孩子们东家跑西家，捡拾落在地上的尚未燃爆的鞭炮，然后手里捏一炷香火一个一个燃放。只要有一家炮声响，就能听见方圆几里的村子的炮仗也都此起彼伏地鸣放起来。这时，关中西府的大地就沸腾起来了！

放完炮，一家人就进厨房开始吃年夜饭。饭是臊子面。面是细若牙签的铡面或挂面，汤里放了各种调料、大肉臊子、蛋花、韭花、木耳、黄花、海带及红萝卜等蔬菜。面煮好以后，捞进一个盛了凉水的盆子里，再挑一筷头面到碗里，浇上臊子汤就可以吃了。第一碗臊子面须由家里年纪最长的男人端到大门口、家宅诸神及先人神位前泼洒一下，表示对诸神的敬奉，求他们保佑平安，然后家人才能各自享用。西府臊子面有九大特点：薄、筋、光；煎、稀、汪；酸、辣、香，一般人能吃七八碗，饭量好的人能吃上一二十碗呢！对于西府人来说，臊子面应该是最可口的饭食，平时不太吃，只有逢年过节或过红白喜事才能吃上。

吃罢年夜饭，主妇们要逐个给家宅诸神和先人焚香、烧纸、磕头、作揖。然后，全家人围坐在热烘烘的火炕上，一边吃着花生、瓜子和糖果，一边说笑着看央视的"春晚"。期间，小孩子要给长辈磕头作揖，长辈要给小孩们发压岁钱。除夕晚上要守岁，全家的男女老少不过零点不能睡觉。当"春晚"上的零点钟声敲响时，新的一年就算正式开始了，全家人个个眉开眼笑，内心里祈盼新的一年是个幸福年、丰收年。

正月初一，天还没亮，家家户户早早地抢着放完鞭炮，孩子们穿上新衣服，就等着吃臊子面。饭后，全家人都出门了，没人在家里待。上了年纪的男人就三五成群蹲到村口路边丢方、斗花；年长的妇女会拿着香火结伴去村里的庙里烧香，讨喜祈福；年轻的小伙子在村口摆开架势，敲起了锣鼓家什；小孩子们穿着崭新的花衣服，奔跑着、笑闹着、吃着糖果、放着花炮。在一阵阵欢快喜庆的锣鼓声中，人们的脸上洋溢着欢乐的笑容，西府乡村里散发出浓浓的年气。

初二开始走亲戚。先是媳妇回娘家，过几天又是舅舅给外甥送灯笼。这些天，乡间的道路上随处可见南来北往、东走西去的人群提着大包小包赶路。以前，人们是步行或者骑自行车，如今是骑摩托车或者开小车走亲戚。平时大家都忙顾着各自的事情，亲戚之间走动较少，趁着年节，大人们在一起拉拉家常，叙叙旧，打打牌；小孩子们则三个一群、五个一堆，无忧无虑地在一起嬉戏玩耍。一直到正月十五元宵节，吃过元宵，打过灯笼，耍过社火，放完烟花爆竹，新年才算过完了。

2012年11月17日于北山门

卷四·红尘漫笔

天　窗

　　我喜欢月亮，特别是圆月。所以，每逢月圆之夜我总会登楼赏月。

　　看，那天外的一轮圆月，如冰似玉，银辉四溢，将天上人间照得如同白昼一般。看得久了，脑子里便萌生出一个奇怪的想法：人常把圆月喻为"玉盘"镶嵌在天幕，而我以为这圆月并非一个实实在在的东西，它是苍穹上的一个圆窟窿，不妨美其名曰"天窗"吧。

　　假使这轮圆月真是天窗，那么这天窗之外又会是什么呢？

　　或许，这天窗之外就是人们所向往的天堂吧。当年，嫦娥偷食了仙药，弃后羿而去，去的就是那个地方吧。我想，若能飞出这扇天窗，那就是进入天堂了吧。那里没有生老病死，没有离愁别绪，也没有伤痛悲哀。或许，这天窗之外就是"世外桃源"吧。当年，那个武陵人离开桃花源之后，那群"不知有汉，何论魏晋"的黄发垂髫便搬了家，乔迁到天窗之外的那个世界里去了。那里别有洞天，那里没有战争与杀戮，人们过着与世无争的生活。或许，这天窗之外就是人们所梦想的西方极乐世界吧。据说，好人死后到这里定居了，修炼成仙成佛，身无羁绊，心无杂念，或游山玩水，或鼓瑟对弈，或吟诗诵经，好不逍遥自在！或许……

　　假若圆月真是天窗，我宁愿抛弃人世的繁华、富贵、功名、利禄，想方设法飞出这扇天窗，飞入另一个"别有天地非人间"的世界，去寻找传说中的天堂或世外桃源或西方极乐世界。在那里可以免受人间的一切是非恩怨、爱恨情仇和纠葛纷扰，活在人间太累太苦了！不是吗？不然，为何人一降生尘世，便是大声哇哇地哭，而不是放声呵呵地笑呢？人世太复杂，真假，善恶，美丑有谁能真正分辨得清呢？功名利禄，荣华富贵有谁能轻易割舍呢？爱恨情仇，纠葛纷扰又有谁能了结得清呢？没有，没有人，因为我们不是神，是人，是有血有肉有感情有知觉有欲望的人，而神根本就不存在。假使存在，而作为人又怎能知道他们是否就没有烦恼事呢？

　　人之初，那落地时揪心般的哭声，便注定人这一生都是苦的。他坠入这无岸的苦海，他怎能不哭，又怎能笑得出来？他还小，还很脆弱，除了哭又能做些什么呢？哭完之后再渐渐长大，去承受这迎面扑来的一场又一场痛苦，直到弥留之际还要聆听枕畔后人的哭声……

那天窗果真有吗?如果有所谓的天窗,它也只存在于我的一派天真的幻想中,存在于世人美好的传说中。

1996年8月于绛帐

以树为鉴

那晚，入睡前天色倒还正常，不想子夜时分天色骤变。

我是被一阵轰隆的雷声给惊醒的。睁眼一看，窗户大开着，窗叶哗啦啦地在半空中来回剧烈扇动。大风直面扑来，钻进我的毛孔，顿然觉得一股寒流蹿遍全身。冷极了！我赶紧将窗户关严，回到床上时睡意丝毫也没有了，只好拥卷了被子看窗外风雨大作、电闪雷鸣的世界。

窗外，风呼呼地刮着，雨啪啪地落着。这已经够恐怖了，偏有那雷公助纣为虐，不断地击打那面发聋振聩的巨鼓；电婆亦不甘示弱，疯狂地挥舞着锐利的银爪，东拽西掣，似要将整个夜幕撕个粉碎。我的心恐慌之极，不知道今夜是否就是世界之末日。正胡思乱想之际，猛然看见了电光闪烁中庭院里的那棵针叶松。它独挥剑戟，与风与雨与雷与电在做着殊死的搏斗，那神情从容镇静，那动作迅猛威武，全然不似昔日那副温文尔雅的书生模样。我吃惊的同时也有些担心，毕竟那棵针叶松的枝干没有碗口粗呀！

翌日清晨，天气晴和。我爬起床向窗外望去，只见那棵针叶松依然完好无损地挺立在老地方，在晨曦的照耀下，愈发青翠苍劲了。看来我真是杞人忧天，不，是"秦人忧树"了。

对着这棵孤独而坚强的针叶松，我默视了半晌，也默想了半晌。古谚云："天有不测风云，人有旦夕祸福。"是呀，你连一点征兆也未看出，这天色就突变了——方才还是万籁俱寂，转瞬便是风哭雨号。此时，人可以相时而动，钻进"避风港"免受风吹雨打之苦，而树呢？它虽也有生命却不能行走，只能坚守脚下这方故土，迎接突如其来的侵袭。因为它敢于直面残酷的现实，敢于正视无情的风雨，敢于同不公平的天去抗争，所以烈日晒不枯它，狂风折不断它，闷雷炸不毁它，利电劈不开它，它依然是它，本色不减。我不禁对它心生出许多敬意来了。

唐太宗李世民说："以铜为鉴，可正衣冠；以史为鉴，可知兴衰。"那么，能不能以树为鉴呢？以树为鉴，对树自省，想一想这段日子究竟做了些什么！整日除了吃饭就是睡觉，浑浑噩噩，无所事事，没了目标，没了动力，有如断了线的风筝。这过得算是什么日子？！眼看着即将步入社会，也不为自己早做打算，遇见困难就逃避，遭受挫折便退缩，一任大好春光从睡眼下匆匆溜走。别人若问："你到底咋了？"只说是："最近比较烦！"这就是理由吗？长此以往，如何了得！想着想着，就想起了远在家乡的土地上辛勤劳作的父母，想起了我那家境并不宽裕还支持我上学的三姐妹，想起了……

"哎！再也不能这样活！"站在这棵针叶松下，我对自己说。

2002年4月6日于咸阳

三十岁说

孔老夫子说:"三十而立。"尽管对此话的本意各有见解,但成家立业是大众心里的普遍认同。尤其对于男人而言,三十岁被视为一道"分水岭"。"三十而立"像一个紧箍咒,不时提醒男人该娶媳妇或者事业该上台阶。

不知道是怎样过来的,自己一晃就到了三十岁!农村有句话:"人活到三十岁,黄土就埋到了腰上。"说真的,以前对这话一点也没感觉,现在自己到了三十岁的年纪,忽然想起来就感到一种莫名的恐惧——人的平均寿命按六十岁算的话,三十岁就算是已度过了一半的生命历程。

前些年,每到生日那天,总要请好哥们、老同学聚在一起庆祝一下;但到了今年的三十岁生日时,我却没有举行任何庆祝活动,平常怎样那天还怎样。心想,到了三十岁,人生的黄金时期已经过去了,距离死亡越来越近,还庆祝个什么劲儿啊?

在世人看来,男人到了三十岁也就意味着要成家和立业。于是,成家和立业是男人们在三十岁前的奋斗目标,或者说是用来衡量一个男人是否成功的标尺。那么,作为芸芸众生中一员的我,不妨也用这个世俗的标尺来衡量一下自己吧。

三十岁了,我到底干了些什么?

静下心来,细细回想起来,三十年来自己干过的事情真还不少呢,要写出来的话绝对可以成一本大部头的小说;但在进行一番梳理和归纳之后,也就四桩大事:上学、求职、择偶、生子。

先说上学吧。从小学到大学,我整整上了十七年学,虽然没有拿到什么博士、硕士的学位证,但值得庆幸的是有机会能受到大学的教育,获得了知识,武装了头脑,改变了命运——要不然,我现在还可能正在乡下修理地球呢。我的求学生活,总体来说,虽然枯燥简单,但也有好多往事值得回味;虽谈不上有什么大成就,但也算能安身立命并有益于社会吧。在此,我要感谢我的父母,他们虽是农民,但观念不落后,也舍得花钱供我上学,这样的大恩大德,我终生难以忘怀,也终生无法偿还。

其次说求职。结束校园生活,正式步入社会,已近七年光阴了。七年来,我从事过多种职业,业务员、记者、文秘、策划人、咨询师;也入过多个行业,医药、媒体、乳品、房地产、咨询公司，职业经历不可谓不复杂。其间，虽然也受过他人白眼，挨过领导批评，遭过同事排挤……走到今天，虽然谈不上平步青云，却还基本上算是一路平坦；虽然谈不上事业有成，却有一份自己喜欢的工作可干；虽然没有升官发财，却也能自食其力。这样看来，我的求职也基本算是成功、顺利的。在此，我要感谢身边所有曾经帮助过我的亲人、朋友、同事，同样也要感谢曾经白眼、批评、排挤过我的人，因为没有你们，也就没有我的今天。

　　再次说择偶。婚姻绝对是人生的大事。说到我的婚姻，不得不先说一下恋爱。学生时代及刚步入社会的那几年，我也轰轰烈烈地谈过几次恋爱，从暗恋到单恋再到相恋，当然也有过一些短暂的欢乐与美好，但现在想来更多的是痛苦和心酸——毕竟那时还很年轻，思想不成熟，也没有什么经济基础，恋爱的结果只能是以刻骨铭心的失败而告终。直到遇到我现在的妻子，一次偶然的相遇，谈了两年恋爱之后，最后终于互相牵手步入了婚姻的殿堂。我的妻子，她虽不美艳动人，却也温柔可人；虽不优雅高贵，去也知书达理……这些并不重要，更重要的是她爱我、理解我、体贴我，愿意和我白头到老，共度一生。所以说，我的婚姻生活，谈不上美满，却也充满幸福。

　　最后，我说说生子吧。"不孝有三，无后为大。"结婚之后，生儿育女也成了我人生的一大任务。对于这个事情，我倒没有刻意为之。婚后不到半年，二人世界的甜蜜还没有体验够，妻子便分娩了，呱呱落地的是一个女婴，从此我家便多了一个成员，我也多了一个角色——爸爸。虽然是没有经过我的批准，女儿提前来到世上，打乱了我的生活，增加了我的负担，但是她给我带来了希望和欢乐。虽然，现在还有一部分人认为女儿不如儿子好，但在我看来无所谓，女儿也是传后人嘛，只要她能健健康康、平平安安地长大成人，将来有用于国家有利于社会，这也就是我的福气。

　　不管三十岁前怎样，以后的路还要自己去走，负担还要自己去承受；不管三十岁之后的结果会怎样，但愿不要等到老了以后再因为虚度年华而后悔！

　　三十岁就像一道门槛，跨过去之后是另一番心境。

　　我的三十岁，似立而未全立，但我已经尽了全力。三十岁以后的路漫长而短暂，我还应当坦然面对，继续努力！

2009年2月24日于西安高新区

以书为友终未悔

从少年时代迄今，我几乎没有一天不是以书为友的。

在上小学之前，父亲就经常拿来姐姐的课本，给我念语文书上的古诗，让我认历史书上的古代名人画像，从此激发了我的读书兴趣。那时候，父亲教我认的字，数量有限，但我能完整地把他念给我的课文和他自己写的一些顺口溜式的诗歌全部背诵下来。父亲因此大为惊叹，说我记性好，脑瓜灵，是读书的种子。

上了小学，我的学习成绩一直很好，字也写得漂亮，连续好几年是班上的"三好学生"，常受老师和父母的夸奖。但我并不满足于课本上的知识，希望在此之外猎获更多有趣的东西。有一天，我在堂哥宽劳家里意外发现一个黑漆小木箱，里面大概有一百多本儿童连环画，《霍元甲》《少林寺》《红楼梦》《燕子李三》《小兵张嘎》《夜幕下的哈尔滨》《血疑》等等。我一下子如获至宝，好比哥伦布发现了"新大陆"！从此，我经常往宽劳哥家跑，去借他的连环画看。那时候，宽劳哥已经上初中了，在学校住宿，每个周末才回家背一次干粮。他没在家时，我就去他家的黑木箱里拿书看，结果用了不到一个月时间就看完了。虽然现在看来那些书很简单，以图案为主，但是它们给了我很大的乐趣。

小学四年级时，我认的字多了，也有机会读到了真正的课外书。那年暑假，我去大姐夫家，和他们村几个孩子玩耍，无意间在他家大瓦房的土棚楼上发现了一堆书。书不多，装在一个蒙了一铜钱厚灰尘的旧纸箱里。这些书，我全部拿出来翻了一遍，书名都很陌生，扉页上写着大姐夫的名字，里面的纸张发黄且潮湿。我想把这些书全部拿到楼下去看，但纸箱太重了搬不动，就从里面胡乱抽了一本砖头厚的，书名是《封神演义》。我大概浏览了一下简介和目录，知道了这是明朝许仲琳写的一本章回体神话小说，感觉应该挺有意思。我把这本书偷偷藏在衣服里带回了家，当时没敢给大姐夫和大姐说，我怕他们不给我借。书到手之后，我利用课余时间看，有时候晚上睡不着觉还打着手电筒偷着看。

《封神演义》是用古白话文写的，里面有好多字我当时还没学，遇到不认识的就查新华字典，还有一些词语我从来没听过，就根据前后情节自己琢磨，用了不到一个月时间囫囵吞枣地看完了。看这本书时，我的心情随着情节的起伏变化而变化，当坏人欺负好人的时候，我心里很难过，想不通作者为什么这么写；当坏人被铲除之后，我又高兴得手舞足蹈，想着就应该这样。大概一年之后，电视上首播《封神榜》，这部电视剧是根据《封神演义》这本书拍摄的，虽然里面有好多地方进行了改编，但大体内容没怎么变，所以每次在播放的时候，我都能提前讲出一些情节，家人和同学都引以为奇。

开始买书是在小学毕业那一年暑假。有一天，母亲让我用自行车从家里驮两半筐蔬菜去绛帐街道卖。卖完菜之后，手中大概有二三十元钱吧，走到东街时看到了一家书店，就进去了。里面的书不多，以教学辅导类为主。我翻了半天，忽然看到一本少儿童话读物，名叫《猴子、猪八戒与千里马》，作者是王世雄。王世雄是我们家乡的一位作家，以前有所耳闻，那天看到他的书，感觉很亲切，就毫不犹豫地买了下来，花了大概几毛钱。那本书里面的内容我现在已经忘记了，但那本书伴我度过了一个漫长而愉快的暑假。

上初中时，同学们都喜欢看武侠、言情小说，班里有一本书出现，很快就在下面疯狂传阅。当时在男生中流传最广的就是金庸、梁羽生、卧龙生、古龙、温瑞安、柳残阳等人的武侠小说，在女生中流传最多的就是琼瑶、三毛的作品。我那时喜欢看武侠小说，尤其是金庸的作品，对《笑傲江湖》《射雕英雄传》印象最深；温瑞安的《四大名捕》《朝天一棍》也很受我喜欢；其他几个人的我看得不多。言情小说，琼瑶的我也看过几部，像《窗外》《六个梦》《彩云飞》《梅花烙》等，当时虽然也曾为主人公的遭遇流过几把眼泪，但后来觉得那些主人公的生活距离自己太遥远，也不符合我的趣味，就再也不看了。

初三第一学期，我从同学那里借到一本张恨水的《啼笑因缘》，仔细读了一遍，很是喜欢，从此决心将来也当一个作家。那年暑假，我躲在老家二楼，模仿《啼笑因缘》写了一个章回体小说，起名叫《旧梦萍踪》，可惜自己阅读量太有限，生活阅历太浅，写了二十回就再也写不下去了，从此就搁在那里再也没动过。另外，我还模仿金庸，在作业本背面写过一两个短篇武侠小说，可惜最后都当作废书本卖了，没能保存下来。那时候，我写的东西都很粗浅、幼稚，更多的是在模仿，但是通过写作实践，锻炼了我的文笔，使我相信自己以后一定会越写越好。

进入高中，认识了好多爱读课外书的同学，常从他们那里借书读。班上一个叫高军的同学，他也是个爱书之人，父母在绛帐车站做小生意，家里经济较好，有很多藏书。我从他那里借到过好不少好书，像《茶花女》《牛虻》《简·爱》《巴黎圣母院》《穆斯林的葬礼》等。这些外国名著开阔了我的视野，增长了我的见识。也是在那时候，我才有了很强的买书意识。高中三年，我在学校寄宿，每周才回一次家，父亲给我每周的生活费也就十元钱。但为了满足自己的阅读欲望，我常在伙食费上节俭出一些钱来买书。

我们高中门口的石桥两边经常有摆书摊的，书以辅导资料为主，其他的是为数不多的半新不旧的文学书刊。高中三年，我买的辅导资料屈指可数，更多的是去文学书里淘宝贝，算起来也大概有四五十本了。印象最深的是《唐诗三百首》《元曲三百首》《三国演义》《鲁迅杂文集》《徐志摩散文集》《人生》《月迹》等等。其中，我最爱看的《三国演义》被班上一个女生借去一个暑假，还给我的时候已经是书脊脱胶，页角翻卷，让我心疼了好一阵子。买书花去了我伙食费中的一大部分，因此生活就捉襟见肘了，不免去苛待自己，因此那三年由于营养不良，加之课业繁重，自己又太爱看书，视力下降很厉害，还患了较为严重的神经衰弱症，对学习成绩产生了不小影响。

读高中期间，除了大量阅读课外书籍，我还开始尝试文学创作。我的语文成绩在班里数一数二，尤其是作文常被老师当作范文宣读。除了老师布置的命题作文之外，我课余时间还写诗。那时，我正当青春年少，精力充沛，想象力丰富，几乎每天都要写诗，有时候兴致一来一天会写好几首。最早仿照《诗经》学写四言古诗，接着又填词，后来又写近体诗、新体诗，直到高中毕业，我的诗集已经写了三大本了，每本诗集都命了名，写了序，做了目录。

值得一提的是，高二时，一次作文课上，李全良老师说这一次作文不命题，也不限体裁，你们自己随便写。于是，我在作文本上即兴写了一篇千把字的文白夹杂的小说《卖扇记》，主人公是明代"江南第一风流才子"唐伯虎，没想到最后竟然得到了李老师的佳评，并在课堂上宣读，获得同学们的一阵雷鸣般的掌声。这对我是一次极大的鼓励，使我坚信自己可以成为一名作家。当年暑假，我每天去渭河滩割完猪草回来，就躲进老家二楼的房子，利用一个暑假时间，写完了一个中篇小说《我是太阳你是水》和一个短篇小说《等待》。收完假，我被分到了文科班，把小说手稿拿到班上，被同学借去看，结果一传十、十传百，传到了外班，直到学期快终了时才要回来。有些女生看完我这两篇小说，给我写来了字条，里面多是溢美之词。那段日子，我每天乐呵呵的，把这份收获当作枯燥课业之外的最大乐趣。

后来上了大学，我有更多机会读到更多的好书。开学初，我经常到学校门口的几个书店租书看，有时搭车到城里的大书店买书，租书买书的费用也占去了生活费的三分之一。后来，学校图书馆开放了，我办了借阅证。当我进入学校图书馆时，一下子惊呆了，到处都是书，让人目不暇接。当时我感觉自己像一头牛犊,突然闯进一片辽阔无垠的天然牧场,竟有些茫然不知所措。后来,我几乎每天晚自习都会去图书馆看书、读报、翻杂志,遇到好的文章、段落和句子,就抄在本子上。图书馆里书的门类很多,因此我也就有机会读到了很多文学之外的书籍报刊,如哲学、历史、书法、自然等等。这样,我的阅读面拓宽了,视界也开阔了不少。

读书之余,我还坚持写作,但我的写作方向已经做了很大的调整,不再写旧体诗词,而是大量地去写现代诗,兼写散文和小说。大三时,我的散文处女作《天窗》在《咸阳日报》上发表了,我的作品首次由手写稿变成了铅字稿,由此更坚定了我的写作信心。后来,又相继在《秦都》《工人文化》《三秦广播电视报》等报刊上发表了不少作品。

参加工作后,尽管我从事的是与大学专业对口的工作,但并未放弃对文学的追求,依然在日常繁重的工作之外去大量阅读文学书籍。这些年,我在西安各地搜罗购买的书籍有四五百本不止了,一个四层的书架上塞满了,床上、写字台上也都搁不下了。有些好书在西安买不到,我就在网上订购或下载。看书之余,我还在坚持写作,这几年主要是散文写作,大约有十几万字了,大多数也都在省内外的文学刊物上发表过,我打算在三十五岁之前结集出版,也算是对自己读书和写作生涯的一个总结。

转眼,工作已十年了,我把喜好读书的习惯坚持了下来,如果没有什么事情的干扰,每天晚上吃罢晚饭后都会静下心来看书,直到十一二点。我是真的把读书当成了一种自觉的习惯,并以此为最大乐趣,如果一天不看书,我就感觉心里缺什么,一个晚上不看书就睡不踏实。可以说,读书成了我生命中不可或缺的内容。好多朋友说我是"书痴""书虫",我从未反驳过。我想,多读书总是有些益处的;再说了,做一个"书痴"总比做一个"白痴"好,做一个"书虫"总比做一个"懒虫"强吧?

西汉大学者刘向说:"书犹药也,善读可以医愚。"高尔基说:"书是人类进步的阶梯。"现代诗人臧克家说:"读过一本好书,像交了一个益友。"古今中外,关于读书的名言警句很多。读书的好处就不用多说了,关键就看你读不读,怎么读了。不管别人怎样,反正我既然此生与书结缘,那不妨就以书为友,不管在什么时候、什么地方,我都不放弃。

2011年11月14日于西安北郊

关于喝酒

中国是酒的故乡,也是酒文化的发源地。在中国数千年文明发展史中,酒与文化的发展基本上是同步的。关于中国酒文化,在好多典籍、文献中都有记载,文学作品中也都常见。国人大多数对酒文化并不陌生,在此我就不必赘述。我想谈的是本人对酒文化的认识,自己的喝酒经历以及与酒有关的人和事。

"酒是粮食精",适量饮酒,对身体有益,它有促进血液循环、通经活络、祛风湿等功效。但日常生活中,人们把酒当成了宴席上的一种交际工具。因此喝酒就难免过量。宴席上,大家围坐一桌,不喝酒是说不过去的,"无酒不成席"嘛。饭桌上喝酒,也有很多讲究,各地都有一套喝法。你不喝酒,人家就说你看不起他;你喝得少了,人家又说你不够意思;你喝得多了,只能是自己难受!国人认为,要喝就喝好。所谓的"喝好",就是多喝甚至喝醉。多喝就伤身体,喝醉了就容易出洋相。所以,适量喝酒在中国是很少有人能做到的。有一种人自己不能喝,但在宴席上为了要面子,不得不喝,结果喝得很痛苦。也有一些人,确实爱喝酒,也能喝酒,他们不但在饭桌上与人喝酒,平时也喜欢独自喝酒。酒这东西,常喝也是会上瘾的。人们把喝酒上瘾、嗜酒成性的人叫作"酒徒"。

在中国古代,酒似乎与文人和侠客、英雄们是分不开的。

中国古代文人里的好酒之徒多不胜数,最著名的是西晋刘伶和唐代李白。

作为一位名士,刘伶在"竹林七贤"中有些另类,他既没有阮籍、嵇康的旷世奇才,也不像山涛、王戎那样仕隐双修,除了曾做过一段时间的建威参军,一生都与政治无缘。提起刘伶,似乎只有一个字——酒。刘伶几乎是中国历史上唯一靠酒留名的人,以至于人们提起酒,常会不由自主地想起他。刘伶留下的唯一一篇文字也是谈酒的,这就是有"意气所寄"之誉的《酒德颂》。该文劈头就说:"有大人先生,以天地为一朝,万物为须臾,日月为扃牖,八荒为庭衢。行无辙迹,居无室庐,幕天席地,纵意所如……"据说,刘伶喝酒喝到兴头上,常脱光了衣服在家里"裸奔"。一次,正巧被一个客人撞上,人家说了他几句,谁知刘伶斜眼一瞪,反问道:"我是以天地为房屋,以房屋为裤子的,你怎么钻到我的裤裆里来了?"客人无言以对。《晋书列传·刘伶传》载:"身长六尺,容貌甚陋。放情肆志,常以刘伶细宇宙齐万物为心。澹默少言,不妄交游,与阮籍、嵇康相遇，欣然神解，携手入林。初不以家产有无介意。常乘鹿车，携一壶酒，使人荷锸而随之，谓曰：'死便埋我。'其遗形骸如此。尝渴甚，求酒于其妻。妻捐酒毁器，涕泣谏曰：'君酒太过，非摄生之道，必宜断之。'伶曰：'善！吾不能自禁，惟当祝鬼神自誓耳。便可具酒肉。'妻从之。伶跪祝曰：'天生刘伶，以酒为名。一饮一斛，五斗解酲。妇人之言，慎不可听。'仍引酒御肉，隗然复醉。尝醉与俗人相忤，其人攘袂奋拳而往。伶徐曰：'鸡肋不足以安尊拳。'其人笑而止。"关于刘伶的故事很多，都与酒相关，看来此人是因酒而生的。

　　李白这个人，稍微念过几天书的人应该都知道。李白的诗作好多人都读过，人称其为"诗仙"，他的好酒也是众人皆知的。李白几乎是无一日不喝酒，其诗作也多是醉酒之后写就，而且好多诗里都提到酒，因此人常说"李白斗酒诗百篇"。台湾作家余光中说李白"绣口一吐就是半个盛唐"。我们从李白的诗作里也能闻见一股股浓郁的酒气。可以说，没有酒就没有李白，也就没有李白的诗作。但李白处心积虑想通过"终南捷径"步入仕途，好不容易吃上"皇粮"，却因为喝了点小酒，一时得意忘形，竟让高力士给他脱靴，让杨贵妃为他磨墨，固然玩了一回潇洒，但也因此得罪了这两位皇帝老儿跟前的红人。加之他整天不好好上班，常出入长安胡姬的酒肆，每日喝得酩酊大醉，唐玄宗召他写材料时，经常派人把他从酒肆中架回来。时间一长，唐玄宗对他也失去了信心。结果他在翰林院共待了大概一年多就被"赐金还山"了。我曾看过一篇文章，说是据考证，李白因为嗜酒成性，生出来的几个儿女都是弱智。如果这个是真情的话，那李白不但因酒害了自己，而且贻害了后代，这个实在是不应该！关于李白之死，有一个传说，也是与酒有关。说是李白有一晚上喝醉之后，想邀月共舞，结果从船上跌落水中而亡。对于李白来说，这也算是一种最浪漫最合适不过的死法了。

　　古代的侠客、英雄也是爱喝酒的。这个经常在古典著作、武侠小说及古装电视剧上看到。这些作品里的好多故事情节都是发生在酒肆之中。侠客、英雄们一进酒肆把刀剑往放桌上一拍，大喝一声："小二，上酒！"好多侠客、英雄出门远游也总要在腰上吊一个酒葫芦。所谓"酒壮英雄胆"嘛。《水浒传》里的英雄好汉哪一个不好喝酒呢？"行者"武松在景阳冈一口气喝了十八碗酒，醉后打死了一只白额大虫；"花和尚"鲁智深，醉后倒拔垂杨柳，吓得一帮泼皮无赖跪在地上磕头如捣蒜；"黑旋风"李逵更是不可一日无酒，不然就"嘴里能淡出一个鸟来"，于是就有了醉后大闹东京城、痛打狗皇帝钦差等故事出来；就连"母大虫"顾大嫂、"母夜叉"孙二娘、"一丈青"扈三娘等娘们儿，也是经常"大碗喝酒"。《三国演义》里张飞也是个"大酒鬼",常违反军规,喝醉了之后还要鞭打士卒出气,结果被手下小人割去了首级,献给了曹操。试想:假如没有了酒,《水浒传》《三国演义》还有什么看头?当代武侠作品里的侠客们,能喝酒的就更多了,金庸笔下的令狐冲、郭靖、乔峰等;古龙笔下的傅红雪、楚留香、陆小凤等。这些虽是虚构的人物,但都有好酒的习气,演绎出很多精彩故事。

现代文人里爱喝酒的著名人物恐怕要算台湾武侠作家古龙了。古龙是个五短身材,头大如斗,嗜酒成性,是一个名副其实的酒徒。据说,他每天除了写作和睡觉不喝酒之外,其他时间大多数都以酒为伴。他与人喝酒的时候,绝不饶舌,只是专注于大口大口地喝,而且酒来必干,自得其乐。古龙未成家之前,喜欢出入酒坊;成家后,不但爱喝酒,而且开始收藏形形色色的酒,既可畅饮,又可玩赏。古龙家客厅里有许多藏酒,据他自己说:"我的许多名酒,世界名酒事典里都还没有。"他收藏的酒造型独特,千奇百怪。他小说中的一个人物说:"只有内心忧郁、愁苦的人才会不顾性命地喝酒。"古龙借别人之口道出了自家衷肠,也借酒浇了自家心中块垒。古龙成名很早,但死得也早。古龙之所以成名,是借助酒兴写了大量的脍炙人口的武侠作品;但最后也是因常年酗酒,损害了肝脏,步入中年后,健康日益不佳,一方面由于他的纵情酒色,另一方面又因为几次家庭破裂,生活没有规律,终于导致肝硬化晚期发作,断送了性命。

当代爱喝酒的人挺多,但是全国闻名的好像还没听说过。在陕西文化圈里,据我所知,陈忠实是一位爱喝酒的人。陈老汉酒量有多大,我不知道,也没有见过,但在央视《艺术人生》上看到过朱军对他的现场采访。朱军问陈老汉,你认为什么是幸福?陈老汉笑了笑,用那种很结实、浓重的关中方言回答:"对我来说,听着秦腔、抽着雪茄、喝着西凤酒就意味着幸福。"结果朱军和下面的观众都笑了。由此可见,陈老汉也是爱喝酒且能喝酒的主儿。还有一位是家住西安方新村的作家张敏,这位老汉也是一个"酒徒",他的"文牢"里经常会来一些著名作家和业余作者,大家在一起吃饭,自然是少不了酒的。我也曾两次作客"文牢",亲眼见过他喝酒。张敏喝酒,捉起酒盅就是仰脖一灌,嘴里还滋滋儿作响。喝了酒,老汉就高谈阔论起来,常常口无遮拦,俨然一个"愤青"。

我的朋友圈子里也有两个爱喝酒且能喝酒的人。

刘攀是我以前的同事,与我关系很好。他是一个80后,个头很高,白净帅气,老家在汉中城固。他的一大爱好就是喝白酒。他每次和我吃饭,总要叫酒。在他看来吃饭不喝酒,饭就算没吃好。他的酒量至少在一斤左右。他常说喝酒对他来说就跟喝白开水差不多。我总嘲笑他是吹牛皮,既然是喝白开水,为什么还会喝醉？我不止一次见过他喝醉的情形。他虽然是陕南人，但喝起酒来有一股豪气，端起杯子就是一口干。每次喝醉了，就跑到卫生间使劲抠喉咙，结果就吐得一塌糊涂。他喝高了，胃里难受，半夜里躺在床上翻来滚去睡不着，嘴里还呜哇乱叫，想吐却再也吐不出来。我问他以后还喝吗？他说以后再也不喝了。但是后来却一直在喝酒，气得我没办法。他几乎每天都喝酒，房子里有一坛药酒，没事就舀上几提子喝。他说，你不是说喝白酒伤身吗，那我就喝药酒，这玩意儿大补哩。

刘磊君和我曾在三个公司共事，干的也是策划工作。他是咸阳彬县人，有蒙古血统，也是一个80后，年纪不大，却是个秃脑门，脸膛黑而红，看起来老气横秋。好多人第一次见他，都会认为他有四五十岁。我说他之所以这般"早熟"，完全是酒精催化出来的。他则哈哈一笑，笑容憨憨的，透出一些傻气。他什么酒都能喝，尤喜白酒，最爱喝的白酒是绿瓶的"北京二锅头"。和他在一起吃饭，喝酒通常是免不了的，有时候饭桌上喝得不尽兴，还要再买一瓶酒带回去喝。他经常去我住处，来时总会在商店里买一包花生米，再拎一瓶"二锅头"。他房子里也常年备着酒，有时候就着花生米喝，有时候直接喝，一副很陶醉的样子。他每次喝大之后，话就特别多，海阔天空，茫无涯际。刚开始谈策划，论文学，但说着说着就开始胡说八道了，而且反复说着一些无聊的陈芝麻烂谷子的事情，因此我很讨厌这一点。记得有一次在山东寿光出差，他在宾馆里喝醉之后又开始胡说，我差点想把烟灰缸摔在他脸上。关于喝酒，我规劝过他几次，每次都说以后不喝了，但是老毛病从来没改过。

说了别人喝酒，最后我也说下自己吧。我也喝酒，但是并不喜欢，也不擅长喝酒。如果说我喜欢酒的话，喜欢的是酒文化，而不是酒本身。

小时候，我曾偷偷喝过家里的"沱牌"酒。那酒很便宜，口感火辣，上脸上头，喝了心里发烧。我连喝了两口就感觉天旋地转，两眼朦胧。之后，有好些年再没沾过酒。

上大学时，有一次过生日，晚上宿舍里人都出去玩去了，我在食堂吃饭时要了一瓶"宝鸡"啤酒，喝下去之后毫无感觉，就又买了一小瓶"全兴"带回了宿舍。在宿舍里，我一个人孤单、郁闷，就一口气灌下去半瓶，忽然就感觉眼前发黑，一头栽倒在床上大哭了起来，哭着哭着后来竟睡着了……

参加工作后，平时除了工作的应酬，我基本上不喝酒。我一般喝的是啤酒，顶多两三瓶，好像从来没醉过。喝白酒实在是迫不得已的事情，喝多了之后自己也觉得受罪。我有过两三次喝醉白酒的经历，但最难忘记的是2006年6月，我刚应聘到西安一家营销策划机构，过去没一个月就被派往河南出差做市场调研。去河南的第一个地方是南阳，那天和几个农资经销商喝酒，为了给人家留个好印象，就主动给人家敬酒，结果喝高了，一连去洗手间吐了好几回。从酒店出来后，走了几步头就晕得不行，两腿发软，扶着停车场上一辆轿车的屁股又大吐起来，差点没把胆汁吐出来，吐完之后两眼发黑，什么都不知道了……

2008年，我进入了西安高新区的另外一家策划公司。年底，公司招聘了一帮新员工，有一个商洛小伙子和我套近乎，邀请我去他住处喝酒。当时是冬天，他提了好几瓶啤酒，我们就着一盘凉菜算说算喝。我当时虽然喝了不到两瓶，但因啤酒太冰，喝得又太猛太急，当时感觉胃不舒服。结果回来之后，一连半个月胃部老觉得胀痛。去诊所检查，大夫说是慢性胃炎，开了一大堆药吃完都没管事。后来，朋友送了我一罐红茶，我坚持喝了一周多，胃不再胀痛了。从那以后，我喝酒就很注意了，尽量喝少一些，喝慢一些。

2010年夏天，我给一个广告公司的朋友帮忙写了点文案，人家为了答谢我，请吃了一次饭。朋友拿了半瓶"洋河蓝色经典"，那酒入口绵柔，不上脸也不上头，我就多喝了几杯。当时吃饭的总共有五个人，其他的人没怎么喝，那半瓶酒大部分让我干掉了。当时还没什么感觉，等出了饭店，经过凉风一吹，忽然就感觉不对劲儿了。我赶紧挡了一辆出租车，把我拉到了住处。刚一回房子就迫不及待地从嘴里吐出了黄箭，晚上半夜起来还吐了好几回，直到最后把吃的东西全吐完之后才没啥吐了，从嘴里泛出来的全是苦水，闹腾了一晚上都没睡好。从此以后，我是彻底认识到了喝酒的坏处，直到现在基本上不喝白酒了。碰到宴会或者朋友请吃饭，实在推不过去，就以一瓶啤酒应付了事。

酒这玩意儿是人的一种精神寄托。有人高兴了就喝酒，美其名曰"借酒助兴"，但是结果往往是兴没助起来反而败了兴、误了事，甚至丧了命；有人痛苦了也喝酒，说是"借酒浇愁"，但是最后"借酒浇愁愁更愁"。酒这玩意儿是个"怪物"，能使人趋于神，也能使人趋于魔；能够使人力量倍增，也能使人精神萎靡。喝酒既有好处，也有害处，关键在于量的把握，但一般人是很难把握好的，弄不好就喝多了。

希望爱喝酒的朋友，尽量少喝些，能不喝尽量不喝。这是对自己负责，也是对家人和朋友的负责。

2011年12月8日于西安北郊

俗人说茶

唐代陆羽《茶经》云："茶者，发乎神农氏，起于鲁周公。"茶发源于中国，从古至今，不管南方人还是北方人，不管是男人还是女人，不管是雅士还是俗人，几乎都有喝茶的经历。

茶的品种很多，喜欢喝茶的也人很多，但是各茶入各眼，各人对茶的品种喜好程度也不同，对茶的感受也就各异了。中国的茶文化源远流长，博大精深。关于茶的典籍、文献及著述也是汗牛充栋。

茶来自于一种植物，是大自然的造化，是天地间的精华。但茶与粮食却有大不同。粮食供人的一日三餐，可以果腹，可以延续生命。茶对于人来说，似乎可有可无，不喝茶人照样能活，但光喝茶不吃粮食那是万万不行的。话虽如此，但对于中国人来说，茶是日常生活必需的东西。有了茶，人的生活才多了一分悠闲和优雅；喝了茶，人体也多了一些健康。宋代吴自牧《梦粱录·鲞铺》中说："盖人家每日不可阙者，柴米油盐酱醋茶。" 元代武汉臣《玉壶春》第一折写道："早晨起来七件事，柴米油盐酱醋茶。"

在中国，不管家穷家富，家家都有人在喝茶，而且以茶来待客。你不管去谁家里，坐下来之后，主人就先给你沏上一杯茶喝上，然后才说事。这是中国的人情风俗，几千年来一直如此。有些人，不但在自己家喝茶，也在别人家喝茶，而且会邀上朋友专门去茶楼里喝茶，甚至还把茶叶作为礼品送人。由此可见，喝茶对于中国人来说是一种日常的生活习惯。

喝什么茶叶？用什么泡茶？用什么盛茶？如何煮茶？如何沏茶？如何喝茶？这些在中国讲究甚多，人们称之为"茶道"。茶道起源于中国，却被日本人发挥到了极致。

古人喝茶是特别讲究的，但如今，除了一些所谓的名流雅士之外，一般人似乎对喝茶并不怎么讲究了。富人、名士有他们的喝法，穷人、俗客有他们的喝法。富人、名士喝的是名贵茶；穷人、俗客就喝普通茶。富人、名士用山泉水泡茶，穷人、俗客就用井水、自来水泡茶。富人、名士用名贵的玉器、瓷器杯子喝茶；穷人、俗客用粗瓷碗、玻璃杯、搪瓷缸甚至一次性纸杯喝茶。不管怎么喝，喝到嘴里的都是茶，其他无关紧要。

"杯中乾坤大，茶里日月长。"茶看似一个很简单的物什，但内涵却是很深远的。喝茶的人很多，但大家对于茶的品味、感受、理解、认识却是大不一样的。有些人，喝的是品位、情趣、意境、文化或者更多的东西；有些人喝的只是茶的味道；有些人喝的是茶的保健功效，更多人的可能只是把茶当作一种解渴的饮品。《红楼梦》第四十一回中，妙玉有一段嬉笑贾宝玉喝茶的言论："一杯是品茶，二杯就成了解渴的蠢猪了，三杯可就是饮牛、饮骡子了。"妙玉的话虽然不无道理，但不能就说怎么喝茶就高雅，怎么喝茶就低俗或者愚蠢。因为，茶本来就是一种解渴的东西，所谓的其他东西是后人附加上去的，并不是一种客观存在。

我的家乡在关中西府。那里从不产茶，但是乡民却一直有着喝茶的习惯。不管男女老少都能喝茶，但以老汉居多。且喝得最多的是那种形状类似小窝窝头的圆坨坨茶，对于品牌和品种似乎没什么讲究。他们常把圆坨坨茶掰上一小块放在搪瓷缸里，然后倒上开水，放在火炉上熬，等水沸腾之后，茶液颜色变成黑青色之后才算是熬好了。然后，他们把熬好的茶水倒在另一个搪瓷缸里，喝完了再继续熬。谁家要过红白喜事时，席棚下的礼桌旁总有人专门在熬茶，供那些前来看戏的老汉喝。

小时候，我曾经喝过那种熬过的茶，口味酽浓苦涩，简直难以下咽。常喝熬茶的老人，大都牙齿黑黄，样子很难看。我当时想不通，熬茶这么难喝，为什么老汉们这么爱喝？有人告诉我，熬的茶喝着劲儿大，提神解乏。

我父亲喜欢喝茶，不过他一般喝的是泡茶，泡的大多是茉莉花茶。泡茶有一丝淡淡的清香和甜味。我上小学到初中的那几年，几乎每天跟着父亲喝茶。刚开始，父亲不让我喝，说是碎娃喝茶不好，晚上会睡不着觉。父亲喝茶的时候，我会给茶杯盖里倒一点，抿上几口，慢慢也就养成了喝茶的习惯。父亲的茶基本上都是我给泡的，他见我勤快，也喜欢喝茶，慢慢也就不再说我了。后来，我给他泡茶时，也会顺便给自己也泡上一杯。父亲常说我小小年纪竟成了一个"水烟客"。上了高中之后，我开始长期在学校寄宿，慢慢地和父亲相处得少了，也就再很少喝茶了。

参加工作后，我一个人很少有闲情逸致去喝茶、品茶，也几乎没有买过茶叶。七八年前，曾有人送过我一套茶具，我就打开看过一眼，然后放在房子的角落里再没动过，红木外盒上落了一层灰尘。有几次喝茶，是和同事、朋友去的茶楼，当然喝茶不是主要目的，主要是聊天说事，图的是环境的幽雅清净罢了。尽管在茶楼里我喝过不少名茶，安溪铁观音、洞庭碧螺春、西湖龙井、信阳毛尖、云南普洱等等；但是说实话，对于我这样一个俗人来说，好像喝什么茶都没有多大区别。关于茶的品种、分类、口味及制作工艺，我也一直没有好好研究过，也很少和别人去交流。在我看来，只要是茶，都是好的，不在于喝什么茶，也不在于怎么喝。

2009年初春，一个家住长安区的朋友请我去他家里喝茶。之前的半个月，有一次我与一个同事喝冰啤喝出点胃病，吃了几大把胃药都未见效。到朋友家里后，人家给我倒了一杯绿茶，我们边喝边聊。不知怎么回事，茶喝得越多，我的胃就越是胀痛。我终于坐不住了，就问朋友家里有没有胃药。他说没有，又问我怎么回事。我就说明了缘由。他笑了笑说，不着急，我给你换一壶红茶喝。我忍着胃痛说，再喝茶估计我就该躺医院去了。他说，看来你不懂茶啊，红茶有养胃之功效呢，你先喝一杯再说。没一会儿工夫，一壶红茶就泡好了。他先给我倒了一小杯。我迫不及待呷了几口，然后又连续喝了好几杯。几杯红茶下肚之后，胃痛果然很快就减轻了许多。我们又继续坐在客厅里高谈阔论起来。临走时，我对朋友表示感谢。他说："你以后要好好研究一下茶，也要多喝茶呢，这是个好东西。但是你现在有胃病，尽量别喝绿茶，多喝点红茶，红茶养胃……"他把自己的一罐红茶给我分装了半罐。我不好意思要，他硬塞在了我的背包里。回家之后，我坚持喝了一周多时间的红茶，胃就不再胀痛了，比吃药还管用。从那以后，我对茶有了新的认识。

大量研究证实：茶叶确实含有与人体健康密切相关的生化成分，不仅具有提神清心、清热解暑、消食化痰、去腻减肥、清心除烦、解毒醒酒、生津止渴、降火明目、止痢除湿等药理作用，还对辐射病、心脑血管病、癌症等疾病，有一定的药理功效。适量饮茶对人体有很大益处，但也应注意喝茶的量和浓度。胃寒的人，不宜过多饮茶，特别是绿茶，过量会引起肠胃不适；神经衰弱者和患失眠症的人，睡眠以前不宜饮茶，更不能饮浓茶，否则会加重失眠；服药的人不能用茶水送服，以免降低药效；正在哺乳的妇女也要少饮茶，因为茶对乳汁有收敛作用。

茶作为一种著名的保健饮品，从古到今一直有人喝，不但中国人喝，而且从西汉时就随着瓷器、丝绸出口到中亚、西亚和非洲、欧洲等国家。因此说，茶是古代中国南方人民对中国乃至世界饮食文化的贡献。

我以前有饮酒、抽烟的恶习，步入而立之年后，发现饮酒、抽烟对身体的伤害越来越大，正想方设法戒除。但人总得有些物质上的嗜好吧，不然生活也太寡淡无味了。于是，我就想到了喝茶。喝茶不仅能解渴生津、养生保健，还能陶冶性情，何乐而不为呢？

2011年12月11日于北山门

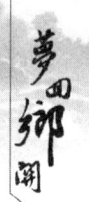

我与香烟

香烟并不香,而且有害健康,但好多人喜欢抽。

香烟来自于一种烟草,从属于茄科,是一年生草本植物,系烟草工业制品的原料,没有鸦片那么大危害。其中含有一种叫作"尼古丁"的生物碱,是烟草的重要成分,对人体有副作用。尼古丁会使人上瘾或产生依赖性,这一点类似鸦片。但经过烟草公司的制作之后,每一支香烟的尼古丁含量不可能致人死亡,但却可以产生强度依赖。

对于中国人而言,烟草是个"舶来品"。据文献记载,16世纪时烟草相继由菲律宾、越南、朝鲜传入中国。也有资料说,大约17世纪初,荷兰人通过台湾把北美印第安人的烟斗连同烟叶传入中国,中国开始有了吸烟者。也有人声称,烟草最早于明万历年间,从菲律宾传入我国台湾,再到福建、广东。但是,1980年,广西博物馆文物队在广西合浦县"上窑明窑遗址"发现三件明代瓷烟贩和一件压槌,压槌上刻有"嘉靖二十八年(1549年)四月二十日造"。这些实物对中国烟草起源于明万历年间的说法提出了疑问。有学者认为,烟草在1549年以前已经传入我国的广东(合浦在明朝、清朝、民国时属广东),因此,广东是中国最早有烟草的地方。当然,随着烟草的传入,种植逐渐广泛,这令中国的统治者们感到恐慌,因为经常有人把鸦片混入烟草吸食,烟草成为走私鸦片的幌子,当时的政府认为这会危及帝国的统治。明代最后一个皇帝崇祯认为这是不良之习,下令禁烟。让人始料不及的是,虽然烟草在中国受到极度抑制,但在清代百姓吸食纯鸦片的百姓逐渐增多,导致了鸦片战争的爆发。

如今,烟草是可以公开销售的。但对于烟草的生产、销售及广告确是有限制地进行。香烟要生产和销售,盒子上必须打上"吸烟有害健康,尽早戒烟有益健康"字样。至于香烟的广告,我们所能见到的也多是"犹抱琵琶半遮面",只能打品牌形象,而不能出现香烟画面,更不能介绍烟草本身。所以,我常佩服那些做香烟广告策划的人,他们确实是"带着镣铐跳舞"。

小时候,我亲眼见过农村老汉抽旱烟。他们把晒干的旱烟叶揉成碎末儿,装在烟锅里,用火柴点燃后吸食。那时,我也偷偷抽过几口,呛得人直咳嗽,眼里淌泪,头脑发晕,那滋味实在不好受。旱烟这么难抽,为什么那些老汉爱抽呢?一直想不通,每次看见有人抽旱烟,我就远远躲开。

我上小学时，经常见大人们抽香烟，关中农村人叫"纸烟"。经济条件稍好一点的就抽从商店买的品牌烟，"公主""凤凰""金丝猴""大前门""大雁塔""哈德门"等等，有些品牌现在已销声匿迹了。买不起香烟的，就从报纸或学生娃的本子撕下一绺纸自己卷烟抽。那时候，西府人抽的最多的是宝鸡卷烟厂生产的那种蓝盒子的"金丝猴"，不带把儿，我们当地叫"八四猴"。那时候，看见大人们抽烟，感觉很有派头，有些小伙子嘴里叼根烟看起来很帅。于是，我在上小学三年级时也偶尔把父亲的香烟偷出来背地里偷着抽。香烟虽然没有旱烟那么暴，但我感觉也不好抽。

上初中时，学校里好多男生抽烟。在学校里，抽烟被视作一种不文明的行为，抽烟的学生被视作"坏学生"。尽管学校明文规定不允许学生抽烟，但好多男生利用下课时间躲在厕所里抽。因此，厕所的便池、便坑里扔满了烟头，气得老师没办法。那时，我在厕所里碰见同学递烟，也会抽上一根，但是心里常有一种负罪感。第一次买烟是那年冬季。我家虽然距离绛帐初中七八里路，但我没有在学校寄宿，下午放学和村里同伴步行回家。有一次放学回家，我和同村的几个伙伴在学校门口的商店凑钱买了一盒"325"，抽了一路，到村口时把一盒烟抽完了。那时的"325"，细而长，不带把儿，烟皮赭黄色，舔起来有甜味，感觉还挺好抽，后来我还偷偷抽过几次。

大学校园里也是禁烟的，但同学们还是照抽不误。有些人不但在厕所抽，而且在宿舍里抽。有些人不但自己抽，还给同学发烟。我那时自己也偶尔会买烟，但买的是那种很便宜的烟，是我们宝鸡卷烟厂生产的带把儿的"金丝猴""猴王"。

参加工作以后，因为日常交际的需要，才正儿八经地抽烟了。前几年，口袋里随便装一盒烟，没有固定的品牌，一盒烟自己抽不了几根，大多数都发给别人了。前些年，我抽烟没有瘾，想起来了才抽，一盒烟能抽一周多时间呢。结婚后，我的烟量上来了。刚开始是一天半盒，后来慢慢一天一盒，到现在几乎成了一天近两盒。这三五年，我抽烟喜欢固定品牌，前几年喜欢抽软盒"延安"，今年却喜欢抽硬盒"长白山"。至于"娇子""红塔山""芙蓉王""好猫"等稍微上点档次的香烟，还有外国的"骆驼""万宝路"我也抽过，但总感觉太暴，抽着不舒服。

如今，抽烟于我成了一种嗜好。一天不抽烟，就如同"黑旋风"李逵一天不喝酒一样，感觉"嘴里能淡出个鸟来"。刚开始抽烟，可能是出于一种好奇；后来抽烟，用陕西话说就是为了"扎势"；但现在抽烟，则完全成了一种习惯。

我当然知道抽烟对身体不好，但是却无法拒绝香烟。我这十年来一直从事的是文字工作，经常加班熬夜，得靠香烟来提神醒脑、刺激灵感。有朋友见面常问我一天抽几盒烟，最后总不免要说一句："身体要紧，还是尽量少抽点。"我则哈哈一笑说："没办法，不抽烟就没有灵感啊，我现在做方案、写文章，全靠香烟熏。路遥、陈忠实、贾平凹这些大作家不都爱抽烟嘛……"话虽如此，但自己心里也很想少抽烟或者不抽烟，但总是抵抗不了香烟的诱惑。每次看到烟灰缸里歪歪扭扭地塞满烟屁股之后，心里总感觉有些后怕。据说，吸一盒烟能少活几年。我从来没有统计过迄今抽了多少盒烟，如果这些数字加起来的话，我肯定会感到极度恐惧的。后怕也罢，恐惧也罢，最后总是被抽烟的快感抵消得一干二净。我喜欢抽烟的感觉，喜欢用火机点烟头时的那种洒脱，喜欢用手指夹着香烟的那种优雅，喜欢吐出的烟圈在半空里缓缓舒展、飘移，最后再慢慢弥散的那种从容，喜欢把烟从嘴里吐出来再用鼻子吸回去脑子里雾时轻松飘逸的感觉，还喜欢在黑夜里看烟头上的火星一闪一闪，仿佛天上的星斗一样璀璨。抽烟于我是一种物质上的享受，也是一种精神上的慰藉。只有在抽烟的时候，我才感觉自己的存在，也才感觉到思维的活跃。

　　尽管喜欢抽烟，但我一直在提醒自己要少抽，也曾经几次去戒烟，但最后都半途而废了。想戒烟而没有戒掉，一方面是自己的意志力不够坚定，另一方面或许是方法不当。著名作家方英文曾写过一篇关于戒烟的文章，他提倡戒烟之前先"降烟"，也就是每天减少烟量，最后越抽越少，最终把烟戒掉。方英文的这个做法并不新奇，但是这个叫法却很有创意。这种方法或许是管用的，但我一时半会还降不了，所以戒烟对我来说是遥遥无期的。

　　抽烟的害处大家都知道，不但危害自身，也危害别人。现在城市里到处打着"禁止吸烟"的标牌。医院也经常会发散一些关于吸烟有害的传单。一些社区的广告牌上经常会看到成龙先生免费做的那则戒烟公益广告：那位大鼻子的明星大哥笑呵呵地将一根木橡一样粗的香烟握在手里折成了一个"V"字形。经过这些年公益广告的宣传，城里吸烟的人口在逐渐下降。我有时候出门给人发烟，好多人都说不会吸，自己也就不好意思当着人家面抽。

　　过了而立之年，其他方面没有多少长进，烟量倒是上去了，有时候也觉得挺害怕。抽烟越来越厉害，身体明显感觉大不如从前。于是，我一直暗暗发誓要戒烟，但一直未能如愿。我想，烟最终还是要想办法戒掉的，毕竟自己还年轻，人生的路还很长，肩上的担子还很重，得有一个健康的身体才行啊！

2011年12月7日于西安北郊

乡间的道路

　　一条条道路，在广袤无垠的神州大地上纵横交错着，像一根根绳子一样将村庄和村庄、村庄和乡镇紧紧地连接在一起，如一张巨大而繁密的网。把这张网描画在纸上就是一个幅员辽阔的乡土中国，而构织这张网的一根根线条就是这一条条平凡的乡间的道路。

　　这一条条乡间的道路，男人走过，女人也走过；大人走过，小孩也走过；穷人走过，富人也走过；智者走过，愚者也走过……这一条条道路，有的人一生走过很多很多，有的人一生却只走过那么几条；这一条条道路，有的越走越窄小，有的却越走越宽广；这一条条道路，有的走着走着就没人走了，有的却越走人越多；这一条条道路，有的过去是坎坷不平的土路，现在依然是土路，有的过去是坎坷不平的土路，现在却变成了平坦宽阔的水泥路、柏油路。

　　乡间的道路，随着时间的推移在不断变化着模样。它们被乡间过往的人们和牲畜踩踏着，被行驶的车辆碾轧着，却从来不会抱怨什么，只是默默地记录着他们的脚印和辙痕，也默默地见证着时代和社会的变迁。

　　有一些老路，不知被走了多少年月，也不知被多少人走过，至今还在有人走着；而有一些老路，走着走着忽然就没了，就像一个人忽然死去，再也寻不着踪迹，时间久了也就被人遗忘了。大多数老路在被人走着，但一些新路也不断被开辟出来，不但走着旧人，也走着新人。乡间的道路，虽然没有生命体征，却也有着自己的寿命，跟人和物质是一样的。

　　很早以前，乡间的道路大都是土路，凹凸不平，宽窄不等。晴日里，有些路还好走一些，有些路则特别难走——路面上的塘土很厚，常会埋没了鞋面，弄脏了裤腿；若有飞驰的马匹或疾驰的车辆经过时，一路上尘土飞扬，遮天蔽日，后面的行人根本睁不开眼睛，连鼻子也不敢正常呼吸，最后落一个灰头土脸。尤其是雨天，大量的积水无处排泄，道路就会变得泥泞不堪，人们只有穿上木屐或橡胶泥鞋才能赶路，但明显感觉吃力，大人倒还觉着罢了，对于小孩子来说就是举步维艰了。我上小学时，一旦下了很长时间的雨，由村子通往学校的道路就变成了一条黄泥路。地势高处，黄泥粘得泥鞋拔不出来，苦不堪言。低洼处则是一大片水坑，人有时不知深浅一脚踩将下去，浊黄冰凉的泥水很快就灌满了鞋窟窿。

灌了泥水的泥鞋，穿在脚上走路会发出"咯吱咯吱"的响声。有心的同学会带上塑料凉鞋或布鞋，没带备用鞋的人，脚丫子在灌湿了的泥鞋窟窿里会捂上一晌甚至一整天。这样下来，脚丫子就泡嫩了，白白的脚皮起了重重的褶皱，让人看着害怕。相信好多有过乡村生活经历的人都有过这种体验。

其实，以前乡间的道路留给我们的也不仅只是这些痛苦而无奈的回忆。凡是在乡间土路上走过的人，心底当然也有一些美好的感觉。

走在乡间的土路上，穿着宽松舒适的布鞋，感觉脚底接着地气，心里特别踏实。乡间的大路两边一般都栽着白杨树，在天气晴朗的日子，阳光透过树叶筛落到路面上，那些斑驳的碎影间的亮光仿佛是落了一地的金子，看得人眼花缭乱，仿佛行走在梦里。倘若路旁栽的是柳树，清风徐来的时候，翠绿柔软的枝条在半空里飘拂，好似婀娜多姿的妙龄女郎在轻歌曼舞，让人心旌摇荡，行程的疲惫也会减轻许多。若是不急着赶路，你大可放开了胆子去走，这里是乡间，没有红绿灯，没有斑马线，没有穿着制服的交警，更没有川流不息的车辆，没有人会去管制你、影响你。你可以边走边唱，民歌也好，戏曲也罢，任由嗓音在路上跌宕，在树枝间环绕，在田野上肆意飞扬。要是走累了的话，你可以坐在路边的树荫下喝口水，吃点干粮，也可以去摘一两朵野花嗅那清淡的芬芳，或者去捕捉那花丛中翩翩起舞的蝴蝶。这就是过去乡间土路给我们留下的美好感觉。

社会在发展，乡间的道路也在变化着。近几年，随着社会主义新农村建设步伐的推进，乡间道路的面貌正逐渐发生着巨大的变化：一些主要干道由以前的土路变成了柏油路或水泥路，以前的窄路也都进行了拓宽，路面由以前的凹凸不平变成了平坦光直。如今，当你走上这些乡间道路时，穿着皮鞋走上去"咯噔咯噔"响，有了与城里人一样的感觉；有些乡间道路还通了班车，你半路上招个手，车就停下来，去镇上或县城，一会儿就到了，一点都不觉得累了。这就是乡间道路给人们的新感觉。

如果你是城里人，不妨去新农村看看吧，现在乡间的道路可不是你印象中的那样，农村人的变化更不是你所能想象的了！

2011年11月17日于北山门

守望乡村的家园

农历正月十五日一过，春节就算过完了。这个时候，乡村里的大部分年轻人又开始背上行囊外出打工去了。家园再次变得冷清起来，乡村也再次变得安静起来。

其实，这些年轻人有几个是心甘情愿地背井离乡去远方打工呢？俗话说："在家千日好，出门一时难"，但现实生活又迫使他们不得不一次又一次离开乡村，跑到远方的城市去打工谋生。假若整天守着老婆、娃娃、热炕头和几亩薄田，谁来给他们钱花呢？他们大多是小学或中学毕业，甚至有些是中途辍学，一没学历，二没技术，在家乡找的那些短工活儿又挣不到多少钱，所以只好去很远的地方打工。他们这一出去，工作太繁忙，路途又遥远，一年里回不了几次家，平时只能是隔三岔五地给家里打几个问候的电话，寄些少得可怜的零花钱。这种现象在乡村已有些年头了，而且极为普遍。

我国是一个农业大国，农业是我们国家的基础产业、战略产业。尽管党中央、国务院连续多年颁布和实施了一系列惠农、支农政策，免除了农业税、发放农资补贴……可如今是一个工业化时代，市场化经济社会，客观地讲，农业已经日趋边缘化，连大多数农民自身对农业生产也越来越不重视了。如今，我们国家的人口越来越多，土地却越来越少，农民辛辛苦苦务弄了一年的庄稼，虽然是丰收了，却又卖不上好价钱。对他们而言，种庄稼只是收获了基本的口粮，解决了一日三餐的温饱问题，至于发家致富则实在是一个遥不可及的梦想。年轻人不外出打工挣点钱能行吗？

可是，这些农村的年轻人外出打工挣到钱了吗？钱当然是挣到了一些，要不然家里的日常花销从哪里来呢？有些人在外面打工挣下的钱除了支付了日常的生活开销，还给家里翻新了房子，置办了新时的家具，看起来还挺风光，但实际上家人的生活品质真正得到改善了吗？没有。他们常年在外地的工厂或工地干着粗重的活儿，每天上班时间都在十二个小时以上，平时吃不惯，睡不好，一个月几乎没有多少假日……有些人虽然在城里打了好几年工，却几乎从来没有在城里好好转过，也很少像城里人那样进行消费，城市之于他们依然是那样的陌生。这样年复一年日复一日下来，虽然也攒下了一些钱，但是这些在他们看来还算过得去的薪水与他们付出的时间、体力、血汗成正比吗？他们很少有人认真思考过这个问题。还有一些年轻人出去打工，辛苦了一年，可到年底要回家时连工钱都讨不到手，这样的事情在报刊上见到和我身边发生的实在是太多太多……这究竟是谁的过错？谁能替他们讨回公道呢？

　　这些年轻人为了挣到更多的钱，常年在外地打工，撂下老人、妻子、儿女在家中寂寞地、艰难地过着日子。他们的父母大多是农民出身，辛苦了一辈子，到了六七十岁的年纪，按说应该在家里安享清福，可是家里没了青壮劳力，自己又不得不继续起早贪黑地干活，直到有一天实在干不动活了，只能眼睁睁看着自家的田地荒芜在那里。中年妇女们，常常是忙完了家务活，农忙季节还要下到地去干那些往年只有男人们才干的粗重的活儿，农闲时节还要在附近找一些临时工作来干；晚上回到家里，常常是一个人独守着空房，找不到可以依靠的臂膀。孩子们在很小的时候，父母都外出打工了，由爷爷和奶奶代管，有些小孩子半夜起来看见那些颤颤巍巍的身影、老态龙钟的表情，常常会吓得哭出声来；孩子上了学，没有父母在身边的督促和管教，就成了没有王的蜂，逃学、旷课，害得爷爷和奶奶们到处寻找，但最后总会在网吧里发现他们，学业也就这样日渐荒疏了……

　　有些年轻人外出打工，混得稍微好一点，到过年的时候回一次家，和家人团聚几天，年一过完又再次外出打工去了；有些人在外边打工，没挣到钱，连回家的车费都没有，因此好几年才回一趟家，可是回来之后连自己的孩子都不认识他了。年轻人们这一走，家里就剩下了老人、中年妇女和小孩子，乡村里很快又恢复了往日的宁静。

　　我也是从乡村里走出来打工的年轻人中的一分子。这些年，我一直在距离老家一百公里的省城西安上班。刚参加工作的那三四年，我一年也就回家两三趟，每次在家也就待上一两天时间，然后又急匆匆赶回城里上班，家里的事情一点都照顾不上。后来，我结了婚成了家，有了更多的家庭负担和心理牵挂，回家的次数才逐渐多了起来——平时，每个月回一两次家，和家人待上几天时间，只有国庆和春节这样的长假期间才能在家好好待上一阵子。时间过得真快啊！一转眼，我来西安工作已经十年了，我庆幸自己有一份比较体面的工作，而且所工作的这个城市离家不是很远，回家比较方便，还能经常和家人团聚。可是其他外出打工的年轻人呢？难道他们不想常回家看看吗？

　　这十年来，我回家的次数可谓不少了，但每次回去之后，总感觉我们的乡村变得越来越荒凉。我在村里或路上见到的几乎都是老人、中年妇女，还有就是正在襁褓中嗷嗷待哺的婴儿、在村路上牙牙学语、姗姗学步的幼童和正在上学的小学生，几乎碰不到与我年纪相仿的年轻人。在村口或路上碰到了那些认识的老人，我通常是给发发纸烟，询问一下他们的身体状况和子女的工作情况。见到中年妇女，除了几句简单的问候，然后就不知道该说些什么了。至于那些小孩子，他们不认识我，我也不认识他们，也不知道他们的名字，只是从他们的相貌上能大概猜出是谁家的孩子。在乡村的老家，我现在几乎找不到一个能推心置腹谈话的人；即便是到了春节期间，好多外出打工的年轻人回来了，碰到一些儿时的同学和伙伴时，我们除了彼此询问在外工作的情况之外，似乎再也找不到什么共同的话题了。因此，我的内心有不免有一种深深的孤单感和莫名的失落感。

年轻人是社会的中坚力量，更应该是乡村建设的一个主要群体，可是我们这些年轻人都像潮水一般涌到城里打工，城市因为我们的到来变得越来越繁华美好，可是我们的乡村家园里只剩下了老人、妇女和小孩——他们正在日夜守望着我们日渐荒芜的乡村家园。这种漫长寂寞的守望何时才是个尽头呢？

2012年2月12日于醉墨堂

放飞梦想

看了浙江卫视的《中国梦想秀》栏目，有一位年轻的母亲让我倍受感动。之所以被感动，倒不是因为她的才艺表演，而是她身上所表现出来的伟大母爱，更因为她心中所怀的那份执着的梦想和坚持梦想的精神。

她叫郑亚波，四十岁左右，相貌普普通通，登上舞台时，穿着一件平时上班穿的那种朴素的工装。一开始，她用钢琴弹奏了一段很短的原创曲，但是弹完之后，我看到台上的评审老师周立波看起来似乎面无表情，台下的观众也没有什么反应，场面很平静。说实话，当时在电视下面的我对这位女士的表演很不以为然，估计她肯定是过不了关的。已经是凌晨了，我本来想关掉电视睡觉的，但是为了验证自己的猜测，就继续看了下去。

女主持人上台说了一段客套的台词，然后将这位登台表演的女士推给了评审老师周立波。看起来一脸茫然的周立波抱着双臂，皱着眉头，问道："郑亚波女士，请问你的梦想什么？"这位女士忽然显得十分紧张，双手不停抓着上衣的下襟，吞吞吐吐地说："其实，我并不喜欢音乐"，她稍作停顿之后，说道："我是加油站的一名普通女工，我的儿子从小就患智障，儿子四岁时，丈夫和我离婚了，我一个人带着孩子，生活过着很艰难……但是，我很爱自己的儿子，儿子就是我的全部的希望。十年前，我听说弹钢琴可以提高孩子的智商，就找人给我儿子教钢琴，可是那位老师教了一段时间之后就不愿意再教了，说是这孩子太笨，他实在教不了。于是，我就在工作之余开始自学弹钢琴，然后在家给孩子手把手地教，这样一直坚持了十年，直到今天……"

听到这番话，周立波的面部表情有些凄楚，问道："孩子的爸爸是干什么工作的"？郑亚波说："孩子的爸爸是一名医生。"周立波用手挠了一下脸，似乎有些不理解，他说："孩子的爸爸是一名医生，就因为儿子是智障，他看不到希望，就放弃了这一段婚姻，放弃了自己的儿子吗？"这位母亲很难过地说是。很快，这位母亲就转移了话题，面带泪水地笑着说："我的儿子很可爱，和他在一起我很快乐。"周立波说："其实，你刚开始的那句话说错了。"他抱着双臂，停顿了一下，说："你的儿子不是你的希望，你才是你儿子唯一的希望。"

周立波提议要见一下郑亚波的儿子。很快，郑亚波的那位智障儿子从幕后走到了前台，还走上前去和周立波握了手，叫了一声叔叔。周立波惊讶地说："我看你的儿子挺机灵的，怎么看上去都不像一个罹患严重智障的孩子啊。"接下来，周立波问这个孩子有没有读书。这个孩子说他现在上五年级了。经过一番对话之后，周立波邀请这一对母子一起给大家表演一个节目。于是，这个智障孩子就坐在一张钢琴前边，亲自弹奏起来，他的母亲则依靠在孩子身边，二人深情地合唱了一首老歌《亲爱的小孩》。唱着唱着，两人都流下了眼泪；唱完了，两人又相拥在一起。说实话，我认为这一对母子的歌唱水平很是一般，但是他们配合得很默契，感情也相当投入。节目主持人、评审老师周立波、台下的观众，也包括电视机前的我，都被感动得流下眼泪。不出所料，这位母亲获得二百九十四个观众票，顺利过了关。节目现场的观众不禁欢呼雀跃了起来。这一对母子手拉着手，站在舞台上不停地向观众鞠躬致谢，然后带着一脸幸福笑容走下了舞台……

这位名叫郑亚波的母亲虽然只是一名普通的加油站女工，但她身上所散发出来的伟大的母性光辉令人感动——她为了自己患有智障的儿子，甘愿学习自己并不喜欢的音乐，亲自教儿子弹钢琴，而且一直坚持了十年，这实在是有些不可思议！母亲爱儿子，这是人之常情，相信很多母亲都能够做到。但是这位母亲在离开舞台之前说的一句话，让我的心灵大受震动和鼓舞，她说："有梦想，别放弃，奇迹就会出现！"

其实，我一直是不大喜欢看电视的，尤其不大喜欢看那些娱乐性质的节目，我认为这些大多是为了提高收视率而搞的哗众取宠的低俗的玩意儿，看一看，笑一笑，就完了，没有什么意思。然而看了这期的《中国梦想秀》，让我对梦想的话题有了一些深层次的思考。

在如今这个物欲横流的社会，很多人为了所谓的票子、房子、车子、位子而疲于奔命，已经鲜有人再为自己树立梦想，也很少有人为了梦想而去打拼，更是很少有人在谈论梦想了。因为在好多人看来，梦想实在是一件遥不可及的事情，谈论梦想也是一件极为奢侈和浪费时间甚至会遭人耻笑的事情。

梦想是什么？梦想是人类对美好事物的一种憧憬和渴望，梦想是人类心里生出的翅膀，梦想是人类区别于世界上所有生物的最伟大的标志。所以，我相信，每个人都应该是有梦想的，或者说有些人曾经是有过梦想的。不过是在现实的生活中，有些人追求梦想、坚持梦想，最终实现了梦想；有些人曾经有过梦想，但没有行动，梦想便成了空想、妄想；还有一些人，虽然也曾为梦想付诸过些许行动，但最后没有能够坚持下来，最后梦想变成了泡影。

梦想是一种选择，选择了不同的梦想，也就选择了不同的未来和不同的人生。每个人都有梦想的权利，这个不论出身、地位和年龄。任何梦想都是有价值的，尽管有时候有些梦想看起来很荒诞，但仍然是可贵的，值得探索的。毕竟，曾经有很多人实现了自己的梦想。

一个来自河北农村的十三岁女孩，因为在著名导演张艺谋的电影《一个都不能少》里做了一回本色的群众演员，从此便种下了从事电影事业的梦想。当年，连最善于造星的张导本人也劝告她不要做这样的"妄想"。可是这个叫魏敏芝的女孩，不相信权威，经过自己的一番努力，不仅实现了上大学读影视专业的梦想，还跑到美国做起了导演，干起了自己的电影事业。

1974年，杭州望湖宾馆门口经常会出现一个十岁的小男孩，他耐心地为入住的老外提供免费的导游服务。如今，当年的小男孩现已成为"阿里巴巴帝国"的首领马云，成为第一个登上《福布斯》杂志封面的梦想的实现者。

曾经做小买卖起家的刘永好，下海后给自己的公司起名"希望"，他把自己的梦想寄托在希望的田野上，希望的事业中，在四十岁的时候，他的公司成为中国最大的饲料王国，他个人被评为中国首富。当一个个希望都变成现实的时候，刘永好对"梦想"的理解，就是："没有什么做不到。"

美国黑人民权运动领袖马丁·路德·金曾发表过一个著名演讲《我有一个梦想》，说是要让黑人和白人拥有共同的权利。经过一代又一代黑人们的不懈努力，这样的梦想如今已经成为现实。后来者，科菲·安南当上了联合国第七任秘书长，奥巴马成为美国历史上的第一位非洲裔黑人总统……

如此看来，梦想并非遥不可及，有梦想就要敢于去追求，去坚持，总有一天梦想会照进现实。

人是应该有梦想的，放飞了梦想，生命才更加美丽，生活才有更有意义！

2012年10月19日于醉墨堂

婚姻与房子

前不久，我的一个外甥从老家返回西安，来北山门看望我，我们闲聊了很长时间，话题的中心是婚姻与房子。

我的这个外甥今年已经二十三岁了，之前，听说他和一个在宝鸡上技校时的麟游籍女同学断断续续谈了好几年恋爱。当我问他和那个女孩子的恋爱进展时，他耷拉着脑袋，说他们已经在几个月前分手了。我说为什么呢？他说，这个女孩她妈不同意，嫌他没有稳定工作，买不起房子。我说，难道这个女孩自己就没有主意吗？他说，这个女孩说她只听她妈的话。我哀叹了一声，接着又问他这次回家是不是相亲了？他说，这次回家是因为他爸在建筑队干活时被上面掉下来的钢管砸伤了头部，在医院治疗了一周多时间，他去照管了几天，这两天刚出院。另外，他还告诉我，这次回去本来是有一次相亲的，那个女孩在兴平上班，周六回老家了，可是她妈却没回来，所以最后没见成。我急忙问，是提前约好的吗？他说，是的，但是这个女孩她妈在外地打工，没有赶回来，所以媒人这次没有安排见面。我说，你们两个年轻人都在外面打工，好不容易都回去了，难道就因为她妈没回来就没安排见面吗？他说，虽然没有见面，但是那个女孩通过媒人捎来一句话，说是要想和她谈对象，就得买房、买车，如果暂时不买车，最起码也得先买一套房子。听到这里，我很诧异，说连面都还没见，八字没见一撇呢，就要买房买车啊，现在的女孩子咋变成了这样啊？他苦笑了一下，显出了一脸的尴尬和无奈。

接下来，我们二人就时下的婚姻与房子的问题发了半天牢骚。但是我们也都深知，发一通牢骚，宣泄一下怨气无可厚非，但无法从根本上改变当今的社会风气，接下来该干吗还得干吗。

自那次谈话之后，有很长一段时间，我一直在思考婚姻与房子的问题。

其实，像我外甥的这种情况，我并非第一次听说。以前，我曾听身边的很多朋友说过很多类似的事情，除了表示同情之外别无他法，因为我没有能力给朋友借钱支持他们买房；我也不能建议他们不买房，不然人家就会失去女朋友，而我没有能力给人家找一个女朋友。我也曾亲闻好几个我所认识的女孩子婚前的要求——房子必须买，理由是：没有房子，结婚了住哪？前些年，我听了这些话，常常会劝导这些女孩子说，爱情比房子重要，有了爱情，两个人结婚后可以一起奋斗，等攒够了钱就可以买到房子。但是，她们会说，等结婚了，有了孩子，家庭负担越来越重，两个人都在城市里生活，消费那么高，房价又不停地上涨，什么时候才能买到房子？即便等到攒够买房子的钱了，两个人都老了，能享受几天呀？再说了，身边很多朋友、同事结婚都买了房，自己如果不买的话，别人会笑话的……于是，后来，当那些未婚的女孩子说起婚姻与房子的事情后，我就不敢作声了。我知道这些80后、90后们是听不进去我这个文人的教导的，在她们眼里，我这个70后老男人的思想已经大大落伍了。

  如今是21世纪10年代，后80年代和前90年代出生的人成了整个社会的新生力量。他们之中有很多人已经步入社会，参加了工作，有些已经结婚，有些正在恋爱。已经结婚的这些年轻人中，就我认识的一些朋友，他们在结婚的时候也都买了房子——除了极个别人是因为生意做得好，资产丰厚，或者他们是"官二代""富二代"，所以一次性付清了购房款；大多数人没有能力一次性交够购房款，都是向父母要了一些钱，自己攒了一些钱，向亲戚朋友借了一些钱，先给房地产公司付了首付，然后再向银行贷款按揭。据我了解，这些房贷是要用二三十年时间才能还完的——在此期间，贷款利率一直在不断地变化，但基本走势是呈上升趋势的——也就是说，银行从这些房奴们的房贷中吃去了很大一部分的利息。想到这些，我常常会感到恐惧：房奴们把一生大部分的时间和精力都用在偿还房贷上了！而这些房奴们大部分是普通的工薪阶层，收入并不高，每个月的工资被银行划走了一部分，工资卡上剩下的钱还要支付日常的各种开销，还要供孩子上学……

  房奴们，这样的生活难道就是你们梦寐以求的吗？住上了洋房的生活真的就幸福吗？

  据我所知，很多从农村上学出来然后在城市工作的年轻人，几乎没有人不想在城市安家的。什么是家呢？很多年轻人说，有了属于自己的房子才算是家。这个观点我基本赞同。我来西安工作已经十年了，和很多朋友、同学一样，我也在城中村租房住。大家从来都是把自己租住的居室叫"房子"，而不是叫"家"。这种叫法挺有意思，但也充满了无奈。大家都觉得租来的房子虽然便宜，但其格局往往不令人满意，也无法按照自己的意愿进行装修、布置；因为房子的所有权不属于自己，随时都可能因工作变动、城中村拆迁或者与房东闹得不愉快而被赶出去——大家在租住房中一点也找不到"家"的感觉，所以就渴望能在城里买一套属于自己的房子，这样自己也就会名正言顺地成为一个城里人。

于是，这些在城里工作的年轻人就开始想尽一切办法要在城里买房了。而最迫切需要买房的人，大多是正在恋爱、准备结婚或者是想要结婚而找不到对象的年轻人。有很多年轻人，好不容易找到了对象，谈了好几年，处得也不错，但到了结婚论嫁的时候，女方的家长必然要来加以干涉，强烈要求男方必须在城里买房。有些男孩因为买不起房子，女方的家长就不准女儿继续谈下去，或者不让女儿和"穷小子"结婚。很多年轻的恋人就是因为房子的问题被活生生拆散的；也有些年轻的男女，感情很深，因为结不了婚，只能在外面无奈地同居着。受了这种社会风气的影响，很多男孩为了能找到对象，而不得不想方设法先买一套房子，以此作为找对象的资本。如此一来，婚姻便与房子发生了必然的联系。

婚姻一旦遭遇房子，事情就变得复杂起来。人常说："爱情是婚姻的基础。"可是婚姻与房子一旦发生关系，所谓的爱情就含了太多的水分。可以说，如今的很多女孩是为了房子而婚姻的，既有爱情又有房子，婚姻自然水到渠成，可谓"两全其美"；有了爱情而没有房子，爱情往往则难以为继，婚姻也就遥遥无期；甚至有些女孩为了房子，宁可选择一桩没有爱情的婚姻。

现实生活中，既有爱情又有房子的年轻人为数并不多，他们大多不是"官二代"，就是"富二代"，或者是"啃老族"。试想：正处于谈婚论嫁年纪的男女，参加工作才几年时间，有多少人在短短几年中就能挣够买房的钱呢？

有爱情而没有房子，只要二人齐心，好好奋斗，不是没有希望买到一套房子的；可是现在的很多女孩子总觉得这样的希望太过渺茫，不愿拿着自己的青春去赌房子；而家长们也不愿自己的女儿去"受苦"。于是，很多年轻的恋人最后不得不分手了。

至于那些为了房子而宁愿选择没有爱情的婚姻的女孩，在现实生活中也是大有人在。她们当中，有些是从农村来到城市的打工妹，因为有几分姿色，便被某位官员或商人相中，嫁入豪门，命运从此便发生了一百八十度的转变，但这样的婚姻能维持多久，谁也说不来；有些女孩是虽然大学毕了业，但工作不稳定，收入也不高，心里虽然渴望拥有真正的爱情，但为了能拥有一套房子，而不得不舍弃爱情，嫁给一个喜欢自己但自己并不喜欢的男人，从此过上了"有房一族"的生活，可是这样的婚姻能维持多久，谁也说不准——现在的"闪婚""闪离"多着呢；还有一种女孩，各方面条件都还不错，但好吃懒做，怕辛苦、怕奋斗，为了能住上房子、开上车子，宁愿不要爱情、不要婚姻，甘心情愿去做那些权贵们的"二奶""三奶"……

以上所述现象，多数发生在城里，我们经常会在新闻报道、影视剧、小品中看到，甚至有些人也亲历过、见闻过。可是这种风气近几年已经蔓延到很多农村去了。有些女孩自身没有多少文化，没有什么工作或者在城市里打临工，但找对象时也会要求男方在县城里买一套房子，否则就免见或免谈。我实在想不通，这些农村的女孩，真的需要在县城买房，还是一种虚荣心在作怪？

可以毫不夸张地说，我们现在不管在哪里，不论与谁谈起婚姻的问题，房子似乎成了一个无法避免的话题。这些现象在中国已经普遍化了，有些人常常为之而感到尴尬和无奈，但更多的人似乎已见怪不怪甚至能坦然接受了。

婚姻与房子的关系弄成这样，这绝对不是一个人或一部分人的力量使然，其幕后牵扯到很多我们看得见和看不见的东西：房地产开发商、房地产策划公司、广告代理商等等——这是一个复杂的产业链，唯一的目的就是：赚钱、赚钱、再赚钱啊！

所以，作为普通百姓的我们要擦亮慧眼，看到社会现象后面的本质，不可盲目跟风，不可一味追求房子而牺牲爱情和影响婚姻。一句话：脚踏实地，量力而行吧！

2012年11月13日于醉墨堂

卷五·大地行吟

春游法门寺

  法门寺位于陕西省扶风县城北十公里处的法门镇，距今约有一千多年历史，始建于东汉末年恒灵年间，是历史上著名的皇家寺院，有"关中塔庙始祖"之称。

  因了法门寺的闻名遐迩，作为扶风人，我常感到莫名的自豪，在外边逢人总要将法门寺夸耀一番。其实说来惭愧，以前给别人提说法门寺时，我并不曾到过法门寺，只是听说寺里有佛指舍利。当没有去过法门寺的外乡人问起更多关于法门寺情况时，我会说：耳闻不如目睹，你有机会亲自过去看。若是有去过法门寺的人说起法门寺时，我就随声附和着说：对，就是这样。说出这些言不由衷的话后，我会感到脸烧心虚，然后就暗暗发愿，有机会一定要到法门寺观光一下，要不然就枉为扶风人了。

  这个夙愿终于在2006年的春天才得以实现。那天是农历三月十八日，星期六，天气晴朗，惠风和畅。一大早，我和未婚妻从绛帐镇乘车先到扶风县城，再转车到了法门寺的所在地——法门镇。

  正巧，那天法门镇上过古会，气氛很是热闹。我们穿过一条挨次摆着香火、古玩、旧书及特色小吃等摊点的宝塔路，钻过一道题着宋徽宗御书的"皇帝佛国"字样的山门，再走过一个车辆星布、游人如织的大广场后，才终于来到法门寺。

  寺门朝南开，游人出出进进，络绎不绝。我们刚踏进大门，就抬头看见一座古色古香的仿唐式建筑——天王殿（原为铜佛殿），从里面飘来一股股香火味道，传出一声声佛音，只感觉心绪一下子沉静下来。殿正中是一个佛龛，据说供养的是毗卢遮那佛和菩萨两尊，东为骑狮观音，西为乘象普贤，个个面颊丰满，眉目慈祥，态度从容。十八罗汉依着墙壁环绕于佛龛周围，各自手持法器，穷形尽相。有一个香案放置于佛龛前，供放着香炉和果盘。来自各地的香客们依次在蒲团上虔诚地作揖叩拜，香案左侧站着的那个大和尚一脸的高古神情，一手不紧不慢地敲着他的磬。香烟袅袅，磬声悠悠，和谐自然，皆大欢喜。

  穿过天王殿后门，一座雄浑高大的十三级砖塔扑入眼帘。塔身默默屹立在院中，塔顶指向湛蓝的天空，塔身上刻着四个大字"真身宝塔"，塔周有回廊，廊内有云龙图案，中有金粉彩画。这就是法门寺的中心建筑物。塔是佛教规律性建筑，又称"浮屠"或"佛图"，为供奉佛骨或葬贮僧尼尸骨之用，也作为收存佛经或置佛像之处。相传法门寺塔为印度摩揭陀国孔雀王朝阿育王（意译无忧王）所修，以瘗贮佛骨，所以称为"阿育王舍利塔"，它先后经历了木塔和砖塔两个时期：木塔有一千五百零二年历史，砖塔有三百七十二个春秋；从木塔到砖塔，坏了重建，重建起又毁，经历了近两千年。未婚妻说佛指舍利就在宝塔下的地宫内供养着。我想登临塔顶去看个究竟，未婚妻说封着呢，上不去，但可以到塔下的地宫去参观佛指舍利。我又很想赶快进地宫去一睹舍利子的风采，未婚妻说先到寺院里转一圈再去。我们绕过宝塔，继续向前走去。

　　十许步之外，有两座谯楼，东边是钟楼，西边是鼓楼，门上都挂着大铁锁。夹在钟鼓楼之间的是一座大殿堂，上面挂着佛教协会会长赵朴初题写的金字牌匾："大雄宝殿"。殿门两侧刻有文怀沙先生撰写的对联："法非法非非法舍非非法，门无门无无门入无无门。"大雄宝殿为七开间，是僧众日常举行法事活动的主要场所，整体具有唐代宫殿风格，据说是目前西北地区最大的大雄殿。刚进去，迎面的佛龛正中供奉的是佛教创始人释迦牟尼的金身塑像，两边并排列坐东南西北四方佛。香案前香烟缭绕，钟磬击响，经声不绝。殿内红漆大柱周围廊庑环绕，周围供奉的是二十四周天和十一菩萨、韦驮大士。佛像一律塑了金身，脚下各放着一块写着名字的木牌。我到过很多地方的寺庙，但都不曾叩拜过，唯独在这里，从释迦牟尼开始挨个拜过。

　　从钟楼旁边的走道往东去，钻过一道大门，便到了另一个院子，空间一下子开阔了许多。除了禅房、寮舍等建筑外，空地上都是一片片草坪，还有池塘一方，小桥一座——看来像是后来才扩建的新院子，风景和刚才的截然不同。从主干道再往东边去又见到一个建筑——"千佛阁"，高十米许，阁中树立着一座汉白玉雕刻成的如来佛塑像，周身一转圈全雕刻着容貌、神态、服饰、动作不同的佛像，让人目不暇接，叹为观止。两旁靠墙各有一个楼梯，可以上到阁顶去，但是楼梯口被封住了，写着"谢绝登临"的字样，且门口有两个年轻和尚看守，让人扫兴。

　　千佛阁门前不远处是"救生池"：一个小池塘，哗哗地冒着喷泉，池塘上架着一座小石桥。过了桥便又是一个殿堂。不过，这个殿堂似乎建成时间不久，显得比较冷清，主要就是一尊"卧佛"，据说长两米、重五吨，系用缅甸国宝大型汉白玉雕刻而成，其施造、运送均由香港永惺法师布施。卧佛像，睡态安详、脸盘丰满，感觉很像唐朝侍女，据说这是释迦佛留给人间的最后一个形象。来到殿门前一看，匾上题曰"卧佛殿"。

出了卧佛殿，离寺院大门不远了。未婚妻说基本上转完了，就这么大个地方。然后，我们便原路返回，来到了舍利宝塔下。

宝塔地宫是游众和香客进寺院朝拜的主要场所。从地宫剖面图看，该地宫由踏步漫道、平台、隧道、前室、中室、后室和秘龛七个部分构成，整个空间结构呈圆柱形。下漫道后进入地宫，中心是一个刻满佛像的高大立柱，绕立柱一圈是个大展厅。展厅中，首先看到的是安置于地宫隧道入口附近的曾经装放四枚舍利的三重塔棺。听导游小姐讲，三重棺塔是汉白玉雕刻而成，原本是彩绘的，后来由于地宫开发后，保护技术没跟上，上面的色彩被氧化了，之所以将它陈列于此，在于它们以实物形式叙说了舍利入华和中国式的供养方式。隧道是地宫的主体，入口很小，基本呈正方形，刚好能容一个人趴着出入。我蹲下来朝隧道里面看，里面有灯光照射，可依次看见前室、中室、后室和秘龛，这四个部分之间都有两扇刻着雄狮的石门，四枚舍利子原来就是放置于这四重内室的。但现在，所能清楚看到的是前室两旁靠着的两道石碑：一道是《大唐咸通启送岐阳真身志文》（简称志文碑），叙述了唐代六次迎佛骨的历史；另一道是《物帐碑》，它实际上是一个移交清单，由代表皇帝行事的高职朝官、宦官和高僧团向法门寺和凤翔府移交供养品的手续，该碑堪称唐代物主和交换人数最多的一个账单，对地宫内文物的名称、重量、尺寸、制作工艺、质地、纹饰、配件数等进行了详细的记载，而且账物相符。地宫展厅墙壁及中心立柱上刻着的梵文字母、关于释迦佛传说的浮雕组图、天王力士彩绘像、金毛狮子等组合在一起，表现出了佛教特有的神秘的、庄严的氛围。

从地宫出来，眼前春光明亮，清风徐来，感觉一下子又从历史回到了现世。我携未婚妻之手，向寺院西墙边的回廊走去。回廊的墙壁上全是一幅幅关于法门寺的历史图文字资料，一路看过去，便对法门寺的历史沿革有了一个比较清晰的认知，也深刻体会到什么叫桑田沧海，什么是世事无常。

出法门寺时，院墙边的柳树在风中轻轻拂摆，像云像雾又像烟般的柳絮慢慢飘洒下来，迷迷蒙蒙的，满地都是。忽然，我不知自己身在哪里。红尘里还是红尘外？

2006年4月20日于西安小寨

叩访张载祠

正月初三下午，阳光和媚，空气清明。我闲来无事，坐在老家门口喝茶看报，村上的刘宏智过来找我聊天，忽然提到了到关中大儒张载先生。我就问他："听说渭河南岸的眉县横渠镇有座张载祠，你去过没有？"他说："去过，你想去的话我带你去。"

刘宏智的摩托车正好在我家门口停着，我就坐上他的摩托立即出发了。

我们从刘家村出发，向南走了二里路就到了渭河沙堤，然后从前进渭河大桥北口上了汤法高速公路。毕竟刚开春，乍暖还寒，我坐在摩托后座上，头发在猛烈的寒风中狂飞乱舞，浑身也冻得瑟瑟发抖，两只眼睛不住地流泪。好在张载祠距离我们村子并不远，一刻钟之后便抵达了。

张载祠位于横渠镇古城村东边，正好在西宝南线途径的横渠镇街道上。我们一到张载祠，便将摩托车停放在门外的广场上。刘宏智着急要进去，我却被大门两旁的白灰刷底的壁画给吸引住了。这是一组连环画形式的壁画，展现了张载先生的生平事迹，线条流畅、笔墨简洁、色彩清丽，尤其是人物形象栩栩如生。

我正沉浸在壁画中张载先生生活的那个时代，忽然听到刘宏智喊了一声："省平，咱们去里面看吧，外面有啥看头呢？"我不好意思让他久等，急忙用手机胡乱拍了几张壁画，然后赶紧走到了大门口。

站在大门外，我抬头仰望，只见一座青砖砌就的仿古门楼上悬着一张黑漆匾额，上书三个鎏金大字："张载祠。"大门两侧是青砖墙，挂了一个木制的黑漆金字对联："三代可期井田夙报经时略，二铭如揭俎豆能往阐道功。"对联旁边的空壁上，右边挂着两条竖匾，一个是"横渠书院"，另一个是"眉县张载祠文物管理所"；左边也有两个竖匾，一个写着"眉县张载纪念馆"，另一个写着"眉县张载思想研究会"。我从小就听说过张载先生的故事，也知道眉县横渠有个张载祠，却一直没有机会游览。初次造访，我心里颇有些激动，就站在门口让刘宏智用我的手机给我拍照。我接过手机想看看效果，可因相册内存已满打不开了，心里不免有点扫兴。

跨过一道门槛，立即是步入了另一番天地。院子里基本都是一个个古式建筑，道路两旁古木森森，营造出一个安静清幽的环境。

张载祠坐北向南，主体建筑以中轴线依次排列，附属建筑均以轴线为中心对称排列。据湖北荆门南张氏所存张氏族谱载，该祠前身为"崇寿院"，张载先生少年时在此读书，晚年隐居后一直设馆讲学于此；去世后，人们为了纪念他，将"崇寿院"改名为"横渠书院"。元代元贞元年（公元1295年）才在横渠书院的遗址上修建了张载祠，元代泰定三年（公元1326年）在张载祠内恢复横渠书院，形成"前书院后祠堂"式格局。清乾隆十九年、光绪十年等重修。张载祠自创建迄今，至少有九百余年的历史。现存建筑主要是清道光年间所建，光绪年间曾有小修。现有献殿、山门、学圣殿、学堂等建筑，祠内存有历代文人墨客留下的碑刻五十余道。1990年以来，陕西省文物局先后拨款五十多万重修了大殿、学堂。附属文物有清康熙皇帝御赐匾额"学达性天"一面，明万历及清乾隆等代重修及拜谒祠庙碑石八通，木刻《横渠志·卷之六》"第十八代裔衷祠"原版等，传为明清版。

我们沿着青石铺就的道路，向前大概走了五十米，看到路边有一棵高大的古柏，树身上挂了一个木牌，上书："张载手植柏。"这棵古柏，树干造型奇特，中间分成两支主干，若二龙交缠，两人不能合抱；枝叶繁茂，郁郁葱葱，荫翳了直径约六七米的地面，被国家林业局列为"中华名树"。

向前再走，一座雄伟庄严的大殿出现在面前，这就是张载祠堂。这是这座院子的主体建筑，是后人为了纪念张载先生而建的。进入祠堂大殿，正中有一个神龛，里面供奉着一座高大的张载先生彩塑坐像，两侧还各站一男一女两个小侍童。神龛两侧各有一根黑漆柱子，上面刻着一幅对联："一代口碑留蜀道，千秋血食在秦中。"几位零散游客在张载先生坐像前跪拜。等别人跪拜完毕，我也跪在蒲团上向张载先生三叩九拜，并给功德箱捐了钱。之后，我从东往西在大殿内转了一圈，仔细观赏了墙上的重彩工笔壁画。画面展现的是张载先生的生平故事，如：求学悟道、奉母教弟、习练兵法……辞官归里等。据墙角的落款文字显示，这组壁画是我们扶风县民间艺人所制，色彩鲜艳明丽、线条细腻流畅、形象生动饱满。我下意识地摸出了手机拍照，没想到这次相机竟然奇迹般地打开了。我心中喜悦无比，不断狂拍猛照，好将这些珍贵精彩的艺术瑰宝变成影像资料，作为永久的纪念。

眉县和扶风仅有一条渭河之隔，旧属周秦故地，同承一脉文化。据传，当年张载先生由眉县横渠镇出发，经过绛帐镇罗家村渭河滩渡口，到绛帐镇的东汉通籍大儒马融先生曾设帐讲学的讲经台遗址前凭吊过先贤。据说，张载先生幼时曾在扶风老县城南边约七公里的午井镇贤山寺读书，晚年又在此隐退，潜心读书、著述、立说、讲学，开创了"关学"，成为一代宗师，至今贤山寺还有一座张夫子殿；另外，他还在当地试验井田制，以子午正方位，"午井镇"之命名即因此而来。由此可见，眉县与扶风渊源颇深，张载祠堂内的巨幅壁画就是两县人民友谊的见证，亦是两县文化艺术的交融。

出了祠堂，向东而去，横穿一条南北走道，便是一条U型的纪念碑石长廊。长廊共三面，有数十座后人纪念张载的碑刻，上面是一些古今文化名流、政客题写的诗文对联。通过浏览这些碑石，我知道了张载先生的生平事略：

张载（1020－1077），字子厚，号横渠，大梁（今河南开封）人，徙家凤翔郿县（今陕西眉县）横渠镇。北宋时期的思想家、哲学家、教育家、关学宗师、宋明理学奠基人之一，封先贤，奉祀孔庙西庑第三十八位。宋仁宗嘉祐二年（1057）进士，授祁州司法参军，调丹州云岩令。迁著作佐郎，签书渭州军事判官。神宗熙宁二年（1069），除崇文院校书。次年移疾。十年春，复召还馆，同知太常礼院。同年冬告归，十二月乙亥卒於道，年五十八。宁宗嘉定十三年（1220），赐谥"明公"。

张载是北宋最有影响的五位儒学大师（周敦颐、程颢、程颐、张载、邵雍）之一，以后的朱熹集其大成，其"理学"成为中国学术史上比汉学、玄学和佛学更加昭炽的"正统"。张载死后，还一度配享孔庙。其实这些都是身后的荣耀，张载的一生，虽然不能用杜甫的"艰难苦恨繁霜鬓"来形容，但也经常处于密飨不继的窘况。他早年最佩服的是傅介子、班孟坚一类立功边陲的"投笔从戎"之士，又有范仲淹这样文武兼备的现成榜样，立德、立言、立功，俱在怀抱。范仲淹劝他一心致力于儒学，必有大成。在无涯学海中，他也曾经想在佛家和道家的学说中间寻找皈依，"又访诸释、老。累年，尽究其说。知无所得，反而求之六经"川。张载在陕西眉县横渠乡间讲学，其规模与南方的岳麓、东林没法比，但他的影响则远远超越了地域局限。他曾在《西铭》一文中提出"民胞物与"学说，使程颖大为叹服，说："《西铭》明理而分殊，扩前圣所未发"，"自孟子后未见此书"。后来，关中地区受张横渠影响者像刘古愚、于右任、张季鸾，都有一个特点：对人生社会持进取态度，处阪荡之世则谈兵论剑，由改良而趋于革命⋯⋯

正在我兴致勃勃地拜读碑石上的书法文字时，又听见刘宏智在大门外喊了几声我的名字，一声紧过一声。我回问一句："咋了？"他说："家人打来电话，说是家里的水龙头破了，让赶快回去拾掇一下⋯⋯"我感到很无奈，赶紧以最快的速度把所有碑石粗略地浏览了一遍，并给长廊南边的那座大儒张载石头雕像拍了一张特写照,就急匆匆向大门口走去。

　　快到大门东边的院子时,我看到路边还有一座张载事迹展厅,本想也顺便看一下,可是门上挂着一把大铁锁,心里不免有些失落。这时,我看见门前的一片空地上,有几株腊梅树正开着黄灿灿的小花,一阵阵淡淡的芬芳扑鼻而来,慌乱失落的心情立刻舒缓了许多。

　　一回到家里,我想看看手机中的相片,回味一下在张载祠中的见闻,可是相册又打不开了,心里感觉好生奇怪。刘宏智说:"看来圣人也爱钱呀。"我呵呵一笑,说:"不敢胡说,圣人不可辱啊!"

　　张载先生一生著述颇丰,其创立的关学思想气势恢宏、博大精深,尤其是"太虚即气"的唯物史观,"一物两体"的辩证思想,"民胞物与"的仁爱精神,"天人合一"的和谐理念,"大心体物"的宽阔气度,"精思力践"的求实作风,"为政足民"的政治情怀,"躬行礼教"的传统美德及"学贵有恒"的教学原则等,对中国乃至世界近千年的思想文化产生了极其深远的影响。

　　如今,读过张载先生煌煌大著的人为数不多,但世人尽知他的一句名言:"为天地立心,为生民立命,为往圣继绝学,为万世开太平。"经世致用的实际精神,振衰起颓的文化责任,乐观清正的社会理想等等,都在这句话里面。

2014年2月3日于绛帐

话说杨凌

从我的家乡绛帐镇东去十二公里便是杨凌。因为距离很近,家乡的父老对于杨凌都很熟悉。我的父亲青年时期曾在杨凌农校学过兽医专业,后来一直以此为业,养活了我们一家七口人。上初中时,我还曾和父亲一起用自行车驮着鲜红辣椒到杨凌售卖。上大学时那年春节,我还到杨凌一家机关单位打过零工。在西安工作以后,我每次回老家都要经过杨凌并在这里转车。后来,我有幸结识杨凌作协主席贺绪林、副主席高凤香两位老师,在文学创作上得到过他们的指点和提携;近几年,我从事农业工作,还有幸认识西北农林科技大学的王征兵、鲁向平两位教授,从他们那里也知道了一些杨凌的情况……

一

放眼八百里秦川关中道,杨凌只能算是一个弹丸之地,人口只有二十万,面积只有一百三十五平方公里,但它却是中国农业的发祥地,总是和关系人类命运的重大事件联系在一起,在全国乃至全球都有着极高的知名度和影响力。

杨凌过去叫"杨陵",曾经是关中西部的一个偏僻荒凉的小镇。这里的黄土塬上埋着隋朝的开国皇帝杨坚和他的皇后独孤氏,其墓冢叫"泰陵",因此而得名"杨陵"。该地虽是一个小地方,但其历史却可追溯到四千多年以前。

这个说来还与我们扶风县有些关联。与我们绛帐镇毗邻的揉谷乡(以前属扶风,后来划归杨凌)东边有一个姜嫄村,该村因为一个名叫姜嫄的女人而得名。传说,上古时期的一个暖风融融的春天,这个叫作姜嫄的美女沿着渭河走到郊外祭祀天神,无意间踩上了一只巨人的脚印,因此而受孕,十个月之后产下一个男婴。这个男婴一生下来就不哭不闹,头大无比,姜嫄以为这是个不祥之物,就把孩子抛弃在小巷中,但牛马过往皆避而不踏;她又把孩子丢在结冰的河渠上,但飞鸟纷纷落下,用翅膀遮盖住他,不让他挨冻。她心想,这孩子该不会有天神护佑吧?于是,就把孩子抱回家中精心抚养,因为曾几次抛弃过他,遂取名曰"弃"。弃从小就喜好农耕,长大成人后,他种的庄稼长得特别旺盛,所以常有人前来讨教稼穑之道。尧知道后,举弃为农师,舜又把弃封到邰,号为后稷——

这就是后人称道的"中国第一位农官""中华农耕文明的鼻祖"。至今,杨凌东北五公里处,还有一座教稼台遗址。传说上古时代,后稷就是在这个地方"教民稼穑,树艺五谷",开创了中华农耕文明的先河,从而使我们的先祖揖别了茹毛饮血的生活,跨入一个崭新的文明时期!

后来,杨凌人为了纪念神农氏后稷,还在西宝高速公路杨凌出口,为他立了一座雄伟的雕像。该像高达十八米,不锈钢喷铜铸就。后稷一手荷锄,一手抱麦穗,发髻高挽,美髯飘胸,头颅微仰,一双炯炯有神的目光遥望着巍峨的秦岭……

二

时光流转,岁序更迭。

1934年,中华民族正处于内忧外患的危难时刻,于右任先生和杨虎城将军等人从民族生存与发展的大计出发,经过多地考察,最终在杨凌筹建了我国西部地区第一所农业高等学府——国立西北农林高等专科学校,承担起为国家培养顶尖级农业专业人才的重任,也为杨凌后来的发展奠定了基础。

新中国成立以后,在党和人民政府的关怀支持下,杨凌逐渐发展成拥有十个科研教学单位,其中包括西北农业大学、陕西农业科学院、西北林学院、中科院水土保持研究所等,聚集着农、林、水、牧等七十多个学术科研教学基地,农业科教人员达四千多名。几十年来,杨凌为国家培养输送农业科技人才六万多名,取得科研成果五千多项,有八十多项获得国家级奖励,八百多项获得部省奖,十多项居国际先进水平。可以说,近半个世纪以来,杨凌身背"民以食为天"的沉重负荷和改造中国、发展现代化农业的光荣使命,为我国农业发展做出了卓越的贡献,成为享誉海内外的学科齐全的"农业硅谷"和"农科城"。

值得一提的是西北农学院小麦遗传专家、育种专家赵洪璋经过长期科学实验,先后培育出"碧蚂一号"和"丰产3号",李振声研制的"小偃6号",宁琨研制的"陕7859"等数十个优良小麦品种,实现了黄河流域小麦品种的四次大范围的更新换代,累计推广面积达二十亿亩,增产小麦一千多亿公斤。著名农学家林季周研究选育的"陕"字号玉米杂交品种及"武"字号玉米自交系,累计推广面积达两亿亩以上。陕西农科院果树研究所经过三代人三十多年努力,培育出"秦冠"苹果新品种,以其产量高、耐贮运等特点,在国内二十七个省区及美国日本、英国、匈牙利等国大量推广,获得国家发明二等奖。著名蔬菜遗传育种专家赵稚雅、柯桂兰研究培育的"秦白"系列大白菜品种，1998年以来，已在二十多个省市推广一百五十万亩，创经济效益五亿元。陕西省农科院培育的"秦美""秦翠"等猕猴桃新品种，综合性超过了新西兰的主栽品种，已经成为陕西省外贸出口的主要产品。陕西省农科院王远研究员等培育的棉花抗病良种"陕1155"高抗棉花枯萎病、兼抗黄萎病，获得国家发明三等奖。著名奶山羊专家刘荫武教授驯化选育的"西北莎能奶山羊"，体型和产奶量居世界先进水平，推广到全国二十八个省、市、自治区。世界首例成年体细胞克隆山羊在这里诞生，标志着我国动物体细胞克隆技术跨入了世界先进行列，专家张涌也因此站在了当代世界动物克隆技术的最高点。还有，昆虫学泰斗周尧、农艺专家李立科、土壤水保专家朱显谟、葡萄酒专家李华、林业专家赵忠、科学帅才康绍忠等及一批批中青年科技人才，都在这里创造了伟大的业绩。

三

1997年7月29日，国家杨凌农业高新技术产业示范区正式挂牌成立。杨凌迎来了历史上最为辉煌的时刻，一颗明星在中国西部的大地上冉冉升起！一群有胆有识有激情的人才汇聚在这里，续写了杨凌现代农业发展的辉煌篇章。

杨凌示范区成立后，采用"省部共建"模式，这是一个中国开发区建设史上的一个创举和突破，是区别于其他开发区、特区建设的一个鲜明特色。1998年，杨凌示范区管委会进行体制创新，自9月份实行十大科教单位的联合共建，组建了新的"西北农林科技大学"和"杨凌职业技术学院"，以实现优势互补和资源合理配置。另外，杨凌示范区还进行关键技术的突破，改革科研管理体制，制定相应的政策和措施，鼓励技术人员创办高新科技企业，增加高技术研究投入，广泛开展国际交流与合作等等措施，迅速改变了杨凌的软硬环境等。杨凌就此迈入健康发展的快车道。

这十几年来，杨凌发生了日新月异、翻天覆地的变化，成为一座集"现代化、科技化、园林化、生态化、文明化"于一体的美丽城市。虽然，这十几年在浩瀚的历史长河中不过是弹指一挥间，但这里所展现的举世瞩目的众多高科技农业研究成果令人叹为观止，这里的现代化高科技农业生产的现实图景令人迷恋，让我们看到了中国农业高科技生产的美好未来！不光这些，杨凌的城区，高楼林立，鳞次栉比；大道通衢，干净清洁；草坪绿地、树艺景观，入目皆是，令人流连忘返；还有很多现代化人文景观也值得旅游观光：碧波荡漾的水上运动中心、风景独特的田园山庄、花团锦簇的国际会展中心、各有特色的教稼园、科教园、博览园（内有昆虫博物馆、动物博物馆、中国农业历史博物馆、土壤馆、蝴蝶园）、科技园、示范园、创新园等等，异彩纷呈，美不胜收！

杨凌的魅力其实不止这些，你要不信可以亲自过来看一看，才能有更多体会。来杨凌的交通很便利，陇海铁路从这里穿过，西宝高速公路从这里经过，还有咸阳国际机场也在东边八十公里之外。如果你平时太忙，可以在每年11月的"杨凌农业高新科技成果博览会"召开期间过来，这时的杨凌是最美丽、最繁华、最热闹的！

过去的杨陵，是一个关中平原西部的荒僻小镇；如今的杨凌，是一个国家级农业产业示范区。杨陵改称"杨凌"，取吉祥、凌云腾飞之意。小镇变成示范区，有带头、引领的雄厚实力。是啊，在中华民族腾飞的新时期，杨凌正在腾飞！

2012年12月18日于西安

寒窑随想

小时候，我受了父亲的熏陶爱上秦腔。后来，家里买了一台录音机后，就有了一盘折子戏《赶坡》，是著名秦腔演员郭明霞和赵斌的版本。那时，少不更事，听了这盘磁带，对薛平贵和王宝钏在五典坡前的嬉耍感到热闹好笑。成年后，看了全本的秦腔《五典坡》，才知道那原来是一个悲惨的爱情故事，心里就有了一种凉透骨髓的凄楚感觉。

王宝钏的故事，从唐末流传下来，早在有明一代就有了秦腔戏《五典坡》，有的剧种则命名为"武家坡"。在老一辈那里，这个戏文可谓家喻户晓，妇孺皆知。故事是这样的：相传，唐朝相府家女儿王宝钏，排行老三，艳丽冠绝，抛绣球选婿砸中流浪汉薛平贵，父母不允，则不惜与父亲"三击掌"，净身走出相府，与薛平贵住进长安曲江池附近的寒窑。薛平贵父母双亡，家境苦寒，日常靠打雁为生，婚后两人生活非常困顿，虽然王宝钏母亲不时会周济，但生活仍然困窘不堪。此时，边疆发生战事，为求得功名，夫妻两人商量后，薛平贵从军，寻求建功立业的机会。王宝钏送走薛平贵，独自生活，贫病交加，但痴心不改，靠挖野菜，为人缝补衣服度日，等待薛平贵归来。薛平贵从军后历经曲折，最后被爱才的西凉国国主招为驸马，与玳瓒公主结婚。西凉主死后，他继位为王。王宝钏不堪困苦和思念，写下血书，由大雁寄往西凉，薛平贵收到血书后，想到等待自己的妻子，百感交集，回国探望。玳瓒公主拦之不成，引兵送薛平贵到边境，并留给他一对金聆鸽，嘱他有事可与自己联络，薛平贵于是赶回五典坡与王宝钏相见。最后，十八年的等待最后等来了夫妻二人十八天的团聚，十八天之后王宝钏就在丈夫的怀里含笑离开了人世……

王宝钏的爱情故事在海内外文化圈、旅游圈，甚至在广大民间都享有盛名，其戏曲剧本更是被翻译成多国文字进行传播。而寒窑作为这个故事的现实载体，多年来吸引了不少国内外游人纷纷到此追思历史故事，感悟爱情人生。

寒窑，位于西安曲江池东南鸿固原鸿沟坡岸。因相传当年薛平贵征战西凉，王宝钏只身居住于此，苦守十八年盼夫归来，后人便将该窑洞称为"寒窑"，意为贫寒之寒、思夫之寒。"王孙公子千千万，绣球儿单打薛平男"，相国千金独爱叫花郎，从选择到付出，从始至终，一心一意，无怨无悔；而且忠诚、宽容，直至最终含笑逝去。

这个故事真也罢，假也好，寒窑的真也罢，假也好，我认为都已经不再重要，且更无考证之必要。关键是王宝钏身上的那种对爱情坚贞不渝的精神和"富贵不能淫，贫贱不能移，威武不能屈"的操守，正是千百年来我们中国人所崇尚的，也是关于王宝钏的戏自明代以来在舞台上久唱不衰的重要原因。

有人会说，王宝钏生活在千余年前，那时候的女性在婚姻中是无法选择的，为了遵循封建礼教，她必须等待，守身如玉；假若王宝钏生活在现代，她还会为一个男人去苦等十八年吗？我认为这个假设是愚蠢的且毫无意义的。王宝钏是唐朝一个著名的奇女子，身为相府家千金，她舍弃了锦衣玉食，抛却了荣华富贵，只为她的爱情独守寒窑十八年。十八年哪，在舞台上或许只是一个转瞬，但是在现实生活里却是多少个日日夜夜呢？面对家人的极力反对，旁人的冷嘲热讽，还有日子的熬煎、生理的压抑、心情的愁闷，岂是我们今人所能想见的？但是弱女子王宝钏竟然坚持了下来，虽然十八年的等待等来的只是十八天的夫妻团圆。一个女人究竟有多少个十八年呢？这究竟是幸运还是不幸，值得还是不值得，只有九泉之下的王宝钏心里最清楚。

也有人说，爱情是短暂的"非常态"。我认为此话并不完全错。尽管，世界上真正的爱情对于当事人来说没有真正恒久的，但是大家都依然在相信爱情、追求爱情，并希望它能够恒久下去。如果没有爱情，人类会怎样？近些年，随着社会的发展，物质文明愈来愈发达，人类思想也愈来愈开放，但爱情依然是人们的向往和追求。只是，现代人的爱情观与王宝钏以及之前的那些古人们大不同了。大多数人不再会轻易为心爱的人抛却眼前的荣华富贵去甘受贫苦，更不会像王宝钏那样为一个人能耐得住寂寞苦苦等待十八个年头。相反的，现在人大多数虽然内心渴望爱情，但在现实生活中实际上把爱情看得很淡很淡，"闪居""闪婚""闪离"现象到处皆是。到底是爱情病了，还是人病了？

时光不觉就穿梭了一千多年，但生活依然向前。为保护地方珍贵的非物质文化遗产，传承"忠贞"这一中华爱情观念，曲江新区擎举民族文化复兴大旗，重修了寒窑。如今的寒窑已经非昔日可比，现已成为世界爱情圣地的东方典范。2010年5月1日，曲江寒窑遗址公园——中国首个爱情主题体验式博览园盛大开园。曲江寒窑遗址公园占地七十余亩，集遗址保护、旅游开发、文化建设等使命为一体，将王宝钏的爱情故事，将她代表的忠贞不渝，将一切关于爱情的美好和谐，完美地展现在世人面前。去年冬天，父亲来西安看病，我曾陪他到曲江一带游逛，走到寒窑遗址公园门口时，父亲想去里面看看，但最终嫌门票太贵，站在大门口向里面远望了一阵子就悻悻而归了。在回去的路上，我极力说服父亲去寒窑看一下，父亲说不用了，然后又兴致勃勃地给我讲起了王宝钏的故事……

"十八年古井无波从来烈妇贞媛别开生面，千余载寒窑向日看此波曲江流水相见冰心"——寒窑，一段凄美的爱情故事成就一段经典佳话，十八年守望成就一个世界爱情故事经典形象。想当年，王宝钏所居住的寒窑灰尘斑驳、瓦檐凋敝，深夜里冰冷的土炕上只有她一个孤单的身影在无望地等待着良人的归来，那是何等的孤苦、凄凉和无助啊！而现在，每天都有那么多中外游人在那里游览，其繁华热闹情景与当年可谓天壤之别。想必，当年的王宝钏无论如何也是想象不到今天会是这一番情形的。

曲江新区管委会主任段先念说："爱是人类最原本的珍贵情感，是人类繁衍、组织存续的最重要因素，是社会和谐不可或缺的润滑剂。"十八年的凄风苦雨没有吹散王宝钏对于爱情的期盼和坚持，而千余年后面临爱情困惑、犹豫、游离的我们，仍然还是有必要重临寒窑，让这传唱已久的经典故事来提醒我们如何来重新审视爱情与婚姻。

2011年11月13日于北山门

商洛印象

一

最早知道商洛这个地方是在我小时候。那时，我爱看电视，经常在陕西台的天气预报上听到商洛这个地名，知道它是陕西的一个地市。但是商洛总是最后一个出现，我就问父亲，他说商洛地处陕南山区，那里很穷，没有咱们关中道好。这是我对商洛的最初印象。

上了初中，我们语文课本上有贾平凹的几篇文章，贾是商洛人，他文章里写的大都是他们家乡的事情。从贾平凹的文章中，我了解到了很多关于商洛的情况，知道那里虽穷，但是有山有水，环境优美，还出很多农特产。对于我这个从小在关中道长大的孩子来说，大山对我有着很大的新鲜感和诱惑力。所以，我很想有机会能去商洛的山中看一看。

及至上高中，我才有机会见到大山，但不是商洛的山，而是眉县汤峪的山。那年暑假，我一个人第一次出远门，跑到眉县汤峪口去看我的一位在那里工作的同学。他叫张拴锁，是我们绛帐镇人，初中毕业后上了眉县横渠镇的一个技校，学了烹饪，然后在汤峪镇一个酒楼当了厨师。我那时还在上学，身上没有多少零花钱，多亏同学热情招待，管了我几天食宿，还带我到汤峪口泡了一回温泉，到附近山头上转了一圈，让我终于亲睹了一回大山的风采。第一次登山，我兴奋极了，站在一个小山头上极目眺望，只见这山一个套一个，一个连一个，根本望不到尽头。我想去大山深处探幽，但同学要上班，没时间陪我，我也不敢只身进山，只好就此作罢；但感觉很不尽兴，希望有机会能去商洛大山里走一遭。

转眼十几年过去了，我从西府的农村走进了省城西安，在这里工作，从此成了半个城里人。我一直酷爱文学，早期特别喜欢读贾平凹的书，他笔下的商洛山一直牵系着我的心。后来，我还看到方英文、孙见喜、刘少鸿、鱼在洋等商洛籍作家写商洛山区的文章，就更加对这片土地充满了向往。

二

2006年的春天，我当时在小寨一家商业地产公司上班。西安东郊有一家林业公司的人力资源部经理不知从哪里得到我的电话，多次打电话并发邮件给我，邀请我加盟他们公司。我被这位经理的真诚所感动，便去了这家公司工作。

这家林业公司是做橡树产业的。刚进公司的时候，我极力表现，手脚勤快，很快得到公司领导的认可。有一次，一个姓刘的副总让我去商洛市工商局送一份材料，我当即就收拾东西，搭车过去了。

当大巴车开进秦岭的那一刻，我就兴奋得不行，坐在车窗边目不转睛地欣赏大山里的风景。那时，正好是四月份，秦岭山基本上泛绿了，尽管空气还有些清冷，但我的心却很是热火。山路曲折盘旋，大巴车不停地颠簸，车上很多人昏昏欲睡，唯独我睁大了一双眼睛贪婪地看着山景。一路上，随着大巴车的移动，我的眼里除了山还是山，但是山和山的形状、高低和色彩总是有所不同，我的心情也随之变化。遇到转弯紧急、坡度很大或者临近深沟的时候，我不免有些害怕，担心车翻到沟里去。

几个小时候后，终于走到了一个较为平阔的地面，一座城市出现在我的眼前。我问旁边乘客，说是马上就到市区了。很快，大巴车走到了一个河边，我又问旁边的人，说是丹江。哦，这就是丹江啊！我将头探出车窗，只见河面并不很宽，水流也不大，还没有我们家乡的渭河宽阔，怎么就叫江呢？车过了一座水泥桥，很快就进入市区。我不停地朝两边张望，想看看这座城市的风貌。这毕竟是一个地级市，马路没有西安的宽，高楼大厦也很少。但这的确就是商洛市了。

因为是初来乍到，对路况不熟悉，出了客运站，我就打了一辆出租车，没几分钟就到了工商局，才花了四元钱。在出租车上，我向司机打听商洛市的情况。司机热情地告诉我，商洛市以前叫商县，现在叫商州，东西长、南北短，面积不大，坐出租车十几分钟就转完了。我到市工商局后，几分钟就办完了业务。那时已经到了下午一两点了，我就近找了一家饭馆，胡乱吃了一碗面，为了赶天黑回去交差，没敢再逗留，匆匆忙忙搭车回西安了。这次到商洛，来去匆匆，没时间好好溜达，我心里颇有些遗憾。

三

　　一个月之后，黄总把叫我到他办公室，说让我策划一个活动，提高一下公司在商洛地区的知名度和影响力。黄总是商洛人，以前当过教师，公司的橡树林基地在商洛山中，让我策划这个活动是为了下一步争取到更多橡树林地。于是，我策划了一个公益活动，就是在六一儿童节来临前给商洛贫困山区的小学捐赠图书、教具和公司生产的保健品等物资。

　　我们公司在商洛还有一个分公司，那里的几个同事在当地进行了一番实地考察。记得有一次，我还跟着刘副总到丹凤县去考察，见识到了那里的秀美山川，也第一次见到了舒婷诗中写到的美丽的橡树。但是，在丹凤，我们只是沿着国道走了十几里路，在路边拍了几张照片，摘了几片橡树叶子而已，并没有逗留多长时间。我给司机说，贾平凹的家乡在棣花镇，我很想去看看。司机说，棣花还远着呢，以后我们会经常到商洛来，机会多得是，这次就不去了，黄总这两天在商洛市开会，我们还要赶回去和他会面呢。

　　回到商洛市后，我们在一个酒店见到了黄总，他请我们几个人吃了一顿商洛特色饭菜，还给我们津津乐道这些饭菜的来历和做法。由于时间太长，我已经记不清当时所吃饭菜的名称，只觉得很可口、有特色，和西安口味大有不同。

　　经过商洛分公司几个员工的考察，最后确定的捐赠对象是商州区五所小学和商南县两所小学。由于商州地面大，这几所学校又太分散，我们把捐赠点集中在了一个地方——牧户关秦茂村小学，时间是五月三十日。

　　我和会务组人员前一天就拉着捐赠物资赶到了秦茂村。我们先到秦茂村小学，把所有捐赠物资卸下来，然后和学校领导沟通了一下捐赠仪式的流程和细节。学校的领导和老师都很热情，对我们非常客气。

　　当晚，我们被安排在学校附近一个农户家。这户人家，临近河道，住的是大瓦房，房内是土脚地，非常干净整洁。家里老人都在，儿子在西安打工，儿媳在家里操持家务，孙子们在外地上学，因此显得很清静。晚上，主人为我们安排了一顿家常便饭，虽不丰盛，但很可口。我们要给主人付钱，人家死活不要，这让我们感受到了山里人的朴实和厚道。吃罢饭，我在门外的路上散步，山村的夜晚很黑很静，只听见路边河道里的水哗哗流动。山里的夜风冷森，我在河边站了没几分钟，经不住寒冷，回房子歇息去了。晚上，我睡得很踏实，一夜无梦。

四

  翌日清晨，我和同事刚起床，就听见主人喊我们吃饭。饭菜依然很可口，主妇还端上了一盘粽子，说是昨晚上才包的。这种粽子与我以往吃的粽子不同：外皮是荷叶，扎着红线绳；外表是一个比手掌还要大的长方形，像一块小砖头；里面裹的是糯米，还加了蜜枣、花生仁和红豆等食材。看到这个粽子，我很好奇，就说："你们商洛的粽子咋跟我们关中道的粽子不一样啊，不但形状不同，个头大，而且内容也多……"主妇说："十里不同俗嘛，你们关中距离我们要几百里路呢，肯定在饮食习惯和方式等方面有很多不同，商洛地方你没见过的东西还多着哩，哈哈……"

  早餐吃完，我们告别了主人，去了秦茂村小学。很多学生穿着白衬衣，戴着红领巾，列成一个方队，站在学校门口。学生们有些手里拿着小号，有些抬着大鼓，有些拿着鼓槌，看起来很有精气神。校长站在学生面前讲话，看见我们公司几个人来了，立即给学生介绍，让他们今天要听从指挥，服从安排。我和几个同事走进校园，与几个老师一起布置活动现场：安桌子、放凳子、挂条幅、搬书……

  大概一个小时之后，黄总开着一辆小车在前面开道，后面还跟了几辆小车，徐徐进入村口。于是，学校师生全体出动了。女学生们分两列站在学校门前的水泥大路上，手里摇动着塑料花，嘴里大声喊着口号："欢迎欢迎，热烈欢迎！"男学生们则形成一个纵队，踏着整齐的步伐，打着彩旗、吹着小号、敲着鼓，上前迎接前来捐赠的车队。

  车队在学校门口停下了。下来的有公司的几个领导，还有七八个人，据说是商洛市政府及相关部门的领导。秦茂村的村支部书记、村主任，还有秦茂村等几个受捐赠学校的校长都赶紧上前与各位领导分别握手。然后，大家进了校园。

  中午十二点多，捐赠仪式结束了。秦茂村书记在附近的一个农家乐为我们举办了答谢宴，现场气氛很热烈。饭菜是当地特色，大部分我以前都没见过，也没吃过，非常可口。最让我记忆深刻的是当地人自家酿制的苞谷酒：酒盛在一个玻璃器皿里，色泽金黄清亮，往酒杯里倒时，还扯着细细的丝线，光滑如绸缎，看起来很诱人；喝起来香醇绵柔，不呛喉，也不上头。我平时不善饮酒，以前在贾平凹等商洛作家的文章中看到过苞谷酒，对这种酒本身就有一种好奇感，那天亲眼见到，就忍不住多贪了几杯。

吃完饭，大家散伙了。我坐着黄总的小车回西安。刚开始，我觉得自己啥事都没有，一路上还透过车窗看外面的风景；可是等车快出秦岭时，我的脑子便有些晕了，感觉自己的双脚仿佛踩了一团云朵，身体在天空里飘荡了起来……

　　从那以后，我再没去过商洛，但我时常会想起在商洛的那段日子。

2012年12月14日于北山门

向往陕北

我出生在关中平原,没有真正去过陕北,心里却一直向往着陕北。

我很早就知道在三秦大地的北端有一个地方叫陕北,但脑子里实际没有多少具体的印象。

最早知道陕北,是上小学时听到那首曾风靡大江南北的《黄土高坡》,还有就是每次学校文艺活动时演唱的《南泥湾》《东方红》《到吴起镇》《山丹丹开花红艳艳》等红色经典歌曲。上初中时,在语文课本上学过贺敬之"信天游"形式的新诗《回延安》,脑子里便留下了一连串关于陕北的美好意象:宝塔山、延河、窑洞、油馍、小米饭、白羊肚手巾……高中毕业时,有幸拜读了著名作家路遥的长篇小说《平凡的世界》和中篇小说《人生》,才进一步加深了对陕北的整体印象:那里有高低起伏的山梁沟壑,那里有奔腾不息的黄河水,那里有勤劳善良的劳动人民,那里有质朴热烈的陕北民歌,那里有神奇美丽的传说故事……后来,又陆续在书本、报刊、电视上,不止一次地见到过陕北。在西安生活的这些年,我接触过一些陕北人,他们朴实、厚道、善良、热情、勤劳;也品尝过陕北的一些小吃和土特产:油汪汪的羊肉面、香喷喷的洋芋擦擦、白生生的荞面碗托、红彤彤的黄河滩狗头枣……

由此,陕北在我脑子里的印象愈来愈鲜活、生动、丰满和深刻。由此,也激发了我对陕北的一片深深的向往之情。我向往陕北,向往那里深沉雄浑的黄土高原,向往那里红格艳艳的山丹丹花,向往那里巍巍挺立的宝塔山,向往那里波涛滚滚的黄河水,向往那里热情奔放的信天游,向往那里世代涌现而出的英雄人物……

陕北,一个美丽而神奇的地方。这块土地上,不仅盛产瓜果梨枣、五谷杂粮等特色土产食品,地下还埋藏了丰富的石油、煤炭、天然气等富集的矿产资源。这块土地,不仅养育了一代代勤劳、善良、朴实的广大劳动人民,历史上还曾走出了像李自成、高迎祥、张献忠、刘志丹、谢子长、李子洲等无数的陕北英雄豪杰和革命志士。这块土地,还吸引了众多的历史名人的到来:杜子美曾羌村三别,低吟浅唱;尉迟恭曾造塔镇川,守戍疆城;最振奋人心的是,上世纪初期,一代伟人毛泽东曾率领红军经过二万五千里长征来到这里,面对莽莽荒原,激情澎湃，拍案而起，临风而唱《沁园春·雪》；毛泽东和他所领导的中国共产党在这里奋战了十三年，最后共同缔造了一个新中国，震惊寰宇！

陕北，最早是一块贫瘠荒芜的黄土高原，广大劳动人民生活艰苦朴素。但随着这几年山川秀美建设和西部大开发，陕北的面貌发生了日新月异的变化。如今的陕北，不仅山川秀美，而且物产丰富、人文荟萃。这里现在是我国主要的天然气、石油和煤炭生产基地——大陆的第一口油井就在这里诞生。这里还是我国民俗文化的发祥地，布堆画、麻袋画、豆粘画、薰画、剪纸、泥塑等民间工艺丰富多彩，巧夺天工，屡屡登上世界文化的舞台，令人侧目。如今的陕北人，也大都生活安定、经济富裕……

出生在关中平原的我，一直没有机会去陕北高原，对那里的情况知之而不甚详。我想，要真正了解和熟悉陕北，还得亲自去一趟，用自己的眼睛、耳朵和身体亲自感受一下陕北的魅力。相信总有一天，我会踏上陕北这片向往已久的热土，实现我平生的夙愿。

哦，陕北，我向往你！

2011年11月26日于北山门

舌尖上的同州

大荔县古称"同州",是陕西著名的农业大县。有句话是这么讲的:"陕西农业看渭南,渭南农业看大荔。"由此可见大荔县农业发达之程度。

我工作的公司总部在大荔县城,因此经常有机会去大荔县出差。去这家公司不到一年,去过多少次大荔县城,去过多少个乡镇、村庄,我自己都记不清了。大荔县城交通便利,商业发达,城市面貌整洁;大荔的好多乡村也是面貌一新,一点也看不出落后的迹象。但令我印象最深的要算大荔县的吃食了。

大荔县的吃食很多,我到现在还没有弄清有多少。尤其是一些特色饮食,我迄今也只是尝过几种,但印象颇深,回味无穷。

在大荔县,不管你是进大酒店还是小馆子,见得最多、吃得最多的要算月牙饼了。其实,月牙饼在大荔县的寻常百姓家里也经常能吃到的。月牙饼,是一种形如半月的烧饼,外皮焦脆干黄,内瓤酥松空软,带有一种淡淡的炭火味道。月牙饼可以直接食用,亦可从圆边上拨开,给里面加上辣子酱、冷菜及熟肉吃。月牙饼热吃、凉吃均可,吃水盆羊肉时,将饼撕碎泡入汤中,饶有风味。一般人至少连吃两三个才觉得过瘾。

大荔县面食品种也很多,除了常见的臊子面、扯面、刀削面之外,还有它们自己的特色面食。一个是"炉齿面",另一个是"同州手撕面"。

前几天去大荔出差,听领导说,大荔县还有一种著名的面食叫"炉齿面",很好吃。他还说,大荔县城有一家专卖炉齿面的小馆子,店面看起来很破旧,不提供餐巾纸,连面汤也是客户自己倒,但是生意很红火。每天到店里吃面的人很多,每次去几乎都是满座,好多人在排队。因为口味独到,因此各级领导来大荔县经常光顾这里。我是一个陕西人,喜欢吃面,也吃过很多种面,但对于炉齿面倒是第一次听说,对这个名字充满了好奇。但我极尽脑力去想象,却怎么想象不出这种面到底是怎样的一个形式,是怎样制作而成的。于是,很想尽快去品尝一下,但因为那几天陪同新华社记者下乡采访,餐饮都是由公司安排的,没有机会去吃。于是,我想下次有机会一定要去那家面馆好好品尝一下。

有一次,我在渭南市出差,晚上满大街找饭馆,却不知道吃什么。忽然看到一家"同州手撕面"馆,就毫不犹豫地进去了。这家馆子,店面装修挺豪华,顾客不是很多。我走到吧台前问了一下，一碗同州手撕面是六元钱，价钱和西安一样，就要了一个大碗油泼的。过了没多久，服务员把饭端了上来，一看才几筷头面。也许是因为肚子太饿了，顾不上与老板理论，拿起筷子风卷残云般大咥了起来。不到两三分钟就把一碗手撕面咥完了，然后喝了几口面汤，可是肚子还是感觉空荡荡的。于是，我就大喊一声："老板，再来一碗！"结果老板和服务员就笑了。第二碗面端上来，我不由分说，操起筷子又是一阵狼吞虎咽，三下五除二就咥了个碗底朝天，可是感觉肚子才稍微有些饱的感觉。我觉得不过瘾，还想再要一碗，但又觉得不好意思，怕人家说我是"饿狼转世的"，只好作罢。

　　大荔县的炒菜在其他地方是见不到的。我去大荔县吃的最有名的是传统菜"带把肘子"，据传为明朝弘治年间同州厨师李玉山创制。带把肘子属蒸菜类，在秦馔筵席上久负盛名，《中国菜谱》秦菜部分把其引列为"第一名菜"。带把肘子以色、香、味、形俱佳著称，其特点是色泽枣红、肘肉酥烂、肘皮胶黏、香醇味美。这种肘子带骨带蹄，成菜如丘，造型别致、丰满，堪称"盘中一王"。相传，同州州官为巴结抚台郑时，差李玉山到抚台府做菜。李玉山借机进言，制作了"带把肘子"。意指州官老爷搜刮民财，是一个吃肉不吐骨头的贪官。抚台郑时查办了州官，为民除了害。此后，该菜名扬民间，世代相传。

　　大荔县还有一个传统名菜，那就是"水磨丝"。它以猪耳为原料，因将猪耳平面片开，可见水磨石般花纹，故名。水磨丝，距今已有二百余年历史。此菜用料普通，但以刀功精湛而名噪三秦。制作此菜，须将猪耳片薄、切细，成菜细若毛发，蓬松透明，脆嫩光滑，香酸爽口，风味独特，令食客称奇，行家叫绝！

　　大荔县吃食里还值得称道的就是瓜、果、菜。这里从古至今就是著名的瓜果之乡，蔬菜之乡。大荔县洛河以南的西瓜，个头大，水分多，皮薄瓤厚，甜中带沙，不仅在陕西闻名、全国有名，还远销各地。说到瓜，好多外地人可能想不到，这里竟然也有哈密瓜。新疆的哈密瓜大多数人都吃过，脆甜爽口，别具风味。但大荔的哈密瓜，我虽然见过，但一直没有机会品尝；因它是大棚里种植的，想必口味没有新疆的好；但是能在关中平原上生产出来，也算是一个奇迹。大荔县的水果品种繁多，不仅有苹果、桃子、梨子、李子、花生，还有冬枣等。据说，在全国各地常见的水果在大荔县基本上都能找到。大荔的蔬菜品种也极为繁多，黄瓜、大葱、西红柿等等，但最有名的要属黄花菜了。大荔县的黄花菜，又名"沙苑金针菜"，栽植历史悠久。据沙苑遗址史料记载，约公元283年前就有栽植，到明清时期已广泛栽植，发展至今。主要产区地处陕西关中平原东部沙苑地区，当地水利灌溉便利，土壤以沙质土为主，土质疏松肥沃，透气性好，光照充足，土壤升温快，有着黄花菜生长得天独厚的气候条件和地理环境，成为黄花菜天然优生无公害之地，是大荔县域的名特产业。大荔县的黄花菜主产区苏村乡已久负盛名，被誉为"中国黄花菜第一乡"。

　　大荔县是一个农业大县，到了这里，你不用为吃而熬煎，这里的面食、炒菜及瓜果蔬菜，应有尽有，不但能解你的果腹之需，还能让你吃得放心、舒心、开心。

2011年11月26日于北山门

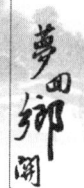

走进柳池村

大荔县是渭南的一个农业大县。说起农业大县，给人的印象便是农业发达，但经济不见得富裕。大荔县有一个柳池村，不但经济富裕，文化建设也搞得不错，可谓是新农村建设的一个典范。

那天，我与单位几个同事陪同新华社记者去大荔县采访荔民农资连锁店，来到了大荔县许庄镇柳池村。半年前，我曾因筹备写一本名为《荔民大模式》的专著到访过柳池村。然而，这一次我却有了更多新的发现和收获。

这次采访柳池村荔民农资连锁店，主要是为了让新华社记者深入了解"荔民模式"的实际运营情况。当我们在店长家的采访快要结束的时候，一个身穿棕色皮夹克的身材高大的四十多岁的中年人突然掀开门帘走了进来。店长告诉我们，这就是他们村委会主任马国平。店长给马主任介绍了我们，一听是新华社记者和荔民公司领导来到了柳池村，马主任满脸的喜悦之情，主动上前和我们握手。之后，大家全部落座，马主任就很自然随意地打开了"话匣子"。

马主任端坐在一个方凳上，一边用手用力地比画着，一边用浓重的大荔方言，给我们说起柳池村的情况。

柳池村是一个历史悠久的村庄，一直以农业种植为主导产业。改革开放以后，村子以农业为基础，大力发展运输业和养殖业，大多数群众过上了好日子。近年来，随着农村经济市场化的不断深入，柳池村又大胆创新，以大力发展特色种植业为主导，发挥交通便利、村容整洁、村周边有水有湖的优势，积极发展第三产业——农家乐，为柳池村发展带来了新的经济增长点。

近几年，柳池村的发展变化虽然很大，但其过程也是相当艰辛的。前些年，柳池村的经济发展模式还是以农业种植为主，家家户户都有十几亩地，大面积种植苹果、桃子、梨子、李子，但是农业受各种客观因素制约，产量和效益也不是很稳定。自从马国平上任村主任以后，一直在积极思考和探索一条新的发展路径。近年来，农家乐品牌在大荔县声名鹊起。于是，他积极倡导柳池村村民在自己家里开办农家乐，以促进群众增收。刚开始，村民的思想比较保守，都没人愿意办农家乐，说是柳池村距离县城1.5公里，估计没人会来这里消费。为了说服村民，他率先在村上开办了第一家农家乐，然后又极力说服自己的兄弟也开办农家乐。由于店面宽敞明亮、环境干净卫生、菜品也很富有特色，加上又很注意对外宣传，经过一段时间的经营，生意很好。后来，村里其他村民也都慢慢尝试着办起了农家乐。直到今年，村里共开了十六家，整体生意都不错，平均每户农家乐年收入在十万元左右。

马主任说，柳池村的经济能快速发展，农民得以致富，离不开党和国家政策的支持，离不开各级领导的关怀，当然也离不开荔民公司的帮助。这几年，国家政策不错，不但为农民免除了土地税，还支持农村依靠当地资源优势发展特色经济和规模经济，群众的腰包都鼓了起来，日子越过越好。当然，柳池村的经济是以农业种植为主导，荔民公司为我们提供了优质的、放心的农资产品和全方位、全天候的农技服务，保证了农业生产顺利进行，促进了农民大幅度增产增收，也让很多城镇里的消费者吃上了绿色无公害的农副产品。柳池村现在的农家乐的蔬菜都是从使用了荔民公司供应的农资产品的菜地里采摘的，其他的我们一律不要，那些顾客吃了都说口味好、口感好，和其他地方大饭店里的饭菜不一样。

马主任还说，经济的发展对于新农村建设固然重要，但是文化建设也很重要。现阶段，中国农村经济整体比以前有了很大程度提升，但是农民整体文化素质还是比较低下，这主要是农村的文化建设做得还不够。党和国家的政策是好的，但是农村的情况比较复杂和特殊，好多政策难以真正贯彻和落实。因此，做农村工作要有一批高素质的村官，他们不但要不断吃透党和国家的政策，还要把这些政策与农村当地的实际情况结合起来，不断探索和创新，走出一条可持续健康发展的新路子。其实，农村的经济发展实际上不难搞，最难搞的是农村的文化建设。文化这个东西太抽象，而且成效难以及时显现出来。

当新华社记者问马主任是如何搞柳池村的文化建设的时候，马主任显得有些激动了。他说，我是三年前被推选为村主任的，我上台之后，一手抓农村经济，一手抓农村文化，两手都要抓，两手都要硬。经济是基础，只有先把经济搞上去了，大家才能跟你去搞文化。这几年，通过政府引导，村委会干部带头抓，柳池村的经济已经搞上去了，群众的腰包都鼓了起来。经济搞上去之后，文化不提高，经济也不可能持续、健康、稳定地发展。柳池村的发展思路是："文化引领经济，经济促进文化。"在柳池村的文化建设方面我们有几个举措：一是奖励大学生。从三年前开始，村上制订了一条奖励制度：凡是谁家的孩子考上大学都有奖励，一本奖励二百元，二本奖励一百元。奖金虽然不多，但是拿了奖金的家庭都很有荣誉感，很多家庭也都开始重视孩子的教育，连续三年村上出了十六个大学生；二是进行德育宣传。柳池村在农家乐门口设立了文化墙，上面用彩墨画了

"二十四孝图"和"中国传统德育故事",使村民从这些等中国传统故事中得到启发和教育,形成尊老、敬老的社会美德。连续三年,我们村有十多名"好媳妇"、"好婆婆"、"大孝子"脱颖而出,村里风气大变样,被誉为"当地社会稳定、村民和谐一道靓丽的风景线"。马主任还自豪地告诉我们,这几年柳池村没有发生过一起刑事案件,至于村民纠纷更是没有听说过。

问及柳池村未来的规划,马主任也是胸有成竹。他说将来土地流转之后,他有一个大的设想,就是打算在柳池村修建一个"中国孝文化博览园",大力弘扬中国孝文化,让全省乃至全国的人过来参观。他还说现在的农村娃娃越来越少,好多学校都合并了,下一步计划把柳池村废弃的校舍建成"同州书院",让村民们有个读书学习、听讲座的地方……

说到这里,马主任告诉我们,柳池村有一个"农民诗人"刘新成,他虽然念书不多,却一直喜欢写旧体诗,他的诗有白居易、杜甫的遗风。

正说着,从旁边过来一个四十多岁的农民。他中等个头,瘦瘦的身材,皮肤黝黑,胡子拉碴,一脸朴实憨厚的笑容。马主任说,这就是他们柳池村的"农民诗人"刘新成,村上正在安排他修村史,他今天还特意带来了自己的诗作,你们看一看。

我是一个作家,早年写过旧体诗词,对于这方面略有些研究,于是急忙凑上前去想看个究竟。我接过刘新成手里的一个牛皮纸封面的手写诗稿和一沓子白纸打印的诗稿,随意翻了一下,念了几首律诗,一下子怔住了——这几首律诗不论是平仄、韵律,还是对仗都很严格,诗句中还运用了不少典故,读起来朗朗上口,既不晦涩深奥,也不直白粗俗。我仔细打量了一下这个其貌不扬,裤腿上沾着不少泥点的"农民诗人",心中不由得生起了一股崇敬之意。

大家的兴趣被马主任所讲的农村文化激发了起来,一致提议到村里好好参观一下。马主任立即起身,说现在就走。在马主任的带领下,我们一行人一起出了店长家的院子,从村巷一直走到了村子南边的正街上,沿着平坦宽阔的水泥路向村子西边走去。走了不到几分钟,就看到了大路左边的一个占地约两三亩的平整宽敞的水泥广场。马主任用手指着说,那是柳池村的文化休闲广场。抬头望去,广场的最东边有一个贴了瓷砖的房子,上面写着"柳池村村民社区服务中心",门口还有一个旗杆。广场上有四个篮球杆,还有一些健身器材。一部分空场地上晒着玉米,饱满匀称的玉米粒在初冬的阳光下泛着耀眼的金黄色的光芒,好像撒了一地的碎金子。

当我们为这个农村并不多见的文化休闲广场惊叹时,马主任说,你们再看路右边这两条街道,这里全是我们村上的农家乐。顺着马主任手指的方向,我们看到两条水泥街道,两旁全是统一的大瓦房,街道边上也全立着统一大小、统一编号的灯箱,上面写着农家乐的服务内容。走进一条街道后,我们就看到了马主任刚才所提到的门墙上"二十四孝图"和"中国传统德育故事",还有"柳池村的由来"等等,全是画匠用彩墨在白底的墙上一笔笔画出来的,画面生动、色彩鲜艳,引人入胜。我赶紧掏出相机,一一拍摄了下来。我们一边走一边看,马主任一边给我们做着讲解。最后,为了让我们看看农家乐的真实面貌,马主任带我们进了一家农家乐。走进大门,穿过一个砖瓦结构的门房,一座宽敞洁净的院落出现在我们面前,院里有石桌石凳,还有花草盆栽。正房是一座新式的二层洋楼,贴着光洁的瓷砖,装着铝合金门窗。走进去之后,客厅里摆放着几张圆桌,雪白的墙上挂着当地的名人字画,显出一种浓重的文化气息。

马主任说:"现在是冬季,慢慢进入了淡季,夏天这里的客人是络绎不绝,连市县的领导也经常过来呢,今天上午你们就别走了,在这里品尝一下我们农家乐的特色。"由于还有采访任务,我们匆匆告别了。但在半路上,马主任又打来电话,说任务结束后一定要来这里吃饭。我们觉得盛情难却,在结束了许庄镇的采访任务之后,又打道回府去了柳池村。一桌香喷喷的农家饭早已准备妥当,吃得我们颊齿生香,胃里舒服,心里乐呵。

临走的时候,马主任说:"希望有一天,咱柳池能成为文化和经济发展的两个'排头兵'。一说起柳池,人人都举大拇指,那就好了……"

走进柳池村,让人兴奋不已;离开柳池村,让人依依不舍。我祝愿柳池村越来越好,也希望我们的乡土中国能涌现出更多的"柳池村"。

2011年12月4日于北山门

阿姑泉边牡丹香

从小就爱花,但要说我的最爱,恐怕非牡丹莫属了。

少年时期,我就知道牡丹素有"花中之王""国色天香"的美誉,虽慕牡丹之雍容华贵、美艳绝伦,但始终没有机会一睹其风采。后来,在西安参加工作,听说兴庆公园种有牡丹,曾两次去那里游玩,可都错过了花期,未能看到牡丹竞相斗艳的盛况。常听人说"洛阳牡丹甲天下",便心存了去洛阳看一回牡丹的愿望。

很多年过去了,我到底还是未能到过洛阳。但与陕北青年企业家王慧先生的结识,让我不用去洛阳就与牡丹来了一次"零距离"的接触。

初识王慧先生是在2012年岁末。我如约来到西安高新区的某办公大楼。刚进他的办公室,只见墙上挂着很多与牡丹有关的名人书画。我便问好奇地问道:"王总,你也喜爱牡丹吗?"他说:"是呀,我从小就喜欢牡丹。"我说:"其实我也一直喜欢牡丹,很想去洛阳看一下,可一直没有机会过去……"王总呵呵一笑,说道:"赏花何须去洛阳,阿姑泉边牡丹香。"我有些好奇,急忙问道:"阿姑泉在哪里?那里有牡丹么?"他说:"阿姑泉是西安市西南约二十公里外的一个乡村,是著名的钟馗故里,位于秦岭北环山旅游公路旁边,那里有一个牡丹苑风景区,是我这些年经营的一个牡丹主题生态文化旅游项目,那里有很多种牡丹花,欢迎你来年春天过来观赏……"听王总一说,我对阿姑泉牡丹苑充满向往之情。

今年初春,西安城里持续了一段时间的沙尘暴天气,我的心情糟糕极了,想找个幽静的地方"隐居"起来。一日,忽然就想到阿姑泉牡丹苑。在王慧先生的安排下,我来到了阿姑泉牡丹苑。也许是在西安城里待久了,初来乍到还有些不大适应,但一周之后便喜欢上这个地方,就安心住下来。

这段日子,我过着悠闲的山居生活。清晨,窗外的树梢上传来清脆的鸟鸣,便知天色已明,不忍辜负这良辰美景,赶紧起床洗漱。罢饭,我常独自一人沿着曲折盘旋的山道散步。三月早春,秦岭山中依旧春寒料峭,遍野的牡丹枝株上已然结满硕大饱满的苞蕾,却迟迟没有开放的意思,我等得有些心焦。及至四月初的一日,天气晴和,再去看时,一畦畦、一片片的牡丹花几乎是在一夜之间竞相开放了！红的热烈大方，黄的气质超俗，紫的含蓄典雅，粉的妖嫩妩媚，黑的奇绝别致，白的素洁淡雅，可谓仪态万方，蔚为壮观！一阵微风轻轻吹过，馥郁的芬芳扑鼻而来，沁人心脾！

阿姑泉牡丹苑始建于1994年，曾在原有长安牡丹的基础上，从菏泽、铜陵、兰州、洛阳等地引进和培育各种名贵牡丹品种近四百余种，十万余株，六种花型，九大色系，其中拥有百年以上的稀有牡丹几十株，特别是有一株拥有百年树龄的黑牡丹为世界罕见。除了姚黄、魏紫、赵粉、豆绿、白雪塔、首案红、酒醉杨妃等多种名贵牡丹品种之外，苑内亦有荷花、桂花、菊花、梅花、月季、百日红、大丽花、郁金香等数十种花卉。另外，苑内有牡丹亭、天香阁、钟馗宫、牡丹仙子园、则天步尘等多处人文景致点缀其中，相映生辉，令人流连忘返。

牡丹是我国特有的名贵花卉，雍容华贵、国色天香，已有一千五百年历史，民间留下了不少关于牡丹的美丽传说，古往今来的文人墨客也留下了不少赞美牡丹的诗文。皮日休对牡丹极为推崇，称其："竞夸天下双无绝，独立人间第一香。"刘禹锡也有一首《赏牡丹》称赞牡丹："庭前芍药妖无格，池上芙蓉净少情。唯有牡丹真国色，花开时节动京城。"李白在《清平调》中歌咏几种不同颜色的牡丹，并以牡丹比喻杨贵妃之美："云想衣裳花想容，春风拂槛露华浓。若非群玉山头见，会向瑶台月下逢。"白居易也曾在诗中描写长安争相购买牡丹的盛况："帝城春欲暮，喧喧车马度；共道牡丹时，相随买花去。贵贱无常价，酬值看花数：灼灼百朵红，戋戋步束素。……家家习为俗，人人迷不悟。"关于牡丹的歌曲也很多，蒋大为的一首《牡丹之歌》最为脍炙人口，一直传唱不衰。如今，提起牡丹，很多人只知道洛阳的有名，殊不知西安才是牡丹祖源地。据《神农本草经》记载，牡丹原产巴郡、汉中的山野之间，早在魏晋南北朝时期就已开始在我国栽培；自隋代起，牡丹开始被移栽宫苑之中；至盛唐时期，牡丹与丰腴性感、尺度开放的大唐美女相互映衬，成为最明丽的景观。在唐代，牡丹毫无争议地成为大唐最流行时尚元素，并一度花样翻新，衍生出非常多的意义。后来，据传女皇武则天于冬日游上苑，百花俱开，而牡丹独迟，遂贬于洛阳。牡丹最早起源于西安，却在洛阳成就了大名。

赏花何须去洛阳？阿姑泉边牡丹香。西安的兴庆公园、交通大学等地都有牡丹，但要论种植面积之广、品种之多，姿色之绝，当属秦岭北麓的阿姑泉牡丹苑了。刘自椟、叶浓、曹伯庸、刘文西、王西京、雷珍明、钟明善、薛瑛等文艺界老前辈曾多次来这里赏花并留下墨宝，阿姑泉牡丹苑的名声不胫而走。每年阳历四月，从全国各地来这里观赏牡丹的游客络绎不绝。

人间四月天,牡丹飘香时。最近,正是牡丹盛开时节,阿姑泉牡丹苑的"第十八届盛唐牡丹文化旅游艺术节"开幕了,每日从西安各地前来的游客众多,但大多数人是走马观花,而我却在此闲居一月有余,每天沉醉于牡丹花香之中,这种艳福大概是他们所没有的吧。

2013年4月10日于阿姑泉

卷六·青春恋歌

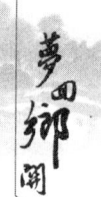

青春·暗恋

　　这二十多年来，我的相片存了好几册，其中照得最早的一张是小学时的毕业集体照。因年代久远，这张照片已略有些褪色，但我对它却有着一种特别的温暖情感——我常会把照片上的每个人都逐个仔细端详一遍，脑子极力搜索着关于他们每个人的记忆片断；看到最后，我的目光总会不由自主地长久地定格在一个人的面庞上，心跳会不自觉地陡然加速，血液就在浑身迅速蹿动起来……

　　她第一次出现在我面前，是在五年级第一学期开学报名那天。那天下午，像往年一样，新班主任给学生办完报名手续后，就点花名册、排座位。座位刚排定，班主任就给我们训话，教室门突然被推开了，进来的是李校长，他对班主任说，咱们学校新来了一个学生，插在你们班上吧。校长说着就回头往门口看，大家的目光齐刷刷地转移到了那位新学生身上：一个身穿粉红色连衣裙的女生，一张白净的瓜子脸上戴着一副金丝眼镜，两条细小的麻花辫搭在胸前，瘦削的肩膀上斜挎着一个红色的皮书包……我看得呆了，回过神来时才发现校长不知什么时候已经离开了教室。班主任说欢迎你到我们班，你给大伙儿自我介绍一下吧。她脸上映出了淡淡的红霞，朝前走上几步，就说了几句话，具体讲些什么内容，我现在想不起来，只记下了她的名字——于列红，觉得她不仅人才出众，声音也脆生生的好听。

　　本来座位已经排好，可因为于列红的到来，与我同桌的那个姓种的女生被班主任调到别的座位上去了，于列红就成了我的新同桌。她的出现，仿佛神仙姐姐从天而降，让我眼前突然一亮；她成为我的同桌，让我暗地里高兴和激动了好些日子，认为这是前世注定的缘分。她浑身就像一团谜，让我充满好奇的感觉：看她的相貌气质和穿着打扮像是城里人，怎么会到我们这样贫困落后的农村小学来上学呢？经过多处打听，我终于得到一些关于她的信息：她的父亲就是我们前进村四组的人，年轻时因为家里穷，兄弟多，就到外乡给人家当了上门女婿，不知什么原因就想到了归宗认祖，带着妻小搬回了老家。

　　认识于列红的第一天，我就在晚上的睡梦里梦见了她，梦见她穿着一身粉红色的纱裙，一会儿在草地上嬉戏，一会儿在海边漫步，一会儿在天空里飞翔……后来有好长一段时间里，她都是我梦里的主人。以前，我有好多毛病，好调皮捣蛋，爱惹是生非，尤其是爱欺负班里长得丑陋的女生；但自从和她坐了同桌，我很快就进入"乖娃"的队伍，身上少了许多顽劣迹象。其实，我那时正值青春少年，根本不知"情"为何物，"爱"是何事，只觉得和她在一起非常开心，喜欢在她面前极力表现自己，并开始对自己的仪容仪表讲究起来——去学校前，把手脸洗得白白净净，搽上雪花膏，还偷着把姐姐们的生发油抹在头上，梳一个影视明星那样的"三七分头"的造型扮酷。

在我身上所表现出来的巨大变化，同学们都看在了眼里。有些人就背着我嘀咕起来，说我对人家于烈红怎么怎么，我虽然听在耳里，但依然我行我素，把他们气得要死，我心里却自鸣得意。但有一次我却遭到了别人的取笑：夏天来临，天气酷热，大家都穿衬衣，我穿的是哥哥传下来的旧衬衣，胳膊肘处有个磨烂的小洞，被后桌男生昝新华给发现了，他当着全班的同学大声嚷嚷，说我成天都想着占人家于烈红的便宜，把衣服袖子都磨烂了，惹得哄堂大笑，我当时被臊得耳脸通红，恨不得立即寻个地洞钻下去。别人取笑我，其实是无所谓的事情，但有一次我和班上的一个长着一头黄色"自来卷"头发，额颅上有三道"抬头纹"的男生玩耍时，他忽然说起了于烈红，他说她长得太漂亮了，要是能讨来给他做老婆那就是天大的福分了。我一听很生气，当即就把脸黑下来，不想跟他一块儿玩了。谁料他又说：即便我娶不了她，也非得找个机会把她强奸了不可。我一听，火冒三丈，很想扑过去跟那个"卷毛猴"干一架，只可惜我身体瘦弱，自知不是人家的对手，就只好作罢，但从此就恨死了他，也不跟他说话。

印象里，于烈红是一个性格活泼的女生，特别爱笑，她一笑，那眼镜片下面就浮出一对活泼泼的新月，嘴角上就露出两个浅浅的酒窝，那副美丽可爱的模样能勾人魂魄。我最爱看她笑，就常常想方设法在她面前耍怪逗趣，惹她笑。有一次，全校组织期中考试，因地方有限，学校就安排一半学生在教室考，一半学生在操场考。为了不让她受晒太阳的罪，我便主动要求去操场考试。她帮我往外面抬桌子，我忽然觉得好久没看到她笑了，就灵机一动计上心来。刚下教室门口的房台时，我故意装作不小心一脚踩空，接下来一切如我所设计：手一撒开，桌子就翻到在地面上，四腿朝天，我也是四肢朝天。看到这副滑稽样子，她哈哈大笑起来，嘴巴上翘，露出了一对洁白可爱的小虎牙。她这一笑，半天也没停下来，最后竟然笑得弯下腰，用手捂着肚子蹲在了地上。这一次，她笑得最开心，时间也最长，让我一辈子也难忘。

和她同桌的日子是我小学里最快乐的时光。六年级时，我们虽然不是同桌，却还在一个班里，我每天都能看到她，也能每天在她跟前活跃地表现自己。但是，这样快乐的日子真是太短，过得太快，转眼就小学毕业了。

上了初中，仿佛进入了另一个世界，我总是不开心，不太喜欢和人交往。我一直希望能把我和于列红分在同一个班里，但现实情况总是与人愿违，我心里满是恨，恨"天公不作美"，恨命运捉弄人。我们那一级，学生多，共分了八个班，因为不在同一个班里，所以，那三年里我很少与她碰面，也很少有机会和她说话。偶然在路上碰到她时，我的心情就格外紧张，甚至很有些茫然而不知所措的感觉，很想和她说话，可不知怎么搞得，感觉很自卑，话到嘴边却吐不出口，心口怦怦跳个不停，脸也发烫，只好总是硬着头皮从她身边擦肩而过。长期的精神压抑和自卑心理，使我的性格变得孤僻起来，不愿意和人说话，时间一长，偶尔一开口了，却发现自己竟然有些口吃，越是这样就越不愿和别人说话，碰到她时也常远远躲开了。我恨自己，心里骂自己是个"窝囊废""孬种"，竟然没了和她说话的勇气和胆量。我知道我是暗恋上她了，心情矛盾极了，平时见不到她时，成天挂念，见到她时，却极力逃避，我怕她那锐利的目光看穿我敏感的心事，怕她知道我心里所怀的"鬼胎"。

初中的时光就轻易地在那种矛盾复杂的心情中度过了，毕业后，我上了高中，听说于列红去西安省城上了某个技校，后来我们再也没有见过面，但我常常会想起她。

闲得无聊时，我就翻看相册，那张小学毕业照已经褪色发黄，而她的笑容依然灿烂。

2006年1月22日于西安小寨

梧桐雨

六月。黄昏。乡村。

那青年正坐在高楼的栏杆前读一本散文集，忽然耳畔传来了一阵簌簌的响声，寻声望去，只见院中那几棵梧桐树的枝叶在胡乱摆动。有风自天末吹来，风中有些雨做的云。雨自子宫似的云朵中分娩，穿透那产道似的时空，降落在这人间六月天，先是点点滴滴，继而丝丝缕缕，再而滂滂沛沛，击打着房舍，击打着草木，击打着大地，击打着……

他的感觉完全被雨给操控了，书便抛向了一边。手凭栏杆，抬眼远眺，远处田野上的禾苗的嫩绿被笼罩在一片凄迷的鬼雨之中。依稀可见，正在田间劳动的农民遭这大雨的突袭，手足无措的情状。在通往村口的路上，有人拉着架子车在雨中疾行，有人扛着农具在雨中奔跑，有人赶着羊儿在雨中乱窜。他的家就在村口的路边，他能清楚地看见乡亲们脸上丰富的表情：慌张而喜悦，有如刚被放生的鱼儿在水中欢游。

转瞬，田间、路上已没了人影儿。弥望的只是一片冷雨。远处的景象渐次模糊，他将目光收了回来。庭院中靠墙根处挺立着四根桶口粗的梧桐树，它们排成一字儿，亭亭有如青玉。那层层桐叶好似手掌，骤雨便重重地打在一个个绿色的手掌上，手掌经不住疼痛，只轻轻一抖，串串雨珠就滚到地面上，开了一地的璀璨的雨花儿。他出生在北方的农村，不曾见过雨打芭蕉，也未曾见过雨打荷叶，他相信这梧桐雨的景观比那些要壮观得多。

雨愈来愈大了。如果说方才是轻轻地奏，现在则是沉沉地弹了；如果说方才是徐徐地敲，现在则是重重地打了。雨落在这人间，击打着世间万物，那声音该有多响，可最能触动他耳根神经的莫过于这雨打梧桐叶的声音。也该让给耳朵去好好消受了。于是，他回到房间，打开窗扉，躺在床上，谛听窗外的天籁之音，谛听雨叩窗棂，谛听雨打梧桐。听，淅淅沥沥，嘈嘈切切，滴滴答答，噼噼啪啪，似大珠小珠落玉盘。这多变的音节织成了一首首凄婉动人的绝句，这铿锵的韵脚串成一阕阕豪放苍凉的长词。

窗外，正飘着六月的雨，四围筑起了一道道坚硬的水墙。这水墙锁得住单薄的身体，却锁不住他的浪漫情怀和悠悠神思。他的心早已在唐诗宋词元曲中作逍遥游去了，他的眼早已在寻找有关梧桐雨的典故去了。在哪里？这似曾相识的梧桐雨。在杜牧的绝句里或是柳永的词里？在戴望舒的诗里还是余光中的散文里？

滴答，滴答，滴答。这雨，梧桐雨，若时钟在振动，生命便在这一来一往中晃过，从过去到现在；若船只在摆渡，人便在这一往一返间穿梭，从此岸到彼岸。他不禁想起了过去，想起了她，想起了那场夭折在两年前梧桐雨中的爱情，想起了他祭奠那场爱情的诗句来：

思念拉长了黑夜/黑夜拉长了痛苦/在这悲凉的雨声中/我反复抚摸你动人的剪影/可我的心始终走不出/雨的夜中夜的雨中……

"梧桐更兼细雨，到黄昏，点点滴滴。"果然到黄昏时，雨声由"滴答"逐渐转成了"滴——答"，正与李清照词中描写的情境相吻合。女词人那时的心绪是"怎一个、愁字了得"，而他此时的心情却格外的欢喜。他朝窗外望了一眼，只见从纱窗外射进来一绺柔和的红铜似的光芒。走到门口看时，西天的云层后，露着夕阳半个铜锣似的脸。他想这铜锣"咣"的一响，这一天可就要算完了，明天将是一个好天气。

2002年7月4日于绛帐

等 待

  刚吃罢早饭,我就急匆匆推上自行车走出了家门。我从刘家村村口骑着自行车朝南走,到了渭河边,然后又沿着沙堤继续向东而去。刚落过一场大雪,残雪尚未完全消融,渭河川道上阴冷的朔风漫天地刮着。沙堤绵延逶迤,活似一条玉龙在游动;沙丘高低起伏,好像银浪正翻涌。因为要赶赴一场约会,我无心细细欣赏渭河上雪景,双脚只顾使劲地蹬着自行车的脚踏板,并不时地看看手表,生怕耽误了时间。

  自行车飞也似的在曲折的沙堤上疾驰,不消二十分钟就载我到了目的地——罗家村渭河大桥。我推着自行车站在路边四下张望,却一个人影儿也没有看到。一看表,还不到约定的时间,我想她可能正在路上走着吧。我把车子停靠在北桥口,蹲在路边耐心等待起来。一秒钟……一分钟……一小时过去了,可我所盼望的她还没出现在眼前,我的心忐忑不安了起来。我站在桥头翘首向通往她们罗家村的大路上张望了半天,望得脖子都酸了,眼睛都花了,还是没有看见她的身影。

  她是我初三时的同学,自初中毕了业后这半年来我们再没见过面,但是一直保持着频繁的书信来往。就我所了解,她应该不是那种不守承诺的女孩子,我相信她一定会来的。有了这样的信念,我就有了继续等待下去的理由。

  时间像桥下的渭水一样缓缓流逝着。当我再次看表时,已经是三个多小时过去了,快到了午饭时间,可依然不见她的到来。在我看来,这于人生过程中看来只不过是一瞬间的三个多小时,在那时却感觉像三个世纪一样漫长呀!

  等待的过程是漫长的、无聊的,等待的心情是焦灼的、无奈的。我感到自己的生命正在这场无望的等待中一寸一寸地枯萎下去,我怕这支撑生命的信念会在这接近死亡般停滞的时光中消耗殆尽。当我终于下了决心不再等待下去的时候,却忽然发现自行车后轮胎蔫蔫地平贴在路面上——车胎爆了。我不知道车胎是什么时候爆的,也不知道它因何而爆,但我的心却因此而平添了一种凄凉无助的感觉,双腿也随即酸软了下来。

  难道这注定是一场无望的等待吗?这样想着的时候,我无精打采地推着自行车踏上了归途。可没走几步,我又禁不住回头看看,希望她的身影能突然出现在我的视线中。可是每次回头换来的都只是失望的打击。我一步三回头，向前挪动着仿佛灌满了铅的腿，走啊，走啊，直到那座大桥与我的距离越拉越远，终于消失在我的视野中。

一路上，我心里很不是滋味，有一种被人欺骗和愚弄的感觉，忽然就恨起她来，恨她的轻诺寡信，恨她的无情无义……

也许是我心肠太软，也许是我对她太过在乎，对她的憎恨的念头刚产生就又在刹那间消失了。我想，她之所以没有赴约应该是有特殊原因吧。一路上，我思绪万千：或许，因为即将过年，她家务繁忙，所以抽不开身；或许，她忘记了约会的时间和地点；或许，她根本就没有收到我的信，不知道约会的事情；或许，她还在西安，没有买到回家的车票……我为她设想出好多理由，以此宽慰自己的心灵。

那时，电话还没有普及，我无法通过电话和她取得联系。我很想直接去她家里找她，但最终没有那样去做。回到家里后，一连很多天我都闷闷不乐，我恨自己的懦弱和无能，春节就样无滋无味地度过了。

年后，我们依然保持着书信联系，但对于那次爽约的事情，她一直讳莫如深，到底没能给一个合理的解释，我也就没有再继续追问下去。两年之后，她中专毕业了，听从了我的建议，去了乌鲁木齐的一家军区医院当了护士。从此以后，我们的距离越来越远，书信来往也逐渐少了起来。直到我上大一的那年暑假，我收到了她寄来的一纸冰冷的"审判书"，说她在新疆已经有了男朋友，我和她之间根本不可能有结果，希望我能以学业为重，不要再胡思乱想。看完信后的那段日子里，我食不甘味、寝难安席，人整个瘦了好几圈。我想，既然她已明确表示我们之间不可能有结果，继续交往下去还有什么意义呢？我一气之下就给她写了一封"断交信"。从此，我们就再没联系，更没有见过面。

一晃十多年过去了。可是，每年的腊月廿八这一天，我还会情不自禁地想起她，想起我们曾经的那次没有见面的约会。不知道她如今过得还好吗？

2005年11月29日于西安等驾坡

纸上情缘

在如今这个通讯技术发达的时代，传统的书信联系方式已经基本上被电话、手机及网络等现代手段替代了，但是我还是很怀念那个读信和写信的年代，尤其是怀念我与她之间那一段长达四年的纸上情缘。

罗金芳是我的初三同学，中等个头，鼻梁挺直，留着一条长辫子，人长得白白净净，平时不大爱说话，文文静静的样子。那时，我和她虽然同在一个班里，座位也相隔不远，但平时没说过几句话，没有什么交往，更没有什么故事发生，只是内心里对她存着一份隐约的好感。我们之间的交往是从初三毕业那年暑假才正式开始的。

1996年的暑假，我接到了高中录取通知书，但并没有觉得如何开心，因为这是意料之中的事情，真正让我开心的是收到了一封异性同学的来信。那天傍晚，我和家人围坐在院子里挑拣下午刚从地里摘回来的鲜红辣椒，邮递员送来一封信，是写给我的，落款地址是罗家村。我纳闷了半天也猜不出是谁写的，索性迫不及待地拆开来看，署名竟然是"罗金芳"，我忽然有一种意外的欣喜。父亲问我是谁写的信，我红着脸胡乱支吾了一句，连手也没顾上洗就直接回到房间去了。我轻轻闭上房门，躺在床上一字一句地读完了那封信，连标点符号都不曾放过。她在信中向我表达了问候，还特意对我考上高中表示祝贺，还夸赞我是班里的才子，不仅学习成绩好，而且有写作、书法、唱歌等多方面的特长，让她非常敬佩和羡慕；最后，她说她中考落榜了，内心十分迷茫和痛苦，不知道以后会去干什么，希望听听我的建议。我读了一遍又一遍，心中的感受很是复杂。没想到一个和我平时没说过几句话也没什么交往的女同学竟然会给主动写信给我。当晚，我怀着无比激动的心情趴在床头柜上给她回了一封信，对于她给我的来信表示非常感谢，也对她的落榜表示同情，最后建议她复读一年或者去上个技校，通过学习来改变命运，不要荒废了青春年华。

我终于如愿进入了绛帐高中，刚开学不久，就接到了罗金芳给我的第二封信，仍然是寄到我家里去的。她说自己上了西安北郊的一所技校，学的是高等护理专业，学满两年后成绩合格的话学校就给安置工作。得知她的情况后，我很是高兴，在第一时间回了信，对她的选择表示肯定和支持，希望她珍惜这份难得的机会，好好学习，争取早日学有所成，将来找一份理想的好工作。从那以后，我们就开始了频繁的通信，即便是学习任务十分紧张的阶段，也没有中断过。

那时，电话、手机还没有普及，书信便成了我们唯一的联络方式，我们在信纸上谈文学、谈理想、谈人生……那时，写信、盼信、读信似乎成了我日常生活中最基本的功课，这也是我枯燥单调的学习生活之外最感觉惬意的事情。书信让我们更加了解对方，让我们觉出了生活的美好，也使我们的关系越走越近……

高二第二学期快结束时，罗金芳来信说快要毕业了，面临就业去向问题。要么去新疆，要么留在西安，二者只能选其一，她思考了好几天还是决断不下来，希望能再次听听我的建议。其实，我那时也只是一个未经世事的学生，并没有多少生活阅历和经验，对于就业问题也没有做过多的思考，完全是凭了一种校园诗人的天真烂漫，草率地建议她去新疆。我在信中这样写道："新疆是个好地方，那里有一望无垠的戈壁滩，那里有高大挺直的胡杨树，那里有甘甜爽口的哈密瓜和葡萄，那里有美妙动听的少数民族歌曲和舞蹈……"

过了不久，我就收到了一封来自乌鲁木齐的信，她果然听从了我的建议，去乌鲁木齐的一所军区医院做了护士。或许是我对于新疆的想象性的描述太过美丽，或许是她认为我的话最值得信任，她竟真的义无反顾地选择了那个遥远的地方。从此，我们的距离越来越远。

高中三年，我疯狂地痴迷文学艺术，每天都要坚持创作，每有新作都会工工整整地誊抄一份随信寄给她。罗金芳是我的第一读者和最忠实的"粉丝"，总会回信对我的文学作品给予点评或谈论自己的感想。可以说，我那时深沉地迷恋文学，写作水平不断取得进步，与给她写信有很大关系。通过给她大量的写信，锻炼了我的写作水平；因了她的赞许和鼓励，我也更加喜欢写作；更为重要的是，她是我内心世界的精神支柱和文学创作的灵感源泉。

后来，我上了大学。入学之后，才发现这并不是我理想中的那种大学生活，内心非常失望和后悔，就把自己的苦恼在信中倾诉给了她。她回信说，你今天能有机会进大学深造，是你自己努力争取的结果，既然选择了就不要后悔，不管去哪里其实没多少重大的分别，重要的是能学到真本领，希望你能坚持下去，不要轻言放弃……我觉得她说得很有些道理，就决定从此安下心来，尽力去适应这里的环境。

大学校园里的学习风气并不怎么好，倒是谈恋爱成了气候，每天不管在哪里都能看到那些成双成对的影子。我也是凡夫俗子，血肉之躯，自然是受不了这种刺激的，内心里就感到非常孤寂，也非常希望能有一个真正的女朋友。于是，我鼓起勇气写了一封长达十页的书信，大胆而直接地向罗金芳表达了自己的意思，希望她做我的女朋友。信寄发出去之后，我就天天去学校的传达室门口查看，结果直到那学期结束也没有等到她的回信。那年暑假我过得很无聊，依然期待她的来信。

终于在一个雨后新晴的下午，接到了她的回信，我算了一下日子，距离我上次写信已经三个月了。我万没想到这竟是一纸冰冷的"审判书"：她说她在新疆已经有了男朋友，我和她之间根本不可能有结果，希望我能以学业为重，不要再胡思乱想。看完信，我的眼前直冒金花，心仿佛一下子从云端跌入了谷底，那感觉真叫生不如死啊！那段日子，我白天食不甘味，夜里寝难安席，人整个瘦下来好几圈。既然她明确表示我们之间不可能有结果，那这样继续交往下去还有什么实际意义呢？我一气之下就下决心就此断绝我和她之间的关系。

那天是2000年8月1日，我勉强打起精神趴在当年给罗金芳写第一封信的那张床头柜上写下了一封言辞犀利的绝交信，并随信附赠了最后一首调寄《江城子》的词作：

    永夜辗转不思睡。
    依孤枕，念桃叶。
    风卷帘栊，窗外落红坠。
    纵然相思情悠悠，夜如漆，堪凭寄？

    屈指算来四年余。
    美韶华，俱往矣！
    惟叹今朝，飘蓬难再聚。
    笑当年山盟虽在，楼成空，人远去。

从此，我和罗金芳保持了四年的书信来往就此画上了一个破碎不堪的句号。

罗金芳写给我的信近百封之多，我本来是想一把火给焚毁的，可最终还是不忍心那么做。我们俩的关系虽然结束了，但这些书信毕竟曾给了我慰藉、鼓励、快乐、希望及梦想，是它们伴我度过了那段青春岁月啊！于是，我把这些书信全部装进了一个红色小木箱里，加锁之后放在了老家二楼的书房里。

有时我会把那些信件翻腾出来看看，那熟悉的字体一下子又将我带回到了那个纯洁美好的年代。"此情可待成追忆，只是当时已惘然。"一晃就十年过去了，如今我业已成家并有了儿女，想必她也早为人妇为人母了吧？我衷心希望她过得幸福安康，只是不知她是否还记得我，是否也像我一样还珍藏着我给她的书信，是否也像我一样会偶尔翻出那一沓沓书信，回味我们之间的那一段长达四年的纸上情缘。

2010年7月1日于西安北山门

那年冬天

一

日子一天天过去，可冬季依然漫长，我的心情如这冬季的天空一样灰暗而沉重。S的出现，如一颗石子投入平静的湖面，使我那段原本沉寂枯燥的大学生活泛起了几许涟漪……

我们的初逢是一次偶然。那天，我去教室上晚自习，上楼梯时，我哼唱着当时正在流行的歌曲《过火》。走在我前边的两个女孩不住地回头看我，我当时没有在意，继续唱歌。忽然，前面的一个女孩说话了，至于当时具体说的什么我没有听清，只觉得那声音听着舒服，也很耳熟。我停了下来，脑子里极力搜寻着关于这个女孩声音的记忆。那个女孩再次回头看我，我觉得怪怪的，假装生气地说："喂——瞅啥呢？没见过吗？"她扭过头说："瞅你呢。"语气有些娇嗔。这下，我看清了她的模样：留着一头男生式的短发，圆圆的鼻头上架着一副轻巧的金丝眼镜，上身穿着灰色高领毛衣，下边穿着墨绿色的有好多口袋的条绒裤。

我问："你认识我吗？"

"当然认识呀！"她的回答干脆中透着自信，完全出乎我的意料。

她怎么会认识我呢？她会不会是我们隔壁女生宿舍的呢？以前虽然没有见过她，但每次趴在窗口看风景的时候经常能听到隔壁女生宿舍里的这种说话声。记得前几天，隔壁宿舍有个女孩趴在窗口上向我们宿舍同学推销她的贺年卡。对，应该就是这个声音！

"你是住在我们隔壁女生宿舍的吗？"我试探性地问了一下。

"对呀！"到四楼楼梯口的时候，她说，"给你一块糖吃。"说完便将一颗口香糖塞在我手里，转身就跑开了。

我站在楼梯口，看见她进了工商企业管理班教室。

二

一个周末晚上，学校二楼多功能厅举办舞会，舍友们吃罢晚饭都结伙成群地去了。我向来不会跳舞，也不喜欢出入热闹场合，就一个人待在宿舍里。我顺手从床头拿起一本小说，刚翻了几页，就看不下去了，扔在一边，沏上一杯清茶，趴在窗台上俯瞰校园夜景。

那晚，没有月亮，没有星星，天空空洞而深邃，只有远处的城市的灯火在闪烁。就在我刚要把头缩回宿舍的时候，猛然看见隔壁宿舍窗口上也伸出一颗脑袋。一张圆圆的脸盘望着我微笑。我们对视了很久。后来，我感觉这样太尴尬，就主动和她搭讪起来。她只开口说了一句话，我就断定她就是上次在楼梯口上塞给我糖吃的那个女孩。通过交谈，我知道了她的名字叫S。因为对她不熟悉，才说了几句话，我就不知道该说什么好了。忽然，她将头缩回窗子里面去了。我想人家可能是感觉我这人太没情趣，不愿再搭理我了，便转身坐到宿舍的长桌边去了。忽然，我听见暖气管发出了"当—当—当"的响声。声音好像是从隔壁女生宿舍传来的。我趴到窗口向隔壁女生宿舍窗口那边望去，看见S手里拿着一只大苹果朝我挥舞。她说："给你一个苹果，是我们宿舍的一个女孩给你的，她说她想和你交个朋友。"我说："朋友可以交，但苹果我就心领了。"她说："那麻烦你到楼道外的大门那里去一下。"我说："为什么？"她说："你去了就知道了。"

我们大一学生宿舍在一栋楼上，男女生各一半，每层楼道中间都用一道木门隔开。木门的两片门扇是用长钉从中间钉在一块儿的，虽然打不开，但只要用力推就能推开一条五指宽的缝儿。我和S的宿舍就在四楼过道木门两边紧挨着。

我以最快的速度来到了那个木门跟前。有人将木门推开一条缝儿，趴在门缝处，让我往跟前走一些。我刚走过去，S透过门缝塞过来一只苹果。人家是那样的热情主动，这次我就不好再拒绝，双手接住了，然后说了声谢谢。我想，那个苹果应该是她的，想和我交朋友的也是她。虽然在此之前我们没有什么交往，但从接受她苹果那一刻起，我在内心里已经将她当作是好朋友了。

三

自从认识了S，我感觉这个冬天马上就要过去了，春天即将来临。

我平时喜欢读书写作，尤其是写诗在学校里是出了名的，因此班上同学都管我叫"诗人"。起初，我是不太喜欢别人这么称呼，我知道这个称呼里多少有些戏谑味道，但叫得时间长了也就慢慢接受了。

不知怎么回事，我的"诗人"称号很快传进S的耳朵里去了。她从别人那里知道我爱好文学，而且买了不少课外书。有一天，她向我借书，我便将一本砖头厚的《钱钟书诗文集》借给了她。没想到她看书挺快，还不到三天就看完了。

还书的那天正好是"平安夜"。我将书拿回来翻检了一下，从里面就忽然跳出一张小书签，上面写道："你快乐，所以我快乐。"我一看心里挺激动，又仔细把书从头到尾翻了一遍，希望还能再发现点什么意外的东西出来。果然就又翻出了一张纸条："我性格活泼开朗，有时却喜欢静下心来看书……你身边有没有《穆斯林的葬礼》这本书，如果有的话，借给我看一下……以前在学院广播站看过你的一篇散文诗《红河谷》手稿，你的书法和文笔都特别好……"我看了以后心里乐滋滋的。

圣诞节晚上，我将自己上高中时写的三个短篇小说手抄本送给她看——这也算是一份特别的节日礼物吧。翌日中午吃饭时，她把我的小说手抄本还给了我。我接过稿子一看，本子里夹着一张便笺。当时，宿舍的人很多，我没有当场拆看，直到午睡时才蜷在被窝里将它打开看了。她在便笺中对我的短篇小说创作给予了相当高的评价，最后还提了一些颇为中肯的意见。我一连看了好几遍，激动得没睡着觉，心里胡思乱想起来。

四

圣诞节接下来又是一个西方节日——元旦。

就在新年第一天，我却突然得了病——发烧、牙疼。那次，我可是病得不轻，一连在病床上躺了四天。那几天，我没有食欲，吃不下几口饭，人一下子瘦得不成样子，连说话也没有气力，浑身上下酸痛不已。

由于好几天没有好好吃饭，那天深夜，我肚子饿得紧，听说隔壁女生宿舍那边可以买到方便面，舍友们便传话给隔壁宿舍的S，让给我买几袋方便面。没过一会儿，S就用一根长竹竿将一个装了东西的塑料袋从窗口挑了过来。舍友将塑料袋拿到我床前，打开一看，里面除了两包"佳家乐"方便面之外，还有几片"感冒通"和"止痛片"。霎时，我心头涌上了一股用语言无法表达的感激之情，眼角当下就湿润了。

从那以后，我在内心对S充满了一份感激之情。但也就是从那以后，不知什么缘故，我明显地感觉到，我们的交往少了起来，距离也疏远了许多。我不好意思见她，她似乎也总躲着我。我仿佛跌入了无底深渊之中，内心十分痛苦，想不通这到底是怎么回事，好好的关系怎么会突然就淡漠了起来呢？

有一天，我写了一篇新诗，题目叫《盼雪》，我想把它直接送给S，以表达我的心意，但又怕我们宿舍里的那几个人说我的闲话，便将诗稿给了隔壁宿舍的另一个女孩，说是送给她们宿舍全体成员的。诗稿是送过去了，我是多么希望S能看到它，并且发表一下她的看法，可是一连好几天都没有她的回音。我不知道她到底有没有看到那首诗歌，也不知道诗歌手稿最后是否由她来保存了。

五

农历腊月十九日是我的生日。那天下午，隔壁宿舍一个女孩从过道的门缝递给我一张书签，她说："S老家里有点事情，所以没来得及给你说就赶火车去了，她临走前特意叮嘱我要以我们全体宿舍名义送你一份生日礼物。"

我手捧着那张小小的精美书签，只见上面写道："将满怀的祝福赠予你，愿你在以后的日子里，走出一条属于自己的路来。Happy birthday! 415全体宿舍女生。"

我忽然有一种特别想哭的冲动。

天刚黑下来，舍友们就嚷嚷着让我请客。我说，不好意思，手头不宽裕改日吧。可他们死缠硬磨着非让我请客不行，我推辞不过，只好买回来两小瓶"全兴"牌白酒和几袋油炸花生米，大家围聚在一起胡乱吃喝了一通。

散场后，宿舍里有人出去吃晚饭了，有人到城里看录像去了，宿舍里只剩下我一个人。刚空腹喝过一点白酒，我感觉昏昏沉沉，肚子里空得难受。我颠三倒四地走到学校餐厅，随便吃了一碗岐山臊子面。回来的时候，我感觉刚才的酒喝得还不够尽兴，又买了一瓶"宝鸡"啤酒。

回到宿舍，我将自己扔在床上，打开啤酒，一口气猛灌下去半瓶。酒瓶子从嘴里刚抽出来的一刹那，立刻感到天旋地转，眼前一片漆黑……不知过去多长时间，我渐渐醒了过来，也不知为什么，我竟趴在床上大哭起来，泪水如洪水一样喷涌出来。有人来我们宿舍串门，见我哭得一塌糊涂，就劝我别哭了。其实，我也不想在人面前哭，可是不知怎么回事，经他一劝，非但没有停止反而越哭越厉害了，一直哭得又昏睡过去。

又不知道过了多久，我才渐渐清醒过来。我躺在床上，回想起刚才喝酒的情形。想着想着，最后就想到了S。我从床边摸出了那张小书签呆看了半天，泪水再次滴落下来。突然，有人"啪"地一下将门用力推开了，原来是睡在我下铺的那个姓杨的，他慌慌张张地进来说："刚才S给她们宿舍打了一个电话，托人给你传话,祝你生日快乐……"

  我一听,心头立马涌上了一股暖流,眼角又湿润了。我走到了窗口,向外望去,只见夜色深沉如水,连绵不断,脑际忽然浮现出了S的面容……

2001年2月17日

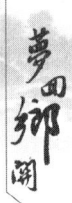

相思赋

　　今夜有风,我独伫窗前,犹自思念与你的相亲点滴。情深味浓处,伸手举杯,喟然长饮,只觉情缘绵长如水。长夜漫漫,你虽未能在旁软语温存、红袖添香,我依然向着无边夜空,欲邀你对饮。

　　人生短短,时光匆匆。遥想曾经年少轻狂,我那般执着,行遍千江水,望遍千江月,半生沉浮,一身孤独。人生于我,譬如朝露,已无多少青春韶华,徒留几多唏嘘感慨,不过暂且混迹于滚滚红尘,一程行路一程卧,仆仆风尘满青衫,到头来是一具皮囊付诸尘泥,未作他想。未料,与你邂逅,快乐人生,百般念想,皆因你起。

　　命运无常,尘世辗转;来去匆匆,不着丝痕。芸芸众生,如鱼过江,谁又能为谁停留摆尾。不经意间,你我能为彼此驻步,或许竟是冥冥天意。纵然今生未能结好,亦是心足。

　　你说,人生风雨你已独自飘摇良久,千万人中,只为觅寻那人生唯一伴侣,携手共度余生。我默然无语。你又问我,是否你那唯一。我亦无语。非我无语,只是千言万语,欲说还休。想我三尺微命,一介书生,除却一腔真挚,别无长物给你。而你,却尚在锦绣红尘中,终究会留恋尘世浮华,舍我而去。

　　曾记否?端午佳节之夜,雁塔喷泉广场,人如潮涌,声沸盈天,我俩牵手共赏喷泉如绚烂霓虹。那一刻,看着身边的你,衣袂飘飘,仿佛天上人。霎时,只觉万种嘈杂如狂潮立刻退却,天地之间,只剩下一个你和我。

　　曾记否?八月盛夏,兴庆湖畔,杨柳依依,歌音袅袅。我们挽手并肩,绕湖边一起走过;彼此依偎,倾诉衷肠。那时,别人欢声笑语,而你我泪眼相向。你说,要忘却过往种种痛苦。我亦说,愿你从今快乐幸福。

　　往事历历在目,却是不堪回首!此情此感,仿若昨日,已深烙我心,再不能抹灭。待花好月圆之夜,一一数来,伴酒下肚,纵隔万水千山,亦如见你音容,娇媚无限。

　　总有一日,将此文示你,你知我用心良苦,虽弃我而去,我依然无憾。行文至此,夜已深沉,心静如水,轻掩帘栊,与你共梦。

2004年11月5日于西安等驾坡

伤 别

那天下午，我和几个同事去省会展中心参加"诚信企业与诚信商品展示交易会"的前期布展工作。整个下午，我人虽在展馆内，心却早已跑到了别处——陕西中工电子市场。因为，与我刚分手的女友就在那里上班。

好不容易等到布展结束，看了看表，还不到五点整，就急忙与同事道别，说我还有些事情要办，让他们先回公司。不到一根烟的工夫，我就到达了目的地。我是首次过来，只知道她是这里的一名柜台售货员，具体的位置所在尚不清楚，所以只好挨个寻找。当我看到她的时候，她正坐在转椅里埋头把玩着手机，身上穿着的还是那件我所熟悉的橙黄色的羽绒服。我蹑手蹑脚地走到她跟前，轻轻喊了一声她的名字。她猛然抬起头愣愣地看了我一会儿，然后表情很快又恢复了往常。我好像听到她淡淡地说了声："你来了。"我说："好些天没见，趁便过来看看你。"

她从椅子里站起来给我让座，我本来不想坐，但是感觉无所适从，只好坐下来。我双手放在扶手上，头靠在椅背上，深情地注视着她。她的神情很不自然，嘴角时不时地机械性地微微翘一翘，勉强制造着没有温情的笑容，一只手漫不经心地继续翻动着手机。看到她这副样子，我心里有一种莫名的难受。忽然，对面走过来一个老板模样的男子，笑嘻嘻说："你俩啥时候结婚？我还等着吃你们的喜糖呢。"她慌张而又尴尬地红了脸说："还没定呢，到时候你会知道的。"那个男子看了我一眼，没说什么就走开了。听到他们的对话，我的心咯噔了一下，我知道他们谈话的内容跟我无关，所谓的那个"他"是另有所指。

铃声响了，人群纷纷如潮水一样向市场门口涌去。

我们一起出来时，天色还没有完全黑下来。大街上人头攒动，车流不息。我不知道是该自个儿回家，还是该送她回家。犹豫了片刻，我说让我送你吧。她却说不必了。我说："我反正没事干就让我送送你吧。"她说："我回家有事呢。"说完脸上显出一副烦躁而无奈的神情。我不好再说什么，只是跟着她往前走。

走到会展中心广场，我终于憋不住了，就开门见山地问她："为什么要和我分手，为什么对我是这种态度？"她双手插在衣兜里，只顾低着头走路，半天不说一句话。看到她这样，我气不打一处来，一把将她插在兜里的一只手拽了出来。她这才开口说话了："你干吗呀？"我说："我不想干吗！我只想你给我一个合理的解释。"然后，你一句我一句，展开了很长时间的对话。

她说："之所以和你分手，是因为咱俩性格不合。"我说："这八个月以来，咱俩不是挺好的吗，也从来没发生过什么争执呀！"她说我本来也不是一个活泼的人，跟我在一起感觉很压抑。我说："我跟你在一起很快乐，从没感觉压抑过，难道你没发现吗？"她又说她是一个坏女人，不能做一个好妻子、好母亲，恐怕耽误了我的一生。我说："我从没感觉你是一个坏女人，假如你真是坏女人，我照样喜欢你。"她说："我真拿你没办法，不过咱俩真的不合适，你就放过我吧。"我伸出双手捧着她的脸，说："我不会轻言放弃的，你再给我一次机会，我会好好爱你的。"她将脸别向一边，努着嘴说："不可能。"我说："我是那样的爱你，为你付出那么多，你还需要什么？"她说："你爱我吗？你好好关心过我吗？"我说："我自认为还算一个细心的男人，哪里对你关心不够？"她便说出了她六月份因我患病的事情。当时由于工作忙，我没有带她去看医生，也没有去看望她，只在电话里问候了一下，当时她也表示理解，我也就没太往心里放，没想到她以此事做了与我分手的理由。我说："我现在知错了，咱们从头来过吧。"她说不行，她要回家。

见她走开了，我急忙赶上前去。我觉得既然话都说开了，事情已经到了如此地步，就不妨说个清清楚楚、明明白白。于是，我又继续跟缠着她，从她嘴里知道她的现任男友就是她的老板。我说："怪不得你突然要跟我提出分手，原来你傍上大款了。"她说在认识我之前他们就认识了。我说："那你们是什么时候开始谈的？"她说有一个月多了。我忽然变得很生气，用手指着她嚷道："你和我提出分手才几天？既然你们谈着，那你干吗在提出分手的前一天晚上还躺在我怀里说你永远爱我，再也不会和我分开？你这不是在欺骗我的感情吗？"她感觉有些理亏，不再吭声，向前只管走去，好像没有我在身边一样。

我觉得不说倒还罢了，越说事情越复杂，就很想弄个水落石出。我又赶紧跟了上去。我说："还有一些事情不清楚，你告诉我好吗？"她说："该说的都说了，我要回家，你别烦我了。"我说："你知道吗？当上次你妈来西安看望我的时候，你在我面前表现得很乖巧，那时候我感觉很幸福，也就是从那时起，我已经在心里把你当作我未过门的媳妇了。还有，就在你提出分手的前几天，你来我这里，那晚你躺在我怀里说你永远爱我，难道这么快你就忘得一干二净了吗？"她不说话，用手抹着眼泪。我语气软和了下来，说："我今天过来是来看你的，并不想把咱俩的关系搞得这么僵,不管怎么说,我们曾经相爱过。不说了,分就分吧,我最后只有一个请求——让我送你回家,好吗?"她冷冷地说:"没有必要,你回去吧!"我鼻子一酸,眼泪掉了下来。我哽咽着说:"就算我求你成不?这是最后一次了。"

我们并肩从省图书馆门口沿着南二环向西走去。

自从她和我提出分手以后,这几天我一直没有好好吃过几口饭,身体很是虚弱,加上伤心难过,所以,并没走多少路程就感觉双腿发软。我说:"咱们还是坐个出租车吧,我掏钱。"她说:"我再穷还不至于掏不起车费,只是不想坐车。"我说:"今天就吃了一顿饭,现在实在走不动了。"她说:"那你就坐车回家,不用送我了。"我说:"天黑了,你一个人回家我不放心。"双方僵持了一会儿,最后她终于答应坐车。

到丁白村后,我抢先付了车费。她情绪似乎比刚才好了很多,勉强地笑了笑说:"又让你破费了,好了,现在你应该放心了,赶紧回家吧。"可是,我还是舍不得走,我知道,这一走今后很难再见到她。我说:"我请你吃饭吧。"我以为她会拒绝,没想到她说了句:"好吧,我请你吧。"我们就在村口找了个面馆坐了下来。尽管肚子很饿,但我才吃了几口就再也吃不下去了。她也没有吃完。走的时候,她要付钱,我说我付吧。她说:"说好了是我请客的。"我说:"男人和女人在一起吃饭,都是男人付钱的,你就给我最后一次面子吧。"我们争着付钱,这让老板很为难。她说:"老板你不收我钱,我以后就不在你这儿吃了。"我说:"老板你别怕,她不吃我来吃,以后我天天从东郊坐车过来吃。"老板笑了笑,收了我的钱。

出了饭馆,站在街道上,我感觉眼前一片迷茫,心头一片凄凉。她说:"时间不早了,你赶快回家,过会儿没有公交车了。"为了跟她多待一会儿,我说:"既然都快到你租房门口了,如果不介意的话,我到你房子坐一会儿,顺便拿一下你答应给我的相片。"

进了她房间,看到那些我所熟悉的家具摆设,心里激动起来,浑身不由得战栗起来,一开口说话,连自己也感觉吞吞吐吐的。她以为我身子冷,说:"我这房子没有生火,比较阴冷,我给你倒碗温开水喝。"满满一碗水递了过来,我双手接住"咯—咯—咯"一口气就灌到肚里。她拿出相册给我,说:"这都是以前的相片,来西安后没有照,你随便挑一张吧。"我接过来,一张一张地仔细看起来。那些相片,也让我依稀看到了她成长的轨迹。我觉得,现在的她比以前更显漂亮、成熟,可是这只平添了我的一番感慨:从今后,这个女人不再属于我,我们顶多也只能做普通朋友了。

　　我从相册里抽出了一张她的我认为照得最好的单人照，然后说时间不早了，我该走了。她怔怔地看着我，一脸忧郁感伤的神情。当我的脚步刚跨到门口的时候，我忍不住回头留恋地张望了一眼，我看到她深情地注视着我，眼睛里闪烁着晶莹的泪光。我也忍不住掉下眼泪。我说："在我走之前，能不能最后一次抱你？"她显得有些为难，低头用手扯着衣襟，默默不语。我走向前张开了双臂，她就像一只兔子一样一下扑到我怀里。我俩紧紧地拥抱着，脸贴着脸，唇粘着唇，泪水混在了一起。那时，我真希望我能死在她怀里；那时，我真希望我俩能变成化石。但是，我知道这是不可能的——最后我将她从怀里推开，迅速转身跑了出去。

　　踏上街道上时，我再也控制不住自己的情绪，一任豆子般大的泪珠暴雨一般地往下倾泻，砸在衣服上，砸在路面上。街道上人很多，我怕人家看见笑话，低着脑袋从熙熙攘攘的人流里穿梭而过。

　　刚坐上400路末班车，就听见手机响了一下，是一条短信："平，我知道我伤你太深，这一切是无法弥补和偿还的，我会一直牵挂你的。"泪水再一次迷糊了我的双眼，公交车在夜色里缓缓向前驶去……

2004年12月7日于西安等驾坡

卷七・秦川人物

黄土文化的播种者和耕耘者

——著名民间文艺家王世雄的传奇人生

他出生于关中西府扶风县绛帐镇的一个普通农家，少年时考入西安师范学校，因作品频频发表而在文坛崭露头角；毕业后，他志愿去了陕北黄土高原教书，被打为"右派"，在"文革"中又被打成"黑帮"，被迫回乡后当了九年农民；平反后，他回到宜君县投身民间文化事业；八十年代末他只身闯西安，搞起了"黄土文化"工程……他是一个单纯的人，对任何人从不设防，帮助过很多人；因他生性刚烈，也得罪过不少人。他是一个复杂的人，有人称他是"文坛独行侠"，有人呼他为"北山狼"，甚至还有人说他是"王疯子"。他的生平就像一个永远也解不开的谜团，充满了太多的传奇色彩。

一、少年成名

6岁那年，王世雄的父亲患肝癌不幸去世，他早早失去了父爱。但他的童年和少年时代，受到两位伯父、伯母及母亲的抚爱，和两位兄长的呵护，是全家的"重点保护对象"，享受着民间文化传统很深厚的家庭关爱和欢乐。他家地处绛帐镇东街，距东汉大儒马融的讲经台故址不到百米。小时候，他经常和伙伴们在讲经台上玩耍，常听老人们讲述马融挂帐讲学的故事。他的父母辈皆为不能识文断字的农民，许是受了马融讲经台上冒出来的一点文气的熏陶，他自幼就志存高远，聪颖好学，嗜书如命到了一旦读书入迷就废寝忘食的地步。他那时记性很好，尤其对一些书中的名言警句总能过目成诵，且酷爱作文，凡有读书心得、生活感悟，立即挥笔成文。小学五年级时，他的一篇作文在上海《儿童时代》上发表了，因此被父老乡亲戏称为"神童"。因家庭经济拮据，他的两位堂哥辍学回家种田，仅供他一人上初中。这时，他开始大量习文，作文常被老师当范文宣读，因此在学校里颇有"才子"之名。

1954年，王世雄以优异的成绩考入西安师范学校，从此开始文学习作。

1956年，他的短篇小说《爸爸来信了》在陕西省作家协会新创刊的《延河》6月号上发表，并荣获团省委、作协举办的"西安地区业余创作评选二等奖"。不久，《延河》编辑部召开儿童文学座谈会，他被省作协邀请参加。会上，他做了大胆的颇有见地的发言。编辑贺抒玉将他的发言稿摘要编发到《延河》和《陕西日报》副刊上。从此，他一脚踏入文学门槛且小有名气。在著名作家李若冰、贺抒玉夫妇及其他前辈作家的关怀和帮助下，他还接连发表了不少小说。师范学校还没毕业，在陕西人民出版社王平凡、陈策贤两位老编辑的帮助下，他的小说集《放牛娃》得以顺利出版，成为当时儿童读物中的畅销图书。

以后，陕西文坛每有集会，王世雄常被邀请到场，因为他年纪最小且很有才气，故而受到了诸多名流的青睐和提携。有一年元宵节，陕西文坛聚会，画坛巨匠石鲁在座。那时，石鲁刚从埃及访问归来，有一组埃及人物速写轰动了画坛；之后，苏联芭蕾舞皇后乌兰诺娃来西安演出，请石鲁为其画了像，一时石鲁的人物速写千金难买。当时，王世雄不认识石鲁，坦然坐在一旁。石鲁见他大眼浓眉，面皮红润，朴讷如同黄土壮苗，便为王世雄速写了一幅肖像，等席散后才拿出来示众，并戏问："娃儿，可像你吗？"

二、出道落难

1957年，16岁的王世雄从西安师范学校毕业后，积极响应党的号召，志愿去了地处陕北黄土高原上的宜君县（后来被划归铜川），当了一名乡镇小学教师。

王世雄本想安安分分地教书育人，业余搞搞文学创作，可是没想到刚一出道便遭到了"打击"。他是8月参加的工作，12月就被划成了"右派"，只因说了一句看不惯"外行胡咥"的牢骚话。由于不到18岁，上面只给他戴了"右派"的帽子，还照常教书。

这样的打击对一般的涉世未深的少年来说是不堪承受的，但王世雄却不同，他没有因此而沉沦、颓废。他不但不苦恼，反而觉得这个"右派"当得太可笑、太滑稽。于是，便产生了以"笑着看人生，唱着干工作"的生活法则，以乐观向上的情绪主宰自己的行为，刻苦钻研教学工作，业余时间大量阅读文学书籍，写诗、写戏、写小说、写日记，并常有文章在各大报纸杂志上发表；另外，他还写成了《雁塔钟声》《葫芦河畔》两部长篇小说和两部长诗《我们中队里》《河畔少年》。1962年，上海少儿出版社审读后令其修改，准备出版，最后因作者政审未过关而搁浅。

不料1966年"文革"爆发，与很多作家一样，王世雄也陷入了前所未有的"浩劫"之中。他的两部长篇小说和十几本"实话实说"日记，被一帮造反派硬说成是"毒草"，经过几天大喊大叫地批斗，他就糊糊涂涂地由一个"大才子"变成了"大黑帮"，糊里糊涂地被赶回老家，成了"黑人黑户"，被迫回到老家过了近十年"面朝黄土，背朝青天"的农民生活。

那几年，王世雄虽然对未来感到迷茫，但他并没有自暴自弃。农闲之余，他将中外文学名著包上红宝书的塑料皮偷偷阅读。另外，他还搜集、整理了大量的民间谚语、民间故事等民俗资料，这为后来从事民间文化研究打下了坚实的基础。

三、重新崛起

岁序更迭，时来运转。历史终于从迷狂混乱中清醒了过来，已届不惑之年的王世雄终于迎来了自己的春天。

王世雄告别了绛帐的父老乡亲，重返宜君县的第一件事，就是即刻向上级递交了入党申请书，要求加入中国共产党。但有人因他的历史问题予以百般阻难，他一时火起，跑到了县委大院，站在组织部门外大喊："王世雄为啥不可以入党？多少人喊'打到王世雄'而入党提干，我被考验了20年还没考验够吗？"连问了数声而无人应答。不久，王世雄被批准入党，省电台和省报播发了消息和评论。

王世雄本来可以成为一个小说家，调至宜君县文化馆由于工作需要和职责驱使，他不得不改弦易辙，全身心地投入民间文化的搜集、整理和研究工作，这一干就是十年，足迹踏遍了宜君县14个乡镇的村寨沟峁。

从1982年至1987年，经过艰苦鏖战，王世雄和他的同志们用血汗换来了"三普查"的累累硕果。他先后搜集、整理、出版了《猪八戒传说》《猪八戒外传》《猪八戒、猴子和千里马》《民间讽刺歌谣精选》《从故乡听来的童话》《森林里的故事》《宜君风情录》等十余部民间故事、歌谣，以及多册文史资料。《宜君风情录》选刊了一些宜君老革命的回忆，其中有涉及边区时期胡耀邦总书记的事迹，有老革命送到总书记处，胡耀邦同志还给王世雄亲笔写信予以关注。

1980年，王世雄在尧生村下乡时，无意中在一个农家茅厕里发现了一具变形兽物的石雕，造型夸张、线条简洁、生动逼真，就雇了一辆拖拉机运回县文化馆收藏，后送北京展出，成了文化珍品，照片还刊登在《美术》杂志封面。他曾翻山越岭，潜心研究民间文化，在黄土梁上考证出先祖的"生殖崇拜"，在国内引起了不小的反响。宜君县城南有一人祖，当地人历来以为耻辱，不愿提及，王世雄经过反复观察，邀请市考古研究所薛东星等专家前来勘察，凭着渊博的知识，认定为史前生殖崇拜的历史遗存，是文化珍宝。他将研究成果著文发表，经《人民日报·海外版》转载，北京、香港、日本、美国的一些专家来信索要资料，一时引起了学术界的重视。

1984年春节期间，王世雄带队在北京中国美术馆举办了一次宜君农民画展，一炮震响中国画坛，常书鸿、魏传统、黄苗子、王朝闻、华君武等多位国宝级的大师也前来参观指导。中央电视台等媒体详加报道，多家杂志报纸辟专栏刊登宜君农民画。著名画家华君武看了构图奇妙的农民画，听了王世雄简明清晰的讲解之后，握住他的手说："基层有你这样的专家，我们的民间艺术是大有希望的！"

四、成绩卓著

上个世纪80年代后期，商品经济大潮冲击了许多曾被视为美好的道德，以利益为核心的实用主义泛滥，污染了圣洁的文化领域——黄色文化、消费文化的浊浪汹涌而来。

这时，王世雄毅然离开宜君县，孤身闯进了省城西安。他原本是为了出版自己的几册关于民间文化的随笔、民俗、民间传说故事，不想却在陕西人民教育出版社的赵喜民、陈绪万等友人的鼓励和支持下编辑了多套丛书，从此愈干愈来劲，在文坛上扯起"第三世界"的大旗。之后，他又在陕西旅游出版社张小平的支持下策划了《西部风情文库》五套丛书，帮助一大批市县基层作家们出版了很多小说、散文、民俗文化图书。再后来，他又在北京文友的帮助下在首都几家出版社出版了几套丛书，从而在文坛上刮起了一阵"王世雄现象"的旋风！著名作家李若冰曾发表文章《王世雄与黄土文化》，盛赞他正在从事的弘扬中华民族黄土文化的艰巨工程是一项"有识之举，一个大胆而实际的壮举"，说他是"黄土文化的播种者和耕耘者"。他还曾给一百多册书籍撰写序言，其中有青年作家，也有声名显赫的老作家，有些序言被多家报刊刊发。因此，有人称他是"民间出版家""文艺评论家"。

其实，王世雄风光表面的背后却有着太多的不为人知的艰难心酸。他刚到西安时，生活条件极差：吃饭啃冷馒头嚼大饼，因此被称为"大饼主编"；住宿打游击，因此被称为"陕北下来的游击队"。后来还是一位省委领导的帮助才得以在省委南院的一间20平方米的小屋里栖居。这间小房里只有一张桌子两张床，别无他物，别人视之为"蜗居"，他却自得其乐，秋末在南窗上贴几片白杨树的落叶，自诩为"黄叶村主"。每天来找他的既有陕北下来的青年作者，也有关中道上和巴山汉水间的土作者，也不乏大专院校的教授和科研单位的研究员，小小斗室里每日烟云缭绕，话题总是在文学艺术上打转转。

王世雄的单位还在宜君县，却长期待在西安"不务正业"，县内文化界有一二不学无术专事营苟的小人，连年向县委告状。社会上正能量的势力还是很强劲的。铜川日报社的黄卫平、陕西日报社文艺部的田长山、西安晚报社的商子雍、陕西电视台的李牧泉、匡燮、张书省等好友利用媒体宣传了他献身黄土文化"艰苦奋斗精神"和"卓著成绩"，在县委曹玉过、石政民、王彦朝等几任县委书记以及王孝儒、王选民等同志的关爱下，他才能排除干扰全身心投入"黄土文化"事业。

王世雄在西安打了八年的游击，被称为"陕北游击队"，也正是这八年的"游击"，成就了他的"黄土文化"之梦。这八年，王世雄将以往"立足陕北，放眼陕西"的目标转移到"立足陕西，放眼全国"，相继主编了《故乡丛书》《三秦丛书》《布谷鸟丛书》《黄土文化研究丛书》《西部旅游文学》《记者丛书》《新世纪丛书》《金秋丛书》等系列黄土文化丛书近三百部，仅1991年他编辑送交出版社的书稿就达35部之多。其中，他主编的《天下名山大川》近百万字，填补了辞书市场的一个空白，为民间文化和旅游文化提供了一个有参考价值的工具书；他主编的《中国当代笔记小说精选》，由华岳出版社和香港三联出版社同时出版，获得了孙犁、林斤澜等前辈大师的赞许，说他为文坛做了一件大好事；他主编的《炎黄民间文库》为两辑75种，当年印行一万五千套，对普及民间文学的贡献，可谓功不可没。在此期间，他还坚持自己的创作，撰写和出版了《黄土风情录》《秦巴风土》等民俗专著，《黄土小品》《黄叶村拾梦》等风情别致、真挚朴素的西部民间文化随笔。

1997年4月，在中央和省委五位省部级老革命和领导的关照下，半世奔波的王世雄才克服重重阻力，被正式调入陕西省文联，担任了陕西民间文艺家协会设立的《秦风》报社总编。从此，他编辑出书的成绩更加突出。据统计，短短四五年就编辑出版各类图书150部，创造了良好的社会效益，鼓起了一股清新的雄风，成为众口皆碑的"编书狂"和"出书王"。在他的扶持下，铜川作家安黎、永寿作家豆冷伯、宝鸡作家李君、扶风作家马友庄、赵麦岐、安康作家李大斌、部队作家韩怀仁等一大批中青年作家踏着第一本书的足迹，引起文艺界的瞩目。另外，在他的帮助下，著名诗人胡征、音乐家常刚、老教授吴尊文、革命老人常英等一批老同志在出书艰难的情况下也终于向社会献出了自己晚年的专著。原农业部部长刘培植的长篇回忆录《铁骨铮铮》、原青海省副省长刘树林回忆录《无雪的冬天》也有着王世雄的操劳。

渭水潺潺，岁月悠悠。如今，王世雄已是古稀之年的老人，但他依然为黄土文化的繁荣而谋划、奔走。有时，他还被一些文化单位邀请参加一些民俗文化相关的讲座、会议，发表自己的观点。最近，他的家乡为了弘扬儒家文化，成立了马融文化研究会，聘请他作为名誉会长，还准备在西宝高速公路绛帐出口立一个东汉大儒马融的雕像，为此他又不辞辛苦多次回老家指导工作。在他的黄土文化精神的感召、影响和帮助下，近年西府地区出版了《宝鸡民俗丛书》《西府布艺》《西府社火》等一批有价值的专著。马融"绛帐传薪"的历史典故成为一种文化精神，代代相传，王世雄的黄土文化精神正是"绛帐传薪"精神的延续和发扬。

2012年12月11日于西安

宝剑锋从磨砺出

——于鹏玉的书法"非常道"

关中西府的扶风县,历史悠久,文明昌盛。这里是先祖炎帝姜氏部落的故里,这里是中华民族渊源周原文化的发祥地,这里是闻名中外的"青铜器之乡"。扶风大地自古以来就是精英辈出,如:东汉名将马援,东汉鸿儒马融,东汉史学家班彪、班固、班昭……当代社会,各个行业和领域的人才更是如雨后春笋一样不断涌现出来。周原书风盛,扶风翰墨香。扶风县工商局有一个人叫于鹏玉,他一直在繁忙的工作之余从事书法研究和创作,经过二十多年的磨砺和积淀,正在书法界脱颖而出,大放着光彩……

一、磨剑

于鹏玉,1969年12月出生于扶风县绛帐镇前进村一个普通的农民家庭。他家中有五口人,父母都是老实本分的农民,他本人是家中的长子,下面还有一个妹妹和一个弟弟。

上小学时,张志平和于康劳两位老师的字写得挺好,于鹏玉就注意看他们的粉笔板书和作业批语,偶尔还模仿着写。其实,在学习书法的初学阶段,伯父才是他真正的启蒙之师。伯父是乡里声名远播的秀才,精医术、懂绘画、尤擅书法,是他儿时的崇拜偶像。每逢春节或谁家过红白喜事,大伯父就经常给人家写对联。伯父每次写对联时,他就在跟前帮忙,裁纸、叠印、倒墨。每当看着伯父写字时凝神静气、挥洒自如的神态,看着乡亲们脸上满意喜悦的表情,看着一幅幅大红对联在院子里展开,他的心里就会升腾起一股羡慕和自豪之情。于是,他也迷恋上书法,开始在作业本上信手涂鸦。那时候没有字帖,他就照着伯父的手迹临写。小学三年级,开始学写大字。好多同学都是衬着买来的标准印格在方格里写,他也衬过一段时间印格,但后来就干脆自己在大字本上随便抄写一些书本上的旧体诗句。他的大字本上常被老师划了很多红圈,让班上同学羡慕不已。

升到初中,于鹏玉的字在班上写得最好。好多老师都很喜欢他,班主任昝炜和慧乃平老师经常让他帮忙刻写油印试卷、在黑板上抄写课外题，还让他一手包办黑板报。他常因此而沾沾自喜，在同学面前很有些优越感。

有一天，他在中央电视台看到了庞中华的书法讲座，心里特别兴奋和激动。为了让自己的硬笔字写得更好，他购买了好几本庞中华钢笔字帖，照着慢慢练习。他大伯父看到他在练习庞中华的钢笔字，就对他说："你既然喜爱书法，就多看看颜真卿等古代书法家的字帖，在毛笔书法上多下点工夫，这样你的硬笔书法也会很好。"那时，他对字帖的分辨、认识还很懵懂，对纸张、毛笔等书写工具也没有什么讲究，所以练了很长时间毛笔书法，但起色不大。在大伯父的建议下，他在一根细木棍的一头扎了一些布条，制成了一个形似拖把的书写工具，在自家的土院子上练习大字。其实，这样的练习也只是偶尔为之，并没有坚持多久。但是，通过这样的练习，在一定程度上锻炼了他的腕力和臂力。他觉得，在地上写字比在纸上写字力感强，对字体结构把握得也更精准一些。

1987年9月，于鹏玉考入宝鸡工业学校，开始接触到外界大量的书法信息。他陆续购置欧、颜、柳、赵诸体字帖，开始比较规范的毛笔书法的学习和训练，这一写就是十多年。中专三年，他读的是机械制造专业，经常要在双道临纸上绘图，图纸下面的落款通常要求是仿宋字。于是，他又通过自学，很快学会了艺术字体。但他真正喜欢的是书法艺术，不认为艺术字是真正的书法艺术。于是，他又再次拿出了以前的庞中华钢笔字帖练习硬笔书法，同时还报了两年时间的庞中华钢笔书法函授培训班。培训班要求学员每个月交一次作业，作业就是按照字帖上的钢笔字描红，这对他硬笔书法的训练起到了一定的帮助。

学校里有一个因书法特长而留校任教的老师，名叫甘静学，对他的书法训练曾产生过比较大的影响。1988年的某一天，学校召开全校师生大会，校长宣布了一个喜讯：甘静学在今年的一次陕西省青年硬笔书法大赛中获得了二等奖。消息一经公开，甘老师一下子成了学校的名人，成了学生们的偶像。于是，他就想办法接近甘老师，并向他请教一些书法方面的问题。学生会还曾邀请甘老师给学生讲过一堂书法课，于鹏玉也去聆听了。他认为，甘老师的书法讲座很精彩，理论与实践相结合，更加实战化、形象化、生动化，给了他很大的启发。

于鹏玉常在学校宿舍里的公用桌上练习毛笔书法。他当时买不起宣纸，就在捡来的废弃报纸上写字，一张报纸不知被他反复写过多少遍。虽然练习了很长时间，但长进并不大。墨汁是一种化学合成物质，倒出来时间一长就很快氧化了，散发出一股浓烈的臭味，有些舍友向他提出了意见。于是，他就用洗净的毛笔蘸了清水在宿舍水泥地板上写字，这样坚持了近两年时间，但收效也不大。其间，他还报了上海文化艺术专修学校的书法函授班,一个班大概是半年到一年时间。这个函授班平时给学员邮寄教材、作业,最后考试不但要求上交书法作品,还要考核理论知识。也就是在上函授班的时候,他开始接触和使用毛边纸和质量很差的宣纸,在上面练习书法。他说,现在看来,当时函授班的教学方法和理论知识是有一定的科学性的,但是实战性不强,对好多东西的理解似是而非,没有老师现场指导,只能是自己看着教材上的东西瞎琢磨。所以,那两年时间的函授学习,收获是有一些的,但长进并不是很明显。

在此期间,于鹏玉曾两次报了上海文化艺术专修学校的书法函授班。函授班里设九个书法段位,最高级别是九段,初学者一般可获得一至三段。他两次通过函授学习,最后获得的都是三段,这对他的打击挺大,心里有些想不通,从此就不再报那个函授班了。多年之后,他对此事有了一个重新的认识:"现在看来,当年函授班老师是对的,自己当时的悟性不太高,基本功训练不扎实,一直在原地踏步。但我并没有因此停止对书法的训练,只是很长一段时间依然没多大进步,内心焦灼不安……"

1988年,于鹏玉积极报名参加了学校组织的一次迎国庆书法展,获得了二等奖,对他当时鼓励很大。获得一等奖的是与他同级的屈建军。他看了屈建军的书法作品后,感觉与人家虽然只差一个等级,但水平差距甚大,这使他有了很大的思想压力。从此,他有意接近屈建军,并经常跑到他们宿舍去请教。后来,两人成了关系密切的朋友。屈建军告诉他:学书法,选帖很重要,经典字帖很多,但一定要选自己最喜欢且适合自己的一种范本长期坚持练习,等学好了之后再学其他字帖;还有,练习毛笔书法要上宣纸,不要在普通白纸和报纸上写。其实,屈建军所讲述的那一套训练方法与函授班教材上讲的差不多,但这些经验经由人家嘴里讲出来之后,让他确信函授班教的那套方法是正确的,行之有效的,应该长期坚持下去。

毕业前,学生会又组织搞了一次书法比赛,于鹏玉获得一等奖,这对他来说无疑是一次更大的信心鼓舞。

二、亮剑

转眼,四年中专就上完了,马上面临毕业分配。填写分配志愿时,班主任再三叮嘱:一定要谨慎,一旦去了县城,就很难再回到市里了。大多数同学选择留在宝鸡市,很快在宝鸡市里的一些机械厂当了工人。于鹏玉心想:如果像他们那样的话，整天在车间干活，哪有时间搞自己喜爱的书法呢？如果能进文化单位工作的话，就可以每天写字了。经过一番激烈的思想斗争，他最后决定回扶风县城，因为他一心想进县文化馆。

于鹏玉的一个娘姨父名叫于周存，对他说："文化馆没啥意思，待遇又不高，还不如进工商系统呢。"他的娘姨父与扶风县上的几位领导关系甚好，经过他的联络，终于为于鹏玉融通了这几层关系。

当别的同学都进厂子上班的时候，于鹏玉悄悄地背着铺盖卷回到老家待业。直到第二年七月，他娘姨父才告诉他，那几个单位的领导要把相关人员全约齐后看他现场书法表演，让在家里再等一下消息。等了一年时间，终于盼来了消息，他当时心里既高兴又紧张。他在家里写了多种形式的书法作品，有大字也有小字，有楷书也有行书，有成品也有半成品。有一天，他按照约定的时间，背上笔墨纸砚去了扶风县人事局。他先拿出自己在家里写好的书法作品让领导们看，接着又拿出没写完的半成品当场续写，旁边有六七个人围观，都交口称赞。有一个领导说，单位里经常开会，需要写大字标语，你就现场写一下"廉政"两个大字吧。当时没有大纸，他就在一个旧报纸上写。因为他平时没写惯大字，加之当时心理可能有些紧张，对字形把握得不是很好，就草草几笔写完了事。

于鹏玉从县上回来后，过了一段时间，从他娘姨父那边得到传话：鹏玉的小字还不错，大字有些勉强。听到这个话，他想没戏了。直到九月份，分配通知下来了，人事局要他尽快去扶风县工商局报到。工作总算有了着落，他那一颗焦急的心才总算安定了下来。他后来感慨地说："我父母亲都是老实本分的农民，在给我找工作这件事上没花一分钱，没发一根烟，没送一瓶酒……哎呀，当年的那些单位领导是真正爱人才、重人才呀，我很感激他们……"

上个世纪90年代之前，事业单位的人员大都是复转军人或接父母班的。当年，扶风县工商局局长晁建都、副局长王掌印是很爱惜和赏识人才的领导，觉得单位正好需要一个写字好的特殊人才，因此，就把于鹏玉作为专业人才破格招进县工商系统。他最初被分派到城关镇工商所，经过一段时间实习之后才正式上岗了。他先是做了多半年会计，还搞了一段时间的基层社教，并负责单位的宣传工作。当时还没有普及电脑刻字、印字，他就经常给单位写会议条幅、宣传标语和车辆宣传牌。在此期间，他颇受领导器重，还多次被县工商局抽调使用。前几年，由于才参加工作，为了适应环境、熟悉业务，忙于单位各种繁杂事务，有三年时间基本上没好好练字，所以书法水平几乎没有进展。

1993年7月，于鹏玉被调入扶风县工商局咨询服务中心，担任会计，主要负责办执照、填写表格、打字复印等工作。进入机关后，上班时间比较规律了一些，他在工作之余又开始坚持练习毛笔字，水平较之前有了较大长进。

四年后，于鹏玉被调入扶风县工商局法制合同股。从此，他的日常作息越来越规律，生活条件也改善了很多。所以，他就有更多的时间练习写字，书法进步越来越大。时间一长，他慢慢在圈子里有了一定知名度，也开始有了与县上书法界人士接触和交流的想法。

有一次，扶风县文化馆举办暑期乘凉书画表演活动，有些同事建议他去报名参加，他感觉自己的水平还不行，没有报名。但搞活动的那天，他还是专门去现场观摩了一下。旁边有认识他的人建议他也露一下身手。他不好意思推辞，就提笔写了一副李煜的《虞美人》。写完后，围观的人都当场喝彩，他当时心里很是有些得意。一周后，他拿到了一张县文化馆颁发的"优秀奖"荣誉证书。从此，他对自己的书法更有信心了，也相继结识了一些县上书法圈子的名人：武装部曹绪之，工商银行袁季方，文化馆樊海林、徐海良，还有翟功印、罗周儒等人。通过与这些名家的交往，获得了指点，他的书法水平又得到了一定程度的提高。

于鹏玉对书法的爱好越来越深。他开始接触王羲之的《兰亭序》《圣教序》，米芾的《苕溪诗帖》、王铎的《行书诗卷》、唐寅的《落花诗帖》等名帖，在家里反复地临摹，写秃了几十支毛笔。同时，他还订阅了《书法》《书法报》《书法导报》等报刊，开始学习书法理论和书法评论，以此提高自己的理论水平和鉴赏能力。这个过程，他一直持续了十年，吸收了很多东西，书法水平也有了质的飞跃。

于鹏玉的心劲很大。他想，自己这十多年在书法上下了那么大的工夫，应该让更多的人知道和认可。于是，他连续五年参加了七次市级以上规模的书法比赛活动并获得多项荣誉：

2001年6月，在宝鸡市工商行政管理系统纪念建党80周年书画摄影诗词比赛中荣获了书法类"二等奖"；2002年8月，在中国对外艺术展览中心和江西省文化厅联合举办的建军75周年全国书画大赛中荣获"优秀奖"；2003年12月，书法作品入选中国书法艺术研究院举办的纪念毛泽东诞辰110周年"同一首诗"全国书画大展，并被东方古今艺术馆收藏；2004年6月，荣获中国当代书法家博览编委会举办的"欧阳询奖"全国书法大赛铜奖；2004年12月，获中国书法家协会展览部和中国语文报刊协会联合举办的第二届全国规范汉字书写大赛成人组毛笔字"优秀奖"；2005年9月28日，在扶风县政协举办的迎国庆爱家乡"电信杯"书画赛荣获"二等奖"；2005年11月，获陕西省工商行政管理系统"纪念抗战胜利

60周年和长征胜利70周年"征文活动书法类"二等奖"。

让于鹏玉记忆最深的是2006年由扶风县政协举办的全县书画大赛。那次虽然是县级书法比赛，但规模挺大，全县参赛者达三百人之多，入围作品一百多件。他主动报名参赛，提交了两幅行楷书法作品：一幅是李白的古风《扶风豪士歌》，另一幅是高骈的七绝《山亭夏日》。经历了那么多次的书法比赛，他相信自己这次一定能进入前两名。最后果然不出他所料，获得了二等奖中的首位。通过这次书画比赛，扶风县涌现出了一大批年轻的书法爱好者；那些年纪大一点的书法家都在前三等奖之列。这对他心灵产生了巨大震动。此后，他对书法的兴趣和信心更大了，在书法练习上也更下功夫。每天晚上都要花费一半个小时去读帖、临帖、创作，看相关理论文章；就连周末也不出去逛街，一门心思躲在家里"玩书法"。

虽然已经获得诸多荣誉了，但于鹏玉心里并不满足，他想捧回更高级别的奖项。2007年，他没有参加任何书法比赛，每天下班之后就把自己关在书房里学习书法。2008年11月，他在上海中华书画协会举办的第十九届"文明天艺杯"书画段位大赛中一举摘得"金奖"；2009年9月，在扶风县庆祝建国60周年"泰荣杯"书画摄影赛中获得书法"一等奖"……

三、论剑

于鹏玉不是那种只知道埋头书斋、故步自封的传统书生。他认为："搞书法的人，除了在书斋里勤练基本功之外，还应该像古代的侠客一样，走出去与同行中的高手去切磋、过招，这样更利于书法水平的提高。"最初，他拜访过一些县上的书法名家，但是感觉这种交流形式效果不是很好。他想加入扶风县的书法社团，从而认识更多书法高手。但是，当时县上并没有这样的机构。

"众人拾柴火焰高。"2007年，于鹏玉与扶风县的杨昌禄、翟功印、魏东明等书法圈子的朋友联络，筹划创立扶风县书法家协会。2008年12月26日，扶风县书法家协会成立大会在关中风情园胜利召开；同时，书协首届会员作品展也在县博物馆隆重举行。此次会议以举手表决的方式通过了《扶风县书法家协会章程（草案）》，聘请罗西章、陈扶军、梁宗建、黎焕焕等人为名誉主席，聘请王周权、田致效、冯仲明、乔佩林、张长明、袁季方、袁周平、樊海林、魏东明等人为顾问；选举产生了第一届协会主席杨昌录，常务副主席翟功印，副主席徐海良、权存兴、于鹏玉、康登科及秘书长于鹏玉（兼）。书协的成立，标志着扶风县书法艺术爱好者从此有了自己的艺术组织，为全县书法艺术的繁荣和发展翻开了崭新一页。

扶风县书法家协会成立的同时，会刊《扶风墨苑》也应需而生，这为广大会员提供了一个展示才华的窗口和交流思想的平台。扶风县书法家协会迄今已吸收了一百五十多个会员，出版了十一期会刊，举办了三次书画比赛、展览，开展过两次送春联进机关活动，承办过一次毗邻的五县区政协书画联谊笔会活动，还曾邀请陈扶军、任步武、陈天民、唐永平、罗西章等多位著名书法家、考古学家来县上做过书法培训和讲座。三年以来，扶风县书法家协会引起了县委、县政府等各级领导的高度关注，受到了宝鸡市书法家协会的高度赞扬；同时，会员自身也通过这个平台，开阔了视野和思路，书法技艺和修养快速提升。

在扶风县书法家协会这个平台上，通过长期与一些书法高手的"论剑"，于鹏玉对书法的理解、认识和悟性等方面都有了一个根本性的变化。他认为："大多数人搞书法，光是在苦苦练字，这样长期坚持下去也能练出来，但字写得再漂亮也只不过是一个写字匠，还称不上书法家。搞书法重在有悟性，但悟性绝不是空穴来风，需要靠文化来滋润和涵养。学识、修养是文化的体现，它们若能与书法技艺有机结合起来，书法才有灵魂。不读书，不学文化，悟性无基础，就成为空想。'问渠那得清如许，为有源头活水来'，这句古诗说的就是这个道理……

"虽说技多不压身，但术业还是有专攻的。我是一个兴趣挺广泛的人，从小除了酷爱书法之外，还爱好文学、音乐、美术，我初中时经常写日记，作文曾在比赛中获得过一等奖，还在一些刊物上发表过文章……当然，其他兴趣爱好对我的书法也有过不少启发和影响，但是每个人都应根据自己的性格特点和爱好取向，在某一个行业的某一个领域里深钻下去，不宜搞得太杂。这三十多年来，我一直对书法艺术的追求和探索从未停止过，希望自己今后在书法艺术上能取得更大的进步和收获。"

如今国内书法界好多人士自称"全才"，擅写多种书体。对于此种现象，于鹏玉有自己的看法："我也相信有些人的确相当厉害，例如苏轼在诗词书画等诸多领域都颇有建树和成就，但是这样的人自古以来有几个呢？有些人看起来懂得很多，但真正精通的也就那么一两项。就拿书法而言，有些人号称篆、隶、草、行、楷无一不精，但是真正写得好的也就那么一两种书体。我本人基本上不写篆书、隶书，近两年才开始有所染指，平时还是以写行、行楷居多，我感觉自己最喜欢和最擅长的也是行楷，写完之后感觉很痛快。"

于鹏玉参加工作已二十二年了，一直在扶风县工商系统工作，很受领导器重和同事爱戴。现任扶风县消费者协会秘书长，扶风县工商行政管理局12315申诉举报中心主任。他对自己的家庭生活也一直很满意。妻子很体贴他，将家务活儿一人包揽，好让他下班后在家里专心搞书法；妻子还经常鼓励他，不但要坚持学习，而且还要不断地去宣传，与圈子里的朋友多交流，扩大影响力。他的女儿已经出落成一个如花似玉的大姑娘，学习成绩一直很优异，后年就要考大学了；女儿也经常鼓励和支持他搞书法，在网上给他申请了一个QQ号并开通了空间，把他的个人简介、文章和书法作品发了上去。正是因为工作的稳定和家庭的美满，使得他能有大量时间和精力来从事书法的训练、创作、研究及名人字画收藏，这些事情让他感觉生活更加充实和美好。

近几年，他还担任法门寺书画院副院长，并被宝鸡市书法家协会、宝鸡市楹联协会吸收为会员。当有人对他的书法成绩啧啧称赞时，他却说："仰山知峻，临水怀清。中华文明，浩若烟海，书画艺术，群星璀璨。王羲之、王献之、钟繇、杨凝式、董其昌、王铎等古代书法大家均是我仰望的高峰。目前，我所取得的这些成绩根本不算什么，我好好再努力几年，争取加入中国书法家协会，成为当代沈鹏、王蒙、薛养贤那样的大家，让自己的书法作品走出宝鸡，走出陕西，走向全国。"

如今的于鹏玉是扶风县的名人，在宝鸡书法界的名声和影响日渐大了起来，但他并没有骄傲自满，而是依然像以前那样不事张扬，每日在书房里潜心磨砺着自己的宝剑，在书法艺术的道路上默默前行着……

2012年1月8日于醉墨堂

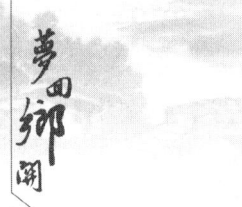

雪夜岐山访林祥

甲午年正月初五下午，寒风阵阵，小雪簌簌。凤翔文友蔡永超打来电话，说他刚在永寿走完亲戚，这会儿在扶风县城新区，想见我一面。接完电话，我立即坐了一个便车赶到了扶风县城新区。我在客运站大厅见到蔡永超，想让他在扶风留宿一夜，第二天带他去关中风情园看看。他却说："改日再到扶风好好转转，今天你跟上我去趟岐山，看望一下著名聋人作家赵林祥。"

我们直接在扶风客运站搭上了开往岐山的大巴车。出了扶风地界，雪明显大起来，到处都银装素裹。约半小时后，我们在岐山县的大营镇下了车，然后在路边挡了一辆出租车来到巩前寺村。我的文友、蔡永超的校友赵瑞瑞正好在家门口等着，他笑呵呵地迎上前来接过我们手中的礼当，直接带我们向赵林祥家走去。

刚到门口，赵林祥出来了，他很热情地与我们一一握手，引我们进屋去了。屋里早已支好了一张圆桌，赵林祥让我们坐下，然后就忙着倒茶水、发纸烟。过了一会儿，林祥的妻子与儿子又端上了几盘凉菜，拿出一瓶墨瓶"柳林"酒，说你们先吃着喝着，一会儿再咥几碗臊子面。席间，赵林祥频频举杯碰酒，我有些招架不住。瑞瑞告诉我，林祥兄嗜烟如命，酒量也很惊人。我一听，赶紧让瑞瑞在林祥兄手心写字，转告他我不善饮酒。林祥兄得知此意，爽朗地笑了笑，说你随意吧。酒过三巡菜过五味之后，林祥的妻子与儿子端上来几碗臊子面。与扶风的不同，岐山臊子面的汤里面放了很多辣子，油汪面多，我连吃了七八碗，感觉别是一番风味。

吃罢晚饭，赵林祥将我们三人带进了后院的书房，为我签赠了他出版的三本长篇小说《理事长》《爱不流泪》《西安是个坳》。记得去年，我曾在《陕西农村报》《农业科技报》等报副刊上看过他几篇写乡村人物的散文，只知道他是一个散文家，却没想到他还是一个小说家，不禁在心里暗暗佩服起他来。

赵林祥的书房约有十平方米，摆设很简单：一个大土炕，上面整齐地码放着五六种报纸；一张旧木桌，上面堆满了稿纸和参考资料。最令我吃惊的是，从土炕到门口，靠墙立了三个白色铁皮书柜，里面满满当当，整整齐齐地插满了文学书籍和杂志。

听瑞瑞说，赵林祥是一个农民，只有小学三年级文化程度，十岁时因高烧持续不退，被村上的一个庸医注射了过量的链霉素致使双耳失聪，从此他便生活在一个可怕的无声世界里。后来，他受美国残疾作家海伦·凯特事迹的启迪，十八岁开始学习写作，迄今已陆续在《延河》《当代》《小说月刊》等文学刊物上发表散文、小说一百五十余篇，其个人事迹曾被国内多家媒体报道转载，引起了很大反响。

永超告诉我，为了维持生计，赵林祥数十年间曾在宝鸡、西安等地的建筑队当小工，白天在工地上拉沙搬砖，晚上在工棚里爬格码字。除了打工和写作之外，他还连续十三年担任村上的生产组长，成为我国少有的"聋人村官"。如今，年逾五旬的赵林祥正在潜心创作一部约二十万字的名为《龙槐》的农村题材长篇小说。他上有一个患了老年痴呆症的九旬老母，下有一个正在上大学的儿子，肩上的担子还很重，责任还很大，但这一切并未影响他对文学事业的追求与梦想。听到这些消息，我内心很震惊，也为赵林祥的文学精神所感动，内心默默地祝愿从苦难中挺过来的赵林祥会继续坚持写下去，力争写出更多更好的作品。

在书房中，我们大概坐了半个小时。房间没生炉子，潮湿阴冷，尽管赵林祥提了半瓶酒过来，我们一边交流一边小酌。因为林祥失聪，只能说话，而且有些发音吐字不很清晰，我们要把自己的意思传达给他，需要借助纸笔。

喝酒的时候，永超又给我说了一些林祥的情况：赵林祥是以小说写作为主，也是以小说闻名西府，宝鸡作协主席王景斌、白麟等人都很推崇他；因为他勤奋笔耕，作品影响力大，历任的岐山县领导都曾登门拜访并给予关怀。永超还特别提到一件事：前年，岐山县委书记深感赵林祥笔耕之苦，为他特批了一台清华同方液晶电脑并拉了网线，以便其写作投稿及与外界交流。如此看来，一个人只要心存梦想，并为之坚持努力，一定会取得成绩并受到各方热心人士的关注和支持。

听了赵林祥的人生经历和创作情况，我内心颇受感动，便提笔在稿纸上写下这样一段文字：赵兄，虽然上帝为你关了一道门，却又为你开了一扇窗；这扇窗就是文学，你通过这扇窗看到了人生世界，别人通过这扇窗看到了你的心灵世界。他接过去认真看了一遍，然后笑呵呵地连连点头，立即给我倒酒递烟。

我们四人正在一起聊得起劲、喝得开心，瑞瑞忽然接了一个电话，说他得回去了。永超说："赶紧回去吧，你老婆还等着你睡觉呢。"我一听，立即哈哈大笑起来，他们三个也都笑得前仰后翻……

送走瑞瑞后，林祥带我和永超进了一间寝室。我和永超刚围着钢炭炉旁的桌子坐下，林祥端出一盘花生、瓜子让我们吃。接着，他提出一瓶"赤水龙"白酒，还拿出两盒珍品"猴王"。我说我酒量不行，不敢再喝了。林祥立马拿出一大桶可乐给我倒上，这种盛情实在让我感动不已。于是，我们三人又喝上了，抽上了，谝上了。听到他俩说到精彩处，我赶紧在手机上做起了笔记。

　　不知不觉，到了凌晨一点多，我连连打起了哈欠。他俩一看我如此困乏，就让我先睡，他们再谝一会儿。我和衣躺在床上，虽然身体困乏，但因喝了些白酒和可乐，大脑神经还处于高度兴奋状态，加之他俩大声说笑，我根本无法进入梦乡。好几次，我睁开眼睛，看见他们还在喝酒、胡谝，还推来搡去的，我有一种快要崩溃的感觉。最后，我实在无法忍受，就对永超说："你别再喝了，赶紧让林祥兄睡去，他年纪大，这样熬夜吃不消啊。"永超见我有些生气，这才放开林祥的手，让他回房睡觉去了。

　　灯熄后，我想这下能睡个安然觉了，耳畔却传来一阵山呼海啸般的呼噜声。真没想到，这个蔡永超呀，不仅个子大、嗓门大、酒量大，呼噜声也这么大呀！遇到这样的"大"人物，我实在是没治了！

　　夜已深了，我翻来覆去不能入睡，脑子里满是林祥兄的传奇人生……

2014年3月6日于大荔

悬壶济尘世 挥笔抒情怀

——任焕文先生的自学成才之路

一

任焕文，字介朴，号乔山憨子，1950年八月初二出生于扶风县法门镇庄白大队任家村的一个七口之家，在五个孩子中他排行老大，下有两弟两妹。

任焕文的曾祖父名叫任致远，当地人称"任百万"，曾于1890年在村上土壕挖得海内三宝之一的"大克鼎"，献给陕西巡抚，而获得翰林院题赠的"皇恩浩荡"牌匾。父辈共兄弟四人，其父排行老二，以厨师为业，从未上过一天学，却能言善辩，常在村里替人说事，在扶风县北乡一带颇有名气。他的母亲，是一个大字不识的农民，一生勤劳简朴、乐善好施，为乡邻所称道。

因家里大人多、经济拮据，任焕文八岁才进邻村陈家庙小学读书。孩提时，他天资聪颖，记性极好，对于课本上的诗词文章总能过目成诵，且才思敏捷，作文挥笔立就，故而颇受师长青睐。上六年级时，他的一篇题为《难忘的一天》的作文，曾获得全县小学生作文大赛二等奖，在法门镇一带有"神童"之名。

1965年，任焕文的祖父患了胃溃疡。有一天，祖父胃病发作，疼痛难忍，而任焕文的父母正在生产队干活，实在脱不开身，一家人急得团团转。当时年仅十五岁，身体单薄，但从小就很懂事的任焕文，一个人用架子车拉着祖父去看病。他打听到邻近的岐山县清化乡有一个叫杨得友的老中医医术高超，就拉着祖父找上门去。抵达目的地之后，他看见杨得友家的客厅被前来看病的人围得水泄不通，虽然当时心急如焚，但没有办法，只能慢慢排队候诊。杨大夫坐在那里气定神闲，给病人把脉，用毛笔开处方。看到这番场景，任焕文对医生这个职业羡慕不已。那一刻，立志学医的念头便在他心底悄然萌生。

1969年9月，任焕文进入法门初中读书。那一级有十三个班，因为他的学习成绩优异，且作文写得很好，因而很快在众多学子里脱颖而出，成为学校里的名人。每次学校召开全员师生大会，校长刘春霞都要让任焕文作为学生代表现场发言。他的每次发言，都深受大家称赞。1971年7月，在毕业典礼上，任焕文最后一次作为学生代表做了一个毕业答谢词,台下不断响起雷鸣般的掌声。他刚走下讲话台,几个同学就把他围住,硬是从他手中抢去了发言稿。还有很多同学,临出校门之际,还拿来留言本,请他写几句赠言,说是要作为永久的纪念。

那时候,正值"文革"期间,全国都在疯狂地搞运动,没有人重视教育。与很多同学一样,任焕文初中毕业后没有再继续深造,而是回到农村劳动去了。

毕业时,正是关中地区"龙口夺食"的夏忙季节。那些日子,白天,任焕文和大人们一样,去地里割麦,在场院碾麦;晚上,他把自己平日收藏的旧报纸杂志翻腾出来,重新阅读,还把精彩的文章剪切下来,制作成几本厚厚的剪报。父亲发现后,唾了他一脸,骂道:"你这是不务正业啊,咱们是农民的儿子,弄那些玩意儿,能当饭吃吗?"父亲这一骂,羞得他脸红脖子粗,心里很委屈,一气之下把那几本剪报和平时省吃俭用买下的文学书籍统统装进一个小木柜里锁了起来,从此不敢再做文学梦。

夏忙结束后,任焕文累得浑身酸痛,身体单薄的他实在忍受不了繁重的体力劳动,心里郁郁寡欢了好一阵子,不知道自己以后的出路究竟在哪里。

不久,听说扶风县城东关的宝鸡峡漆水倒虹引渭灌溉工程开工。任焕文就跟着村上几个人一起到工地上砸石头。这和莫言短篇小说《透明的红萝卜》中的主人公黑孩最早干的工作一样,不过他的命运似乎要比黑孩幸运多了。

一天,吃罢午饭,任焕文去县城街道溜达,无意间走进了县委党校大院,看到那里正在搞全县文学作品大赛优秀作品展览。他一时看得入迷,结果上工迟到了半个小时。工地负责人贺正斌当面狠狠地训斥了他一顿,要他写一个书面检讨。他二话没说,赶在当天下工前写好交了上去,题目叫《悔不该》。第二天清早,刚上工,贺正斌就找他谈话,一脸严肃地问他:"这检讨是谁写的?"他说:"当然是我自己写的。"贺正斌愣了半天,说:"哦,写得好,写得好啊!让你干粗重活儿太可惜了……"

第二天,任焕文被调到了指挥部上班,负责《工地战报》的编辑和采访工作。从此,他就和几个同事经常去工地采访,写稿,又用蜡纸刻板,再油印、散发,并在高音喇叭上广播。《工地战报》是一张16开的双道林纸,两面都油印了文章。战报虽小,内容又简单,但在那个注重社会舆论的年代,它却受到指挥部的重视。当时,他不会写新闻通讯,就把当时指挥部订阅的《人民日报》《陕西日报》《红旗》拿来,认真学习和揣摩。有一天,他听说工地上有一个小伙子,工作很积极,干活很拼命,决定去采访一下。那天,正下着大雨,工地为了赶工程进度,没有歇工。任焕文就戴着斗笠、披着蓑衣,在工地现场采访了那个小伙子，回来后立即写了一篇题为《战地上的小老虎》的通讯，发在了《工地战报》上，得到了工地领导表扬和工友称赞。

二

1972年，宝鸡峡漳水倒虹工程竣工，任焕文回到了家里。在家休息了一个月，当他正为今后的出路而再次熬煎的时候，一个新机遇再次降临在他身上。

冯家山水库是宝鸡地区最大的以蓄水灌溉为主，兼作防洪、发电、养殖等综合利用的大型水利工程，由工程指挥部统一领导，扶风、岐山、凤翔、宝鸡四县承建，分县设兵团进行施工。冯家山水库工程指挥部在法门镇招工，每个大队只有一个名额。任焕文家虽是中农成分，但他们全家人在村中人缘颇好。村上的四个贫农代表负责招工名额的推荐，其中有一个人是任焕文的堂兄。任焕文就买了一盒"白花"牌香烟，抽出五支给那位堂兄，又把其余的分给其他三位贫农代表。于是，经由那四位贫农代表的共同推荐，队长批准，任焕文争取到了这个难得的名额。那天晚上，他高兴得一夜都没合眼。

到了第三天，任焕文给包里装了几件换洗衣服，背上母亲给他烙的锅盔，到县城集合，与其他工友乘坐大卡车，到冯家山水库工程指挥部扶风兵团报道去了。

刚到工地那阵，他只是一名普通的运土工，一个人一晌要用架子车拉六回土。水库工地处在山区，坡地较多，也没人给掀架子车，一天下来，累得人困马乏。那时，工地住宿条件很差——住的是破旧的土窑洞，没有电，没有炕，睡的是麦草铺子，工人们常用砖头、石头当枕头。工地的生活也很单调，白天干活，晚上也没有什么娱乐活动。为了打发晚上的无聊时光，他常点上蜡烛，趴在被窝里看书。一度，他感觉点蜡烛太费，就自制了一个手电筒，用来看书。他从家里过来的时候，带了一本当年同学赠他的民国时期出版的《小学生作文》。有一次，他看到这本书上有一篇题为《初夏郊游》的作文，署名是任焕文。他当时很惊讶，仔细看了作者简介，才知道这个任焕文是南方人。他想：我要是也能写出这样的文章就好了。

当时，和任焕文住在同一个窑洞的工友叫白兴元，这人瞌睡多，嫌任焕文看书打扰他的休息，多次提出意见，但毫无效果，就索性搬到别的窑洞住去了。后来，任焕文一直是一人住一个窑洞，这样，他就更专注在晚上看书学习，有时灵感来了，还写几篇文章。

冯家山工程扶风一团工程组有一个施工员叫史怀新，其父是法门镇均谊村出纳，因为生产队不到一百元现金被盗而蒙冤，被批斗致死。史怀新委托工程指挥部扶风兵团法门营书记张周芳，让帮他物色一个文笔好的人。张周芳就向史怀新推荐了任焕文。史怀新见到任焕文之后，看了他写的几篇文章，感觉十分满意，就给他安排了开卷扬机的轻松活干，还给他十天时间，让他代写一份上访材料。他趴在史怀新家的土炕上写了整整三天，写完后又誊写了八份，分别多次寄给扶风县、宝鸡市、陕西省及党中央的信访办公室。大概一月后，扶风县委书记周永义带着几个信访办人员去了史怀新家里，给史的祖母送了一口棺材，外加三百元现金，让他以后不要再上访了。在此期间，均谊村支部书记韩清章曾对史家颇为关照，因此在他卸任村支书以后，被县政府调到了冯家山水库担任扶风兵团工程队加工厂厂长。

过了春节，任焕文又返回冯家山水库工地。韩清章受史怀新委托，专门把任焕文安排到了加工厂办公室，让他搞文件收发。一月后，韩清章问他："你想当施工员不？"任焕文说："想么。"韩就写了一封介绍信，让任焕文去工程组找组长罗生辉报道。就这样，任焕文被安排在溢洪洞出口工程组当了一名施工员。刚开始，他对施工技术不懂，就常给人掀架子车，帮下手。干了大概一年时间，他有了施工经验，才正式当上了溢洪洞出口工程施工组长。

在工地上，常有人因公致残或死亡。这时，任焕文立志学医的念头再次萌生。于是，他就到处打听谁有医药书籍，借过来之后，利用下工时间学习，光读书笔记就做了厚厚几大本。很快，工地上的很多人都知道他在学医，开始把他叫"任医生"。有一个名叫王继武的指挥部领导害牙疼，实在没办法，找到任焕文跟前。他就给王继武开了一个药方，结果吃了一副药就好了。后来，工程部总指挥郝耀明还专门请任焕文给他的爱人看过两次病。病看好后，郝耀明为了表示感谢，给了他两盒好烟。从此，任焕文的医名传遍了整个冯家山水库的工地。

后来，任焕文打听到宝鸡县桥镇乡南湾村有一个姓李的老中医艺术很精湛，专程去拜访了一回。李大夫见这个年轻人上进好学，就送了他一本《黄帝内经》《万病回春》，还给他传授了一些医术。这让他大开眼界，受益匪浅。

转眼到了1979年，冯家山水库工程竣工，工友们纷纷返乡。任焕文花三十元买了一辆二手自行车，一直从冯家山水库骑了三天时间，才回到了老家。回去的路上，路过工友家，工友给他们村上人说他是医生，于是就有很多村民找他看病。当时，在冯家山水库，一个月工资才十五元，而他在回家的路上行医，两天下来就挣了十八元。他一高兴，就花六元钱买了一个当时很流行的"熊猫包"，风风光光回到了老家。

三

北宋大文豪范仲淹任浙江宁波刺史时曾说:"不为良相,便为良医。"中国古代的儒士所追求的是居高官、佐君王,以实现其济世利天下的志向;但毕竟是业儒之人多而为官之人少,大部分儒生并不能做官,因而有相当一部分仕途不通或官场失意的儒士转而学医,以完成其济世之志。良相利天下,良医利大众,皆是世上一等的职业。如果真成为技艺高超的好医生,上可以疗君亲之疾,下可以救贫贱之厄,中能保身长全。身在民间而依旧能利泽苍生的,除了良医,再也没有别的了。那些胸怀大志的儒者,把从医作为仅次于致仕的人生选择,因为医生的社会功能与儒家的经世致用的思想比较接近。

有一天,任焕文在一本中医典籍上忽然看到了范仲淹"不为良相,便为良医"的典故,心里特别激动,从此就更加坚定了学医、从医的志向。在后来的两年时间里,他一边继续参加农业生产,一边继续钻研医学典籍。

"玉在椟中求善价,钗在奁中待时飞。"两年后,扶风县绛帐镇(又称"齐家埠")二月二古会到了,任焕文决定小试一把牛刀。古会的第一天,一大早起来,他本来要直接去绛帐街道赶会,但生产队给他安排了一个紧急任务——给饲养室大院拉五车土。他为了赶时间,早早完成了任务,回到家里连手脸都没顾上洗,仓促地制作了一个简单的行医招牌,用毛笔写了这样一句话:老师傅临终时传授的经典秘方,主治牙疼、流通耳之类疑难杂症。然后,连早饭都没吃,就急匆匆地骑着自行车向绛帐镇赶去。

那天,绛帐镇的古会上,人山人海,好不热闹!任焕文在绛帐镇西街的戏园墙上挂上了行医招牌,在地上摆上了自配的中药。很快,他的摊位前人围满了求医问诊的人。他一边给人看病,一边卖药,忙得不亦乐乎!结果不到中午十二点,他就挣了近十元钱。他高兴极了,立即收拾摊子,买了两碗甑糕,把自己犒劳了一下。

任焕文真没想到,第一次去集会上看病卖药,竟然大获成功!回家后,他继续配药,还重新制作了一个比较像样的招牌。后来,他还相继去上宋、法门、南阳、天度、黄堆、建和等乡镇及宝鸡、凤翔、眉县、麟游、永寿、耀县等地赶了几次古会,获得了很好的经济效益。这样一来,他的名声传遍了整个关中地区,方圆几十里之外的很多病人都慕名找到他家里看病。这些病人来到庄白大队打听任医生,村上人竟然都不知道这个"任医生"是谁。后来,经过这些病人的详细描述,村上人才知道原来这个所谓的"任医生"就是任焕文啊。

任焕文有一个初中同学叫陈新林,他的大姐嫁到了庄白大队任家村。1983年,陈新林的妹妹陈绒巧患了肝硬化腹水,陈新林的大姐建议弟弟找任焕文给妹妹看病。陈新林说,任焕文根本就没学过医,怎么会看病呢?后来,陈新林的大姐一连说了好几次,陈新林这才带上了任焕文去给他妹妹看病。

任焕文来到陈绒巧家,只见她肚子鼓得很大,肚皮薄得跟一张纸一样,似乎只要稍微用指头一碰就会破了一样。陈新林说,去医院看了,大夫说是已经到了晚期,没救了,让尽快准备后事。于是,她家里人在绛帐镇花了八十元给订了一口棺材。了解到这些情况之后,任焕文思想压力也很大。陈绒巧的家人说:"任大夫,既然来了,你就看着弄吧,死马当作活马医吧。"任焕文经过一番望闻问切之后,给病人开了一个处方。走时,他留下一句话:"这药吃了之后有效果,那我就有办法;如果无效,我那就没办法了!"

第二天,天刚麻麻亮,任焕文刚打开自家院门,就看见陈新林的父亲正站在他家的大门口。他心中大吃一惊,寻思着是不是出了什么意外,老汉来找他算账来了。陈老汉一看见任焕文出来,立即上前攥住他的手,激动地说:"文儿,你是神医啊!你妹子绒巧的肚子塌了,昨晚小便了一脚地……"任焕文一听这话,才终于大松了一口气,立即跟着陈老汉去看病人,情况果然如此。于是,他又经过一番诊断,又给病人开了几副中药。每隔一段时间,他就去看望病人情况,对药方进行调整。

一年后,陈绒巧去西安地方病研究所复查,大夫说已经痊愈了。当时,研究所的大夫出于好奇,问这病是谁给看好的。陈绒巧如实说了情况。从西安复查回来后,陈绒巧的家人为了感谢任焕文,给他送了一个钢皮电壶和一个蒸馍笼屉。

不久,西安地方病研究所还派专家专程来扶风县找任焕文,与他交流经验。这使他信心大增,决心要在中医的道路上愈走愈远。

四

为了提高医学理论修养,任焕文订阅了多种中医学方面的期刊。有一天,他在《健康报》上看到了一则刊授学院招生的信息,就毫不犹豫地报了名,接受了三年系统的医学刊授学习。在此期间,有一次,他背着一背篓麦草衣子,一边走路,一边背诵中医口诀,一不小心栽倒了村路边的一个土壕里,险些丢了性命。

可是，他不但没有因此收心，反而在学习上更加勤奋刻苦。他经常把很多中医上的汤头歌诀抄写在一张张小纸片上，在家里的墙上、窗子上、桌子上贴得到处都是。后来，他还去北京中国中医学院华佗学校进修了半年中医专业。

1984年，任焕文报名参加了扶风县卫生局的从医人员资格认定的统一考试，顺利地拿到一张行医证。之后，他又继续在家里一边自学，一边看病。不久，他被兰州炼油厂干部杨永瀛聘请过去给其治疗萎缩性胃炎，在那里待了一月有余，将其病症完全根除。

1988年夏忙结束后，三十八岁的任焕文来到扶风县城，在北大街开了一间中医妇科门诊部，主治各种妇科疑难杂症。当时，他给自己的门诊部拟写了一副对联："大县城名医云集，诸同道咸为余师，拜傅山学丹溪，除祛尘世顽病；中草药精华荟萃，各类药皆是吾友，搓滴丸配汤剂，换来人间福音。"引来了很多人驻足观看。他凭着自己扎实的理论和丰富的经验，为很多患者解除了病痛，很快在扶风县城扎下了根基。后来，还陆续有河北、南京等外地人慕名而来。

1989年，河北省廊坊市文安县一个叫罗广生的青年农民，患不育症多年，四处求医，都没有治愈。后来，他慕名找到任焕文。很快，经过任焕文的治疗，罗广生的不育症治好了，他的妻子终于成功怀孕。为了表示感谢，罗广生给他寄来一面旌旗，上面写着："药到病除，医术精湛。"

1995年，宝鸡市委机关一个领导患了银屑病，到处求治无效，后来找到任焕文的门诊。任焕文给他配置了几幅药，连吃带抹，结果不到一周就彻底治愈了。这位领导为了表示感谢，送给他一个"药到病除，妙手回春"的牌匾。

1998年，南京地区的东宫塘村村民李万民，因为患了萎缩性胃炎，面色萎黄、纳差（不吃饭），无法在外面正常打工，四处求治都不见好转，严重影响生活和工作。他后来打听到任焕文能看胃病，便从南京赶过来求诊。任焕文给配了几副中药，两个月之后，李万民的胃病彻底治好了，又外出打工去了。

2000年，五一期间，南京市溧水县的一个理发师打电话联系任焕文，说他的妻子患了严重的头疼病，至少有二十年病史，一直看不好，非常苦恼，请求任大夫给予治疗。那个理发师将妻子带过来之后，任焕文经过诊断，给她配了一些药，让带回去吃。结果，两个月之后，病人打来电话，说是头不疼了。后来，任焕文还经常打电话询问那个病人的情况，说是自从吃了两个月药之后，头疼病再也没有复发过。

这样的例子还有很多很多……

正当任焕文的医学事业蒸蒸日上的时候，他的文学梦再次死灰复燃。因为他的门诊部距离县文化馆不远，经常去那里溜达，所以就结识了文化馆的创作员赵麦岐等一帮子文化人。通过长期和这些文化人的接触，他才发现行医并非自己最初的理想，他心中最爱的其实还是文学。于是，他回到老家，重新打开封存了十几年的小书箱，拿出《三国志》《古文观止》《红楼梦》《鲁迅全集》《家春秋》等经典名著，搬到县城诊所，又从头看了一遍。他还陆续买了很多文学书籍进行学习，并重新拾起了丢弃多年的笔，写起了文章。

后来，听说扶风县电力局职工毕林飞发起成立了扶风县诗词楹联学会，任焕文便积极报名加入。在这个学会里，有很多人都和他年纪差不多，擅长写诗词、楹联，于是他也就专攻这个领域。几年后，由于他的创作成绩突出，被宝鸡市楹联学会吸收为会员，被北京国学研究会聘请为研究员，还被扶风县诗词楹联学会推选为副秘书长……这些年，他在《宝鸡诗词》《陕西诗词》《扶风文艺》《扶风墨苑》等刊物上发表了上百首诗词和楹联，在陕西诗词楹联界成为一个知名人物。

2008年，任焕文认识了杨昌禄、翟功印、于鹏玉等县内知名书法家，在他们的影响和鼓励下，搞起了书法艺术，并加入了扶风县书法家协会，担任理事。这些年，他专心研习王铎和于右任的法帖，功力日益深厚。2010年，他参加北京市举办"纪念孔子诞辰2560周年书法大赛"，获得了三等奖。2012年，他参加扶风县委宣传部、县文化广电局、县农业局联合举办的"为十八大增辉，为新扶风添彩"主题书法比赛，获得了优秀奖。

近几年，任焕文醉心文化事业，把自己的那间门诊部转让了出去，在扶风老城原广播电视局小区内租了一间房子，取名为"守愚斋"。北京、南京、兰州、山西、江西及县内很多文化名人经常到他的书房里作客，与他交流文学艺术。应任焕文之邀，笔者有幸做客"守愚斋"。一进门，一股墨香扑鼻而来。书房内，一张写字大案，一张单人床，一组小茶具，使这个不足二十平方米的房子显得紧凑而充实。还有，他的床上摞了很多书籍报刊，墙上贴满书法作品，整个房子充满了文化气息。正如青年诗人翟科利诗云："难怪笔端气莽苍，养元柜底有奇方。金丹转就何为引，书满床头字满墙。"

任焕文已年过花甲，但他"老骥伏枥，志在千里；烈士暮年，壮心不已"。如今，他又在潜心研究《易经》，学习周易蕴涵精湛的哲学思想，透视博大精深的象数理模型，探索迷解天象地理、五形磁场与人生的密切关系，巧排五形，化解风水……

2012年12月31日于西安北山门

汪战仓的"亮剑"精神

近几年,大型电视连续剧《亮剑》在全国各大电视台轮番热播,该剧的主角独立团358团团长李云龙提倡和践行的"亮剑"精神,也被无数的企业家所追捧!

何为"亮剑"精神?用李云龙的话说,就是:"面对强大的对手,明知不敌,也要毅然亮剑,即使倒下,也要成为一座山,一道岭!"这是何等的凛然气势,何等的果敢决绝,何等的快意恩仇!古代剑客们在与对手狭路相逢时,无论对手有多么强大,就算对手是天下一等一的剑客,明知不敌,也要亮出自己手中的宝剑,即使是倒在对手的剑下,也虽败犹荣,这就是"亮剑"精神!

任何一支部队都有自己的优良传统。传统是什么?传统是一种性格、是一种气质!这种传统与性格、气质是由这支部队组建时首任军事首长的性格与气质决定的。他给了这支部队基因和灵魂,从此不管是岁月流逝,还是人员更迭,这支部队的灵魂永在。我们国家进行了二十二年的武装斗争,从弱小逐渐走向强大,靠的是什么?就是这种军魂——纵然是敌众我寡,纵然是身陷重围,但是我们敢于亮剑,我们敢于战斗到最后一人!一句话:"狭路相逢勇者胜"的"亮剑"精神是我们国家军队的军魂!

同样,一个企业也应该具备"亮剑"精神,尤其是企业掌舵人更应该具备这种"亮剑"精神。只有当企业掌舵人有了这种"亮剑"精神,整个团队才也会具备"亮剑"精神。如此,企业何愁不会战无不胜、所向披靡呢?

俗话说:乱世出英雄。第二次世界大战中,华夏民族在最为危难的时候涌现出了无数革命英雄。如今的中国农资市场也是战火纷飞、硝烟四起,各地经销商都剑拔弩张、奋力厮杀。在这样混乱的市场环境中诞生了无数的英雄人物,而在三秦大地上有这样一个农民企业家——汪战仓,他本是一个只有中学文化程度的农民,经过自己二十多年的努力拼搏,成为陕西农资流通领域的佼佼者。从他的几次创业历程上能明显地看到李云龙身上的那股"亮剑"精神。

上个世纪80年代末,刚从初中毕业的汪战仓回到他的家乡——大荔县羌白镇,开了一家零售门店,从事赚取差价的农资零售生意。但辛辛苦苦经营了五六年,实际上并没有赚下多少钱。于是,他便想着有一天能走出村子,去开辟一个更大的天地。

　　1997年，农资生产流通体制逐渐放开，二十岁左右的汪战仓，凭着超人的胆识和精明的头脑，第一次"亮剑"：他在大荔县注册五十万元，成立了龙达公司，闯入大荔县农资批发零售行业。初出茅庐的他，虽然使龙达公司在第一年度销售额达到了一千二百万元，但由于经营策略的选择失误、管理经验的缺失、经营品种杂乱、商品质量低劣以及售后服务跟不上等原因，当年亏损两万元。用他自己的话来概括，就是"销量最大、罚款最多、赔偿最高、亏损最重"。第二年，汪战仓痛定思痛，审慎研究分析大荔农资市场，调整公司发展思路，科学制定经营策略。从农资品种的选择到商品质量的把关，从媒体广告的宣传推介到售后科技服务的支撑，形成了一套完善的经营理念和创新计划，后来的生意越做越火，企业越做越大。2001年，龙达公司农资年销售量超过六千吨，实现销售收入三千万元，龙达公司跨入渭南市农资流通行业龙头企业行列。

　　进入21世纪，大荔县农资流通行业出现了相对混乱的局面：农资销售商家猛增，企业之间相互倾轧，无序竞争日益加剧；假冒伪劣商品充斥市场，销售价格恶意降浮，售后服务良莠不齐。大荔县农资流通市场诸如此类的不良现象，不但严重侵害了广大农民的合法权益，给大荔农业产业发展带来损害，而且极大影响了农资流通业的声誉，极大地挫伤了经销商的积极性，企业发展困境重重。

　　在困难面前，是以退为守、稳中求胜，还是大胆创新，锐意改革，杀出一条血路呢？

　　汪占仓决然再度"亮剑"：2001年，他又投资一千万元，在西安经济技术开发区兴办了陕西诺邦农业化工有限公司，注册了"诺邦"化肥和"1414"农药等系列商标，开始规模化研发生产农药和化肥。诺邦公司凭着知名的品牌和诚信的服务，短短的五年时间里，在西北果区建立了八百多个销售网点，初步形成了"诺邦"连锁经销网络。随着诺邦产品在陕西、甘肃、山西、河南等四个省市的热销，诺邦公司一举跻身陕西省农资生产销售大户行列，成了西北地区农资销售企业的龙头老大，"诺邦"成了家喻户晓的知名品牌。

　　在诺邦公司事业蒸蒸日上的时候，善于思索、勇于创新的汪战仓在市场调研中发现：目前农资销售市场十分混乱，农资科技服务缺失，经销商经营松散，赊账现象严重；经销商盲目追求利润最大化，致使农民找不到优质农资商品，好的农资商品找不到充分的市场空间。而此时，农民选购农资的心理已逐渐由原来的只看重价廉而转向先看品牌，注重产品质量，渴望得到更好的售后服务。于是，汪战仓再次"亮剑"：2007年，他极响应党和国家政策的号召，顺应农业发展大势，从西安市回到大荔县，成立了陕西荔民农资连锁有限公司，投资五千万元专门从事农资连锁经营，并在国内首创"农资农技双连锁、农资农副双流通"的经营模式。通过横向联合和资源整合，成功建立了紧密型的县、乡、村三级经营网络，探索出了一套"技企结合，技物结合"的新型农技服务模式。通过农资连锁经营和农技服务两个网络，开展了十多项农技服务工作，实现了资源共享，优势互补，做到了"零距离"为农服务，惠及十万多农户；还围绕"一县一品""一村一品"，推行"农资农副产品双向流通"网络，让质量可靠的农资产品下乡，安全放心的农副产品进城，有效地解决了农民增产增收的问题。荔民公司成立以来，在党和国家政策的支持下，在各级部门领导的关怀下，在全体员工的共同努力下，取得了丰硕的成绩，受到了广大农民朋友的欢迎，也得到了社会各界的高度关注，成为中国农村现代流通行业的一匹"黑马"！

"不谋一时，不足于某一世；不谋一域，不足于谋全局。"荔民公司发展到今天，汪战仓又在思考这样一系列问题：如何将荔民公司的经营模式推广和复制到大荔县及渭南市以外的地方，让更多的农民享受到这一创新经营模式的成果？如何转变创新，增强企业发展后劲，以取得更大的社会效益和经济效益？如何延伸产业链，规模化、持续化地发展现代农业，助力中国三农事业的健康发展？荔民公司要取得更大的发展，要解决上述行业难题，必然又要面临一次很大的转变。

经过一番思考，汪战仓决定：按照现代农业的发展要求，整合统筹农业科技资源，进一步提升和完善"大荔模式"，以分散经营的农户为重点，以科技套餐服务为手段，以统一的品牌建设为宗旨，加大"科技套餐"（即"田生金"农作物标准化种植解决方案）的政策支持力度，加快建立以企业为主体、市场为导向、产学研紧密结合的技术创新体系，建设新型农资、农技、农副"三位一体"的农业社会化服务平台，实现"农资农技双连锁、农资农副双流通、政府企业双推动"，把安全的农资产品流向农村，让安全的农副产品流向城市，实现农副产品标准化种植、规模化生产、质量可追溯、品牌化营销，为现代农业又好又快发展提供强有力的支撑。

这二十多年，汪战仓一直在"亮剑"，将来他还会不断"亮剑"。他的"亮剑"精神，很值得每一位创业者学习。"亮剑"精神，讲的就是惊天动地的气魄！气魄，是面对困境时的果断抉择，是永不言败的信心，是锲而不舍的执着！气魄，让敌人望而生畏，让队友充满信心，让事业越做越大，越做越强！

汪战仓说："21世纪，全球经济增长点在亚洲，亚洲的经济增长点在中国，中国的经济增长点在农村。荔民公司在中国农村市场的浩瀚蓝海中剑拔弩张,蓄势待发,要成为陕西农资农副行业的老大!"在当今这个科技高速发展的市场经济时代,食品安全已经上升到了保障中国乃至于整个人类健康的新高度。而汪战仓领导的荔民公司,正在致力于打造食品健康与安全双保障的农村市场渠道整合工作,正在开展着改革开放三十年来的又一次现代化农业革命。

在汪战仓的带领下,荔民公司将会成为一直具有狼性气质的团队,不断涌现出更多的李云龙式的具有"亮剑"精神的人物,为农业现代化做出更大的贡献!

2011年11月26日于凤城三路

多面手田建国

名叫"建国"的人实在太多了,光我认识的就有好几个,但要说关系最好、印象最深、最让我敬佩的一个,就是姓田的这个"建国"了。

认识田建国已多年了。最初,我在新浪博客上看到他的文章,为他的体裁之广、产量之大、才气之高所折服。但得知他是某国有企业的高层领导,我就感觉到很深的隔膜,也就断了结交的念头。后来,我参加了西安几场大大小小的文艺活动,常见到一个中年人总端着一个单反相机忙活地拍照,感觉很是面熟,一问才知道,这就是久闻大名的田建国。再后来,我又多次受到邀请,去他的单位和府上做客,还得到了他的赠书。一来二去,我们就熟悉和亲近起来。

我一直想写写田建国,但总感觉对他的了解还不够多,也不够深;再者,他实在是一个很有深度和内涵的人,我担心自己拙劣的文字无法尽显他的魅力和风采。

首次听到田建国这个名字,断定他是与共和国同龄的人,然而我错了。他实际上是建国七周年的10月4日出生的,只是他的横空出世晚了预产期"国庆节"三天。因此,他那个抗日战争时期参加革命的父亲照样给他定名为"建国"。他的父母均是山西人,他常戏称自己是"九毛九";出生并长期生活在陕西,是家中的长子,他又自称是"秦老大"。也正是因了皇天后土的滋养,他便有了秦俑一样的面貌和块头,说话高声大嗓,性格也秉持了"老陕"的敦厚、豪爽和大气,但又多了一些真诚、朴素、睿智和幽默。

田建国的人生阅历是很丰富多彩的。他从小就随着父亲的工作调动,在汉中、安康等地的多所学校就学。高中毕业后,在临潼农村下乡插队,做了一段时间的知青。之后,他通过"内招",进入地质系统,成了一名"公家人"。参加工作后,他曾当过跋山涉水也喝水的水文地质队员、双手两足与高低压打交道的生产地质设备的电工、手勤腿勤嘴勤的党政工团干部。由于工作踏实认真,有特长,能力强,表现突出,他很快就成为工会干事,二十八岁就被选拔为厂工会副主席兼团委书记。后来,又担任了工会主席、纪委书记等领导职务。

按说这样已经很不错了,可田建国并不满足于只当一个被公务缠身的领导干部。到了不惑之年时,他忽然心血来潮,想搞文学了。于是,在繁忙的工作之余,他开始了大量的文学创作,散文、小说、杂文、诗歌,"四管齐下",数量、质量也都高得惊人,对外投稿常常是十投九中。在写作上有了一些成就和影响之后,他又先后被省内外十几家报刊聘为特约撰稿人、特约记者和通讯员。十多年来,发表了几十万字的新闻作品。另外,他现在还是《秦岭印象》杂志副主编,《丹江潮》杂志、中国国土资源作家网等多家媒体的特邀编辑。但他这个编辑,绝不是一个徒有虚名的挂职。因为写作,他结识了很多文学青年,时常还把大家邀请到家里来,好烟发上、好茶倒上、好饭请上,毫不保留地分享他的写作经验。有时候,他还不厌其烦地为业余作者修改文章,结合文稿讲授写作知识和技巧,并热心指点和帮助他们发表文章。

自1997年开始创作以来,田建国有近百万字的文学作品陆续在国内诸多报刊上发表,还有部分散文、小说、诗歌、杂文等作品被收入《八面来风》《十个人的背影》《放歌山海》《行吟大地》《脉散秦川》《陌上花香》《中国新世纪十年国土资源十诗人作品集》《隔着旧时光》等文集。他文笔潇洒流畅、意境深远开阔、内涵深刻厚重,深受读者喜爱,在陕西文坛上和中国国土资源行业的声名日渐响亮了起来。

熟悉田建国的人都知道,他的才能和魅力不止这些。他对很多领域都有着浓厚的兴趣和爱好,而且都弄得很有些名堂。目前,除了作家、诗人,以及被广大文友口头授予的摄影家、歌唱家、社会活动家、书法家等名头外,他担任的社会职务还有:陕西工运研究会特约研究员、陕西文学创作研究会常务理事、陕西省散文学会理事、西安对外经济文化发展促进会网络信息部主任、长安作协理事、长安诗词学会理事、携手青年作家协会顾问等等。

在西安很多文艺活动现场,大家总能见到田建国的身影。他是陕西文化圈子里的名人,经常被很多活动主办方邀去做嘉宾。但他不喜欢在席位上坐着,总要手上端持着一个单反变焦长镜头的数码相机忙活着拍照;完了,又总在第一时间把照片一一发给照片的"主人公",或者依照活动主办方的要求发在网络上宣传,让朋友们感动不已。他一直自称是一个业余的"自由摄影人",但所拍的照片却显示着极强的专业水准,先后在《陕西地质报》《中国矿业报》《中国地质矿产报》《地质勘查导报》《中国国土资源报》《秦岭印象》《老年生活》《艺术长安》《陕西工人报》等报纸杂志发表摄影作品上百幅。

田建国还是一个音乐爱好者。他从小就爱好音乐。十七岁下乡当知青时,就自己购买学习音乐方面的书籍。在青年时代,他就学会了识谱,学会了口琴、洞箫等多种器乐。几年前,他还和爱人双双加入了陕西月光合唱团。人到中年后,他又拜陕西省歌舞剧院老一辈歌唱家张金叶、陕西省乐团歌唱家宁怀莹及获得2008年陕西省声乐比赛业余美声组一等奖的姐姐为师，业余学习声乐艺术。如今，他是合唱团里的一名得力唱将，曾随团在多场大型文艺活动中演出。在很多朋友的聚会场所，我见识过他的歌唱，既能唱高音，更擅中低音。不管是美声唱法、民族唱法，还是通俗唱法，他都能唱得有板有眼，游刃有余。其嗓音浑厚、深沉，富有磁性，充满着力量，饱含着深情，不亚于专业的歌唱家。

田建国的书法也是很不错的。他轻易不给人送字的，但我在网上看到过他应陕北某杂志编辑之约而写的"吴铜堡"等字幅，点画有力、线条柔韧，章法森严又不失活泼，有着自家的面目。他从小喜欢书法，钢笔字、粉笔字曾在学校和单位里很有名气。因此，办墙报、黑板报、展览和写通告、海报等活儿常少不了他。后来，他还购买过一些法帖，但因工作太忙，只是喜欢欣赏，很少去临摹，不想竟被家人当成废品卖了。他很生气，对家人说："咋不问我一声，就给我卖了。"他家人说："看你一直都不练字，想着你可能不要了，所以就处理了。"我想，他如果要在书法上再多下些工夫，假以时日，又是一位著名的书法家了。

田建国称得上是一个"杂家"，在很多方面都有"一手"，这些方面综合起来就是"多面手"了。这样的人，很难得，了不起，人品和人缘又极好，是青年人的楷模，值得学习。

2012年9月24日于醉墨堂

追念张敏洁

一

吃罢晚饭，我像往常一样登上了自己的博客，看到了去年写的那篇题为《老张突然走了》的日记，才猛然想起公历8月26日是张敏洁的忌日。作为老朋友，在事后第二天才想起他的忌日，我为自己的粗心大意而深感羞愧。我在电脑前枯坐了很久，直到子夜时分，仍然没有一丝睡意，脑海里不断浮现出张敏洁的音容笑貌，于是决定写一篇文章来纪念他。

张敏洁，笔名渭水之渊，1976年出生于陕西澄城一个贫困的农民家庭。1998年毕业于延安大学中文系，先后在《消费者导报》《各界导报》《阳光报》《西安商报》《商界名家》《西部大开发》等多家媒体担任编辑、记者、主编等职务，发表了数百万字的新闻和文学作品。

上大二时，我是一个青涩的文学青年，喜欢写点东西，在学院一个文学社团任副主编，在我们的文学刊物上发表过几篇文章，因此在学院里也算得上是一个知名人物。然而，我并不满足于只是在校园刊物上发表文章，而是希望自己的作品能登在外面的大刊物上去。那时候，电脑还不普及，给外面刊物投稿需要打印出来，通过邮局投递。我那时的打字水平很差，于是就经常往学校门口的一家打字复印店里跑。这家打字复印店很小，店面装修也很简陋，但因为附近仅此一家，生意非常好。店老板名叫晏朝锋，个头不高，很瘦，但很精干，待人极为和气。我每次去店里，老板总要给我递烟、倒水，和我聊得十分热乎。老板娘姓张，皮肤黝黑，腰身宽胖，戴着一副金丝眼镜，对我也非常热情。我的稿件都是老板娘给打印的，我的作品她都细细看过，她对我的写作水平赞不绝口。有一次，我和老板娘闲聊，她说她弟叫张敏洁，是一个青年作家，在西安一家报社当记者。接着，她不无自豪地夸赞她弟的文章写得如何好，并且和陕西的很多著名作家都有交往。我一听，非常羡慕，说我很希望认识一下他。老板娘豪爽地说："没问题，他下次来了，我给你打电话，你们认识一下。"

没过多久，有一天，我刚吃罢午饭，准备休息，忽然接到了打字复印店老板打来的电话，说是他小舅子张敏洁来了，要见我，让尽快过去一下。接完电话，我翻出自己几篇打印好的文稿过去了。走进打字复印店，老板和老板娘都在，另外还看到一个胖胖的男人和一个身材苗条的女人。经过老板娘的介绍，我才知道这个男的就是张敏洁，旁边那个女人是他的妻子葛云紫。我们握了一下手，寒暄了一阵。握手的时候，我打量了一下他的相貌：宽胖身材、浓眉大眼、满脸的青青胡茬，头发密而长，略带些自来卷儿，直挺的鼻梁上架着一副眼镜，厚厚的眼镜片下面透出睿智而深邃的目光。

落座之后，张敏洁递给我一张名片。我接过看了一下，才知道他是《各界导报》的记者。他说话嗓门很大，音质浑厚深沉，显得底气十足。他简略地讲述了一下自己的家庭情况，还讲了这些年在西安的一些见闻。我对这些充满了好奇，听得非常认真。我把自己的境况也对他讲述了一番，还把自己所带的几篇打印出来的文章让他看，希望能得到他的指点。他认真看了几篇之后，说我的文采很好，也很有思想，还鼓励我多看书、多练笔，多在外面的报刊上发稿。

我与张敏洁的交谈了大概一个多小时，所谈的大都是与文学有关的话题，具体的内容我现在想不起来了，但让我印象最深的是关于路遥的作品。当他问我喜欢哪些作家时，我重点提到了路遥，并谈了自己对路遥作品的感受。他一下就显得非常激动，说自己也一直是路遥的忠实读者，路遥的作品他大多都拜读过，最喜欢读《平凡的世界》和《人生》这两部小说。他还说，路遥的墓就在他们延安大学，他经常去那里拜祭，每次都要在他的坟头点上几根香烟。

因为那天下午我还要去上课，所以不得不赶在上课前告辞。临走时，他说最近正和妻子筹办一个大学生文学刊物，起名叫《校园内外》，希望我在学校文学社团里征集一批优秀稿件。我一听非常高兴，答应他尽快去办这件事，全力支持他的事业。从打字复印部出来后，我心情非常好，暗暗鼓励自己好好努力，将来也要和张敏洁一样，当一名记者、作家，靠自己的笔杆子闯一番天下。

之后，我会逢周末或节日里给张敏洁打个传呼或电话，向他表达我的问候与祝福。而他呢，每次在电话中都很热情客气，询问我的学习和生活情况，最后总忘不了要鼓励我坚持文学创作。

转眼，我就上了大三。学院文学社的第一任主编叫苗雨，他比我高一级，和我上的是同一个专业。他也酷爱文学，诗歌写得相当好。他也通过学校门口那家打字复印店的老板娘认识了张敏洁，并通过张的介绍进《各界导报》当上了记者。苗雨走后，文学社进行重组，我就被推选为第二任主编。那年冬天，在全体文学社成员的努力下，新一期刊物出版了，我们准备搞一个隆重的发行仪式。当时，我还特意请来张敏洁和他的妻子葛云紫，以及学兄苗雨。在那次发行仪式上，张敏洁和苗雨都上台做了精彩发言。同时，张敏洁还带来了他和妻子创刊的杂志《校园内外》。这本杂志上刊登了我推荐的几个文学社成员的作品，其中也包括我的一篇新体诗《五月的怀念》。发行仪式结束后，很多社员购买了这本杂志。临走时，张敏洁还留了大概五十本杂志，让我代销。那批杂志经过我多方努力，只卖出去不到一半，剩下的实在卖不出去，就自己认购了。过了一段时间，张敏洁又到他姐开的那家打字复印店来了，他问我那些杂志卖得咋样，我怕他失望，就说全部卖完了，并按杂志上的定价把账款全给他结算了。张敏洁听了很是高兴，说我能干，还说以后有啥事需要帮忙尽管给他说。从那以后，我俩的关系更进了一步，平时依然保持着电话上的联系。

二

大学最后一学期，基本上没多少课程了，同学们都开始忙着找工作了。有好长一段时间，我和很多同学一样，内心处于一种非常浮躁和迷茫的状态。尤其是当毕业的日子越来越近，留在班上的学生越来越少的时候，我对自己未来的前程就感到了一种莫名的恐惧。我原本身体状况就不太好，加之精神压力太大，临近毕业的那几个月一直失眠，于是就患上了抑郁症，身体状况越来越坏。

我的职业理想是进报社当一名记者或编辑。但是，我学的又不是这方面的专业，一直对自己这方面的能力缺乏自信，所以没有像我的学长苗雨那样去求助张敏洁。于是，我就抱了"先就业，再择业"的想法，忧心忡忡地等待着机遇之神的降临。

四月底的一天，某医药公司长春办事处来学院召开现场招聘会，要招一批医药代表，我和班上的很多同学去面试了，结果只有三四个人被聘用了，我便是其中之一。几天后，我和班上的那几个同学由西安出发，坐着火车去了长春。到长春之后，我一直无法适应那里的气候环境，加之对医药行业内幕的了解越来越多，使我对这份工作越来越没有了兴趣，抑郁症便很快加重了，甚至产生过轻生的念头。经过一段时间，我辞去了那份工作，回到了家乡。

我在乡下的老家休息了一段时间之后，身体状况逐渐恢复了过来。那段日子，我读了很多书，也思考了很多问题，决定还是在西安发展，找一个自己喜欢且适合自己的工作去干。于是，我就想到了张敏洁，想着他应该会帮我一把。经过一番犹豫之后，我最终还是鼓起了勇气，给他打了一个电话，如实诉说了自己的境况，希望能得到他的帮助。他得知我的情况之后，对我进行了一番安慰，还说等我调整好状态之后去西安找他。听了这番话,我当时心里有一种莫名的感动。

过了几天,我带着铺盖去了西安。经过张敏洁和苗雨的共同引荐,我很顺利地成了《各界导报》的记者。但不知怎么回事,在我进了报社之后,很长一段时间一直没见到张敏洁。后来,才听苗雨说他已经离职了,去了另外一家报社。为了对张敏洁表示感谢,我约苗雨一起到张敏洁家里去了一趟。当时,张敏洁夫妇俩住在东郊幸福中路一个单位职工楼上。那是一个很破旧的楼房,楼道里光线很暗淡,卫生状况很差。他们夫妻俩所住的房子大概只有十个平方米,除了一个大彩电之外,里面的家具很旧,倒是桌子和书架上的书很多。我问张敏洁怎么不租一个好一点的房子,他说这个房子是一个朋友提供的,不用交房租,等以后经济状况好了自己买一套房子。那次,他请我和苗雨到楼下附近的饭馆吃了一顿饭,喝了几瓶酒,言谈甚欢。

我在这家报社干了四个多月之后,因为情况不如人意,很快又在好友刘军科的引荐之下,去他供职的西安某乳品企业的销售公司上班了。从此以后,我的工作稳定了下来,生活状况也得到很大改善,在工作之余又开始了自己的文学创作。我那时住在韩森寨,距离幸福路不是很远,在此期间,我还多次拜访过张敏洁夫妇,和他们一起探讨文学。后来,他的妻子还在她编辑的《阳光部落》杂志上刊登了我几篇诗歌,并给我汇了共八十元的稿费。再后来,张敏洁在西安北郊大明宫附近买了一套房子,因为相距甚远,我们见面的次数很少了,偶尔只是在电话或网络上联系。

2006年夏天,我去北郊大明宫附近办事,顺便到张敏洁的新家拜访了一下。他家在那座楼房的顶层,三室一厅,基本上没有装修,家具摆设极为简单。我问他,房子咋没有装修。他说是买了房之后,经济一直比较紧张,这两年好好奋斗一下,等攒够了钱再把家里好好装修一下。我又询问他现在的工作情况。他说自己现在没有什么固定的单位,同时在为好几家财经媒体撰稿,算是自由撰稿人吧。我说:"那你白天出去采访,晚上回来还得写稿,这样很辛苦啊。"他说:"辛苦是自然的了,但比较自由,而且比以前固定在一家单位上班要挣钱多一些,男人到了这个阶段压力很大,不拼命不行啊。"我说:"那你可要注意身体啊,别把自己累垮了。"他笑了笑说:"没事没事。"

一晃又是几年过去了!自我成家以后,生活的担子越来越重,为了生活而劳碌奔波,有近五年时间和张敏洁没见过面。但是,在西安的写手圈子里,我的好多朋友也认识张敏洁,所以总能或多或少地了解到一些他的情况。我也经常在网上看到他的文章。这些年，他一直专注于财经新闻特稿的撰写，在很多媒体上频频发稿，这些我都看在眼里，为他的成绩感到高兴。但我知道，他写新闻稿只是为了谋生，搞文学创作才是其内心最大的愿望。记得他曾对我说过，他要在有生之年完成一部长篇小说。然而，他的这个愿望最终没有来得及去实现。

  我和张敏洁最后一次见面是在2010年10月30日。我听文友崔彦说过，这一天，在西安市图书馆将举办一个陕西民俗文化主题报告。我一听地点是在北郊，距离张敏洁家不太远，就给他打电话，叫他也去听听那个报告，借此机会聚一下。那天下午，我们就在市图书馆见面了。虽然多年未见，但他看起来没有多大变化，依然是黑黑的、胖胖的，留着一头长发，一脸憨厚的笑容。我们一起听完了报告，观看了电影《山楂树之恋》。从图书馆出来后，我请他还有崔彦、郝洪亮、景红娟等几个前去听报告的文友一起吃了顿饭，大家聊得很是开心。

  2011年8月29日傍晚，我从老家回到西安。刚进房子，忽然接到了曹桢的电话，说是张敏洁去世了。我当时以为他是跟我开玩笑，就说："你胡说啥呢？"曹桢说："这是真的，葛云紫刚才打电话说的。"我急忙问："到底是咋回事？"他说："张敏洁是8月26日晚上因突发脑溢血而亡。"我立即给葛云紫打了一个电话，得到了确证。那一晚，我失眠了，内心沉浸在巨大的悲痛之中。几天之后，也就是张敏洁出殡前的那个下午，我和曹桢、苗雨、郑长春、郝洪亮等文友一起从西安出发，驱车赶到澄城县张敏洁的老家，向这个多年的老朋友做了最后的道别……

  张敏洁是我人生中的一个很重要的朋友。多年来，我一直在内心深处感念着他，感念他把我带入西安的媒体行业，感念他的妻子葛云紫在文学道路上曾经给过我的帮助。然而，真没想到，年仅三十五岁的他，突然撒手人寰，抛下了自己未竟的文学梦想，抛下了自己的父母、妻女以及朋友，去了另一个世界。这怎不令人心痛啊！张敏洁生前一直很崇拜路遥，曾希望自己有朝一日也能成就路遥那样的文学事业，可事业尚未成功他却过早地离开了这个世界。

  敏洁兄啊，你在那边还好吗？愿你的英灵在九泉之下得以安息。

2012年8月27日于西安北山门

亦师亦友是张军

咸阳有我一个好朋友，名字叫张军。我们的交往已有七八年了，我一直当他是老师。

张军的名片印得很满，职务头衔多达十几种。其实，他是一名国家公务员，在咸阳的一个政府机关里干着纪检工作，吃的是"皇粮"，业余却喜欢耍笔杆子，搞些与文学有关的事情。

张军是70年代生人，很年轻，却担任了很多的职务，挂着不少头衔：高级政工师、经济师、杂志社副主编、文学社顾问、书画家协会理事、书画院秘书长……但我在给别人介绍他时，却总喜欢称他是作家。

身为作家的张军，在我认识他的时候就已是陕西作家协会的会员，曾获省级以上奖励二三十次，其文名日盛。但我认为，对于一个作家而言，最重要的还是靠作品来说话。这些年来，他在《中国建设报》《中国铁道建筑报》《党风廉政》《城市风》《陕西日报》《陕西工人报》《陕西市政》《作家文苑》《检察文学》《民声报》《炎黄文化报》《咸阳日报》《旅途》等数十种省级以上刊物上发表的新闻、文学及学术理论文章达八百余篇之多；他还于2003年出版了个人专著《他坐在我面前》，内容涉及政治、经济、教育、文学等多个领域。其成绩卓著，令人敬佩！

张军是我文学道路上的引路人。我上大学时曾是学校杂志社的副主编，张军是我们的顾问之一，那时我与他还并没有什么交往。等到我升为主编时，为了办好那份校园刊物，扩大文学社团在学校中的影响，就与这些顾问们打起了交道，因此就认识了张军。我们刊物的几位顾问全是陕西文化界的名流，程海、李春光、王永杰、石竹、张军。张军是其中最年轻、最没有架、最有亲和力的一个了。他不但经常给我们进行刊物编辑方面的指导，还曾多次来我们文学社召开讲座，传授自己的写作经验。我们文学社的成员多达五六十名，而他与我私交最好。他隔三岔五就会给我们宿舍打来电话，问候我的学习、生活及写作状况，要我以学业为重，但不管怎样都不能放弃写作。于是，我每写了新作品，总会第一个拿给张军看。他若感觉写得不好，就当面指出来让我修改；他感觉好，就帮我推荐出去，结果竟也有几篇在报纸杂志上发表了。

张军是我文学事业的支持者。毕业好几年了，我虽然干着与文学无关的工作，但却与文字有些联系，因此就有时间进行文学创作。前几年，因为工作上的不稳定，有时候心气儿也难免浮躁。有几次，差点放弃写作，但张军偶尔在电话中的几句鼓励又会让我再次拾起笔来，使我坚定了自己的文学梦。说实话，自从上班后，我很少去咸阳那座小城里拜访过张军，虽然两座古城相距不远，才五十里路。他倒是经常来西安，有时间的话就会与我见面，没时间见面也会打个电话，这让我内心很是感动。我常暗想：我于人家有什么帮助呢，他还一直当我是朋友？

　　前段时间，我听说自己的一篇文章被《秦都》杂志采用了，就打电话让张军帮忙落实一下杂志印出来没有。他亲自到杂志社看了两趟，最后还不辞辛苦连夜从咸阳给我捎过来两本。为了表示感谢，我那晚本来想请他吃顿像样的大餐；而他怕我破费，硬是不去。在我的强拉硬拽之下，他才勉强同意我请他吃一碗牛肉面。在饭桌上交谈时，我得知他儿子因骨折在西安红十字会医院看病，就说想去看望一下。可他坚决不让我去，说是天黑了，我住得远，让我赶紧回家休息。他说完就急匆匆消失在光影斑驳的街道上。望着他远去的消瘦的背影，我眼眶湿润了……

　　可巧，就在我刚落笔写这篇文章的时候，张军打来电话。他还是操着一口地道的陕西方言，让我感觉很亲切很熟悉。他说，新一期的《陕西市政》杂志上登了我一篇文章，名叫《家园荒芜》，是他给推荐过去的，刚拿到样刊。我一听很高兴，连忙表示感谢，嘱托他下次来西安的话给我把样刊捎过来。他很爽快地说没问题。

　　这，就是张军，我的好老师，好朋友。

2007年12月于西安体育场

卷八·艺苑墨香

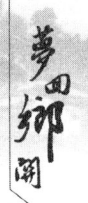

致贾平凹先生

尊敬的贾平凹先生：

您好！给您写信可能是我一时的冲动，也可能是出于尊崇，急于把压在心底的话对您诉说。您是一位著名作家，时间很宝贵，我不知道您能否收到并阅读这封信，但还是大胆地提笔给您写下了这封信。

最近，我刚读完您的长篇小说《病相报告》。开始读这本书时，我觉得如坠五里迷雾之中；读完后，方才豁然醒悟过来。我被您所讲述的这个凄美的爱情故事所感动，被这朵某种意义上的"恶之华"所陶醉。同时，我也十分惊讶：小说竟然也有这种写法！这本小说中的每一个人物都以第一人称出来说话或者说讲述故事的发展，但真正的主人公却只有一个；小说的结构看似支离破碎，实则严密紧凑。

在这里，我不敢妄评您的大作。我既非文学大师，又非专业文学评论家，我只是一个二十出头的普通文学青年而已。今天写这封信，没有别的意思，只是想和您进行一次拉家常似的交流。

我一直都在拜读您的大作。从单篇的文章《一棵小桃树》《盼儿》《五味巷》到文集《月迹》《报散集》《贾平凹散文自选集》《浮躁》《土门》《怀念狼》《病相报告》《油月亮》等，您的作品很多，我虽未尽数读完，但一直都在读。另外，我还读您主编的《美文》杂志，感觉很是不错。

说句实在话，起初我并不是特别喜欢您的作品，也许是读得太少，又未读懂读透的缘故。那时，我总嫌您的辞藻不够华美，语句不够顺溜；总嫌您的句子中少加或多加"的""了"等虚词；总嫌您把人写得太丑陋。随着年岁的增长，阅历的丰富，我发现自己越来越喜欢您的作品了。于是，我又重新把所能找到的您的作品系统地认真地读了一遍。

您是当代文坛颇具争议的作家。有人喜欢你，有人讨厌你；有人夸赞你，有人毁谤你；有人吹捧你，有人贬斥你……无论怎样，您依然稳若泰山，独坐守心。一个人让别人喜欢并不难，难的是让每一个人都喜欢你，作家也是如此。好东西并不见得人人都喜欢。有些是开始不喜欢，后来又喜欢得不得了。凡事都有一个渐变的发展过程，这就如同谈对象，一见钟情虽然也有，毕竟罕见；两情相悦，相濡以沫才见得真感情。

读者能读懂作者是幸福的事情，作者能被读者理解和认可也同样是幸福的事情。国学大师王国维说："文学者，游戏的事业也。"不免带有些自嘲的口气。我认为，文学是神圣而壮丽的事业，神圣而壮丽的背后是痛苦。著名作家程海也说过："最珍奇最宝贵的，都产生于最惨烈的痛苦。"小时候，我以为文学家都是衣食无忧，爱情美满，家庭幸福的；后来才知道，在艺术的王国里，他们是"王子"；在现实生活中他们大都是"苦行僧"。外国的不说，外省的也不提，就咱陕西的作家，哪个不苦？柳青、杜鹏程、路遥，邹志安等诸位大家，我虽未能亲见其人，但读其书、闻其事，可想见其人之苦。程海先生，我见过他四次面，听过他作的文学报告，看过他的《我的夏娃》《热爱命运》《人格粉碎》等大作，对其痛苦的人生经历和文学创作过程有着深切的感知。叶广芩、红柯，我曾在工人文化宫听过他们的文学讲座，也深知他们的出身和经历。对于贾先生您，我虽未能谋面，但见过相片，读过作品，深知您不但痛苦而且孤独。您不但出身苦，经历苦，且身体"苦"，您曾说自己是"全国著名的病人"！

　　说到病，其实这个世界上谁不是病人呢？人病了，连爱情也病了，还有什么没病？什么是病？"嗜好是一种病，偏激是一种病，还有吝啬、嫉妒、贪婪、爱情……"你说的，我赞同。别的不论，就说嗜好吧，它就是一种病。所谓嗜好，是人对某种事物过分的偏爱、执着。释迦牟尼说："菩萨于法，应无所住行于布施"，佛祖教菩萨不要执着，而我们人却一心要修成菩萨，却总不能如愿，就是因为我们有执着之心，而执着是一种病呀。所以，我们生病，我们痛苦。

　　和您一样，我也喜欢静思玄想。俯察蚁行时，我想自己的前途和出路；仰观星驰时，我想人生的价值和意义。我想得很多，但总是拆不穿人生之谜。迷茫、困惑、无助之情如蚊蛾萦绕，挥之难去。最近，我读了《病相报告》，才明白：社会病了！既然社会都病了，人又怎能不病？

　　想说的话很多，但我又不得不收笔了。您是一个名作家，忙得很；您又是个病人，身体不好。我只得收笔了。但最后想请教一个问题：《病相报告》中写"訾林和胡方"的那五章开头的文字为什么一样呢？你的文字向来都是干净利落，怎会有这样大段的重复之笔呢？或许，你对此是别有用意，只怪我才疏学浅，不能理解，诚望你能"传道、授业、解惑"。

　　搁笔
致敬！

　　　　祝您："杂事少些，疾病少些，自在多些"。

2002年7月19日于绛帐

也说杨争光

　　第一次听到杨争光的名字，大概是在七八年前。那时我还在上学，一位爱好文学创作的学兄经常在我面前提起杨争光，说他是目前国内文坛和影视圈的大腕，文采了得，声名煊赫，说是有机会要给我介绍认识一下。我调侃地说看来你和杨争光关系不错呀。他说杨争光是他乾县老乡，经常见面。我说从来没听过这个名字。他说不会吧，大型电视连续剧《水浒传》、电影《双旗镇刀客》总该看过吧，编剧就是杨争光。我说原来是他呀，挺厉害的。他又问我看过《老旦是一棵树》吗？我说看过小说，也看过电视剧。他说这也是杨争光的作品。他这么一说，我才忽然明白，其实自己很早就接触过杨争光的作品了，只是没注意作者姓名罢了。

　　自那以后，杨争光就进入了我的文学视野。我开始对他格外关注起来。经过进一步了解，我才知道杨争光是当代著名小说家、影视剧作家、国家一级作家。我想咱和人家的距离简直遥不可及，见面的可能性几乎为零。可那时因了对文学的酷爱和对作家的尊崇，还是一直梦想着有机会能见识一下这位名家的风采。于是，我开始到处搜寻杨争光的作品来阅读，万一哪一天真的见到杨争光先生，也不至于无话可谈。

　　杨争光的书籍前几年在书市面上很少见到，只好到网上查找。后来，我就在一个文学网站上，搜索到他的电子文集，读到他的几篇脍炙人口的中短篇小说，如《黑风景》《黄尘》《杂嘴子》《棺材铺》《公羊串门》等。虽然有些篇什残缺不全，错别字较多，但一口气读下来还是挺过瘾。当时，就乘兴在电子文集的留言板上写下了这样两段感言："杨争光的作品让人一眼就能看出来，那种个性的味道只有他才有。他不走寻常路，却闯出了自己的天地；他喜欢剑走偏锋，却杀出了自己的江湖。他用其如椽的大笔为我们描绘出了一幅幅凄美的、苍凉的甚至贫瘠的关中风情画卷，他用其精致的刻刀为读者刻画出了一个个善良的、淳朴的甚至自私的陕西农民形象。杨争光的根深扎于现实的土壤上，所以开出了美丽的花。

　　杨争光的作品很"诱人"！就如一碗地道的西安优质羊肉泡馍一样，很有味道，也很筋道，耐咀嚼，让你只要尝上一口，就再也放不下，非要一口气吃完不可。他的作品真实、生动，充满了浓浓的乡土气息，又不乏黑色的幽默感，叙述干净利落，语言很有特点，让人过目难忘。

参加工作后，对于杨争光我还是保持着浓厚的兴趣，但走遍了西安的大小书坊，都找不到他的书。有一天，我去拜访在《三秦都市报》工作的学兄苗雨，在他房子的书架上见到了杨争光的两本签名赠书，一本是《越活越明白》，另一本是《从两个蛋开始》。如获至宝，当即借回去看了。以前读到的杨争光作品基本上都是中短篇，虽然精巧细致，但总觉不过瘾；这次有幸读到他的两个长篇小说，终于有了酣畅淋漓的感觉。从那以后，我对杨争光留下了这样一个印象——他是我所知道的也是最喜欢的写农村题材作品最真实、最深刻的作家。我忽然感觉他离我很近。

我还真没想到有一天会见到了杨争光先生。我清楚记得那天是2004年10月13日。刚下班，忽然接到同学罗选利的电话，说是西北大学桃园新区晚上七时有一场文学专题讲座，邀请的是著名小说家、影视剧作家，深圳市文联副主席杨争光先生。我一听非常高兴，连晚饭都没吃就乘车向目的地赶赴。

讲座地点设在西大新区的一个大阶梯会议室里。等我到场时，讲座刚开始不久，人满满的，我低着头猫着腰从门口进去，找了一个空位子坐下。抬头向主席台望去，只见一个四十多岁的男人，瘦瘦的腮帮，青青的胡茬，细细的眼睛，梗着细长的脖子，上身传着一件灰色的夹克衫。他身后的多媒体屏幕上写着专题讲座的主题名称《从"刀客"到"水浒"》。据说，本次讲座是西北大学文学院迎接教育部本科教学评估学术活动周之"新视角"系列讲座的第三讲。从讲座中我知道了杨争光虽然是陕西籍作家，但近几年一直在深圳发展，现任深圳市文联副主席；他早年通过写诗进入文坛，然后当编辑、写小说、编剧本，足迹走遍大江南北，名声扬遍长城内外。他讲述了自己的生活情况、创作经历、阅读经验，还深入浅出地阐发了许多个人的文学观点。从开始到结束，我一直听得很认真，因为杨争光先生的演讲很有特色，主要表现在以下几点：一是口才好，妙语连珠，普通话说得特别正宗；二是为人亲切、随和、幽默，丝毫没有名人的架子，给人感觉像邻家大哥；三是观点独特新颖，发人深思，例如他提倡"阳光阅读"——即年轻人要读健康的书、有文采的书、感兴趣的书，不要轻信某些名人为你开的什么必读书目名单。

不知过了多长时间，当杨争光先生宣布讲座结束的时候，大家都还处于高度兴奋的状态，感觉意犹未尽。于是，在座的听众都纷纷要求他签名留念。主持人说，杨老师近日身体不适恐怕不方便。但没想到杨先生自己竟然爽快地答应了下来。很快，听众都围了上去，一圈又一圈，围得水泄不通……

　　机会难得，岂容错过！我费了九牛二虎之力，才终于挤到了我仰慕已久的大作家跟前。望着杨争光先生，我心情特别激动，心里憋了好多话，但一时却不知道说什么好。大部分人都拿着本子，而我什么也没拿，情急之下就从裤兜里掏出了眼镜布递了上去。杨争光先生望了我一眼，嘿嘿一笑，在上面麻利地写下几个潇洒硬气的小字："文学既可以怡情，亦可以赚钱，二者皆得最好！"

2007年5月8日于西安北山门

生命的轨迹　心灵的歌哭

——读贺绪林散文集《生命的浅唱》

贺绪林先生是一位著名作家，代表作是小说《关中匪事》，几年前被搬上荧屏，在国内大获反响。他以小说享誉文坛，其散文却很少有人提及，也很少见到。有人曾说过，要了解一个作家真正的才华和性情，就去看他的散文和随笔。于是，我总想着能有机会拜读一下他的散文。

贺绪林先生的家乡是华夏农耕文明的发源地——杨凌，这里与我的家乡绛帐镇只有十来公里之遥。早就耳闻他的大名，也曾看过电视剧《关中匪事》，只恨一直无缘拜会。后来，我在一次文学聚会中认识了一位杨凌籍的朋友，他说自己和贺绪林是一个村的，关系不错。于是，我就从他那里知道了贺绪林先生更多的事情；于是，才有了今年元旦与贺绪林先生的一面之缘；于是，也就有了手头这本贺绪林先生的签名赠书散文集——《生命的浅唱》。我怀着敬仰之情读完后，掩卷凝思，心潮难平。

《生命的浅唱》是贺绪林先生从文三十多年来的散文作品汇集，充满了纯正而浓郁的乡土气息。作者立足于生他养他的那一方故土，通过回忆与追溯的方式，以质朴无华的文笔，饱蘸深情地叙写了故乡的风貌、人物、故事，哀婉从容地了讲述自己曲折的人生历程和苦难的生命体验。这本书是他心血的结晶，从中可以看到他的人生轨迹。在某种意义上可以说，这是他自己的一部心灵史。

贺绪林先生的散文题材丰富，文体多样。其中有对故乡亲人的深情缅怀，如《父亲》《唱给母亲的歌》《遥寄天国的家书》等；有对童年趣事的真挚怀恋，如《儿时风景》《偷粪》《当了一回强盗》等；有对家乡生活的热情赞美，如《杨凌走笔》《杨凌放歌》《故乡锣鼓》等；有对孤寂生命的感悟思索，如《活着》《面对孤独》《病榻感悟》等；也有以自己的创作体验，对人情世故的感叹、对宵小之徒的笔伐。尽管写作题材多样，但家乡永远是他的精神之根，是他学习语言、认知世界的始初地，也是他写作最丰富、最熟悉的资源。除了抒情色彩浓烈的美文之外，此书还收有大量序跋、杂感、游记，或论事，或议理，行文活泼，不拘一格。这些各方各面的题材，这些各种各样的文体，支撑起了一个美轮美奂的散文王国。目光游走其间，仿佛行走在香花满径的丛林之中，体味的是各种不同的风景。

贺绪林先生的散文写得很实，可谓"言之有物有据，言之在情在理"。这种实，具体而言就是"朴实、厚实、扎实"。散文是一种题材广泛、结构自由、手法灵活，注重抒写主体真实感受与境遇的文学体裁。作者出身贫寒农家，大半辈子也生活在农村，却始终保持着农民儿子的本分和淳厚。他的文学之根深扎于现实的土壤中，没有华丽的辞藻堆砌，没有刻意的修饰雕琢，却句句饱含着真情。他的厚实，是因为文章素材都来自现实生活，来自丰富的人生阅历，故文中的人物和物象都有着极强的生命气息——能把业已故去的人物写得鲜活，把过去的景物写得逼真，这是多么难能可贵的能力。特别是第一辑中，如《父亲》《唱给母亲的歌》《永远的追怀》《遥寄天国的家书》《祭兄》等篇章，把一个个故去的亲人写得有血有肉、有骨有气，跃然纸上，令人触手可及。他的扎实，一是生活底子的扎实，二是文学功底的扎实，两者的紧密结合使其笔力更加老辣到位，游刃有余。他的实，源于他对生活始终保持着一种真挚的爱，所以能写出独特的真实。

古人认为文章应该载之以道，贺绪林先生的散文并没有刻意载道，但他的文章又何尝没有处处载道呢？他的文字有一种朴素的美，这一点毋庸置疑。但我想这种文字表面给人的美感只是一方面，重要的是其文章的内在美，让人内心震撼。他以自己的经历、观察、思索，向世人表现着中国人传统的文化精神——真、善、美，他笔下的父亲、母亲、堂嫂、兄长，无不让人感到可亲可敬，这何尝不是一种道呢？同时，作者的经历悲惨，道路坎坷，二十一岁时不幸受伤致残，亲人又相继离世……但他从未自暴自弃，以残疾之躯坚强地活了下来，走上了文学这条荆棘丛生的道路，经过一番艰苦漫长的奋斗，终于成了一位轮椅上的作家。他的奋斗历程和拼搏精神不正给了我们当代年轻人以莫大的启迪和鼓舞吗？所谓的"文以载道"，并不是板着面孔去说教，而是以真实的事理去启发和引导人去悟道和践行。贺绪林先生继承和发扬着古人"文以载道"的写作传统，自然而随意，无丝毫的空洞和矫情。

读贺绪林先生的散文，我能很明显地感知到他强烈的人文关怀和忧患意识。《故乡的河》《家乡的涝池》《故乡怀旧》《石磨》《中国不流泪》《古城除夕夜》《感叹秦腔》等文章体现得尤为明显。一些并不起眼的事物和现象能进入他的视野，出现在他的笔下，并且从中挖掘出许多独特的人文内涵，进而传达一种悲天悯人、感时伤怀的意味和沧桑。很显然，他在这里不仅仅是在回忆故乡昔日的贫穷与落后,而是在悲悯其历史变迁中失落的那些可贵的温馨的人文精神。贺绪林先生是个有心之人,善于观察和体验周遭的一切,并用心做着文章。在当今文学越来越被边缘化、人心越来越浮躁的时代,我们看到过太多的个人的欲望叙事,而贺绪林先生则始终顽强地守护着内心的那一方湛蓝的天空,抱持着一个知识分子的文化良知。面对故乡的沧桑变幻,他在文中不断地叩问历史、慨叹人世,并且时不时流露出一种深切的悲悯感,而这种悲悯感正是构成文学经典的一个很重要的因素。

生命、苦难、守望、惜福和感恩,这些主题始终贯穿在贺绪林先生的散文集中。这或许是他散文写作的一种基因,也是一种传统文化的根基与底线。当它们在一本书中串连成线、互为因果地呈现出来的时候,使我们在生存的困境中感到了一丝人性的光辉与温暖。文集中不仅包含了作者对自己不幸遭遇、苦难经历的感伤和哀怨,也表现了对父母、兄嫂、老师、恋人的怀念和感恩,更有其对"5·12"汶川大地震死难同胞的致哀和祈福。在某种意义上讲,这是一部饱含深情、字字含泪的人生挽歌。贺绪林先生用自己的文字证明了这世间依然存在着一种简朴、执着而充满智慧的亲人之爱、同胞之情,有许多具体的人物站出来践行这些理念,所谓的爱、奉献、幸福才会呈现出更真实、更震撼人心的巨大力量。

或许贺绪林先生的散文写作手法稍有些传统,语言不够含蓄优雅,甚至过多地使用了方言土语,但不能忽视的是从他的文章背后所渗透出来的一种独立思想和独特才情。他的散文,视角独特、笔触细腻,能从细小处见大义,从平凡处见伟大。再者,就是他对生死的感悟,对世态冷暖的精确再现,无不处处表现出他令人惊异的才情。这是他看似传统的写作手法中所表现出的不同凡响之处。所以说,好的文章其实不在于你是否写的是别人没写过的题材,也不在于你是否用一种与别人不同的手法去写,关键是你是否找到了一个新的切入点和落脚点,作品出来后是否给人以新颖而独特的感觉。

贺绪林先生以小说闻名,但我认为他也是一个很有实力和潜力的散文家。可能是因为身体的缘故,他不能像常人一样在外边经见得更多,如果他能经见更多的话,视野会更开阔一些,思想会更深邃一些。尽管如此,我相信他未来应该而且会有更大的突破和发展。

我花了半个月时间才把这本散文集读完。我读得很仔细,也很感动,好几次流下眼泪,掩卷沉思,总觉得有些话要一吐为快。然而读完之后,我却陷入一种极度矛盾的状态中:我有一种想写点什么的冲动,但好几天却写不出一个字;我想写而不敢轻易去写，我怕自己写得太糟。其实，在这本书还没读完时，我就曾抑制不住内心的冲动，给贺绪林先生发去短信，说准备为他写篇评论或读后感。说出去的话就如泼出盆的水，怎能收得回来？但丑媳妇总要见公婆，终于写完自己想说的话，心头便释然许多。

2011年1月15日于西安北山门

青春永不老　独保赤子心

——读逯秦生诗集有感

前几天,我拿了一本新买的《余光中诗歌精选·乡愁》给逯秦生先生看,先生为表谢意,取出了自己的一本手抄本诗集给我,说是让我给他提提意见或建议,并叮嘱我毋再让旁人翻阅。逯先生是一个性情淡泊、不事张扬的人,想必这本诗集是他多年来的心血结晶,轻易不肯示人,而他却把它交给了我这样一个穷学生,这真是莫大的信任呀!

"诗如其人,人如其诗。"纵观逯先生的诗集,可管窥见先生各时期的思想变化、感情沉浮甚至人生轨迹。

读完逯先生的诗集,总体觉得他早年的诗作,字句之间充斥和激荡着一股股朝气、豪气。尽管,人生无常、命运多舛,可他依然"不坠青云之志",霍然奋起,"坎坷路上再奋蹄",意气风发,"欲叩天宫最高处"。后期诗作,笔法益发老练、劲道,技巧更加娴熟、多变,朝气、豪气非但丝毫未减,而且更多了几分淡泊、潇洒和达观的气度。他纵然嗟叹"尘锁役心苦白发,欲求清雅遁无门",忽又顿悟"心如东海身似苇,随它漂泊任西东"。

逯先生的诗歌就形式而言,或为古体诗、或为近体诗、或为新体诗;就题材而言,有游仙诗、吊古诗、怀人诗、抒情诗,也有咏物诗。不论何种形式或题材,先生均能挥洒自如、信手拈来。然我通览全集,发现先生比较擅长写旧体诗词,尤其擅长绝句和律诗,且水平之高不逊古人。古体诗如《游泰山》神似于杜甫的《望岳》,我最喜其中的一句"雄伟冠五岳,峥嵘如鬼工"。近体诗词《满江红》中有"雾遮望眼,清风振衣,欲叩天公最高处",令人飘飘然,有双耳生风之感,与苏东坡《水调歌头》中"吾欲乘风归去,又恐琼楼玉宇,高处不胜寒"一句堪有一比。"忠诚肝胆除弊政,救国抗夷排万难。虎门雄姿常怀想,谁谓中华无古贤。"逯先生热情洋溢地歌颂林则徐这样的大英雄,并把其置于古贤之列,悼之念之追慕之,由此可见逯先生是一个具有厚重的历史感和责任感的诗人。

逯先生善于观察,勤于思考,能抓住生活中的每一个闪光的瞬间,经过思想的酝酿和加工，化瞬间为永恒，变现实成艺术。大凡好诗人都是见多识广且有着丰富的人生阅历的。李白壮游名山大川，写出了那么多雄奇壮浪的仙游诗；杜甫漂泊四海、颠沛流离，写出了一首首"与历史等长，与空间等阔"的史诗；徐志摩负笈剑桥、撑篙康河，写出了脍炙人口的《再别康桥》；余光中轮转天下、客居台湾而写出了久诵不衰的《乡愁》……逯先生能写出如此厚实耐读的一本未名诗集来，当然与他的游历是分不开的。逯先生拜过泰山，攀过华岳，登过崆峒山，赴过普陀山，上过翠华山；他游过汉江、莲湖、红寺湖、石门水库、刘家峡水库；他访过张良庙、夫子庙、法门寺、雨花台；他到过上海、南京、重庆、兰考等城市。真可谓是"仁者乐山，智者乐水"。这多少山多少水多少寺多少庙多少台多少城都印着逯先生这位平凡诗人的足迹呀！

在这本手抄诗集中，我看到的最多的一个地理名词便是"博迪"。我不知博迪何在，但我知道那里有逯老师"儿时的梦"，那里有他"欢乐的圣诞，癫狂的圣诞"，"假如没有博迪，怎会有博爱如山，智慧如水……/庆幸没有假如，梦如博迪梦成真/博迪，感念你！我的幸福，我的七彩梦"。他对博迪的感情是多么真挚、深沉和炽烈呀！我想，真的没有博迪，就没有逯先生多彩的人生，我就不会看到这么多美丽的诗篇了。所以，我也想说声："博迪，感念你！"

逯先生现已年逾五旬，但读他的诗感觉他还很年轻。他如曹孟德一般"老骥伏枥，志在千里；烈士暮年，壮心不已"。他的思想总是跟着时代潮流，所以他的精神永远年轻。他经常和年轻人在一起谈文学、论人生、说历史，还为我们这些不经世事的年轻学生解决学习和生活上的困难。我想，这也许正是他之所以能写出那样充满朝气和豪气的诗句的主要原因吧。

最后，我借用逯先生的诗句祝愿他："青春永不老，独保赤子心！"希望先生不会怪我借花献佛吧！

2001年9月18日

寻梦旅途上的行吟

——读赵玲萍的散文集《看景》

如果说人生是一场旅行的话，那么每一个人都是人生旅途上的匆匆过客。有的人，只顾埋头赶路，忽略了沿途的风景。而有的人，在赶路同时，不忘驻足欣赏一下沿途的风景，并用文字记录自己的历程和感受。

行进在人生旅途上的赵玲萍，可谓是一个有心人。她用文字记下了自己一路上的所见、所闻、所思、所感，并公开出版发行，与朋友们一道分享。这就是由中国文联出版社出版的散文集《看景》。

我与赵玲萍是在"西府文学沙龙"QQ群认识的。她一直很低调，很少在群里发言。我们曾私聊过几次，也拜读过她的一些文章，很欣赏她的才气，但至今未曾谋面。前不久，我忽然收到她新出版的散文集《看景》，为她的成就感到高兴。

赵玲萍是陕西麟游某山村小学的一个80后女教师。在西府老家，我所认识的教师挺多，但像赵玲萍这样，爱好文学且在繁重的教学工作和琐屑的日常生活之外长期坚持笔耕的人却不多见，其写作的勤奋与对文学的执着精神令人感佩。从她这部散文集的《后记》中得知，她是在去年休产假的日子里源于对生命蜕变的思考和感悟而开始写作的，前后不到一年时间就完成这本十七余万字的散文集，其速度之快，产量之高，是令我感到惊讶的。

赵玲萍的散文集《看景》，共分五卷，各卷的侧重点不同，信手拈来，散发着一股浓郁的乡土气息和强烈的人文关怀。卷一"生在山乡"，作者深情地回忆了家乡和童年生活的美好；卷二"那人那情"，作者用感恩之情，叙写了身边的亲人，赞咏人间亲情的伟大和温暖；卷三"在种植园"，记叙了教学生涯和校园生活，透露出作者对教育事业的热爱和柔软善良的内心；卷四"心羽一一"，是作者心灵空间和情感世界的诚挚书写，诉说和追问；卷五"时光碎片"，是流年里的生活片段、内心絮语。可以说，《看景》中尽是好风景。作者的思想、生活、情感世界的成长变迁一一得以呈现。这些散文作品，内容丰富、文笔灵秀、内蕴深厚、风格质朴，显示了作者不凡的艺术天分和高超文学才能，映射出了作者对生命的深沉体悟，有强烈的个性。

散文集《看景》是赵玲萍一年时间从事散文写作的心血和智慧的结晶。读着这样一部清新悦目的散文集，好像有一股来自山野的晓风拂面而来，让人有神清气爽、耳目一新的感觉。

赵玲萍的写作素材皆源于自己和身边人的平凡事情和日常生活，但她以独具一格的细心和敏锐，总能抓住别人在生活中发现不到的场景和细节，用自己独特的视角去审视，经过一番"发酵"和"加工"之后，终于酿出了一坛好酒。她出生于偏僻的小山村，师范毕业之后，又回到家乡的山村小学任教，社会经见或许并不多，但她身上难能可贵地依然保留着一个山村女子的善良、朴素的品性。不论是其人生经历和心灵世界，还是身边的人、物、事，都在其笔下呈现出一种原生态的美。小学教师的生活很多时候是单调枯燥的，但我却透过文字，在她的小圈子里看到了大生活，不得不说这个乡村女子的心灵世界大着呢！

赵玲萍的文字质朴、简洁，细腻入微又清新灵动，让人处处感受到一股青春的脉动和生命的活力。她的文章始终充满温情和爱心，散发着一种天真、无邪的气息和健康、阳光的味道，字里行间蕴藏着一股强大的正能量。《牛槿簪着童年》中这样写道："山岭原野上，荒凉的土包上，牛槿堆堆簇簇倔强着青绿入眼。它们以坚韧的姿态诉说着誓言，是土地，就不会荒芜与贫瘠；是春日，就不该凛冽折服。"还有，洋槐树尽管普通，但在她笔下却有着山里人的倔强、坚韧的性格："即使干旱贫瘠，即使缺水无肥，生命力极强。山崖峭壁，不论环境际遇，它总能长起一树倔强，生机勃勃……"她的散文追求一种物与情的自然交融，让人感觉是在和朋友娓娓叙谈。没有深奥的哲理，没有空洞的说教，不炫耀，不张扬，但贴近生活的本真，处处闪现真情，深深地感染着人心。

赵玲萍的部分散文似乎不大讲究谋篇布局，文章的开篇和结尾很自然，自觉地"行于其所行，止于其所止"。这就像一块璞玉一样，少了人工雕琢的痕迹，少了刻意俗套的高深，却也多了一些真实和可爱。我认为，没有技巧，其实才是最大的技巧。这是作者本真性情的自然流露，有一种"天然去雕饰，清水出芙蓉"般的自然之美，让人感觉亲近随和。正如她一篇文章中所言："即使无人欣赏，也绝不辜负生命本身，为别人也为自己。生命如此真算是一种大美。"这就是赵玲萍的个性，也是其文章的个性，倔强中透着自信。

整体来看，赵玲萍散文最大的特点就是真实、真切、真挚，以真情动人。文章不管主题是否高深，情怀是否博大，只要有真情，才能触动人内心深处最柔软、最敏感的那根神经，引发读者与作者心灵的共振。这也是一切好文章所具有的品格。

　　当然，赵玲萍的散文还有可圈可点之处，相信每一位读者都会有自己的新发现。

　　或许，赵玲萍的写作题材尚不够宽泛，思想深度还有开掘的空间，这也许因其出身、年纪、职业等条件所局限，不能苛求。还有一点，部分篇章的段落跳跃快，衔接不严，显得连贯性不够。毕竟，赵玲萍还很年轻，人生旅程和文学道路还很漫长；她若能坚持梦想，继续地写下去，假以时日，一定还会写出更多更好的散文作品。

2013年9月17日于大荔

漳川岸边的壮丽行吟

——读扶小风散文集《漳川笔记》

一

文化散文是散文体裁中一个占有很重分量的品类，它为广大读者所熟知，是因为余秋雨及其《文化苦旅》和《山居笔记》。1990年代，随着这两本集子的出版发行，文化散文一路风行至今，追随者众。

我非常喜欢文化散文，却一直没有尝试去写。在我看来，文化散文的创作有着相当大的难度，不是谁都能写的。在我看来，文化散文作家必须具备深厚的文学修养，还需大量的文史知识积累，更要有强大的毅力和耐心。这些年，除开余秋雨，我还读过王充闾、梁衡、李元洛、王开林等不少名家的文化散文，对于这些作家都很敬佩，但总觉得是我所不能企及的。没想到，我身边竟然也出了一位写文化散文的青年作家。

我要说的这个人就是扶小风。他本名叫李宇飞，陕西省扶风县段家镇人，是我的老乡。我俩是在网上认识的，迄今已经两年了。初识他时，只知道他写过一些小说，我看过一些，感觉文字比较老道。慢慢地，我们就熟悉起来，成为无所不谈的朋友。在我的鼓励之下，他也慢慢开始了散文的写作。每隔一段时间，他总会将自己的新作发给我看。刚开始，我没有觉得什么特别，后来发现他写的全是文化散文，且内容都与家乡有关。这就让我有些吃惊了！据我所知，我们县上的作家虽然不少，但写文化散文的好像从来没听说过。看来扶小风是独辟蹊径，走上文化散文创作的路子了。"功夫不负有心人。"有一天，他告诉我，他要将自己这两年来创作的文化散文结集出版。我听罢甚为欣喜，督促他好好整理，尽快付梓。

于是，便有了我手边的这部《漳川笔记》。虽然，这两年我已经陆陆续续读过其中的一些篇章，但当它们集结成书之后，便愈发感觉到了它的厚重。于是，我又从头到尾读了几遍，愈读愈喜欢。该书中所写的内容大都是我所熟悉的，我没有去写，但扶小风写了，而且写得很深刻，他替我了却了一桩心愿，也填补了扶风文化散文创作领域的空白。如王宗仁老师所言："你写了你的村庄，你就写了世界。"《漳川笔记》一书虽然写的是我们家乡的人文、历史、地理和风物，却有着更为广深的意义。扶小风通过这本书不仅表达了自己对家乡的热爱之情，让扶风人更了解扶风，也让很多外地人知道和认识了扶风。

二

扶小风的《漳川笔记》，共收录了二十篇文章。书不厚，但很重。为何这么说呢？

文化散文的创作其实更多的功夫在撰稿以外。为写这本书，扶小风付出了两年多的心血。他曾搜集、阅读了《扶风县志》《扶风乡土志》等大量的文献典籍，也从网上下载了不少相关资料，并做过大量读书笔记；甚至，他还亲自去扶风很多地方进行过实地考察和采访。有些人可能认为这个没有什么，但要完成这些前期准备工作，对于扶小风来说是很不易的。这些年，他一直在距离家乡千里之外的青岛上班，而且所从事的工作和文学没有一点关系。但因为爱好写作，决心为家乡树碑立传，他搜集、整理资料的工作只能是在八小时之外进行，考察和采访也不得不利用为数不多的省亲机会挤出时间去做。如果说，前期的资料准备工作是一件体力活的话，那么正式的撰稿过程就是"体力+脑力"的复合式劳动了。文化散文的体量一般都比较大，一篇文章的创作要比一般文章耗费更多时间和精力，写写停停，停停写写，才情再高的人也绝不可能一气呵成。所以，我要说这本《漳川笔记》是厚重的，这不仅体现在文章上，更多的是体现在作者的创作精神上。这一点，是值得我们去尊敬的。

就《漳川笔记》的内容而言，与很多作家一样，扶小风写的是家乡题材。但他笔下的家乡，不是那种个人的小经历和小情感，更不是文史资料的简单堆砌和贩卖，而是以个人对家乡的独特认识和深厚情感为基础，但超越了小我情怀，努力地去向历史的纵深处挖掘和延伸，因而他笔下的家乡的世界更加辽阔广大，文化意义更为深重长远。扶小风的选材很有典型性和代表性，主要是两类：一类是写扶风名胜古迹的，如《寂寞的漳峰塔》《青龙庙漫笔》《谒班固墓》《天子陵》《风雨贤山寺》《佛国的梵音》《隐没的古渠》《远去的宫殿》《苍老飞凤山》《马超岭》《俯首乔山》《案板坪》；另一类是写历史名人的，《时光里的绛帐》写的是东汉通籍大儒马融，《七里桥年谱》写的是扶风末代举人王伯明，《织锦的情歌》写的是因回文诗《璇玑图》而流芳百世的前秦才女苏惠，《马革裹尸的悲歌》写的是彪炳史册的伏波将军马援。但是这两大类又不是绝对的独立的存在，写名胜古迹的文章里少不了历史名人，写历史名人的文章里也少不了名胜古迹，二者相互渗透和支撑。毕竟历史是人创造的，古迹因人才闻名。

扶风大地上的这些已经尘封的过往，在扶小风的笔下一一生动和鲜活了起来，与我们是那样的亲近，也让每一个扶风人因为家乡有如此厚重的历史和灿烂的文化而倍感自豪。

三

《漳川笔记》一书的文字是朴素的、敦厚的、结实的，富有质感的，直抵人心，锅盔那样耐嚼，又如西安的羊肉泡那样顶饱，让人读起来很受活。好的文字，不是华丽辞藻的堆砌，不是形容词的滥用，扶小风深知这一点，也在切实践行，因此他的散文，其文字品性与时下的很多散文有着明显的区别，有着大家的风度和气象。

作为文化散文，扶小风的《漳川笔记》里自然少不了文史资料，但他没有刻意堆砌，也没有直接兜售，而是经过自己的整理和梳理之后，加上了些许个人的理解和大胆的想象，赋予了个人化的情感色彩，具有着鲜明的个人立场和视角。正如张浩文先生所说的那样："他的文字没有一丝学究气，想象恣肆，情感激荡，美不胜收。"也是因了作者的理解，历史才有了新的内涵；因了作者的想象，历史才生动活泛起来；因了作者的情感，历史才有了温度。

好的散文，不仅在于文字和情感，更在于是否有思想。没有了思想的文章，再好的文字，再真的情感，也没有灵魂，不能称为佳品。扶小风的《漳川笔记》里不仅有思想，而且思想还很有深度和广度，这使其作品上升了一个档次。在《寂寞的漳峰塔》一文中，当作者写到王成德当年修筑的漳峰塔在二百零二年后，被后人将塔中的全部楼板和两根通天木柱拆掉给自己盖了房子之后，他先引用了山东青年诗人北犇的诗歌《苦果》，接着又借着诗人的呼喊，发出了这样的愤慨："这种呼喊在当今追名逐利的时代中是十分微弱的。即便有关注的人可以听到这卑微的声音，那也无法唤醒世人对历史人文古迹的保护意识。更不能让这些只为蝇头小利苟活的冷漠躯体，肩负起承载这笔文化重责的任务，那是一种徒劳，连我自己也会觉得无聊且无趣。"在《谒班固墓》一文中，当写到一代史家班固被狱卒严刑拷打含冤而死时，作者说了这样一段很有见地的话："班固死了。他一生的宽容，一生的和善，一生对于交情的依重，竟然成了这样的结局。我是无限悲切的。悲切的让我知道：宽容，成了一绺白绫，绞死了性命。和善，成了一盅鸩酒，灼伤了灵魂。情义，成了一把利剑，刺痛了历史！"在《马革裹尸的悲歌》中，他借伏波将军马援，阐发了这样一个思想："当一个人被民众神话后，他的形象和精神则被固化，永远凝固在历史的氤氲中，经历时光冲蚀，最终成为一个民族伟大的精神内核，而后被大众认可和膜拜。这就是伏波永恒的意义。"在《历史的足印》中，作者认为："姜嫄受孕的巨人的脚印，或许只是后人杜撰出的一个弥天谎言。当母系氏族向父系氏族变迁时，历史只能用另一种方式来演绎这样的事实。于是，神话成了这段历史最完美的诠释。"……扶小风散文的思想性绝不只体现在我上面列举的这些只言片语中，其思想在这本书中随处可见，不过有些直接写了出来，有些隐藏在看似琐碎的叙述中间。这些闪烁在文章中的思想火花，不仅是这部书的亮点，也是作者个人学识和文化底蕴的体现。

这部《漳川笔记》是扶小风两年多来的心血结晶，书里所写的一山一水、一草一木，一人一物，无不带有个人的温暖情感，无不寄托着个人的人文情怀。这是他献给周原上那个曾叫"漳川"，如今称为"扶风"的家乡的一份厚礼，是他在古老的漳川岸边的壮丽行吟，是他的一次精神意义上的回乡之旅。该书的出版和发行，我认为，不仅是扶小风个人的自豪，也是扶风人民的荣耀。

《漳川笔记》无疑是一部好书，它还有很多魅力，但也可能难免有一些知识性的小纰漏，这个已经有人私下提过，但我认为这些并不影响其文章的品质。相信每个读者看过之后都会有自己的感受，我就粗浅地谈这些吧。

2014年12月18日于大荔

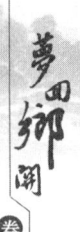

源于尘世的温暖和智慧

——陈云峰诗集《一座城》印象

我的文学道路是从诗歌开始的。这些年,我虽然不大读诗和写诗了,但说句心里话,我最钟爱的文学体裁其实还是诗歌。就像一个人,即便曾爱恋过很多人,对于初恋却是终生不能也不会忘怀的。少年时期,我曾一度痴迷诗歌艺术,读过很多诗歌,也写过很多诗歌,但在诗歌方面谈不上有什么研究和造诣,只是因为喜爱而已。

陈钟凡先生说:"世界各国文学演进之历程,莫不始于讴谣;进为诗歌,后有散文。"可见,诗歌是一种有着悠久历史的文学体裁,也一直随着历史变迁和时代发展不断发生着新的变化。中国诗歌,其形式由旧体诗(包括古体诗和近体诗)发展到了新体诗;各种诗体里有又衍生出很多所谓的主义和流派。如今,很多经典的旧体诗,依然被广为传诵,却很少有人写了,它已然成了非主流;新体诗作者如今为数不少,但真正读诗且懂诗的人却为数不多。进入市场经济时代以后,文学受到了极大冲击,诗歌亦不例外——它所受的冲击和伤害程度似乎更大一些,这是客观原因。当下诗歌的不景气,我认为其主要原因,可能还是缺乏真正的好诗。诗歌的创作走向了两个极端:要么晦涩难懂,成为诗家的自娱自乐;要么浅白粗俗,为读者大众所不齿。

这几年,中国诗歌界流行一种诗体——口语诗。记得某位诗人朋友曾对我说过这样一句话:作为当代诗人,若不写口语诗就显得落伍了。于是,我便零零星星地读了一些所谓的口语诗,结果是大失所望。这种口语化的分行文字也能称为诗歌吗?我怀疑。

前不久,旅居上海的扶风乡党陈云峰忽然发来他即将出版的诗集《一座城》的电子稿,嘱我写一篇评论文字。我一直觉得自己是诗歌的门外汉,岂敢给人家点评?近几年,给我赠送诗集的朋友不少,但说实话,我大多只是随意翻阅一下便束之高阁了,很少能静下心来从头到尾完整地读完。但陈云峰的诗集《一座城》我是一口气没歇地读完的。刚开始觉得不是我的"菜",且待静下心来认真读过几篇之后,竟读出了其中的意味,以至于不忍释手了。

陈云峰的《一座城》是一部新体诗集，更准确地说是一部"口语诗集"，很富有现代气息，但又继承着些许中国诗歌的传统。其实，口语诗在文学界一直是颇受争议的。因为，口语诗操作不好就会沦为"口水诗"，"梨花体""羊羔体"便是这类诗歌的典型代表。口语诗有一个很明显的特点，就是语言浅显如大白话，诗句之间的衔接较为紧密，大有散文化之倾向。文学应随着人类社会的发展而发展。但不管新体诗如何发展，也不管什么主义或流派，我认为，诗歌不能没有意境、韵味、情感和思想这四大基本元素。这些，陈云峰的诗歌都具备了。

认真读罢陈云峰的《一座城》，我的总体印象是：语言浅显直白，通俗易懂，富有浓郁的生活气息和强烈的人文关怀；素材皆取自身边日常生活的片段和场景，但作者目光敏锐，心思细腻，善于从看似普通琐屑的日常生活片段和细节中发现闪光点；大量运用白描手法，通过一组组画面感很强的组合意象来再现生活场景，并能透过表象，挖掘出事物本真，或用一两句意犹未竟但不失深刻的感悟文字阐发题旨，或将思考的空间留给读者。

我认为陈云峰的诗歌还具有以下七个特点：

一是文字简洁，措辞平实，行文自然。他的诗歌，从不玩弄技巧，不故作高深，信手拈来，如话家常。正如作者在自己的诗集封面上写的那样："其实，生活本来就是一首诗，我只是随手把她记录了下来。"二是句式短小干练，富有强烈的节奏感。例如：曾经/天旱时/父亲在等雨/是为了/浇山腰的地/为了养活全家/如今/父母已到了城里/家里也不再种地/可天旱时/我依然/等雨/是为了/浇父亲干皱的脸庞（《等雨》）。三是善于"抓拍"生活场景，或浮光掠影，或局部聚焦，有着极强的画面感和生动的在场感，这或许是因为作者本身就是一名摄影家的缘故，所以不经意就将摄影技法融入到自己的诗歌写作中去了。这在《离家感悟》《温暖的画面》《急疯了的大妈大叔》《生活的乐子》等作品中均有出色表现。四是情感朴素真挚，但很懂得节制，可谓"行于所当行，止于所不可不止。"诗人的情绪始终不张不扬，不浮不躁，有一种"润物细无声"的渗透力。比如，在《从宝鸡到上海和上海到宝鸡》一诗中，他这样写道：从宝鸡到上海/乘坐火车/睡一觉/发一阵呆/就到了/从上海到宝鸡/乘坐火车况且 况且 况且……/总是到不了。情感真实而含蓄，让人有一种意犹未尽的感觉。五是作者似乎将自己置身诗歌中所描摹的场景之外，笔端所流露的情绪始终是平静安然的。六是诗句的格调始终是积极向上的，充满了温情和正能量，不像时下某些诗人的口语诗，满篇的愤世嫉俗和低级趣味，让人看罢不禁对生活产生绝望。七是看似平淡的诗句中却蕴含着对平凡人生、日常生活的细致观察、深入思考，充满浓郁的生活气息和强烈的人文关怀，时而闪耀着温暖和智慧的光芒，给人以启迪。例如：生命虽短/却奋力地/将美展示/再光彩/一切终将/灰飞烟灭/生活亦如此/精彩与否/取决于心态（《烟花》）。又如：岁月是河/我们在河里/与其一起流淌/我们丢了什么/是时间/但似乎/又不仅仅是时间（《游西湖》）。由此想/人生何尝不是这样/一味的/拼命地奔着目标/最终/心里会更加的/空空荡荡（《岁月是河》）。

陈云峰的诗歌，是我所喜欢的一类。但作为朋友，我还想提出一点不成熟的建议：

一、想象力和联想力不妨再开阔一些，在诗歌意象的选取和组合上更大胆、更有创意一些；二、注意诗句之间的留白技法，这样或许语言将会更有张力，意境将更为广阔悠远一些；三、诗歌可以风格化，但尽量避免模式化。

诗歌到底该怎么写？这个没有什么标准化的模板可套，但好的诗歌，总能吸引读者的眼球，更能震撼人的心灵，引发人的情感共鸣。仅以这部《一座城》来看，陈云峰的诗歌操作技术还未臻于纯熟的地步，语言风格也并未定型，可塑性还很大。也许，他并没有立志要当一名专业诗人，也没有想着自己的诗歌一定要达到怎样的成就，只是因为爱诗，才去写诗。在我看来，他已然初显大家的气象，毕竟他还很年轻，坚持写下去，假以时日，一定会在诗歌创作上有不小的收获。

我们扶风是文学大县，但诗人不多，出版过诗集的人也甚少。陈云峰这部诗集的出版，对扶风诗歌的发展无疑将起到示范和助推作用。与很多扶风人一样，我是非常欣喜和期待它早日付梓，并借此机会给以道贺。

诗歌的道路寂寞而悠长。希望陈云峰能一路走下去，勇于探索、不断尝试，写出更多佳作！

2014年12月12日于大荔

西府文脉盛 大风满秦川

——《西府散文选》编后语

关中的西府,是一个民间的文化意义上的区域概念,指的是东起西安,西至宝鸡,地处泾河与渭河之间的区域。这是一块古老而神奇的土地,山川秀美、物产丰富、人杰地灵、民风淳朴、文化深厚。

西府是华夏周秦文明的发祥地。这里自古以来就是诗的故乡,文的宝库。这里的诗人、作家层出不穷,文学艺术可谓异彩纷呈、硕果累累。西府的诗人、作家们,用手中的五彩神笔书写了西府文学的灿烂和辉煌。

西府的文脉,源远流长,绵延不绝。西府的文化,需要多种载体来进行传承、发扬和光大。

在宝鸡作家鲁翔的倡议下,几个热心的西府作家聚在一起,由此而产生了出版一个西府文学选本的想法。2012年上半年,首部西府文学读本——《西府诗选》应运而生,受到了各界朋友和广大文学读者的好评。下半年,我们应西府广大文学爱好者的呼吁,又精心策划和编选了这本《西府散文选》。

我们策划和出版《西府散文选》,完全是出于对依然神圣的文学的热情,也是出于对积淀深厚的西府文化的热爱,是想借着具有广泛受众的散文作品来更好地宣传西府文化,扶持西府文学新人,让更多的人认识西府、熟悉西府、热爱西府。

《西府散文选》从前期的策划到征稿信息的发布,短短两个月多时间,就收到了79名作者的200多篇来稿,经过我们编委成员的精心遴选,最后只编选了140篇优秀的散文作品。其中有驰骋文坛多年的著名作家,如:吴克敬、袁银波、贺绪林、徐岳、吕向阳等;有正活跃在文坛的著名青年作家,如:白立、白麟、马召平、马平川、杨广虎、宁颖芳等;也有很多近几年在文坛崭露头角的后起新秀,如:王亚军、常晓军、祁军平、常红梅、文雪梅、李宝萍、张静、卢文娟等;还有一些工作和生活在西府的业余作者,也有在外地打工的仍然关注家乡的游子……

《西府散文选》所容纳的内容,可谓丰富多彩、包罗万象。有写人生历程的，有写生活感悟的，有抒发乡愁的，有赞美家乡的，有展现亲情的，还有凭吊历史名胜、领略风土人情的，这些作品大都取材于身边的人和事。或大气豪情、或婉约清新、或鲜活生动、或孤独静美，让人看后都会留下不同的感受。但总体来说，这些散文格调高雅、品质纯真、构思奇妙、笔法新奇，具有一定的艺术品位，而且能紧扣时代脉搏、紧贴现实生活，显示了作者的艺术才华，抒发了作者的思想感情。这些作品大都散发着芬芳的泥土气息，是西府人从内心吼唱出来的。不管他们采用的是什么样的方式，无不反映着西府的人文风采，其内在本质和人文内涵都是作家们对生活的深切感受、对生命的真实体验和对人生理想的强烈诉求。

《西府散文选》的编选原则是西府人写西府。但仍有很多优秀的西府作家的作品未能入选其中，不免有遗珠之憾。当然，得以入选的作品也不是篇篇都堪称佳妙，有些作者的文笔甚至还略显稚嫩，有待进一步去打磨。总之，好与不好，任由大家去评说！

如今，随着市场经济的到来，人们物质生活的大幅度提高，娱乐与休闲的多样化，快餐文化及网络的冲击，纯文学所面临的困境与尴尬大家是有目共睹的。然而，在众多西府的作家和文学爱好者的支持下，经过我们全体编委成员的努力，历经近半年时间筹划，《西府散文选》终于与广大读者见面了！这实在是一件挺不容易的事情，也是西府文学史上的一件幸事，它或将在八百里秦川大地上刮起一场文艺复兴的大风。当然，在该选本的整个出版过程中，由于诸多条件所限，难免存在这样或那样的不足，希望大家能够理解。

《西府散文选》是西府人民的，它得以顺利诞生，有赖于西府诸多作家、作者及文学爱好者的大力支持，有赖于关注西府文学发展的各界同仁的热切关注，在此，一并表示诚挚的感谢！

相信《西府散文选》一定会受到西府文友以及更多读者的热爱，团结更多的文友。

2012年11月25日于西安

树立马融雕像 弘扬大儒精神

——在马融雕像设计稿征求意见座谈会上的发言

我是咱们绛帐镇前进村人,在家乡生活了二十年,对家乡很有感情。这十来年,我虽然在西安工作和生活,但是一直很关注咱们家乡的发展和变化。我从小就受马融文化的影响,喜欢文学艺术,这些年写了大量的关于西府、扶风,尤其是关于绛帐的乡土散文,并通过报纸、杂志、网络等媒体进行了发表,这也算是在自觉地为家乡做了宣传,我感觉这是我应尽的责任和义务。这次,受绛帐镇政府和科技工业园区管委会的邀请参加"马融雕像设计征求意见座谈会",我感觉很是荣幸和高兴。

马融(公元79—166年),字季长,右扶风茂陵人。其父将作大匠马严,是著名的伏波将军马援的侄子。马融年轻时就十分好学,曾随从当时著名学者挚恂、班固等学习儒家经典,后来成为东汉时期著名的儒家学者,被誉为"通籍大儒"。他不但是古文经学家、文学家、教育家,还是音乐家、围棋家,他在我国儒家文化上的地位很高,可以说是"东有孔子,西有马融"。马融一生著述甚多,他除遍注《周易》《尚书》《三礼》《论语》《孝经》等儒家经籍外,还注有《老子》《淮南子》《列女传》《离骚》等书;另外,他还著有赋、颂、碑、诔、书、记、表、奏、七言、琴歌、对策、遗令、凡二十一篇。有集均已佚,明代张溥辑有《马季长集》,收入《汉魏六朝百三家集》,清代马国翰《玉函山房辑佚书》、黄奭《汉学堂丛书》中有辑录。

马融一生仕途坎坷,曾做过校书郎中、河间王府长史、郎中、许昌令、议郎、武都太守、南郡太守等职,晚年以身患疾病为由,上表请求辞去官职。后来,在我们家乡"常坐高堂,施绛纱帐,前授生徒,后列女乐"。教化四方,功德无量,留下了千古佳话!东汉末年政治家卢植,大学问家、著名古文经学家郑玄等人是马融学生中的佼佼者,其再传弟子刘备、崔琰、公孙瓒也是赫赫有名的历史巨星。马融的事迹、典故在《后汉书》等很多典籍及卢纶、皮日休、苏东坡、袁枚、黄遵宪等古代著名诗人的文学作品中上都有记载。

现在,我们当地政府要给马融先生立像,这是一件好事情,这是对马融的重新发现、审视，是在为绛帐镇打造文化"名片"，这在一定程度上有利于促进当地的经济、文化、教育及旅游等事业的大发展，可谓"功在当今，利在千秋"！

我刚才看了杨兆丽女士设计的几款马融雕像设计稿，感觉她为此确实用了不少时间、花费了不少的精力，也用了一定的心思，总体感觉还不错。她设计的马融形象，尤其是以唐国强形象为基础设计的那一款，与我想象中的马融形象基本上比较吻合——据有关资料记载，马融是"为人美辞貌"，因此他应该是一个大帅哥，身材挺拔、相貌堂堂、气度不凡。但是，我建议杨老师应该再稍微修改一下，不要让人一眼看出来他是唐国强或者是诸葛亮，我们毕竟是在为马融塑像，不是在为唐国强或诸葛亮塑像。

马融出身贵胄望族，也是皇亲国戚，因此生活条件非常优越，所以他不可能很瘦，但也绝不可能是一个脑满肠肥的贪官污吏的形象；他生活上比较讲究，衣饰比较奢华，身上一定会佩玉；他晚年因病辞官后在我们家乡讲学，在人们心目中，马融是个美男子，而一个男人的中年时期是其黄金时期，所以我们要塑造一个中年的马融形象，其老年形象恐怕难为现代人尤其是年轻人所接受。还有，一般来说，站像比坐像更能体现一个人的精神、气质和风度，因此最好还是塑造一个马融的站像。我建议马融的塑像应该是：中年人，身材挺拔，眉清目秀，蓄须，束发，高簪，略带严肃、抑郁神情；矗立高台上，衣袂飘扬，左手握一个竹简，右手微抬，腰佩玉环，呈正在宣讲的姿态……

还有就是，马融塑像的底座是一个八角形，可以考虑在底座的除过台阶的其他七个面上做上介绍马融生平的文字或有关典故的浮雕，这样人们就可以通过这些文字和图案对马融有一个较为系统、全面、深入的了解。这样就不需要专人去讲解，大家一目了然。另外，马融是东汉时期的人物，所以建议马融雕像下面的名字可以考虑使用大篆或汉隶字体，这样不但更加厚重、美观，具有文化感，而且更加符合人物所处的历史环境和时代背景。

马融文化是我们绛帐镇的一个核心文化资源，我们应该好好发现、挖掘、宣传，但这是一项系统的、宏大的、伟大的文化工程，绝非一己之力能够完成，它需要靠"政府引导、企业运作、专家指导、群众参与"，达到"四个满意"，即政府满意、企业满意、专家满意、群众满意。唯其如此，这项文化工程才能做得更好！

听说建忠集团在绛帐科技工业园投资了三亿元，正在建设一个"传薪楼"，这是一个集旅游、休闲、饮食、娱乐于一体的综合项目工程，绛帐高速公路出口的马融雕像的树立可以和绛帐科技工业园区的这个传薪楼形成呼应。等马融雕像立好后，接下来我们就可以以"传薪楼"为载体，开展一系列关于马融文化的宣传和推广工作——我们可以通过书籍、册子、专题片、影视剧，还可以邀请马融文化研究学者来这里讲座，举办"马融文化节"，通过这些整合营销手段来传播儒家文化，弘扬马融精神，提升绛帐镇的知名度和美誉度。

以后，我们绛帐政府和绛帐科技工业园区还可根据情况，以绛帐的马融文化为核心，将西府的民俗文化资源整合在一起，打造一个大西府文化商业圈，形成一个西府文化产业链，这对绛帐镇来说也是一个很好的招商引资项目。以文化引领经济，以经济促进文化，这样绛帐才能重振往日的雄风！

由于时间关系，下面还有很多人没发言，我今天就说这么多，希望下来和大家继续交流。

谢谢！

2012年11月30日上午于绛帐

附 录

"文字游侠"刘省平

——读散文集《梦回乡关》有感

□方冲天

初识刘省平,是在一帮宝鸡文学爱好者组建的"西府作家"QQ群里。这个网名叫"醉墨书生"的青年人很活跃、很扎眼:谈吐风趣机智,还隔三岔五地在群里发一些他的文章向大家"讨教"。我是一个性格内敛之人,起初不大喜欢这种自我推销式的"张扬",但还是忍不住好奇点开看了他的文章,这不看不要紧,一看还真被吸引住了。就这样,我逐步走进了他的文字世界。

在网上读了刘省平的几篇文章之后,我对他的情况有了一个大概的了解。他是从西府扶风农村走出来的一个青年作家,以笔为剑,像一个游侠,在外闯荡打拼了十几年。这十几年,他在夹缝中求生存,最早在省城一家报社做记者,后来又去多家企业做策划。他的工作基本上与文字有关,因为一直爱好文学,所以在烦冗的工作之余还不忘文学梦想,洋洋洒洒地写了二十余万字的散文集《梦回乡关》。由此,我开始对这个未曾谋面的小伙子顿生了亲近和敬意。

初次见到刘省平,是在今年冬季由鲁翔等几个西府诗人在宝鸡北坡公园自发举行的一次诗歌朗诵会上。那天,他从西安乘火车赶了过来,带着一副金丝眼镜,清瘦面容,中等个头,穿着一身深蓝色西服,显得庄重而文气,有一种不好接近的感觉。但一接触才知道,他原来是一个很随和、很健谈的人。在他身上,我看不出一点当下一些所谓有才青年的傲气十足或与人结交时看人下菜等等不良习气。特别让我印象深刻的是:在这次西府诗歌朗诵会上,他朗诵了鲁翔一首反映农民工生活的诗作《送我回家》时,声情并茂,动情处竟然嗓门哽咽、潸然泪下,这一场景感染了在场的所有诗友。那一刻,我也深深记住了这个不光肚里有才,而且心中有爱的小兄弟。

我这个人天性散漫,已届中年,难免慵懒,但对省平这本二十多万字的散文集《梦回乡关》却是兴趣盎然。在接连近两周的寒冷天里,利用工作之余,我不间断地翻阅他的这本书稿,纵情地徜徉在他那美好纯净的文字世界里。

省平的这本散文集中，家乡历史、民情风俗、家人邻里、朋友同学，一时一事、一草一木，皆能入题阐发。从这沓厚实的书稿可以看出他的勤奋，他的才华，这些都是他的故乡和亲人给予他的。正如他在自序里所言："我很庆幸自己终于找到了写作方向，找到了属于自己的写作根据地……我感谢我的故乡，是这里的渭河水滋养了我，是这里的周原风熏陶了我，给我提供了丰富的素材和资源……"

文如其人，字里行间爱憎分明，不藏匿、不隐晦。这是我对省平这本散文集的真切感受。"人间冷暖"一卷最能展示省平的性情，也是我最喜欢读的。对命运多舛、生活艰辛的伯父和堂妹慧霞的悲悯；为父亲过生日所展现的各种人情冷暖；父亲进城来办事，对打工儿子的理解和体谅；《亲情琐记》里对妻子怀孕、生子的体贴入微和有了女儿后那种甜蜜美好的情怀跃然纸上；《家园荒芜》《夹缝中的挣扎》里的迷惘和自省；《麦黄时节》的忙乱和困窘……我随着省平的文字，或喜或忧，或憎或怒；同时，我的思绪也不时回到有时让人十分思念，有时让人庆幸逃离的那个早已物是人非的故乡……

我个人觉得，省平散文写作手法最为娴熟，最引人入胜的当属卷三"乡土抒情"。你看香醋、辣椒、面条、搅团、苞谷糁、柴火、农村人睡的火炕、困难岁月用的煤油灯等等，这些曾在关中农村司空见惯的东西，在省平的笔下，或追根溯源，或介绍相关佚闻趣事，也不乏作者及其家人亲身经历……这些要素揉捏到一起，让人既有民俗知识普及的收获，又有文学艺术的美感，也让人感到新鲜，美不胜收！

卷六"青春恋歌"最能展示省平细腻多情的一面。浸淫在这些"自古多情伤离别"的凄美伤情的叙述和描写里，随着省平忧而忧，喜而喜，我也仿佛年轻了一把。

我也很喜欢文中收录的一些游记、书信和报告文学等文章，其文字功底自不待言，也彰显了他积极参与社会活动的意识和出色的人际交往能力，这一点让我敬佩和艳羡不已。

省平的这本散文集书稿被我不断地从头到尾翻阅过很多次。每次看，都会引发我的思考，引起我的情感共鸣。这些饱浸着省平十几年心血的文字，在我的眼里逐渐凝结、沉淀，我仿佛看到一个多才多艺、怀揣梦想，秉承一代大儒马融精神的文学青年，正风尘仆仆、大步流星地从西府扶风的乡村土路上向我们走来。他以笔为剑，不担忧世俗社会对文学的轻慢，也不惧怕名家于文学殿堂"高高在上"。他深深地植根于家乡扶风的黄土地，像一个文字的游侠，勇敢自信地用文

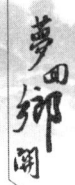

字展示着自我!

尽管省平的这本散文集中有少数篇章疏于布局谋篇,缺乏大境界,手法稍显稚嫩了些;但他以自己熟稔的家乡的许多小人物、小事情,微观却生动形象地向我们展示了这几十年来关中农村的历史变迁,记录了那些触动我们80年代以前生人记忆中那些已经消失和即将消失的农村物事;特别是,他以平民立场和悲悯情怀,对当下城市化过程中出现的"三农"问题也有所揭示和反思。

省平才三十岁出头,上有老、下有小,肩上的担子很重,但他在为生活努力打拼的同时,还在不断探索文学之路,这种精神不由得我不敬佩。"笔墨纵横生雅趣,胸怀坦荡自逍遥!"我很欣赏他的这句QQ签名,就以此结束本文,与他共勉!

【方冲天:生于1969年,陕西周至人。现供职于宝鸡文理学院图书馆,业余写诗。系陕西省青年文学协会会员、突围诗社正式成员、宝鸡市作协会员。2007年起,游走于各诗歌论坛(网站),诗作散见《天津诗人》《潮诗刊》《九月诗刊》《宝鸡日报》《秦岭文学》等报刊。2012年,出版诗集《中年回眸》(中国文联出版社)。】

刘省平其人其文

□文彦群

省平来信说，他的散文书稿已经整理好，正在联系出版事宜，请我写一篇评论文字。评论不敢，我水平有限，理论根基浅薄，不能随便造次，让人笑话。我承认，我写不了正经八百的评论文字，平常见朋友们颇为老练大胆地写，我就只有羡慕的份儿；再说，我也不大喜欢这类文字，冠冕堂皇，不痛不痒，多是肉麻地胡乱吹捧而已。作为相识多年的朋友，我还是非常愿意回忆彼此间的文字交往，说说印象中的省平，用以纪念我们的友谊。我不知道，这样随心所欲的性情文字，能不能令他满意。

我和省平认识数年了，最初的缘由，我已经想不起来。但还记得，第一次见面，是在2006年前后。那时，他来看我，我还住在学校的单身宿舍。初次相见，交谈甚欢，之后，他还据此写过一篇文章，记述这次见面的情况，我收在了自己的散文集《情谊如酒》里。那天，从中午见面开始，一直聊到夜幕四合，我留他在对门的张家泡馍馆，吃了一碗葫芦头。这是我的习惯，从不愿委屈自己，平时生活就这么简单，一碗面了事，经济实惠，不喜欢在吃喝上过分消费。虽然招呼简单，省平却也不介意，并一再说我们是以文会友，不是酒肉朋友。这才让我心里稍觉踏实。距离第一次相见，已经六七年了，至今我记忆犹新。

在西安的年轻朋友中，除了飞翔外，平时就数和省平来往最多。当然，并不一定就非见面，电话、QQ也可，我俩经常网上聊天，话题自然离不开读书写作。省平是西府宝鸡扶风人，年龄比我要小好几岁，所以，从心理情感上，我把他当文字上的朋友外，还把他看作我年轻的小兄弟。我的老家虽然在咸阳最北边的旬邑，但我是在宝鸡上的大学，我的同班同室的兄弟老四，还有我现在的几位同事，老家都在扶风。大学毕业前夕，系上老师还组织我们去法门寺、周原等历史故地进行过实地考察，对于那块地方，我并不陌生，还很有感情。因此上，我非常乐意和省平交往，每见他时，总有一种亲近感充盈在心头。一次，有事要去平凹先生的书房大堂，我知道省平喜欢平凹的文章，也非常崇拜他，但一直没有机会和先生正式见面，更没有机缘去他专门用来收藏和写作的大堂。于是，我就拉上省平一块儿去，使他也能够亲眼看见传说中的颇具神秘色彩的"大堂"风景，平凹先生很是热情，我还为他俩拍了两张合影。这已是去年的旧事了，现在回想起来，都是令人难忘的美好记忆。

人总是要变化的，这种变化，也并非就一定不好。随着年龄、阅历、识见的递增，人对生活的态度，也会随之有所变化，这大概就是人的成长过程吧。在走近四十岁的这几年里，我感觉自己身子是越来越懒，心性是越来越淡。以前最热衷的外出游玩、朋友聚会，如今不再有热情积极参与；就是钟情的文字，也少有兴趣往外急切投发；十天半月，偶有小文发表，既不会有沉沉的失落感，更不会有小小的得意相，一切都觉得无所谓。或许，这与我近年的自身境遇有关，也与我浸淫孙犁日久有关。记得去年夏天，我和省平网上聊天，他对我的这种"消极颓废"状态颇为不满，我也向他做了许多解释，但彼此间话语并不能投机认同，也无法相互说服对方，以至于不欢而散，我第一次深刻地体会到了不为朋友所理解的痛苦。幸好，这并没有影响到我们后来的友谊。

我有一个毛病：自己推崇的作家、喜欢的文章，就愿意推介给身边的亲近的人。这几年，省平过来，我曾把自己珍藏多年的平凹先生的第一本小说集《兵娃》，还有其他作家的书，都一同送他，也希望他能够喜欢。后来，我痴迷孙犁，和他聊天，每次都要绕到孙犁的话题上，也劝他能够多读一读孙犁。所幸的是，两周前，省平告诉我说："以前读孙犁少，看你如此痴迷孙犁，感到不可思议，自己最近认真读了几本孙犁的散文集后，才感觉这个老头果然可爱，思想深刻、心性淡泊、文笔老辣，真是一位大师级的文学前辈啊！"

和我一样，省平也是来自农村。他为人质朴实在、热情诚恳，非是急功近利、沽名钓誉之徒；读书刻苦，写作勤奋，他的文字，也如其人一样，有着真诚的品性。省平的文章，我大都熟悉，他每有新作出炉，都会首先发我，可以说，我是他的第一读者。省平这册散文集取名《梦回乡关》，所收文字，也多是与农村、农民有关。我们都是出身农家，祖上世代以农为业，与乡土有着深厚的感情，生于斯、长于斯，血浓于水。虽然现在城里工作、生活，但从内心深处，从情感上说，我们的根还是在那里。研究乡邦文献，推介乡邦文化，能够为家乡做些力所能及的事情，是我们义不容辞的责任。可喜的是，省平的这本书里，扉页上赫然印着一行字：谨以此书献给我的故乡及亲人。

对处于社会底层的普通人和弱势群体的关注，省平是用心、用情、用力最多的，这不只体现在笔下，他更是付诸行动上。最近，我在报纸上看到旬邑重残作家连忠照出版长篇小说的新闻，二十年前，我在县城中学读书时，曾与其有过一面之缘，现在看到他的消息，多年不见，网上了解其近况，竟发现省平与他也有文字交往，颇感奇怪。原来，他们也是网上文友，省平感动于连忠照的生活态度和文学成就，不但主动为其小说新作撰写书讯，设法刊发在《陕西日报》《陕西市政》《中华风采人物》等报刊上，为之进行广泛宣传推介，还积极奔走，牵线搭桥，介绍他与《华商报》等媒体的编辑记者朋友认识。知道这些情况，我深为感动，郑重地对省平说："谢谢您，向您表示敬意！"交往这么多年，我还是第一次和省平这么客气地说话。我觉得，透过文字表面，我重新发现了另外一个形象更为饱满、更为丰富、更为立体和真实的省平。

省平的文学写作，始终坚持了独立自觉的民间立场和悲天悯人的人文情怀，这种可贵的品质，正是一个文字操持者所最令人值得尊敬的所在。文如其人，他的文字都很朴实，从不花花绿绿，也不矫揉造作，写人记事，言之有物、笔下有情，感觉是双脚踩在坚实的大地上，地气充盈，散发着泥土的芳香。阅读省平的文字，让人有厚重感，有亲切感，有温暖感，我确是喜欢。

向省平致敬，缘于他的文字，更因他的为人！

【文彦群：网名三水文氏，曾用笔名文晔、心远。生于1973年，陕西旬邑县人。现为西安市某中学教师。系西安市作协会员，陕西省散文学会副秘书长，出版有散文随笔集《情谊如酒》。创建并主编新浪博客《孙犁文库》，曾在《天津日报》开设专栏，在《文艺报》《作家报》等发表孙犁研究文字多篇。】

大地的呼吸 灵魂的召唤

——读刘省平的散文集《梦回乡关》

□张 静

接到刘省平《梦回乡关》书稿的时候，我的周遭正是一片天寒地冻，几乎所有荼蘼和葱茏过的绿树红花早已不复在。在这样的季节里，似乎人的思维和意识很容易变得僵硬而晦涩，人自然而然会在不知不觉中觅一处小小的角落，那角落里有一道道阳光直晒进人的骨头缝隙和灵魂深处，那种熏暖足可抵御愈来愈重的清寒和萧瑟。

这种感觉，我在刘省平的散文集《梦回乡关》里找到了。这些文字，是一块接一块泥土堆砌而成，也是一片连一片草儿编织而成。一路追随他的文思，一种久违而熟稔的气息瞬间紧紧地裹住了我，我仿若看到了一幅故乡独有的画卷。那浓淡相宜的水墨馨香里，有父亲一锹一锄的勤劳，母亲一粥一饭的操持，妻女一朝一夕的惦念，这一个个曾经为我们遮风挡雨和丰衣足食的背影，在回望乡关的路上，让多少和刘省平一样的游子愁肠百结？至于他笔下那些活泛而又灵动的袅袅炊烟、鸡鸣狗吠、旷野雀鸣，正纷纷扬扬地喧腾着、热闹着，似一首首动听的歌谣，在抚慰着长年累月在外打拼的游子日益疲倦的心。

散文是人类几千年传承下来的心灵之书。小散文，大世界。一点也不假！可不是？人生悲喜，世态炎凉，以及人性的坚强与脆弱、温暖与感动、痛苦与困顿，甚至自言自语，都在其中烁然生辉。长久以来，对于离开故乡的人而言，那份镂刻在心上的乡愁总是酸楚而甜蜜。记得北野在《回乡之路》里怅然而道："我没有童年也没有故乡，好像一股风把我刮到这个世界上来的。回乡的道路多么令人神往，亲人们的爱足以抵消满世界的悲凉。"我相信所有人读到这句话的时候，都会和我一样泪湿衣襟，就像我们一次次成群结队般走在回乡的路上，又一次次蒲公英似的散落天涯，这归去来兮中黯淡了多少乡音，发酵了多少乡愁？又有多少人、多少事、多少情，在每一个明月初升的夜晚，让我们枕梦而眠？于是，我再一次安静地把自己掩在这一纸情深的《梦回乡关》中，碾墨铺笺，缓缓与你聆听，那从《梦回乡关》里满溢出来的谆谆乡音。

全书分八卷：故园守望、人间冷暖、乡土抒情、红尘漫笔、大地行吟、青春恋歌、秦川人物、艺苑墨香等。每一卷，都是他扎根于故乡的泥土和草香之中，着墨于乡间的村落和阡陌之上，用自己宽容博大的胸襟，从容平和的笔调，把关中西府苍凉的黄土、醇厚的民俗，淳朴的民风等一一呈现。读来，仿若为我们打开一扇心灵的窗户。透过这扇窗，我们和他一起陶醉在西府年俗的风趣里，徘徊在生生不息的渭水边，叹息在破败不堪的宅院中……那些让我们难以释怀、不可磨灭的温暖的柴火、美丽的窗花、热腾的火炕、甜香的红薯、劲道的臊子面、绵软的搅团，那么近、那么亲的瞬间将我们紧紧包裹住了。这些和西府有着千丝万缕的风景和物什，曾经在我们的生命里留下多少欢声笑语，多少温暖如虹？此时，我在他简约而质朴的描摹中，感受到一股清新悠扬的韵味。与时下那些附庸风雅、媚俗张扬的文字相比，刘省平的散文可谓吹面而来的杨柳风，拂了人满眼满心的温暖。

第一卷"故园守望"，一开始就给人耳目一新的感觉。尤其是《故乡的渭河》，作者以虔诚谦逊的姿态伫立在渭水边，字里行间满溢出来世代生息在渭水边上的关中儿女对这条母亲河最大的支流的一种敬畏和仰望。春天，渭水浇灌了干渴的麦田，苏醒了满树的槐花，母亲的槐花饭里洒下多少动人的微笑！夏天里，渭河成为贫瘠年月里伙伴们的天堂，他们在河里戏耍打闹捉青蛙，乐此不疲，这些简单的快乐自然是如今的孩子们所能不能体会的。秋天是渭河泛滥的时候，它像一只猛兽，吞噬过多少无辜的乡邻的生命，留下多少悲怆和辛酸？冬天的渭河，沙尘滚滚，寒风怒吼，白雪茫茫，待它安静下来时，又埋着多少农人对火红日子的期盼？还有《柿子红了》《我的小学》《梦回乡关》《老屋》《远去的时光》等，一路读来，一路感人。

父母之爱、儿女之情，永远是人们内心深处最柔软最温暖的东西，自然它也在刘省平的"人间冷暖"里。这是一组集中展现亲情的文字，共十二篇。其中有他对父辈的敬畏和爱戴，对平辈的关怀和怜惜，对妻儿的眷顾和爱恋。《我的伯父》一文，很有代表性。此篇，除了作者表达一份对伯父的缅怀和思念之外，更重要的是，它体现了从旧中国到新中国，大字不识几个的西北农村汉子在大苦大难、大风大雨面前那种倔强、坚强、隐忍、豁达的性格，他们心里永远充满了对生活、对生命的热爱，对家人、亲友的责任，这种立意上的宽泛和厚重是一般写人为主的散文所不能比的。

看到《父母进城来看我》后，我心里涌起一股难以言说的酸楚和无奈。这是我迄今为止看到的此类题材中最与众不同的一种写法了，以至于读完了，我的胸口堵得快要窒息。一个在外打工的青年，父母进城来看他，吃的是普通的面条，父亲还要抢着付钱；还有，父亲站在大雁塔门口舍不得花十元钱门票，还饶有兴致地说，能站在外面看一看就知足了。这一幕幕场景，对于众多进城打工的农家子弟来说何其熟悉。对于此类题材，很多作者可能出于一种虚荣心，总是有意无意地掩饰、回避着原本存在的事实。可刘省平没有这样做，他用很朴素真实的情怀，向读者娓娓道出一份最本真的人间亲情，让人心里暖了又暖，酸了又酸。

　　接了地气的文字，会让人隔着油墨都能闻到一种浓浓的人间烟火，那些摊开在纸上的素年锦时也会变得活色生香起来。卷三"乡土抒怀"里，一篇篇饱含着西府人浓厚而热烈的民风习俗和文化情韵奔涌而出。不管是《西府醋香》《陕西的辣子》《秦人秦面》《西府年俗》，还是《美丽的窗花》《苞谷糁》《火炕情结》《关中搅团》，无一不渗透出刘省平对故乡的无限深情和眷恋。面条、辣子、香醋、柴火、火炕、红薯、年俗……这些让人唇齿泛香而又欲罢不能的乡土味道，让人沉醉不已！读着读着，你会随着他的视线游走在西府的黄土大道中，安身在村落的土墙泥瓦下。那从笔墨之间渗出来的、属于乡土独有的清芬与甘醇，泼辣与干练，质朴与憨厚，就这样一丝一缕地满沁在那些油泼辣子和醋香、烟丝里。"八百里秦川尘土飞扬，三千万人民齐吼秦腔"，何等的粗放与豪爽！粗茶淡饭如何，素面朝天又如何？这些打上秦人农家独有的烙印，是秦人的魂，更是秦人的脉！

　　任何时候，爱情都是最美好的，哪怕它只是最初的那一枚青果。对于从青春岁月过来的人来说，"青春恋歌"抑或是羞怯的、青涩的，却总让人难以忘怀。所幸的是，我在过了不惑之年后，还能在刘省平的文章中回味出当年葱茏岁月里，如出一辙的年少懵懂的爱恋。相比之下，我更喜欢看《青春·暗恋》，故事很简单，暗恋也很唯美，让人回味无穷。情窦初开的男生小小的情思仿若是雪地上雀跃的鸟儿，扑腾腾地蹿进人的心房。那个叫于列红的小女子"身穿粉红色连衣裙，一张白净的瓜子脸上戴着一副金丝眼镜，两条细小的麻花辫搭在胸前，瘦削的肩膀上斜挎着一个红色的皮书包，声音脆生生的好听"，还有那个小男生"为了不让她受晒太阳的罪，我便主动要求去操场考试。她帮我往外面抬桌子，我忽然觉得好久没看到她笑了，就灵机一动计上心来。刚下教室门口的房台时，我故意装作不小心一脚踩空，接下来一切如我所设计：手一撒开，桌子就翻到在地面上，四腿朝天，我也是四肢朝天。看到这副滑稽样子，她哈哈大笑起来，嘴巴上翘，露出了一对洁白可爱的小虎牙"。呵呵，多么传神入微的描写。我不禁莞尔。

人在红尘，左岸江湖，右岸琴声。江湖里的喧嚣和浮华，琴声里的杂沓和纷繁都是世间一景。只是，我们不是孤行者，需要在并肩而行的路人中，擦亮眼睛，卸掉疲惫，丢弃烦冗，让浮躁褪远。刘省平的"红尘漫笔"里似乎更偏向于对人生和生活的思考和感悟。《天窗》里藏着一个人孤独的内心世界；《以树为鉴》，对树自省，别有意味；而在《三十岁说》里，我听到一个而立之年的男人心声。《我与香烟》《关于喝酒》《俗人说茶》等文章藏着一个男人的成长经历。

　　"大地行吟"是刘省平对陕西历史名胜和地域文化的一段缩影。俗话说得好："江南的绿水养财主，陕西的黄土埋皇帝。"陕西灿烂的文化在华夏五千年历史长河里源远流长。作为一个本土作家，有义务、也有责任把这块厚重沧桑的土地上曾经不可磨灭的历史印记传承下来，刘省平做到了。他的足迹踏遍三秦大地，古都长安、塞外陕北、炎帝故里、巴蜀陕南，都在他的文墨中得以展现。行走在他的笔墨中，你会看到石破天惊的法门寺，再一次以其恢宏气势、惊艳姿态让世人瞩目；寒窑灰尘斑驳、瓦檐凋敝，王宝钏深夜坐在冰冷的土炕上守望自己赴京赶考的薛平贵，这一守就是十八年；陕北是因了《南泥湾》《东方红》《到吴起镇》《山丹丹开花红艳艳》等红色经典歌曲而名扬四海。可喜的是，刘省平的家国情怀中没有忘记这一块"星星之火，可以燎原"的红色圣地。我在他的笔下，既看到了延河、窑洞、油馍、小米饭、白羊肚手巾，看到了油汪汪羊肉面、香喷喷的洋芋擦擦、白生生的荞面碗托。这些物象，伴着他朴素的文字，渐次鲜活起来……至于《舌尖上的同州》更是叫绝，月牙饼、水磨丝、炉齿面、带把肘子、水盆羊肉等吃货的细致描写，直叫人垂涎三尺！

　　在这个冬天的夜晚，《梦回乡关》中这些带着泥土气息和大地呼唤的文字，似煦暖的春风一般融化了窗外冰凉的空气，让人暖了又暖。一位很有名的作家曾经给我说过：接了地气的文字，任谁都喜欢。是的，有了地气，就有了生活，也才有了我们的过去和未来。刘老师的《梦回乡关》何尝不是如此呢？

　　【张静：生于1971年，陕西扶风人，现供职于宝鸡职业技术学院。业余爱好写作，曾在《华夏散文》《宝鸡日报》《荒原》《青年作家》《杨凌文苑》《八九点钟》《琴台文艺》《天水文学》等刊物上发表作品多篇。】

寻根黄土地

——读刘省平散文集《梦回乡关》

□杨进云

从黄土地上走出来的青年作家刘省平，写出了一本厚厚的散文集——《梦回乡关》。二十多万字的一本书，捧在手中，厚重是自然的，这是他多年来文学创作的结晶。总能手握一支笔在稿纸之间长途跋涉、俯仰呼吸，对一个喜欢写作的人来说，肯定是辛苦并快乐着的。

省平是一个农民的儿子。他由乡村一步步走进了城市，但他的根须始终深扎于乡村，深扎于生他养他的那一方黄土地上。他是游走在城市的农民，只是把铧犁换作了尖笔，把大地换成了稿纸，依旧耕作劳累，依旧夏忙秋收，收获着那些属于他的金灿灿、沉甸甸的果实。

省平与我是高中校友，是生活上朋友，更是文学战壕里的战友，所以有幸先看到这本散文集的书稿。我咀嚼着书稿中的每一行字，就如同行走在广袤而博大的关中大地上，鸡鸣狗吠之声相闻，饮烟与茅舍相通，田边的阡陌，村旁的流水，还有耕耘于这片黄天厚土之上的乡亲——我们的父母兄弟，都亲切地和我打着招呼。省平在他的文字王国里，深入地思考着西府大地源远流长的文化，用心体察着丰富多彩的社会生活，生动描写着这片黄土地上的一事一物一情一景，给我们以深刻感受和美好体验。

全书分为八卷，内容广博厚实，带着鲜明的西府地域特色和浓厚的乡土情结。作者对于从小生活过的一山一水、一村一舍，做了丰富的描叙。"渭水北岸不远处坐落着一片村庄，在通往村庄的土路上走着一群荷锄晚归的农人，他们说说笑笑，带着劳作一天之后的疲惫和喜悦向家中走去，而婆姨们已烧好了晚饭，在村口翘望……"作者在《乡关何处》一文中，为我们绘出一幅故乡生活的简笔画，浓淡相宜、温馨可亲，让我不由得和作者一起思念起那一方土地来。《故乡的渭河》是一篇富有思想震撼力和艺术力的美文，作者不但让我们认识了一条与故乡人生活息息相关的母亲一样的河流，还对"三农"问题给予深切的关注，指出了环境保护对农村、农民的生活的重要性。

对于人间亲情的描写是省平散文的另一个亮点。我在他平静、清晰、内敛、深沉的句子里读到人间至真至纯的情愫。林非先生在《散文创作的昨日和明日》中谈道:"散文创作是一种侧重于表达内心体验和抒发内心情感的文学样式,它对于客观的社会生活或自然图景的再现,也往往反射或融合于对主观感情的表现中间,它主要是以从内心深处迸发出来的真情实感打动读者。"我们有理由相信,人文情怀是文学精神之源。对散文来说,无情就无文,无真情就无大文。我向来都认为,一篇真正的好散文,不是玩弄文字技巧;唯有发乎真情,读者才能在文中看到真情,才会与作者产生情感上的共鸣。从省平的散文里,我看到了他内心的真诚、率性、善良、敏感、困惑、忧郁,看到了他对自己以及亲人、乡亲们的命运的思考,看到了他对生活的热爱,看到了他对农村生活的怀念,看到了他对劳苦大众的热切同情。《我的伯父》就是一例,他通过对伯父一生艰难生活的描写,写出了一个普通农民虽然在命运面前屡争屡败,但却屡败屡争的不屈形象。最后作者交代"伯父活了六十四岁,一生命运多舛,生活艰辛"并推己及人,"其实,像伯父这样苦命的老好人在中国的农村还有很多很多,但他只是我所见过的那些人中最普通的一个,也是最值得我用一生去尊敬和怀念的一个。"

《家园荒芜》一文,引发了我对"三农"现状的沉重思考。我们都生于农村、长于农村,不管人到哪里,农村总是我们内心深处的柔软之地,我们怕它受伤,怕它荒芜,但它却还是一片一片地受伤着、荒芜着……作者用平实的写作手法,让我们透过文字,看到他那颗沉重痛苦的内心。也许,对于散文的写作手法,我们可以有这样或那样的争议,但至少这是一篇能让我产生共鸣的文章。散文《父母进城来看我》,更是让我深受感动的一篇文字,它展现了在当今社会转型时期必然会出现的那种特有的城乡的牵连,特殊的亲情牵连。

在他的散文集中,我还看到了多篇对于故乡地域风物的记叙。土生土长于扶风的我,看惯了满地满垄生长着的辣子、红薯,吃惯了家乡的面条、香醋,因此而习以为常;但在省平的文字里,这些东西都变得丰满且富有生命力。这种对身边平常事物的叙写,是省平的一个写作符号,带有很强的西府地域特色。爱,是动力,热爱生活,只有热爱自己生长着的这片土地,才能把这片土地上的一个个平常事物,写成这么富有浓烈情感的文章!

最后,我想再提提省平和我共同待过的学校——绛帐高中,那是一所有着宫殿一样层层台阶的学校,门前有一条河,河上有桥,桥的两旁有几棵粗壮的法桐,树皮斑驳,枝叶繁茂。这是一所有灵性的学校,是一所让我们的青春梦想发芽生根的学校,但是它已经关闭了多年,无人问津。虽然,青春的梦大多残碎,

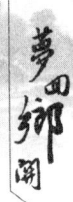

伤入骨髓，唯及于此，我们更应该记住它。

对省平而言，文学的路子还很长，《梦回乡关》只是他写作生涯的一个小站，是他献给生他养他的故乡及亲人们的一份大礼。

【杨进云：生于1971年12月，陕西扶风人。平生好文、好茶、好梅、好静，常以文自娱，以茶怡情，以梅壮气，以静养神，唯不饮酒。曾在《宝鸡日报》《东莞文艺》《佛山文艺》《长安日报》等报刊发表散文。】

故乡记忆的背影

——读刘省平散文集《梦回乡关》

□ 杨广虎

省平和我都是西府人,年龄相差不大,又都爱写点散文,可谓是志趣相投了。这些年,我常在一些文学刊物上看到这位乡党的散文,后来还曾有过两面之缘。虽然我们平时联系不多,却一直相互关注着对方。他的散文给我的印象很深刻,有着明显的西府地域特征和个人独特文风。

陕西写散文的人不少,各种风格都有,百花齐放,百家争艳。像省平这样三十岁出头,能静下心来坚持写散文的人却为数不多。省平的散文大多写的是他们故乡的人和事,属于乡土散文。有些人说,乡土文学有些土。我想,说这话的人多半是对乡土生活不了解,或者没有亲身的乡土生活经历和体会吧。

故乡是每个人的出生地,难以忘怀;随着年龄的增长,对故乡的怀念也会越来越强烈。故乡,不仅仅是具体的老屋、宅院、窗花、渭河,也不仅仅是搅团、香醋、辣子,还有父亲母亲、兄弟姐妹、同学好友,还有那些远去了的童年和少年生活经历。因此,在一定意义上讲,故乡更是一个抽象的概念。

省平生于扶风县绛帐镇,该地因东汉大儒马融曾在这里设帐讲学而得名。据我所知,这里人世世代代深受"周公制礼作乐"传统文化影响,民风淳朴,耕读人家能工巧匠很多。在刘汉以降的两千多年中,儒家的仁、义、礼、智、信等核心思想是中华民族道德行为规范,也成为西府人立身处世的基本原则。

省平的散文集《梦回乡关》全书分八卷:故园守望、人间冷暖、乡土抒情、红尘漫笔、大地行吟、青春恋歌、秦川人物、艺苑墨香,各卷的侧重点不同,信手而来,细密有致,散发着一股股浓郁的泥土气息。从中可以看出他对故乡、故土、故人的怀念和热爱。

省平的散文集《梦回乡关》,文字质朴、细腻、流畅,叙述不紧不慢,让人倍感亲切;尤其是,他在文章中对现实生活平静地审视和深刻地反省,让我看到了一颗乡俗难忘、乡情难舍、乡土难离的赤子情怀和游子之心。如果说刘亮程《一个人的村庄》追求的是一种缓慢的节奏,对大地的悲壮绵长的哀歌的话,那么，我可以说省平的《梦回乡关》是在淡定、自尊中不断奋进、拼搏，在无言的抗争中取得了最终的胜利。这是他写给自己的一部成长的"励志书"。

《梦回乡关》一书，不是对乡土风景、生活的简单描摹和叙写，而是省平以游子的身份，站在故乡的外边，重新打量和审视自己记忆中的"故乡"，然后变成梦中的"乡关"——这个"乡关"，也并不就是完完全全的现实中故乡的观照，里面包含了一种青春的理想和神圣的信念。作者在回忆故乡生活的同时，还不忘将目光投向现实当下的故乡，在目睹了乡村的改革变迁之后，他的内心既有欣喜，也有烦忧，于是就通过散文来寻根、赞美、批判和深思，用一颗虔诚的平民之心守望故土家园。所以，看了这本《梦回乡关》，我的内心受到了震动，引起了共鸣。多年来，我生活在西安，也常常梦见故乡，一种欣喜涌上心头；可是，每次回到故乡，不出三日，却总被一种莫名的、巨大的寂寞空虚所击倒。

我还发现，在省平的乡土散文中有时兼有很多议论的成分，这是他以此来表达个人的心声和感悟吧。例如，在《寒窑随想》中他写道："十八年的凄风苦雨没有吹散王宝钏对于爱情的期盼和坚持，而千余年后面临爱情困惑、犹豫、游离的我们，仍然还是有必要重临寒窑，让这传唱已久的经典故事来提醒我们如何来重新审视爱情与婚姻。"《婚姻与房子》一文，缘于省平和外甥的一次关于婚姻与房子问题的谈话。无房无车，爱情在何方？蜗居的年轻一代，该树立怎样的人生观和价值观？这篇文章，作者一改往日平实温和的文风，通过对当下年轻人对婚姻与房子的选择问题，展开描述，继而深刻剖析、大发感慨，痛批社会不良风气，看完之后给人一种汪洋恣肆、酣畅淋漓的快感，也同时引发了我们的思考。

我始终觉得，优秀的乡土散文要更加关注现实生态状态，关心草根和底层复杂的生活，要站在全社会的高度看待"故乡"，传递一种乡村精神和人生价值；要有一定的思想深度和批判现实的力度，能把亲身的个体感悟和间接经验结合在一起，突破单一的写作结构和简单的题材，更加注重自己内心的阵痛，虚实结合、情景交融、形神兼备，这样会使散文更加深厚而饱满。我还认为，写作对一个人来说是缘分，要有天赋、悟性，也要靠自身的勤奋努力；对于一个真正爱好写作的人来说，文学是自己无法拒绝的诱惑，是心甘情愿的不计成本的付出。只有这样，写作才能达到自由任意的状态，也才会有意想不到的成果。

省平爱好散文写作，倾听黄土大地上自然万物的和谐呼吸，从故乡走出，又梦回故乡。一种难以言语和魂牵梦绕，让他无论怎样艰辛，都坚持着自己的散文写作。散文写作也给了他精神上的莫大慰藉和满足，让他在散文写作的路上走得更远。对于他来说，如今的故乡既是一个虚实结合的梦境，也是一个记忆的背影。在他故乡记忆的背影里,我读到了一个忠于故土、不忘故土,为了故土永远向前的战士。

我和省平是西府乡党,都是一前一后地从农村漂到古城,有着太多相似的生活经历,也有着太多共同的生命体验。可以说,省平用自己的文字说出了他的心声,也说出了我的一些心里话。

所以,我也愿意为他说说自己的一些心里话。

【杨广虎:1974年生于关中陈仓,1996年毕业于西安文理学院,现居西安。硕士、高级经济师、作家。1989年公开发表小说,业余写作。现为陕西省散文学会副秘书长、陕西作家协会会员、中国诗歌学会会员。著有《活色生活》《天籁南山》《终南漫笔》等作品集。曾获第八届西安文学奖,2012年获得"中华宝石文学奖新人奖(20082011)",第五届"冰心散文奖理论奖"。】

不忘初心　方得始终

——读刘省平散文集《梦回乡关》有感

□赵凯云

没故乡的人寻找故乡，
有故乡的人逃离故乡。

故乡是什么？
故乡，是火炕、是乳名，
是奶嘴、是活命的水；
是记忆中孩提时光的神邸和庙宇，
是做人的魂魄，是流动的脉搏；

故乡，是亲人渐渐老去的容颜，
是日益低矮憔悴下去的炊烟；
是黑夜中摸索前行的照明灯，
是游子杯中的乡愁，纸上的苦涩。

故乡，是荒芜、是寂灭；
是背叛、是逃离；是生、是死；
是找到和回归、是失去和拥有，
是地狱和天堂；
是一生也无法走到的长长的地平线。

回乡的道路多么短暂和漫长，
亲人的爱，足以抵消满世界的辛酸悲凉。

——摘自赵凯云《一个人的时间史》

看到刘省平的散文集《梦回乡关》书稿时，我的内心不由得生出一丝温暖和感动来，为他对故乡刻骨铭心的守望和追问，为他对至亲发自内心的不安和抱愧，为他对日渐消逝的乡村民俗的追忆和依恋，更为他多年来对文学的热爱和坚守。

很多年了，我们都匆忙奔波却又碌碌无为。在这个一脸平静、波澜不惊的四方城中奔忙着，为了理想，也为了活命，从没闲暇去梳理自己这三十余年的生命和时光，从没时间去顾念和怀想那渐渐离自己越来越远的故乡，从没深入地去思索我们赖以生存的农耕文明在不久的将来行将消失和死亡，我们引以为豪的五千年的历史也将要在现代文明的追逐名利里死无葬身之地。

建设和拆毁、发展和倒退、文明和落寞，种种力量的角逐和较量，映现着多少强颜欢笑的脸庞。在征地、失地已见怪不怪，凄苦和辛酸已习以为常的今天，在转基因的稻谷已麻木人们神经的今天，缺席和失语的不仅仅是一个人群、一个社会。一个国度，而是整个丧心病狂的民族。而这僵硬的生活，又为整个民族的毁灭埋藏着多大的伏笔，为一段日渐消失的文明敲响怎样的丧钟？这是多么可怕和可悲的事啊！

是省平的这本《梦回乡关》，唤醒了我血液里沉睡日久的情感和记忆；唤醒了我隐忍心底的幸福和疼痛；唤醒了我从出逃到回归，从繁花似锦到落叶归根的思考；唤醒了我梦境中来来回回大半生也不能走出的盲从和迷茫；唤醒了我对传统文明和民族之魂做一次全新的定义和认知。当很多人都在交际应酬的路途中奔波的时候，省平却缩身一隅，沉下心来经营自己笔下的故乡，营造自己纸上的家园，这需要一颗多么有韧性和强大的心啊，这需要一份多么熬煎人的寂寞啊！光凭这份多年的坚守，就足以令我对他和他的文字致以敬意。

"这十三年来，我虽然在西安工作和生活，但我的心却一直在故乡，我的根深扎于扶风的那块黄土地上。"省平这样在他的自序中说道。这份沉甸甸的爱和情感完全能从《梦回乡关》一书"故园守望""人间冷暖""乡土抒情"这三辑中感受得出的。细读省平的文字，你不难发现，他是一个用心生活和写作的人。他细腻的内心缝着多少细密的针脚，楔着多少根疼痛的钉子；他炽热的内心燃亮了多少人沉睡的记忆和沉眠的火种。他的文字粗粝大气，具有很强的个人特色，厚重而具有质感；情感细腻温暖，具有很浓烈的在场气息，真诚而实在。他用隐于记忆中日常细微琐碎的事件的发掘和抒写，极好地表达了自己的行文主张和做人立场，饱满地张扬了自己骨子里的对抗和坚持。他为我们展现了自己所坚守的一幅壮丽的农耕文明帝国的景象。他歇斯力竭的呼喊，虽然阻挡不了推土机对山水故乡的毁坏和摧毁，但也能给我们这些日益麻木的灵魂一些拷问和思考。而

"红尘漫笔""大地行吟""艺苑墨香"等辑更是融入了他独特的人生体验,带有很浓厚的生命思考和追问。

"我把目光投向了我的故乡,试图站在城市去回望乡村,打捞关于乡村的生活记忆,然后尝试用自己的方式去写故乡,写故乡的人和事,写自己在故乡的二十年生活。"他是把自己的故乡和亲人作为生活的源泉,写作的动力的。我相信他写故乡绛帐,和我写我的故乡柴村,是有着一样的热望和怅惘的,是有着一样的疼痛和熬煎的。

孙亚军先生在《意象中的乡村》一文中写道:"他不需要做文丐,因为从一开始他对文学就没有抱有任何的功利性,他的写作就是一种发自于心的自然,一种与生俱来的热爱。他远离了文化的商业圈,自然就少了那种'拿人的手短,吃人的嘴软'的迁就之词,多的是那种在文章之中所坚守的独立写作的理念和那种对文章艺术境界的追求。"

我颇认同孙亚军先生的话,不忘初心,方得始终。省平的内心几乎是没有经过俗世污染的,他是将作文、做人、做事三者保持高度统一的,他为人保留了少年时代的纯净和安谧,做事保留了智者的严谨缜密。就像他的文字,日常而又不同寻常,朴素而又深情震撼,是立足故乡,是接地气的。

他行文所至,点点滴滴都映射着悲悯的普世情怀,张扬着强大的正能量和浩渺的大气场。一个时刻将故乡和家人牢记于心的人,他一定是善良和执着的,他一定是智慧和广博的,他一定是强大和无畏的。一个能将少年的笔锋闪亮终生的人,我相信他一定是会有大追求、大情怀的,他质朴无华的文字中一定流淌着核能量。

言为心声,文如其人。省平的文字和他的人一样厚实真诚,和他生长的黄土一样宽容醇厚。而更可喜的是,他自身也具备了一个大作家所应有的责任和良心。我相信,假以时日,他一定是会有大作为的!

【赵凯云:字震宇,号洁光阁主人。陕西彬县人,现居西安。从事传媒工作。出版诗集《真爱无辜》《颤栗的时光》,散文诗歌集《暗飞的记忆》。】

魂牵梦萦乡土情

——读刘省平散文集《梦回乡关》

□李文静

我和刘省平相识时间不长，亦未曾谋面，但都痴迷文学，偶尔以诗文互酬。最近，他给我发来自己的散文集《梦回乡关》书稿，请我赐教。我不是什么大家，只想愿意站在一个普通读者的角度，说一些自己内心的话。

翻开这本散文集《梦回乡关》，我看见扉页上赫然写着"仅以此书献给我的故乡及亲人"。瞬间，我心里便产生了一种莫名的感动，迫不及待地看了下去。

《梦回乡关》是一本乡土散文集，它充分展示了刘省平的文学才华，也体现了新时期乡土散文的美学精神。该书共八卷，每一卷收录的散文都关乎陕西的乡土风情。刘省平以一种拉家常式的口吻，讲述了他们家乡故土的地理风貌、民情风俗、饮食特产；以一种平和细腻的笔法，描绘了一幅幅关中平原的生活画面。其语言质朴、自然、流畅、生动，可谓字字句句见真情。

在《故乡的渭河》一文里，刘省平用细腻温婉的笔调写道："春天，站在高高的沙堤上向南眺望，渭河滩里芳草萋萋，野花烂漫。温柔清浅的河水顺着弯弯曲曲的河床轻轻滑过河底的细沙和鹅卵石，最后慢慢隐入遥远的天际。"他又说："故乡的渭河永远在我的心头流淌，如同那绵绵不断的来自童年的回忆。"最后他又笔锋一转，这样结尾："其实，每个人的心中都有一条河，那是永远在内心深处流淌不息的故乡的河。"这一句可谓画龙点睛之笔，使文章立意一下子高了很多。可以说，他写的不仅是自己故乡的渭河，也写出了所有人心中那条故乡的河。

故乡深藏于记忆的"月光宝盒"里。在这一系列掺混泥土鲜腥、草叶清悠和鲜花芳香的乡土散文里，我看到了刘省平对乡村生活细致入微的观察和出神入化的描绘，也体会到了一个游子对故乡的深切眷念之情。他曾坦言自己是一个农民的儿子，他的故乡在扶风县南边的渭河北岸的绛帐镇，因而他的散文之根也深植在关中西府那块古老的黄土地上。在他的散文里，故乡不仅是一个个具象生动的实体，也蕴含了他个人独特的情思，更嵌入了一种诗性的美丽。

《梦回乡关》一文里这样写道："一夜悠长的梦，梦里回到了故乡，走进了家园，见到了双鬓斑白的父母，还畅游了悠悠流淌的渭河……可惜，梦醒后再去回想，脑海里只剩下一些支离残破的碎片，心里不免有些遗憾和失落。心想，假如梦境能复制下来该多好啊，这样我就可以像电影一样反复完整地回放了。"刘省平用一颗多愁善感的心，奏响了悠悠扬扬的"恋乡曲"。他继承了中国现代乡土散文的重要特色：把对故土家园的深情表现于对人、对景与物的精雕细刻中，传承的是一种平和、冲淡的艺术风格。

刘省平曾开玩笑说："我有三大——烟瘾大、醋量大、脾气大；我有三爱——爱吃辣子，爱听秦腔，爱写文章。"这些，我在《我与香烟》《西府醋香》《陕西的辣子》等篇章中得到了印证。在《西府醋香》中，他十分传神地刻画出一个"吃饭没醋，吃着不香"的正宗西府人的形象。在《陕西的辣子》中，他引用了贾平凹的一句名言："八百里秦川尘土飞扬，三千万人民齐吼秦腔；捞一碗长面喜气洋洋，没调辣子嘟嘟囔囔。"他还进一步写道："爱吃辣子到了如此地步，那就是一种嗜好了。因嗜辣如命，陕西人多数脾性甚大，其暴似火，其烈如辣"，这段文字写出了是陕西人的共性。

在《麦黄时节》一文中，刘省平写道："公交车经过我家地头时，我特意朝车窗外看了一眼，只见一颗颗金黄的麦穗在灿烂的阳光下轻轻摇曳着，似乎正等待着我去收割。"一个好的作家，总是善于捕捉生活中不为人注意的细节，然后生发出很多情感和思考来。刘省平就是如此。《我的伯父》《父母进城来看我》《亲情琐记》《堂妹慧霞》等散文，对生活细节的描写很真实、细腻、生动，那种满怀深情的回忆，甜蜜而又酸涩，感人至深！

在刘省平的这本散文集中，我还深深感受到了其乡土散文中非常鲜明而浓郁的地方色彩。他的散文写作风格在我看来，颇具乡土文学中的"西部风情"，也许是他自小就生长在陕西这块具有悠久历史和深厚文化的黄土地上的缘故吧！著名散文理论家李晓虹认为："西部文学是'力'的文学，豪壮、粗犷、苍凉、奔放、浑厚辽阔。人生的艰难和环境的困苦给生活的理解蒙上一层充满奋斗精神的忧患色彩、悲壮情调。阳刚之气铸就了西部风骨。"其实，我觉得把这段话用在刘省平身上是再恰当不过了。

"红尘漫笔""大地行吟""青春恋歌""秦川人物"，还有"艺苑墨香"等卷，每卷都有着刘省平的个人足印，这是他的生命旅途和心灵驿站。我很钦佩他如此精细地用一卷卷文字真实地记录和反映了自己三十多年的人生历程。可以说，这部《梦回乡关》，既是一部成功的乡土散文集，也是刘省平个人的生命里程碑。

此刻,我想把那一首具有黑人音乐旋律的美国民歌《故乡的亲人》,献给我的文友刘省平:

沿着那亲爱的斯瓦尼河畔,千里迢迢/在那里有我故乡的亲人,我终日在想念/走遍天涯,到处流浪,历尽辛酸/离开了我那故乡的亲人,使我永远怀念/世界上无论天涯海角,我都走遍/但我仍怀念故乡的亲人,和那古老的果园。

读刘省平的散文集《梦回乡关》,我切实感受到了一个游子对故乡的魂牵梦萦之情,也被他笔下的乡土世界之美所深深陶醉。

【李文静:女,生于1976年,山东淄博人。淄博市诗词学会会员,望月文学会会员作家,沂源县作家协会会员。曾获全国微篇文学作品大赛优秀奖、2012"齐力杯"全国春联大赛二等奖,擅长古诗词及新诗写作,诗文散见于多种报刊。】

意象中的乡村

——读刘省平散文集《梦回乡关》

□孙亚军

我和刘省平相识已两年多了。是文学让我们相识，又是文学让我们彼此心灵贴得很近。作为他读者中的普通一份子，我感到骄傲和自豪；作为他的朋友当中的一个，我感到荣幸和高兴。当年诗仙太白说："扶风豪士天下奇，意气相倾山可移"。如今，在和这位扶风朋友的交往当中，我感受到的不仅是豪士移山的气概，更是文士风雅的情怀。

乡土散文是文人抒写心中恋乡情怀的文本，一直受到格外的青睐。省平的散文集《梦回乡关》，就是一本带着一位远乡的游子无尽的思恋的心路之作。他在叙写具象的乡村时，把真实与梦境相结合，给读者心灵震撼的是远去的乡村正在意象之中展现，漂泊的心似乎永远都找不到那停泊栖息的港湾。

作为一位拥有着深厚文化底蕴和强烈责任意识的青年作家，刘省平的乡土散文之中运用细腻的笔调，体现的是那悲天悯人的文人情怀。可以说，怜悯之心构成了他散文的基调，这一点在《一个人的中秋》《堂妹慧霞》《故乡的渭河》等文章之中可窥见一斑。在《一个人的中秋》当中，写了一位独在他乡的游子在中秋月圆之夜对家乡的思恋，然而作者并没有用相当的笔墨在叙写个人面对孤独时的凄楚，他将这种思念放射得更为久远——从童年到少年再到青年，人生在一步一个脚印地迈向理想的王国；然而，回头望去，失去的却永远是那一缕淡淡的乡情。中秋之夜月上枝头，独在异乡品尝着人生孤独，该是怎样的滋味？《堂妹慧霞》则是通过叙写一位多苦多难的堂妹在转瞬即逝的短暂人生当中的凄苦，鞭挞命运的不公。善良而聪明的慧霞，在她人生十五个春秋当中所留给世人的是一曲悲歌绝唱：十五年来她没有过过一天好日子，始终在自卑和坚强的忍耐之中度日，家境的穷寒让她过早地认识到人生的艰难，即使是这样，上天好像也从来没有怜悯过她。一朵充满希望的鲜花陡然凋谢，作者的心破碎了，他说："写完此文，我的双眼已经模糊了，且以此文作为永恒的纪念吧，愿慧霞的灵魂在天堂得到安息。"因为生没有幸福过，死后又连尸体都无法辨认，甚至不能安葬在集体坟园中，这种悲愤之情只有省平能为天堂之中的慧霞来书写了。其实，在省平《梦回乡关》这部散文集当中，他的很多文章都在传达着一种文人的普世情怀，绝不做无病呻吟的浪漫抒情。

很多作家都在写乡土散文，但真正能称得上好作品的却是屈指可数。生活条件好了，很多作家都坐在屋子里写文章，要么成群结队走在乡野之间吟风颂月，或者写出来的东西带着一种世俗的歌功颂德。足不出户地过着神仙生活的作家是写不出好的作品来。这一点上刘省平自然走得比别人更为踏实，他不需要做文乞，因为从一开始他对文学就没有抱有任何功利，他的写作就是一种发自于心的自然，一种与生俱来的热爱。他远离了文化的商业圈，自然就少了那种"拿人的手短，吃人的嘴软"的迁就之词，多的是那种在文章之中所坚守的独立写作的理念和那种对文章艺术境界的追求。我非常欣赏省平的这一点独立写作精神，省平的乡土散文写作，始终站在边缘的角度去理解他意象之中的乡村，鲁迅、赵树理还有沈从文等老一辈作家的乡土散文也给予我们这样的感觉，这样做的好处，就是带着一种文化人特有的关怀去审视和思考大的社会背景之下，乡村文明的净土还有多少能值得我们去坚守。

文化需要理解、传承。在乡土文化渐渐被现代商业文明所吞噬的今天，文人的乡土情怀能够带给我们的是对远去的故乡的怀念，以及对现代文明的反思。《梦回乡关》这本散文集，从叙事的方式来说，追忆当年然后再发问今天。《乡关何处》一文就是一个明显的特例。记忆中的渭河畔充满着童年的乐趣，记忆当中的父老憨厚朴实，可是真正放眼看去，熟悉的故乡却让自己感觉那么陌生："渭水因严重污染而不似从前那样清冽，村落也不再如从前那样宁静，村民也不比从前那样热情，老的更老了，死去的再也见不到了，儿时的伙伴有的已去南方打工，有的已成家立业……"具象当中的故乡甚至让作者感到厌恶。尽管如此，他的梦却一次次地在渭河畔的故乡升起。又如《那山·那水·那人》在时光的轨迹当中寻找昔日生活的影子，一切都成为记忆当中的风铃，今日的却让自己变得茫然不知所措。于是，只能在风铃的回响当中寻找属于自己的那份厚重的情感。《老屋》一文在时代的变迁当中诉说着一个家庭在老屋之中的悲欢离合，作者充满真情的笔触让人感到对往日生活的眷恋。《梧桐雨》一文当中那个倚栏而坐手持书本的少年，眼前正是一场突如其至的大雨，无限的忧思随雨而来，这让少年想起了两年前的那场轰轰烈烈的初恋，就是在这梧桐雨中飘逝，在伤逝的心绪之下少年多情地感悟到"滴答、滴答、滴答。这雨，梧桐雨，若时钟在振动，生命便在这一来一往中晃过，从过去到现在；若船只在摆渡，人便在这一往一返间穿梭，从此岸到彼岸……"《父母进城来看我》既是一篇充满亲情的散文，又是一篇折射作者守望乡土情怀的作品。老父亲前后三次进城看儿，所经历的境况都不一样。前两次因为漂泊的生活依然没有着落，父亲的匆匆探望让自己的心格外难受。第三次探望，虽然生活已经好多了，但是父母那种炽热的亲情又让自己难以承受。读省平的散文，有时候你是穿梭在他那文章之中的时光当中，感知岁月的伤痕；有时候在朦胧之中让你的思考在昨天和今天当中徘徊；有时候你能在他那多愁善感的情思当中，和他一起体验生命的渴望与坚守。

《梦回乡关》是一本浓缩了省平心血的散文集。当然，省平不能在陕西时下文坛当中称作为大家手笔，但是时下以"作家"自居的人当中，我敢说省平是最具资格的，这种资格不仅来源于他有数十万字的作品发表，最主要的是他所坚守的文化信仰，那种对文学无欲无求的挚爱。

【孙亚军：笔名同堤书生，生于1980年4月，陕西合阳人，现居西安。系陕西文学创作研究会理事、陕西散文学会会员、陕西民间文艺家协会会员。著有散文集《民国学人志》《在路上》。】

故乡：回归与超越

——读刘省平散文集《梦回乡关》

□李宇飞

古今中外，大凡有独特风格的作家，都有自己的一个文学王国。这个文学王国就是作家的故乡，这是他们写作能以持续下去的活水源头。威廉·福克纳有他的"约克纳帕塔法县"，加西亚·马尔克斯有他的"马孔多镇"，鲁迅有他的"鲁镇"，沈从文有他的"边城"，莫言有他的"高密"，贾平凹有他的"商州"……这些文学王国无一不是在真正的故乡的基础上创建起来的。还有许多作家，虽然没把他们的作品限定在一个特定的文学地理名称内，但里边的许多描写，依然是以他们的故乡和故乡生活为蓝本的。

刘省平，这位20世纪70年代末出生于关中西府绛帐镇的青年作家，从小就仰慕曾在绛帐镇讲学的东汉大儒马融先生，受其父亲的启蒙，读遍家中藏书，由此深爱上中国传统文化；上中学时，他大量阅读文学经典并开始了文学创作；大学时，他开始陆续在国内诸多报纸杂志发表作品，渐渐成为闻名乡里的才子。早期，他曾热衷于旧体诗词的创作，后来又转向了新体诗、小说的创作，近几年则将更多心力倾注于散文，结集为二十余万字的《梦回乡关》，可谓硕果累累、成就斐然。

著名文学评论家季红真说过："一个在乡土社会度过了少年时代的作家，是很难不以乡土社会作为审视世界的基本视角的。"刘省平的散文大多数是乡土题材。也许因为我们是扶风老乡的缘故，有着共同的生活背景，所以他的乡土散文总让我有一种亲切、熟悉、温暖的感觉。他的乡土散文，文字细腻、质朴、流畅，自然而不做作，朴素而不浮华，字里行间充溢着"浓得化不开"的乡土情结。读他的散文，犹如品尝我们关中西府的"西凤酒"，口味绵醇，令人回味无穷。

"新乡土"散文集《梦回乡关》，是刘省平从事散文写作十多年以来的心血之作。全书分八卷：故园守望、人间冷暖、乡土抒情、红尘漫笔、大地行吟、青春恋歌、秦川人物、艺苑墨香等。作者站在城市回望乡村，以其独特的平民视角、敏感的笔触、温情的文字，向读者展现了乡土世界的生活之美、人性之美，时而透露出一种强烈的悲悯情怀。很多作家都写过乡土题材的文章，但大都只是对往事的钩沉，在事情的叙述、情感的抒发和及思想的阐述等方面未能找到一个完美的结合点。但刘省平做到了这一点，从而与读者在情感上产生了强烈的共鸣，这是其"新乡土散文"的独特魅力。

乡愁，一个充满温情又多少带着苦涩味道的词汇。乡愁，是天下游子们共同的情愫，它是时刻牵动着作家那根敏感的神经。作家孙亚军说过："一旦故乡在游子的心中由具象的美变成内心深处抽象的美时，乡愁就如同积淀了很久的苦味在文字与情感之间慢慢浸透。"《乡关何处》是这部散文集的开篇之作，作者寥寥几笔就表达出了一个游子对故乡的深深依恋以及对乡村变化中"对美的离弃"的深刻反思，表现了一种对故乡今昔变化当中的无奈、无助之情。作者在文末颇具哲理地发问："蓦然回首，斜阳已落，云烟漫漫，天地茫茫。我的故乡呢？"可以说这是一篇蕴含丰富的文化思考的佳作。《梦回乡关》一文采用了隐喻的方式，通过一夜之梦见来表现游子对渐行渐远的乡村、家园及亲人的深切思念。在《我的小学》一文中，作者温情脉脉地回忆了自己小学六年的往事，其中涉及父亲、姐姐、同学、老师等人物的细腻描写，展现一幅亲情、友情、师生情交相辉映的优美的情感画卷，算是一篇珍贵的回忆录。《老屋》《故乡的河》《远去的时光》《柿子红了》等作品，寄情于物，借物思人；同时，通过往事的追述，反映了时代的变迁和社会的发展，引人深思。

这部散文集中的一组表现亲情的文章，作者采用了白描的手法，将伯父、父亲、母亲、堂妹等人物的形象和性格刻画得细腻、饱满，令人过目难忘。《我的伯父》一文，采用朴实的语言讲述了伯父的一生，五千多字尽管只是对伯父一生寥寥几笔的刻画，但寄托了作者对伯父那份真诚和深切的怀念："我想我会用一生的时间去记住我的这两位堂哥是如何对待他们的父亲，我那老实本分的苦了一辈子的伯父！"还有这一句："我愿他的英灵在九泉之下得以安息，假若人真的有来世的话，希望他下辈子的命运不再那么悲苦，也祝愿天下的如我伯父般的'苦命的老好人'来世幸福。"作者不仅表达了自己对伯父的尊敬、同情和怀念，还对天下所有劳苦大众寄予了一番美好的愿望。这不但体现了作者心底的善良，也让我们看到了他胸怀的博大。《堂妹慧霞》是一篇祭文，作者通过对其多苦多难的堂妹短暂人生的记叙，寄予了自己的同情，控诉了命运的不公，揭露了人性的丑恶。《亲情琐记》是作者初为人父时候的文字，里面充满了很多琐碎的生活细节和人物心理描写，文字看似没有平实，却饱含着特殊而深厚的感情。

作为农民儿子的刘省平，对于他所出生并生活了二十年的故乡的乡情民俗是最熟悉不过的。在"乡土抒情"这一卷里，我不但看到作者对故土生活的热爱和眷恋，还看到了那片土地上的厚重的文化内涵。如《秦人·秦面》《西府醋香》《陕西的辣子》《美丽的窗花》《苞谷糁》《依稀红薯情》《远去的煤油灯》《想念搅团》这些篇章，作者通过对一些家乡的常见事物的介绍和描写，向读者展现了关中西府的风情民俗，让更多西府人看了之后感觉像是回到了从前的时光，让在外地的西府游子似乎回到了家乡，同时也让故乡之外的人认识、了解、熟悉了关中西府的乡土文化。

人在红尘世间，都有很多遭遇和经见，但对于作家来说，往往会对某些事物有着自己独特的思考。在"红尘漫笔"一卷里，刘省平通过诗歌一般的语言，表达自己对尘世的热爱与憎恨，对生活的发现和思考。《天窗》《以树为鉴》均是借物言志，构思奇妙，思想深刻，引人深省。《我与香烟》《关于喝酒》《俗人说茶》看似在写一种事物，实际上是在写自己的生活经历，也阐释了自己对这些事物的认识和看法，有一种文化随笔的感觉。《守望乡村的家园》《放飞梦想》《婚姻与房子》等文章是由一种现象而引发思考，然后痛快淋漓地阐述了自己的观点。《乡间的道路》一文具有浓郁的抒情味道，也不乏哲学的思辨，让读者浮想联翩，感慨万千。比如："有一些老路，不知被走了多少年月，也不知被多少人走过，至今还在有人走着；而有一些老路，走着走着忽然就没了，就像一个人的忽然死去，再也寻不着踪迹了，时间久了也就被人遗忘了。"

爱情是文学作品永恒的主题。关于爱情的作品虽然不多，但在刘省平的散文集中的分量确实沉重。《梧桐雨》一文，作者对雨的观察细致入微，描写出神入化，但又不仅仅是写雨，最后又笔锋一转，写到了那场多年前夭折在雨中的爱情，可谓情景交融。《相思赋》是作者对其挚爱女子的深情诉说，文字典雅、情感细腻，意味深长。《青春·暗恋》《纸上情缘》《伤别》《等待》等文章，让我看到了青春年华的美好，也品味到了青春爱情的淡淡苦涩。

至于一些写履历见闻和人物事迹的文章，虽然有些冗长，带有些新闻纪实的笔法，但也充分显示了作者的见识和才华，颇有可观之处。

《梦回乡关》是刘省平花费十几年时间精心打磨出来的一部乡土散文读本，作者紧扣时代脉搏、紧贴现实生活，用真诚、朴实、自然的文字，表达了他对生活与生命的独特的体验、深刻的认识和深切的感悟，尽情抒发了内心无尽的乡土情怀。可以说，通过这部散文集，作者完成了一次故乡的心灵回归，但其思想和精神已经远远超越了现实故乡的地域。

总体来说，这部散文集格调高雅、品质纯真、构思奇妙、笔触细腻，显示出作者极高的艺术才华和文学修养，给读者以极高的精神享受，有着极高的艺术品位，值得一读。

在如今这个物欲横流、人心浮躁的时代，刘省平依然寂寞地、执着地行走在漫长而艰辛的文学道路上，追寻着自己的文学梦想，这一点实在难能可贵。作为乡党，作为一名写作者，我衷心希望刘省平在文学的道路上坚持走下去，越走越长远，越走越辉煌！

【李宇飞：笔名扶小凤，生于1981年10月，陕西扶风人，现居青岛。著有长篇小说《绛帐》《左年》，中篇小说《骑在我背上》。出版散文集《漳川笔记》】

纸上的乡土风情博物馆

——读刘省平散文集《梦回乡关》

□曹 桢

西安这座城,虽说在朝着国际化大都市的方向发展,但在我看来也还是一个村子。圈子就这么大,朋友来来去去没有增加多少,一如我们在乡下老家的邻居,变化并不大。在西安的写作圈子里,戴着眼镜、一脸温和的刘省平兄是我们大家共同的好友,也是朋友们一致认为值得信任、值得珍藏的好朋友。

读过省平文章的朋友都知道,他文风清秀、情感细腻,对事物的描摹把握恰到好处。他这个人,恰好也像了他的文章一般,温文尔雅,不张扬也不做作。这些年,朋友们都纷纷在努力改变经济和社会地位的路途上折腾,大多数人忘记了最初的梦想,省平却不浮躁、不放弃,一直在努力地写着自己的文字,用自己的心血、精力,为当年的文学梦写下一个个注脚。

有一段时间,隔上那么三五天,省平通过QQ传来一组他的散文,看罢犹如美女揉背,既让人心中暗爽,又让人唏嘘不已。这般精致文字,着实好看、着实受用,真让人可羡、可慕、可嫉、可妒也!

看完省平的文章,我有一个感受:他是一个用心写作的人,他用自己的虔诚、勤勉、努力,一点一点在纸上建筑着关于故乡的家长里短、风土人情。家乡的风情、民俗在他的笔下一点一点生动和鲜活起来。他那么忘情地在讴歌着自己的故园,即使这地方其实未必有多完美;他那么真诚地赞美着乡土风情,即使这乡土风情业已被商业社会腐蚀得面目全非不堪一击。他正在努力着,努力用手中之笔,为自己的故乡建一座纸上的博物馆,建一座人文精神的博物馆,以记载历史,承接未来。他不计名利、不辞劳苦地为故乡、故土、故园而忙碌着,成了这个功利社会里的为数不多的人。

这个时代变化得太快。西方发达国家要三百年走过的路程,我们用了不到三十年就走过了。工业化和城镇化正在改变着中国的格局,西安和其他城市一样,已经成为一个巨大的工地,到处都在拆迁都在重建,都在建起各种"中心""大厦""CBD",洋气的名词掩饰不了中国人自卑而焦灼的内心,人人都巴不得一夜之间超英赶美，成为世界第一大经济体，成为这世界的耀眼之星。

反观我们一路走来的过去，我们恰恰丢掉了传统，丢掉了几千年来中国人固守的价值观和人文环境。如今的乡镇，正在努力学习城市，城市正在模仿外国。你置身在偌大中国的每个大都市，其建筑其街道，其摆设其商业都大致相同，几无特色！

在这样一个时代，我们尤其需要静下来，回想一下我们这个民族、这一代人是从哪里来的，是怎样走到今天的？保持民风、民俗的存在，也就是保护了一个民族的群体记忆，也就是保留了一个民族的灵魂之根。省平费了不少力气写下这些旧时的记忆，我想目的也就在于此。这也正是我佩服他的原因。

《梦回乡关》这本书里大部分文字，我都提前在报刊上看过了。我既感叹于省平的坚持不懈、日益精进，又为书中的种种旧日场景而感动伤怀。时光流逝，留在人心里的都是最真的东西。我们这一代人的乡村记忆和反复咏唱，几乎可以算作中国农耕文明最后的挽歌。农耕时代毋庸置疑必将消逝，而且会比我们预料的速度还要快。做这个大时代背景下的书记官，作为一个写作者来说，省平承担了一个文人应受的使命。

故乡是什么？对于我们这些游子来说，故乡是纸上的乡愁。故乡有童年的记忆、少年的憧憬、青春的懵懂、淳朴的乡情、恬静的风景、心碎的初恋……故乡是如此隐秘又如此豁朗，如此亲切又如此悲情。书写故乡，成为每个写作者心中的情结，只有少数人实现了它。

我以为，省平是幸福的。能够有故乡可以反复回忆的朋友们啊，你们都是幸福的。

【曹桢：生于1981年，河南周口人，现居西安。《三秦都市报》资深记者、青年作家。】

后 记

  我一直认为，一个人的生活既离不开物质的保障，更离不开精神的支撑，否则这个人便不是一个健全的人。我向来在物质方面要求不高，但对精神方面的追求却甚高，这大概是支撑我生活的最大力量。那么，写作就是我对这种精神生活的渴望与追求的绝佳表达方式了。

  上中学时，我开始尝试创作，大学期间公开发表作品，但是进入真正的文学创作应该是参加工作以后的事情了。这十几年，因为写作而结识了很多文学界的朋友，其中有大家、名家，更多的是和我年纪相当的青年作家；所以经常收到他们的赠书，或是听到他们的著作出版消息。后来，经常有文友索要我的文学著作，我说暂时没有出版过什么书，等以后再说；再后来，就有很多文友鼓励我出书，说这也算是对自己文学生涯的一个阶段性总结。我一想，搞了十几年文学，也该总结一下了，这对自己是一个安慰，也算是给朋友一个交代。于是，我在两年前就给几个关系很好的朋友说：一定会在三十五岁之前出版我的第一本书！

  因了这个许诺，这两年愈发感到了时间的紧迫，就赶紧了写作的步伐。在繁忙的工作之余，当别人都出去游山玩水或者喝茶打牌时，我却"躲进小楼成一统"，如饥似渴地阅读名家的经典著作，或者坐在电脑前写文章。我的写作大多数时间是在周末或晚上。前些年，因为年轻，精力旺盛，熬夜是经常的，也不觉其累；但过了而立之年后，就感觉体力和精力的不济了。于是，就抽烟，烟瘾愈来愈大，文章也越写越多。这些年，之所以能专心于工作和写作，是因为有父母在为我守护着家园，替我在耕耘着田地、收获着庄稼、照看着小孩……家里的事情用不着我多操心。有朋友说我这两年很是勤奋"高产"，隔三岔五就有文章发表。其实，并不是我有多勤奋，也并不是我多么有才华，而是我把别人用来料理家务、照管孩子、休闲娱乐的时间都用在了写作上，这一方面确实是出于个人爱好，另一方面也是为了打发那些无聊的寂寞的时光。于是，就有了这本散文集《梦回乡关》。

  为什么叫《梦回乡关》？我出生于关中西府的扶风县，在那里生活了二十年，对于那块黄土地以及至今还生活在那里的亲人有着深刻的记忆和特殊的感情；因此，我要把这些乡村生活的经历和体验写出来，算是一种永恒的纪念吧！虽然我一直怀恋故乡，但这或许只是童年记忆中的那个被我意象化了的故乡；实际上，对于现实中的故乡，我是有些憎恨和厌恶的。于是，我便追寻梦里乡关，借文字来抒发一个游子对故乡的那份特殊情感。另外，这本书里也有一部分文章写的是家乡以外的人物、风情、民俗，比如陕南、陕北、关中东府，但基本上没有跨越陕西地界。其实，除了这些乡土散文之外，我还写了不少都市题材的散文，但没有收录进来，我是尽量想让这本书的乡土味更浓郁、更纯粹一些。

散文讲求真实。但是，这种真实其实只是作者眼中的真实，而非客观存在的真实，难免带有作者主观的感情色彩。对于一个离开故乡十几年的作家来说，我是凭着个人的记忆来书写过去的，有些也未必就能真实地还原过去；再说也根本没有那个必要，因为我搞的是文学创作，不是绘画、摄影或摄像。

"萝卜白菜，各有所爱。"有人喜欢辞藻华美的文章，有人喜欢质朴简洁的文章；有人喜欢大气磅礴的文章，有人喜欢清新婉约的文章；有人喜欢深沉厚重的文章，有人喜欢活泼欢快的文章……不能说这个好，那个不好，这取决于读者自身的喜好。一个作家文风的形成是诸多因素集合而成的：性格、气质、喜好，还有家庭环境、成长历程、阅读习惯等。除过这些，我想还与其生长和所处地域有很大关系。宏观上看，南方作家的文风大多清丽阴柔，北方作家的文风大多质朴阳刚。微观上，就陕西来看，陕南和陕北不同，关中的东府和西府也有着明显区别。

还是继续说说《梦回乡关》吧。该书收录了我离乡十五年之后创作的乡土散文，分为八卷，八十一篇，总计二十余万字。或写人记事、或状物抒情、或言志论理，林林总总，不一而足。这些散文都取材于我自身的阅历和经见，再现了我的生活，饱含着我的感情，也蕴藏着我的梦想。另外，书中还收录了几位文友撰写的与我相关的记叙或评论文章。

《梦回乡关》是我的第一本散文著作，它就像我的孩子一样，可能有这样那样的不足或缺点，希望读者提出宝贵意见和建议。

这本书得以顺利诞生，得到了我的家人、师长、领导、同学及诸多乡党的积极鼓励，在此表示诚挚的感谢！在这里，我要特别感谢著名民间文艺家王世雄先生帮我联系出版社，感谢著名作家张浩文先生为我作序，感谢青年书法家于鹏玉先生为我题写书名。还要特别感谢陕西荔民现代农业集团董事长汪战仓、西安香荔乡情农副产品销售有限公司总经理代刚，以及张新浩、杨永奇、刘军科、孙亚军、李默然、周觉云、窦晓勇等朋友的热心帮助和大力支持。

2013年12月15日于西安